초한지

초한지

초판 인쇄 2025년 12월 12일
초판 발행 2025년 12월 15일

지은이   견위
펴낸이   김태헌
펴낸곳   스타파이브

주소   경기도 고양시 일산서구 덕이로 186 2층
출판등록 2021년 3월 11일 제2021-000062호
전화   031-911-3416
팩스   031-911-3417

Contents

초한지

영웅호걸들의 삶을 통해
바라보는 우리의 인생

연의(演義)라는 것이 있다. 일종의 역사 소설을 일컫는다. 중국 명나라와 청나라 때 발달한 장르인데, 역사적인 사실에 허구를 덧붙여 만든 이야기다. 그 역사란 것도 반드시 정사(正史)만 의미하는 것은 아니다. 이를테면 흔히 『삼국지』라고 하는 『삼국지연의(三國志演義)』가 그런 예이다. 더불어 이 책 『초한지(楚漢志)』도 마찬가지다.

『초한지』는 중국 진나라 말부터 전한 초까지를 시대 배경으로 하는 연의 소설이다. 앞서 예로 든 『삼국지』처럼 독립된 작품으로 전해진 것이 아니라, 사마천이 지은 『사기(史記)』를 바탕으로 서로 다른 작가들이 여러 이야기를 모아 창작했다. 그 중 이 책은 견위(甄偉)가 쓴 『서한연의(西漢演義)』를 원본으로 삼았다.

『초한지』의 줄거리는 진시황이 중국 역사상 최초로 천하 통일을 한 후 억압받는 민중들이 반란을 일으키는 이야기로 시작한다. 멸망한 초나라 귀족 항량과 조카 항우가 난세를 틈타 세력을 키우고, 또 다른 지역에서는 평민 유방이 봉기해 천하를 놓고 대립하는 내용이다. 두 인물은 모두 호걸의 이미지를 갖고 있지만 저마다 가진 인품에서 큰 차별성을 보인다. 항우가 힘을 앞세우는 억압적인 폭군이라면 유방은 포용력을 갖춘 인덕(仁德)의 지도자로 그려지는 것이다. 결국 항우는 자신이 가진 뛰어난 재능에도 불구하고 유방과 벌인 경쟁에서 패배하고 마는데, 그 주요 원인이 바로 인품의 결함 때문이다.

사실 중국 고전에서는 재능보다 인품의 중요성을 강조한 내용을 흔히 찾아볼 수 있다. 『삼국지』의 유비가 숱한 호걸들 중에서 승자가 되는 것이 그와 같은 대표적 사례이다. 『초한지』에서도 유방은 항우보다 인품이 훌륭해 그 곁에 유능한 인재들이 몰리고, 그들의 지지를 바탕으로 대륙을 통일하는 것으로 마무리된다. 마치 사필귀정(事必歸正)의 교훈처럼 뛰어난 재능에 앞서 참된 인격을 함양하는 것이 중요하다고 말하는 것이다.

그렇다고 『초한지』가 교훈적인 내용만 강조하는 작품은 아니다. 다양한 등장인물들의 개성이 이 소설을 매우 흥미롭게 만들고 있다. 특히 항우에 대한 인물 묘사가 눈에 띄는데, 그는 키가 8척이 넘고 세발 달린 큰 무쇠 솥을 들어 올릴 수 있을 정도로 힘이 센 인물로 그려진다. 다만 그는 숙부 항량의 노력에도 병법 등을 깊이 있게 배우려고 들지 않는 단점이 있다. 거기에 성질이 급하고 포악한 면이 있어 끝내 천하 통일을 이루지 못한다. 그 밖에도 『초한지』에는 유방을 비롯해 한신, 영포, 팽월, 번쾌, 종리매, 진평 같은 탁월한 장군들과 장량, 범증, 소하, 괴통, 역이기 등 모사에 능한 책사들이 등장한다. 그들의 눈부신 활약을 따라가다 보면 책 읽는 재미에 흠뻑 빠져들게 되는 것이다.

　그리고 『초한지』가 보여주는 매력은 또 있다. 무엇보다 다양한 고사성어(故事成語)들이 서술되어 당시 상황을 압축적으로 표현하면서, 오늘날 우리에게도 적지 않은 교훈을 시사한다. 실제로 이 책을 읽다 보면 토사구팽(兎死狗烹), 사면초가(四面楚歌), 금의환향(錦衣還鄕), 배수진(背水陣) 같은 고사성어들을 접할 수 있다. 그와 같은 고사성어의 출처가 다름 아

닌 『초한지』라는 것이다. 따라서 이 책은 소설을 읽는 재미와
함께 인간과 삶에 관한 깨달음, 아울러 학습의 즐거움을 안겨
준다고 한마디로 정의할 수 있다. 자, 그럼 『초한지』의 흥미진
진한 이야기 속으로 들어가 보자!

진시황이 가진 출생의 비밀

중국 대륙 역사상 춘추전국시대를 종결시키고 최초로 통일
제국을 이룬 나라는 진(秦)이다. 그리고 그 주역으로서 황제
자리에 오른 인물이 시황제(始皇帝)다. 그것은 말 그대로 '첫
황제'라는 의미다. 흔히 진나라의 첫 번째 황제라는 뜻으로 진
시황제, 또는 진시황이라고 부르기도 한다. 그 후 중국 대륙
에는 청나라까지 약 2천 년에 걸쳐 황제 중심의 중앙집권제
국가들이 명맥을 이어가게 된다.

진시황은 기원전 259년, 조나라의 수도 한단에서 태어났
다. 어릴 적 이름은 정(政)이었고, 13세 되던 해에 선왕인 장
양왕(莊襄王)이 승하해 왕위에 오르게 되었다. 그는 두뇌가
총명하고 성품이 용맹하며 신하들의 충성심을 불러일으키는
데 탁월한 재주가 있어 군왕으로서 탄탄대로를 걸었다. 왕위

에 오르고 얼마 지나지 않아, 당시만 해도 진나라의 국왕이었던 정은 천하를 정복하겠다는 야심을 품기에 이르렀다.

국왕 정은 결코 무모한 사람이 아니었다. 그는 주변 6국보다 강했던 진나라의 군사력을 괜히 뽐내지 않으며 10여 년 간 전쟁을 자제했다. 내부적으로는 중앙집권제를 더욱 강화해 국론이 분열되는 것을 방지했다. 또한 군사 제도를 정비하고 100만 명 안팎의 정예 병사를 양성했다. 그 무렵 진나라는 경제력까지 나날이 발전해 다른 나라들로부터 천하의 부를 7할쯤은 갖고 있다는 부러움을 살 정도였다. 한마디로 국왕 정은 대륙을 통일해 진시황이 되기 위한 준비를 오랜 기간에 걸쳐 차곡차곡 실현해간 것이다.

그리고 진나라 국왕 정은 기원전 236년, 그의 나이 23세에 이르자 본격적인 통일 전쟁을 시작했다. 그는 먼저 인접 국가였던 한나라와 위나라, 조나라를 잇달아 정복한 뒤 곧이어 초나라와 연나라, 제나라까지 멸망시켰다. 마침내 국왕 정이 그토록 꿈꾸던 통일을 이루어 대제국 진나라의 첫 번째 황제가 된 것이다. 진시황은 왕위에 오른 지 27년만인 39세 때, 대략 10년에 걸친 정복 전쟁을 마무리하고 드넓은 대륙을 통일하는 놀라운 위업을 달성했다.

그런데 오래전부터 세간에는 진시황의 출생에 관해 괴상한 소문이 떠돌았다. 진시황의 생부가 한나라 거상 여불위라는 이야기였다. 그래서일까. 훗날 발간된 역사서 『사기』에도 진시황이 장양왕의 아들이지만 장양왕이 생부라고 기록되어 있지는 않다. 대체 여불위는 어떤 인물이며, 그와 진시황에 관한 이야기는 어디까지 사실인 것일까? 거상이기는 했지만 일개 장사치에 불과했던 여불위가 어떻게 황제의 생부라는 깜짝 놀랄 만한 소문의 중심에 서게 됐는지 궁금하지 않은가?

진시황이 태어나기 몇 해 전에 있었던 일이다. 한나라 양책에서 태어난 여불위는 장사 수완이 매우 좋아 큰돈을 번 덕분에 거상으로 인정받았다. 그는 돈을 벌 수 있다면 때와 장소를 가리지 않는 성격이라 한동안 조나라에 머물며 여러 가지 사업을 도모하고 있었다. 그러던 어느 날, 조나라 수도 한단의 한 거리에 사람들이 잔뜩 몰려든 것을 발견했다. 길을 가던 여불위가 호기심이 일어 아랫사람을 시켜 그 사연을 알아오게 했다.

"진나라 왕손 이인(異人)이 이곳을 지나간다고 합니다."

"그래? 오늘 내가 귀인을 보게 되었구나."

무슨 까닭인지 아랫사람의 말을 들은 여불위의 눈빛이 반짝였다.

이인은 진나라 소양왕(昭襄王)의 손자이자 뒤이어 효문왕(孝文王)이 되는 안국군(安國君)의 아들이었다. 안국군에게는 무려 스무 명이나 되는 아들이 있었는데 이인이 그중 하나였다. 그는 나이 20세 무렵 조나라를 공격하는 싸움에 나섰다가 포로로 붙잡히고 말았다. 세상에 태어나자마자 생모 하희(夏姬)를 잃어 여러 왕손들 중 눈에 띄지 않았던 이인은 직접 전쟁에 나가 공을 세우려다가 죽음을 맞을 위기에 처한 것이다. 실제로 조나라 혜문왕(惠文王)은 그를 당장 죽이려고 했으나 인질로 붙잡아두는 편이 낫다는 신하들의 청을 받아들여 목숨을 살려주었다. 그러고는 공손건(公孫乾)이라는 신하의 집에 머물며 감시를 받게 했다. 마침 그때가 공손건이 궁궐에 갇혀 있던 이인을 집으로 데려가는 날이었다.

여불위가 주변 언덕에 올라 이인이 지나가는 모습이 잘 보일 만한 곳에 자리를 잡았다. 거리에서 멀지 않아 행인들의 얼굴까지 자세히 살필 수 있는 위치였다. 잠시 후, 공손건 일행이 나타났다. 말을 탄 사람들 중 맨 앞에 공손건이 자리했다. 그리고 바로 뒤에 이인이 있었다. 최근의 마음고생 탓인지 비록 몸은 마르고 초췌해 보였지만 왕손의 위엄을 잃지 않은 모습이었다. 여불위가 곰곰이 훑어보니 인물도 뛰어난데다 왠지 모를 기품이 흘러넘쳤다. 거리에 몰려든 사람들도 너나없이 감탄했다.

"과연 왕손은 왕손이구먼. 포로로 붙잡혔으면서도 전혀 비굴하지 않은 모습이야."

"정말 그렇군. 인물도 아주 출중해!"

여불위의 생각도 다른 사람들과 다르지 않았다. 그가 슬며시 미소 지으며 혼잣말을 내뱉었다.

"잘만 하면, 무척 값나가는 물건이 되겠어……."

그것은 그야말로 장사치다운 평가였다. 여불위는 사람의 가치마저 물건에 빗대어 이야기하는 습관을 벗지 못했다. 하지만 표현이 어떠하든, 여불위가 바라본 이인의 품격만큼은 가히 최고라고 할 만했다. 그는 이인을 통해 지금까지 했던 어떤 거래보다 더욱 큰 이익을 남길 수 있겠다는 확신을 가졌다.

여불위는 거처로 돌아오자마자 사람들을 풀어 진나라의 왕실 사정을 알아오게 했다. 그리고 그렇게 얻은 정보들을 취합해 치밀한 계획을 짜기 시작했다. 그가 아무도 없는 방에서 또 혼잣말을 했다.

"음, 소양왕의 뒤를 이을 대군이 안국군밖에 없단 말이지? 게다가 안국군의 정실인 화양(華陽) 부인에게는 아들이 없다니 이 얼마나 좋은 기회란 말인가. 내가 꾀를 써 스무 명의 서자들 중 한 사람인 이인을 왕위에 올릴 수만 있다면 정말 큰 이익을 얻을 수 있겠어! 다른 장사와는 차원이 다른 일이야!"

여불위는 자기도 모르게 목소리가 떨렸다. 그의 계획이 현실이 될 수만 있다면, 진나라가 자기 손 안에 들어오는 것과 다름없다고 생각했다. 물론 얻는 것이 큰 만큼 절체절명의 위험도 따르는 일이었다. 자칫 한 나라의 왕손과 왕실을 기만하는 모사이니 이익은커녕 멸문지화를 당할지도 몰랐다. 그럼에도 여불위는 자신의 생각을 바꾸지 않았다. 어차피 한 번 살다가는 인생, 죽음을 무릅쓰고서라도 대장부로서 큰 꿈을 펼쳐보고 싶었다.

그날 밤, 여불위는 후원에 거처하는 애첩 주희(朱姬)를 찾아갔다. 그는 몇 달 전 어느 연회에 갔다가 주희를 보고 한눈에 반해 큰돈을 들여 첩으로 삼았다. 주희는 가무에 능할 뿐만 아니라 얼굴이 활짝 핀 꽃처럼 어여뻤다. 나이도 아직 어리다고 해야 할 만큼 매우 젊어 사내들의 관심을 한 몸에 받는 인물이었다. 여불위는 주희를 집에 데려오고 나서 그녀를 찾지 않는 밤이 드물었다. 그와 그녀는 서로의 육체를 탐하는 데도 궁합이 딱 들어맞아 날마다 이부자리를 땀으로 흥건히 적시고는 했다.

잠시 뒤, 거사를 치른 여불위가 미리 차려놓은 상에서 술잔을 들이켰다. 왠지 평소와 조금 다른 그의 표정을 보며 주희가 물었다.

"나리, 무슨 일이 있사옵니까?"

그녀의 물음에 여불위가 윗입술을 씰룩거리며 말문을 열었다.

"오늘 내가 아주 좋은 물건 하나를 보았지 뭔가. 잘만 하면 내 팔자를 확 고칠 수 있는 물건이야."

"나리의 장사 수완이 어련할까요. 일이 잘되면 저도 한몫 단단히 챙겨주실 테지요?"

"그렇다마다. 그런데…… 어쩌면 네가 날 도와야 할 수도 있겠구나. 그럼 내 팔자만큼 너의 팔자도 깜짝 놀라게 바뀔 거다."

여불위는 무슨 생각을 하는지 주희의 어깨를 다정히 감싸 안았다. 그러자 주희도 그의 가슴에 얼굴을 부비며 또다시 교태를 부렸다.

"그게 무엇이든, 나리의 말씀이라면 뭐든지 따를 겁니다. 저는 이제 나리 없이 살 수 없으니까요."

그날 밤이 지나고 어느덧 아침이 밝았다. 여불위는 자신이 계획한 일을 하나씩 실천에 옮기기로 마음먹었다. 그는 값나가는 귀한 보석을 한 보따리 싼 다음 시중도 거느리지 않은 채 홀로 공손건의 집으로 향했다. 그와 공손건은 몇 차례 안면을 튼 사이였다. 여불위는 일찍이 조나라 정계의 실세인 그에게 적지 않은 뇌물을 바치기도 했다. 공손건이 갑자기 찾아온 손님을 반갑게 맞이했다.

"어서 오시게, 오랜만일세."

"그동안 잘 지내셨는지요? 마침 귀한 보석이 들어와 대감께 선물하려고 이렇게 왔습니다."

그러면서 여불위는 자리에 앉자마자 가져온 보따리를 건넸다. 그것을 풀어본 공손건은 얼굴 가득 미소를 띠며 크게 웃음을 터뜨렸다.

"역시 공은 날 실망시키는 법이 없네그려. 오늘은 나랑 술이나 실컷 마시세."

공손건은 당장 하인을 불러 술상을 가져오게 했다. 곧 진수성찬으로 차린 술상이 방 안으로 들어왔고, 두 사람은 술잔을 주거니 받거니 하며 기분 좋게 취해갔다. 그러던 어느 순간, 여불위가 속내를 드러냈다.

"대감, 이곳에 진나라의 왕손이 머문다고 들었습니다."

"그렇다네. 왜, 인사라도 나누고 싶나?"

이미 술기운이 오른 공손건은 여불위가 바라는 대로 술술 움직여줬다. 그가 하인을 시켜 이인을 데려오게 했다. 이제 방 안에는 세 사람이 술상 앞에 마주앉았다. 서로 정중히 인사를 나눈 뒤, 여불위가 측은한 표정으로 이인에게 말했다.

"일국의 왕손께서 고생이 이만저만 아니겠습니다. 모쪼록 몸 건강히 계시다가 본국으로 돌아가시기 바랍니다."

얼핏 여불위는 눈물이라도 흘릴 분위기였다. 처음 만난 사람의 호의와 공감에 경계심이 들기도 했지만, 안 그래도 마음이 헛헛하던 이인은 큰 위로를 받은 듯했다. 그 낌새를 놓치지 않고 여불위가 말을 이었다.

"조만간 저의 집을 방문해주십시오. 따뜻한 식사라도 한 끼 대접하고 싶습니다. 긴히 드릴 말씀도 있고요."

"……."

이인은 선뜻 대답하지 못한 채 공손건의 눈치를 살폈다. 여불위가 가져온 뜻밖의 선물과 술 몇 잔에 한껏 기분이 좋았던 공손건이 아무 문제없다는 듯 고개를 끄덕였다. 그제야 이인이 여불위의 초대를 승낙했다. 낮부터 시작한 그날의 술자리는 저녁이 되어서야 막을 내렸다. 여불위는 흡족한 표정으로 집으로 돌아와 다시 주희를 찾아갔다.

"나리의 표정이 무척 밝네요. 오늘 일이 잘되셨나 봅니다?"

주희의 말에 여불위는 대뜸 웃음부터 터뜨렸다. 그러고는 의기양양하게 소리쳤다.

"잘되다마다. 내가 누군가? 천하 제일가는 장사꾼이 아닌가, 하하하!"

여불위는 그날 주희를 안고 아주 달게 잠을 잤다. 아침에 눈을 뜨자, 세상 무엇도 자기를 가로막을 수 없다는 자신감이 스멀스멀 피어올랐다.

그런데 금방이라도 찾아올 것 같던 이인이 좀처럼 움직이지 않았다. 타국에 붙잡혀 있는 볼모 신세이니 그럴 수 있다고 생각하면서도 여불위는 일각이 여삼추였다. 불현듯 일이 틀어진 것 아닌가 하는 불안감이 싹트기도 했다.

그렇게 열흘이 지났을 때, 마침내 이인이 여불위의 집에 찾아왔다. 공손건도 동행하려 했으나 마침 조정에 급한 일이 생겨 대신 무사 둘을 감시병으로 붙였다. 여불위는 반색하며 대문 앞까지 달려 나가 이인을 맞이한 뒤 방 안으로 들였다. 그를 따라온 무사 둘은 사랑채에 머물게 하며 맛있는 음식을 내주었다.

여불위의 지시에 따라 곧 술상이 차려졌다. 왕궁의 그것에 견주어도 손색없는 최고급 술상이었다. 산해진미가 가득한 술상 앞에서 여불위는 한껏 머리를 조아렸다. 타국의 왕손임에도 깍듯이 예의를 갖춘 것이다. 그 모습에 이인은 마음속에 품었던 일말의 경계심까지 내려놓았다. 여불위가 결코 자신에게 해를 입힐 사람이 아니라고 판단한 것이다.

"평소 흠모하던 왕손을 모시게 되어 영광입니다. 앞으로 어려운 일이 있으면 언제든 제게 말씀해주십시오."

여불위가 공손히 이인의 술잔에 술을 따라주었다.

"보잘것없는 신세인 내게 이토록 호의를 베풀어주시니 감사할 따름이오."

이인도 여불위의 술잔을 가득 채워주었다. 몇 차례나 술잔이 오갔을까? 여불위가 조금 흐트러졌던 자세를 가다듬으며 조심스럽게 말했다.

"저는 왕손께서 훗날 진나라의 국왕이 되실 분이라고 믿어 의심치 않습니다. 이래봬도 제가 사람 보는 눈이 있거든요. 그렇지 않고서야 어떻게 거상이 될 수 있었겠습니까?"

"아니, 그게 무슨 소리요?"

이인은 갑작스런 여불위의 이야기에 당황한 표정이었다. 그가 손사래를 치며 말을 이었다.

"나는 지금 먼 이국 땅에 한낱 볼모로 붙잡혀 있소. 게다가 아버님께는 스무 명에 달하는 아들들이 있단 말이오. 그런데 내가 어찌 왕통을 이어받을 수 있겠소?"

그러자 여불위는 기다렸다는 듯 자신만만한 얼굴로 이인에게 말했다.

"그건 걱정 마십시오. 제게 다 생각이 있습니다. 왕손께서 저를 믿어주신다면, 기꺼이 국왕의 자리에 오르실 수 있도록 돕겠습니다."

"대체 어떤 생각으로 내게 그런 말을……."

이인은 고개를 갸웃하며 여불위를 바라보았다. 그의 구체적인 생각을 알고 싶다는 무언의 신호였다. 여불위가 금세 그 의미를 알아채고 자신의 계획을 털어놓았다.

"안국군께는 스무 명의 아들이 있으나 정작 화양 부인에게서는 아들을 얻지 못했습니다. 그러니 왕손께서 화양 부인의 사랑을 받을 수만 있다면 세자가 되시는 것이 충분히 가능합니다."

"그렇기는 하지만……, 지금 이렇게 타국에 붙잡혀 있는 내가 무슨 수로 진나라에 돌아가 어머님의 신임을 얻는단 말이오?"

"그 일은 제게 맡겨주십시오. 반드시 왕손께서 진나라로 돌아가 세자가 되실 수 있도록 애써보겠습니다. 제가 조만간 안국군과 화양 부인을 찾아뵙고 왕손의 처지와 마음을 전하겠습니다."

그 순간, 이인이 자리에서 벌떡 일어나 여불위에게 깊이 고개 숙여 예를 갖추었다. 그러자 여불위도 서둘러 큰절로써 답례했다. 이인이 결연한 표정으로 말문을 열었다.

"나는 오늘 공의 말에 크나큰 감명을 받았다오. 만약 공의 장담대로 내가 세자가 되어 왕통을 물려받게 된다면, 그 은혜는 절대 잊지 않겠소."

이인의 행동과 말에 여불위는 더없이 흡족했다. 자신의 계획대로 풀려가는 일이 매우 만족스러웠다.

그로부터 며칠 후, 여불위는 여러 하인들과 함께 진나라 함양(咸陽)으로 향했다. 튼튼한 말이 끄는 수레에는 온갖 진귀한 보물과 비단이 가득했다. 그리고 여불위는 화양 부인에게 전하는 이인의 편지 한 통을 미리 받아 품 안에 간직했다.

함양으로 가는 길은 멀었다. 한 달 가까이 고생을 거듭한 끝에 여불위는 그곳에 다다를 수 있었다. 그런데 그는 곧장 화양 부인을 찾아가지 않았다. 원체 신분이 높은 분이라 만나고 싶다고 만날 수도 없을 뿐더러 내심 다른 생각이 있었기 때문이다. 여불위는 왕궁 밖에서 살고 있는 화양 부인 언니의 집으로 걸음을 옮겼다. 그녀 역시 쉬 만나기 어려웠으나 여기저기 돈을 써서 단둘이 마주할 기회를 만들었다. 여불위는 그녀에게 대뜸 선물 보따리부터 내밀었다. 순식간에, 못내 시큰둥하던 화양 부인 언니의 표정이 부드러워졌다.

"조나라에 볼모로 붙잡혀 있는 왕손께서 보내셨다고요?"

"네, 그렇습니다."

여불위는 정중히 예를 갖춘 다음 품 안에서 이인의 편지를 꺼내 건넸다. 그것을 천천히 다 읽은 화양 부인의 언니가 짐짓 눈시울을 붉혔다.

"나는 이 왕손이 동생을 이렇게 깊이 생각하는 줄 몰랐소. 먼 타국에서 홀로 고생하는 것도 안타까운데……."

그녀는 쉽게 말을 잇지 못했다. 그때를 놓치지 않고 여불위가 이야기했다.

"왕손께서는 일찍 생모를 여의어 화양 부인을 자신의 친어머니로 생각해왔습니다. 어린 시절에 화양 부인께서 보여주신 크고 작은 사랑을 지금도 잊지 못하고 계시지요. 가까이서 어머니를 모시며 효를 다하고 싶은데, 자신의 처지가 그렇지 못한 것을 무척 슬퍼하십니다."

"아, 왕손이 불쌍해서 어떡하누……. 그래, 내가 어떻게 하면 되겠소?"

어느새 화양 부인의 언니는 여불위의 말에 완전히 빠져들어 어떻게든 이인을 돕고 싶어 했다. 그 새를 놓치지 않고 여불위가 말을 이었다.

"왕손께서는 하루도 화양 부인을 그리워하시지 않는 날이 없습니다. 그래서 여기저기 떠돌아다니는 장사치인 제게 간곡히 부탁한 것이지요. 함양으로 가서 화양 부인을 꼭 만나뵙고 어렵게 마련한 선물들과 이 편지를 전해 드리라고요. 저도 그분의 효심에 감명이 깊어 흔쾌히 부탁을 들어주기로 했고, 선물도 좀 보탰습니다."

여불위의 이야기에 화양 부인의 언니는 결국 눈물을 보였다. 그녀는 여불위 일행을 자기 집에서 묵게 한 뒤 날이 밝자마자 왕궁으로 들어가 동생을 만났다. 그녀의 손에는 이인이 쓴 편지가 들려 있었다. 그 편지를 다 읽은 화양 부인도 감격스런 표정을 감추지 못했다.

"언니, 나는 그 아이가 이토록 나를 사랑하는지 몰랐소……."

평소 언니는 아들이 없는 동생의 처지를 몹시 안타까워했다. 안국군이 훗날 국왕이 되어 정비(正妃)가 될지라도 세자를 낳지 못한 동생의 운명이 위태로웠기 때문이다. 그녀가 화양 부인을 향해 진지하게 입을 열었다.

"나는 그동안 동생의 앞날에 걱정이 컸다오. 아무리 정비라도 아들이 없으면 끝까지 지켜줄 사람이 없기 때문이지. 그런데 이렇게 동생을 친어머니같이 생각해주는 왕손이 있으니 든든하기 그지없구려. 밖에는 왕손이 보낸 귀한 선물을 실은 수레도 있다오. 나는 동생이 그 왕손을 친아들 삼아 외로움을 달래고 훗날의 안위까지 대비하면 좋겠구려."

그 말을 들은 화양 부인도 이내 마음이 움직였다. 뭐라고 표현하기 어려운 뜨거운 것이 가슴 깊은 곳에 밀려드는 것 같은 느낌이었다. 화양 부인은 행복했다. 안국군이 낳은 스무 명의 아들 중에 이만큼 자신을 따르고 위해줄 사람은 없다고 확신했다. 이인이 자기를 친어머니로 여기듯, 그녀 역시 먼 타국 땅에 볼모로 붙잡혀 있는 왕손을 하루빨리 고국으로 데려와 친아들로 삼고 싶었다.

"왕손이 보낸 여불위라는 자를 만나주십시오."

화양 부인은 곧 남편인 안국군에게 가서 자초지종을 이야기했다. 그러고는 여불위와 함께 이인을 데려올 방법을 찾아봐달라고 부탁했다. 안국군도 더 이상 조나라에 자신의 아들을 볼모로 놓아둘 수는 없다고 판단했다.

이튿날, 안국군은 자신의 처소로 여불위를 들였다. 자기 앞에 깍듯이 머리를 조아린 여불위를 향해 안국군이 물었다.

"내가 어떻게 해야 조나라에서 왕손을 풀어주겠는가?"

그 물음에 여불위는 짐짓 작은 소리로 헛기침을 두 번 뱉어냈다. 그러고는 침착하고도 단호한 목소리로 대답했다.

"대군, 지금 조나라는 귀국의 군사력을 두려워하고 있습니다. 그러니 진나라 군사들이 국경을 넘나들지 못하게 명하여 주십시오. 그러면 조나라도 왕손을 볼모로 붙잡고 있을 명분이 없을 것입니다."

"알겠네. 아바마마께 간곡히 말씀드리겠네. 나도 굳이 이웃 나라와 불필요한 전쟁을 할 생각은 없다네."

여불위는 잠시 뜸을 들이는 듯하더니 이내 다음 이야기를 꺼냈다.

"그리고 이인 왕손을 화양 부인의 적자(嫡子)로 삼겠다고 약조해주십시오. 화양 부인을 존경하고 사랑하는 그분의 마음이 깊기는 하나 적자로 인정받지 못한다면 진나라로 돌아오는 것을 망설이실 것입니다. 괜히 오해를 사 다른 아드님들의 경계심만 불러일으킬지 모르니까요. 하지만 대군께서 화양 부인의 적자로 공표하신다면, 이인 왕손도 아무 걱정 없이 귀국하려 하실 것입니다."

이번에는 안국군이 선뜻 대답하지 못했다. 하지만 화양 부인의 당부를 무시할 수는 없는 노릇이었다. 또한 안국군 역시 이인이 화양 부인에게 써서 보낸 편지를 읽고 깊은 감동을 받은 상태였다. 마침내 안국군이 여불위의 제안을 받아들였다.

"좋아, 그 아이를 적자로 삼겠네. 그러니 자네는 조나라로 돌아가 일이 잘 마무리될 수 있도록 애써주게."

잠시 뒤, 여불위는 진나라 왕궁 문을 나서며 속으로 쾌재를 불렀다. 모든 일이 자기가 뜻한 대로 술술 풀려나가 하늘을 날 듯 기뻤던 것이다. 그는 곧 일행과 함께 조나라로 돌아왔다. 그러고는 숨 돌릴 새도 없이 이인을 찾아가 만났다.

"그래, 내 아버님과 어머님을 만나 뵈었소?"

이인의 표정에 기대감과 불안감이 한꺼번에 스쳐 지나갔다. 내심 그런 분위기를 즐기며 여불위가 말문을 열었다.

"만나 뵙다마다요. 아버님께서 조부 되시는 소양왕께 청해 앞으로는 조나라와 갈등이 없도록 하겠다고 말씀하셨습니다. 조나라 왕실도 평화를 지키려면 더 이상 왕손을 볼모로 붙잡아둘 수 없지요. 제가 공손건 대감을 통해 그 사실을 알리면, 머지않아 고국으로 돌아가셔도 좋다는 전갈이 있을 것입니다."

여불위의 말에 이인의 낯빛이 밝아졌다. 여불위가 좀 더 목소리를 높여 말을 이었다.

"그리고 한 가지 더 기쁜 소식이 있습니다."

"더 기쁜 소식이라니, 그게 뭐요?"

이인의 눈동자가 반짝였다.

"아버님인 대군께서 왕손을 화양 부인의 적자로 삼겠다고 약속하셨습니다. 부인께서도 왕손이 귀국하실 날을 손꼽아 기다리고 계시고요."

"아니, 그게 정말인가?"

이인은 여불위의 말을 듣고 깜짝 놀랐다. 자신을 국왕의 자리에 올려주겠다던 여불위의 큰소리가 현실이 되어가고 있었기 때문이다. 안국군의 아들이 스무 명이나 되는데, 게다가 자기는 지금 타국에 볼모로 붙잡혀 있는 신세인데 장차 세자가 될 수 있다니 모든 일이 꿈만 같았다. 여불위는 너무 놀라 할 말을 잊은 듯한 이인에게 함박웃음을 지으며 말했다.

"오늘 저녁에 저희 집으로 오시지요. 이렇게 기쁜 날 술 한잔 마셔야 되지 않겠습니까?"

"그렇다마다요. 공 대감께 말씀드려 찾아뵐 수 있도록 하지요."

"공 대감에게 허락받는 일이라면 걱정 마십시오. 일전에 만났을 때 미리 양해를 구해두었습니다. 저희 집에 오시는 데는 아무런 문제가 없습니다."

여불위는 매사에 주도면밀한 사람이었다. 그는 일찌감치 이인이 허튼짓을 하지 못하게 자기가 모든 책임을 지겠다면서 공손건을 안심시켰다. 물론 그때도 여불위가 상당량의 뇌물을 건넨 것은 비밀 아닌 비밀이었다.

그날 저녁, 이인이 여불위를 찾아왔다. 여불위는 반갑게 맞이하며 마당 뒤쪽 후원으로 손님을 데려갔다. 그곳에는 주희가 거처하는 별채가 있었다. 그녀가 곧 하녀와 함께 방 안으로 술상을 들였다. 순간 이인의 눈빛이 묘하게 흔들렸다. 여불위가 그 낌새를 알아차리고도 짐짓 시치미를 떼며 말했다.

　"이쪽은 저의 양녀입니다. 명문가의 여식인데, 안타깝게도 부모를 일찍 여의어 제가 보살피고 있지요."

　"아, 그렇군요……. 나는 지금까지, 아니 여태껏 이렇게 아름다운 여, 여인을 본 적이 없소……."

　이인은 주희에게 한눈에 반해 말까지 더듬었다. 그는 성품이 용맹하면서도 내심 순진해 여자에 관한 한 쑥맥이나 다름없었다. 그런 이인에게 주희는 그야말로 천하 일색이라 할 만했다. 그는 여불위와 술잔을 나누면서도 곁에 앉은 주희에게서 눈을 떼지 못했다. 그러더니 그녀가 잠시 자리를 비운 사이에 여불위에게 간절히 부탁했다.

　"혹시 공의 양녀에게 정해진 혼처라도 있소?"

　"아니오, 아직 나이가 어린 걸요."

　"그렇다면…… 내가 양녀와 함께할 수 있겠소?"

　여불위는 단박에 이인의 말뜻을 알아차렸다. 그 또한 그의 계획에 있는 일이었다.

　"저는 이미 왕손의 사람입니다. 더구나 장차 한 나라의 국왕이 되실 분께 제 양녀를 시집보낼 수만 있다면 그보다 더한 영광이 어디 있겠습니까?"

"그 말이 진심이오? 그렇게만 해준다면 내가 훗날 반드시 결초보은(結草報恩)하겠소."

이인은 또다시 깊이 고개 숙여 예를 갖췄다. 지난번과 달리, 이번에는 여불위도 큰절 대신 좀 더 깊이 고개를 숙이는 것으로 답례했다.

이게 어찌 된 일일까?

사실 여불위는 이인이 찾아오기 전에 주희와 이야기를 나누었다. 그는 주희에게 자신의 첩이 아니라 양녀 행세를 하라고 단단히 당부했다. 그러니까 그는 일찌감치 주희를 이인의 여자로 만들려는 속셈을 가졌던 것이다. 여불위는 자신의 출세를 위해서라면 어떠한 대가도 기꺼이 치르는 인물이었다. 하지만 주희는 처음에 그의 꿍꿍이를 선뜻 받아들이지 못했다.

"제가 나리를 얼마나 사랑하는지 알면서, 어떻게 그런 말씀을 하십니까?"

"나라고 해서 어찌 너를 잃고 싶겠느냐? 하지만 대장부가 큰 뜻을 펼치려면 그만한 희생을 감수해야 되는 것이다. 내 비록 너를 다른 사내에게 보내지만 사랑하는 마음만큼은 결코 변하지 않으마. 또 너는 머지않아 진나라의 왕비가 될 운명이니, 이번 일이 네 인생을 멋지게 탈바꿈시켜 줄 것이 틀림없다. 너도 한몫 단단히 챙겨 달라 하지 않았느냐?"

그런데 그때 주희가 여불위의 품을 파고들며 뜻밖의 이야기를 꺼냈다.

"나리…… 실은 제가 나리의 아이를 잉태했사옵니다."

"뭐라고? 그게 정말이냐?"

평소 냉정하리만큼 침착한 여불위도 그 말에는 적잖이 충격을 받았다. 하지만 그는 이내 주희의 등을 어루만지며 단호한 목소리로 물었다.

"임신한 지 몇 달이나 되었느냐?"

"이제 두 달 가까이 되었습니다."

"그럼 잘됐다. 어쩌면 내 아이를 먼 훗날 국왕으로 만들 수도 있겠구나!"

정말이지 여불위는 무서운 사람이었다. 그는 애첩을 다른 사내에게 보내는 것도 모자라 자신의 아이까지 다른 가문의 핏줄로 만들 생각이었다. 그는 재물과 권력을 얻기 위해 무엇이든 못할 일이 없는 인물이었다.

그렇게 여불위의 놀라운 음모는 한 치의 오차도 없이 계획대로 진행되었다. 그날 이후 이인은 하루가 멀다 하고 여불위를 찾아와 후원으로 향했다. 주희는 처음에 못내 부끄러운 시늉을 하더니 금세 남자를 사로잡는 비기(秘技)를 아낌없이 내

보였다. 그러면 그럴수록 이인은 그녀에게 더욱 깊이 빠져들었다.

"내게는 당신의 품이 무릉도원(武陵桃源)이구려. 진나라로 돌아가게 되면 바로 혼례를 올리고 싶소."

"그야 저도 바라고 또 바라는 바입니다. 낭군같이 훌륭한 분을 서방님으로 맞이할 수 있다니 이만한 행운이 어디에 또 있을까 싶습니다."

주희가 거처하는 별채는 두 사람의 침실이나 마찬가지였다. 왕궁에서라면 그럴 수 없었겠으나, 어차피 타국에 볼모로 잡혀 있는 몸이니 혼례 전에 몸을 섞는다고 해서 누가 나무랄 일도 없었다. 두 젊은 남녀의 애정 행각이 매번 뜨겁게 불타올랐다. 여불위도 그 사실을 알고 있었으나 일부러 모른 척했다. 아니, 그 모든 상황이 그의 머릿속에서 그려진 그림이었다. 이제 이인과 주희를 조나라에서 벗어나게 하는 것이 다음 단계의 과제였다.

그런데 그 일은 여불위의 예상과 달리 쉽게 풀리지 않았다. 진나라가 국경을 침범하지 않겠다고 약속했는데도 조나라 혜문왕은 좀처럼 볼모로 잡혀 있는 이인을 풀어주려 하지 않았다. 진나라가 왕손을 구출하려는 꼼수를 부린다고 의심한 것이다. 그렇게 한 달쯤 시간이 흐르자 여불위도 서서히 몸이 달았다. 그는 결국 이인과 주희를 조나라에서 탈출시키려고 마음먹었다. 무슨 생각인지, 여불위가 공손건을 찾아가 크게 잔치를 열 테니 참석해달라고 말했다.

"그간 저도 이곳에 와 대감님께 큰 도움을 받았습니다. 덕분에 진나라 왕손과도 친분을 나누게 되었고요. 하여 술과 음식을 차려 감사를 전하려 하니 대감님은 물로 식솔들도 모두 데려오십시오."

공손건의 입장에서는 여불위의 초대를 거절할 이유가 없었다. 게다가 이번에는 자기가 거느리는 식솔들까지 데려오라니 주인으로서 체면이 서는 경우기도 했다. 공손건은 심복들과 수하의 병사들을 이끌고 여불위의 집으로 향했다. 과연 그곳에는 산해진미가 차려진 더없이 화려한 연회 자리가 마련되어 있었다.

"대감께서 참석해주시니 오늘의 술자리가 너무나 즐겁습니다."

"허허허! 그건 내가 할 말일세. 자네가 늘 이렇게 나를 챙겨주니 고마울 따름이야."

그날은 공손건의 심복과 병사들도 편안한 마음으로 술과 음식을 즐겼다. 굳이 누구를 감시하거나 주변을 경계할 까닭이 없었다. 오후에 시작된 연회가 저녁이 되고 밤이 깊도록 계속 이어졌다. 여기저기서 불콰하게 취한 사람들이 그대로 쓰러져 잠이 들었다. 공손건도 이미 술기운이 오를 대로 올라 사리분별이 흐려졌다. 그때 여불위는 공손건 몰래 미리 놓아둔 빈 항아리에 여러 차례 술잔을 쏟아버려 거의 취하지 않은 상태였다. 그로부터 사전에 언질을 받은 이인도 술을 마시는 시늉만 하고 있었다.

마침내 여불위가 속셈을 드러냈다. 그가 하인을 불러 큰 소리로 명령했다.

"대감께서 많이 취하신 듯하구나. 어서 잠자리를 보아드려라."

잠시 뒤 공손건은 하인의 등에 업혀 방으로 들어갔다. 그러자 여불위가 이인과 주희를 불렀다.

"어서 이곳을 떠나시지요. 문 밖에 잘 달리는 말들을 준비해두었습니다."

그렇게 그날 밤, 여불위는 이인과 주희를 데리고 조나라를 탈출했다. 하루빨리 진나라로 돌아가기 위해 밤새 말을 달리고 또 달렸다. 워낙 명마들을 준비해둔 터라 보름 남짓이면 조나라를 완전히 벗어날 기세였다. 진작에 중간 중간 역참마다 손을 써놓아 물과 식량 등을 보급받을 수 있었다.

공손건은 연회가 있은 다음날 해가 중천에 뜨고 나서야 잠에서 깨어났다. 그때까지 심복과 병사들도 여전히 몸을 제대로 가누지 못했다. 공손건은 그제야 뭔가 일이 잘못된 것을 깨달았다. 급히 여불위를 불렀으나 그가 나타날 리 없었다.

이번에는 다시 이인을 찾았지만 어디에서도 대답이 들려오지 않았다. 마침 마당을 쓸고 있던 하녀에게 물으니, 지난밤 여불위가 다녀올 곳이 있다며 말을 타고 이인과 함께 어딘가로 갔다고 말했다.

"어이쿠, 내가 속았구나! 여봐라, 당장 일어나 이인과 여불위를 쫓아라!"

하지만 때는 늦었다. 여불위 일행은 이미 공손건의 병사들이 추격할 수 없는 곳까지 달아나 있었다. 공손건은 몇 날 며칠 뒤를 쫓다가 결국 포기하고 말았다.

"아, 이 노릇을 어떻게 하지……. 폐하께서 알게 되면 목숨을 부지하기 어려운데……."

공손건의 혼잣말은 괜한 걱정이 아니었다. 어쩌면 자신뿐만 아니라 아내와 자식들에게까지 화가 미칠지 모를 일이었다. 공손건에게 다른 선택지는 없었다. 그는 스스로 목숨을 끊어 자신의 죗값을 치렀다.

국왕이 된 이인과 중부가 된 여불위

그로부터 얼마 후, 여불위 일행이 함양에 다다랐다. 이인이 조나라에 볼모로 붙잡혀 지낸 지 7년 만의 귀국이었다. 소양왕을 비롯해 안국군과 화양 부인 모두 이인을 크게 반겼다. 이인은 왕실 어른들에게 주희를 소개했다.

"제가 조나라에 있을 적에 인연을 맺은 사람입니다. 마음이 따뜻하고 슬기로운 여인이니 제가 아내로 맞이할 수 있게 허락해주십시오."

안국군과 화양 부인은 먼 타국에서 고생하다가 어렵게 살아온 아들의 부탁을 흔쾌히 들어주었다. 아름다운 외모를 가진 주희는 행동 하나하나에 신중을 다해 금세 왕실 어른들의 호감을 샀다. 더구나 그녀가 입은 초나라 의복이 화양 부인을 흡족하게 했다.

"내가 본래 초나라 사람인 것을 알고 있었느냐?"

"네, 어머님."

'어머님'이라는 말에 화양 부인의 얼굴에 화색이 돌았다. 그렇지 않아도 이인을 적자로 삼을 작정이었는데, 어여쁘고 싹싹한 며느리까지 들이게 되어 기쁨이 배가 되었다.

그런데 그 또한 여불위의 계략이었다. 그는 화양 부인이 초나라 출신인 것을 알아, 함양에 도착하기 하루 전에 주희를 초나라 복식으로 갈아입혔다. 그러니 이인과 주희가 더더욱 마음에 들지 않을 까닭이 없었다.

화양 부인이 곁에 있던 안국군에게 한 가지 청을 올렸다.

"이인이 저의 친아들이 되었으니, 이름을 바꿔주면 어떨까요? 제 생각에는 자초(子楚)라고 하면 좋을 듯합니다."

"자초라……. 괜찮구려."

그렇게 이인은 자초라는 새로운 이름으로 불리게 되었다. 그것은 진나라 왕실의 적자가 되었다는 또 하나의 증표와 다름없었다.

자초는 곧 주희와 혼례를 올린 뒤 왕궁에서 행복한 나날을 보냈다. 그는 주희가 임신한 것을 알고 매우 기뻐했다. 왕실 어른들도 왕손이 대를 잇게 된 것을 축하했다. 그 모습을 지켜보며 모든 사실을 알고 있는 여불위가 미소를 지었다. 몇 년 후 주희는 아들을 낳아 이름을 정(政)이라고 했다. 그리고 그 아이가 9세가 되었을 때, 증조부 소양왕이 승하했다. 뒤를 이어 안국군이 효문왕으로 즉위했지만 그마저 3일 만에 병사하고 말아 다시 자초가 왕위를 이어받으면서 장양왕이 되었다. 오래전 여불위의 호언장담이 현실이 된 것이다.

장양왕은 과거의 은혜를 잊지 않았다. 자신을 볼모 신세에서 구하고 왕위까지 물려받게 한 여불위에게 승상(丞相)의 벼슬을 내렸다. 거상이기는 해도 한낱 장사치에 불과했던 이가 한 나라의 정승이 된 것이다. 게다가 국왕의 두터운 신임까지 받고 있으니 천하에 두려울 것이 없었다.

여불위는 장양왕을 등에 업고 무소불위(無所不爲)의 권력을 휘둘렀다. 심지어 진나라가 한(韓), 조(趙), 위(魏) 삼진(三晉)과 전쟁을 벌여 영토를 넓힐 때도 국정에 깊이 관여했다. 스스로 군사를 거느리고 나가 승전하기도 했고, 몽오(蒙驁)와 왕기(王騎) 같은 뛰어난 심복 장수들을 앞세워 전투마다 연승을 거듭했다. 그럼에도 삼진은 간단히 멸망하지 않았다. 그들은 많은 영토를 잃고도 끈질기게 저항해 저마다 왕실의 명맥을 유지했다.

그런데 장양왕의 치세도 오래가지 못했다. 정이 13세 되던 해에 갑자기 장양왕이 세상을 떠나고 말았다. 그 다음에 어린 정이 국왕의 자리에 오른 것은 자연스런 수순이었다. 이제 주희는 왕비가 아닌 태후가 되었다. 진왕 정은 여불위에게 상방

(相邦)이라는 더 높은 지위를 내려주었다. 그뿐 아니라 그를 '아버지 다음 가는 사람'이라는 뜻을 담아 중부(仲父)라고 불렀다.

여불위는 어린 국왕을 보살핀다는 구실로 진나라 왕실을 쥐락펴락했다. 그 무렵 왕궁의 몇몇 신하들 사이에 이상한 소문이 돌기 시작했다. 여불위가 태후의 침실에 드나든다는 믿기 힘든 말이었다. 그에 더해 장양왕이 병석에 누웠을 때 여불위가 묘약이라며 어디선가 구해 가져다준 약이 수상하다는 의심까지 있었다. 그럼에도 기세등등한 여불위의 눈치를 보느라 아무도 드러내놓고 문제를 제기하지는 못했다.

여불위가 구해온 묘약에 대해서는 누구도 쉽게 진실을 가리기 어려웠다. 그에 비해 태후와 관계된 추문은 슬금슬금 사실로 알려졌다. 그도 그럴 것이 주희는 여전히 옛 사내를 잊지 못했다. 자초, 그러니까 장양왕의 품에 안겨서도 언제나 여불위의 애첩이었던 시절을 그리워했다. 장양왕은 사내로서 하는 구실이 여불위의 반 토막밖에 되지 않았다. 그래서 태후는 장양왕이 승하하자마자 여불위를 다시 가까이 한 것이다. 여불위 역시 주희의 넘치는 욕정에 목말라 했던 터라 하루가 멀다 하고 그녀의 침실을 들락거렸다. 당연히 주변 사람들에게도 그들의 애정 행각이 알려질 수밖에 없었다.

그 시기에도 진나라의 삼진 정벌 전쟁은 계속되고 있었다.

얼마 전에는 몽오가 지휘하는 군대가 한나라의 열두 개 고을을 점령하는 승전고를 울리기도 했다. 그럴수록 여불위의 야심은 점점 더 커져갔다. 그는 하루빨리 천하를 통일하고 싶었다. 하지만 정세는 그의 뜻대로 풀리지 않았다. 삼진은 말할 것 없고 초(楚), 연(燕), 제(齊)까지 죽기 살기로 대항했다. 급기야 수세에 몰려 있던 조나라가 다른 나라들과 연합해 진나라에 역공을 펼치기에 이르렀다. 방난(龐煖) 장군이 지휘하는 대군이었다.

여불위도 가만히 지켜보고 있을 수 없었다. 그는 몽오에게 군사 5만을 내어주며 방난을 물리치라 명했다. 몽오는 장당(張唐)과 함께 임무를 완수한 뒤 내친 김에 조나라로 진격했다. 말하나 마나 그 역시 여불위의 명령이었다.

여불위는 이번 기회에 조나라에 치명타를 날릴 작정이었다. 그래서 곧 장안군(長安君) 성교(成嶠)에게 군사 5만을 더 내어주며 몽오를 돕도록 했다. 누구보다 왕실에 충성심이 강하고 용맹하기로 소문난 번어기(樊於期) 장군이 장안군을 보좌했다.

한데 장안군이 누구인가?

장안군이 번어기와 더불어 전장으로 달려갔을 때 그의 나이 17세였다. 그는 자초가 왕위에 오르기 전 주희와 사이에서 태어난 아들이었다. 그러니까 여불위가 생부인 진왕 정과 달리 진짜 진나라의 왕통이었던 것이다.

어느덧 날이 저물자, 장안군은 병사들에게 군막을 치게 했다. 깊은 골짜기에서 하룻밤을 묵은 뒤 몽오의 진지로 다시 달려갈 계획이었다. 그런데 그날 밤 웬 일인지 번어기가 만남을 청했다. 한 막사에서 정안군과 마주한 번어기가 심각한 낯빛으로 말문을 열었다.

"대군, 저는 상방에게 영 믿음이 가지 않습니다."

"그게 무슨 말이오? 그분이 선왕의 은인인 것을 모르고 하는 소리요?"

"그럴 리가 있겠습니까. 다만 저는 상방이 국왕 폐하를 뒤로한 채 제 맘대로 권력을 휘두르는 것이 부당하다고 생각하는 것이지요. 그는 분명 진의 왕실을 농단하고 있습니다. 게다가……."

그때 번어기가 쉬 말을 잇지 못했다. 정안군이 궁금한 표정으로 물었다.

"게다가, 뭐가 또 있단 말이오?"

정안군이 다그치자 번어기가 마른침을 삼켰다. 그러고는 작정한 듯 충격적인 이야기를 꺼내놓았다.

"실은, 제가 알아본 바에 의하면, 폐하께서 선왕의 자손이 아닙니다. 여불위 상방이 폐하의 생부라는 정보가 있습니다."

"뭐라고요! 공은 정녕 그 말이 무슨 뜻인지 알고나 하는 소리요?"

"알다마다요. 자칫 제 가문이 삼족을 멸하게 될 수도 있다는 사실을 잘 알고 있습니다."

그랬다. 그것은 지금의 진왕을 부정하는 것과 다름없었다. 다시 말해 반역이요, 모반의 말이었던 것이다. 번어기는 내친 김에 장안군을 설득했다.

"대군, 지금은 조나라를 정벌하는 일이 시급한 것이 아닙니다. 어쩌면 선왕 폐하들의 갑작스런 승하에도 그의 음모가 도사리고 있는지 모릅니다. 자기의 아들을 왕위에 올리기 위해 상상조차 할 수 없는 끔찍한 짓을 벌였을 가능성이 매우 농후합니다."

"……."

장안군은 선뜻 아무 말도 하지 못했다. 그는 잠시 깊은 생각에 잠겼다. 평소 자신이 아는 번어기의 성품이라면 허무맹랑한 이야기를 늘어놓을 사람이 아니었다. 더구나 자기는 물론 후손들의 목숨까지 담보로 그와 같은 놀라운 폭로를 할 까닭이 없었다. 정안군이 정신을 차려 번어기에게 물었다.

"내가 어떻게 하면 좋겠소?"

"날이 밝는 대로 말머리를 돌려 함양으로 돌아가야 합니다. 지금 우리에게는 5만의 군사가 있으니 이번 기회에 상방을 몰아내고 왕실의 정통성을 회복할 수 있습니다."

번어기의 표정이 어느 때보다 비장했다. 정안군도 그의 제안을 따르지 않을 이유가 없었다. 자신이 적통(嫡統)으로서 왕위에 올라 진나라를 이끌어야 한다는 사명감도 불타올랐다. 이튿날 먼동이 트자마자 장안군이 병사들에게 외쳤다.

"모두 함양으로 진격하라! 왕통을 어지럽힌 여불위를 잡아 목을 베어라!"

번어기가 장안군 곁에서 군사를 통솔했다.

그 시각, 몽오의 군사는 조나라 병사들의 거센 역공에 포위되어 있었다. 만약 정안군과 번어기가 지원을 왔더라면 위기를 모면했겠으나 스스로 포위망을 뚫기에는 역부족이었다. 조나라 병사들은 폭우처럼 화살을 쏟아 부었다. 머지않아 몽오의 군사는 모두 목숨을 잃고 말았다. 여불위의 심복 몽오도 참혹한 운명을 피하지 못했다.

장안군이 말머리를 돌려 함양으로 온다는 소식은 금세 조나라 왕궁에 알려졌다. 곳곳에 여불위의 사람들이 있었으니 당연한 일이었다. 비록 정안군에게 용장 번어기와 5만의 군사가 있었으나 왕궁을 손에 넣는 것은 결코 쉽지 않았다. 여불위가 만만한 인물인가? 그는 반란 소식을 듣자마자 여러 장수들을 불러 모아 토벌대를 만들었다.

"지금 역적들이 이곳으로 오고 있다. 너희가 그들을 물리쳐 왕실을 지켜라. 공을 세운 장군들에게 내가 큰 상을 내릴 것이다!"

여불위의 명령에 장수들은 함성으로 화답했다. 여불위에 얽힌 사연을 모르는 그들에게 장안군과 번어기는 역모를 도모한 배신자일 뿐이었다. 토벌대 병사는 무려 10만에 달했다. 또한 그들의 무기도 장안군의 5만 병사보다 훨씬 더 강력했다. 내전은 오래가지 않았다. 사흘 만에 5만 군사가 오합지졸(烏合之卒)처럼 흩어져 달아나기 바빴다. 번어기 역시 목숨을 부지하기 위해 황급히 연나라로 말을 몰았고, 장안군은 생포되어 진왕 정 앞에 무릎을 꿇게 되었다.

"네가 감히 나를 죽이려 했느냐?"

진왕 정은 장안군을 더 이상 동생으로 여기지 않았다. 그의 눈에서 분노의 불길이 치솟는 듯했다. 그 곁에서 여불위는 짐짓 아무 말도 하지 않은 채 가만히 상황을 지켜보았다. 진왕 정이 무른 모습을 보였더라면 여불위가 나섰겠으나 굳이 그럴 필요가 없었다. 여불위가 기대한 것보다 진왕 정은 훨씬 더 무정하고 단호한 인물이었다.

"당장 장안군의 목을 베어 성 밖에 내걸도록 하라! 또한 이자를 따른 놈들도 모두 색출해 엄벌에 처하라!"

그때 소식을 들은 태후 주희가 달려와 그 명을 거두어달라고 하소연했다. 그녀에게는 진왕 정이나 장안군이나 똑같은 아들이었기 때문이다. 하지만 진왕 정은 어머니의 바람을 들어줄 생각이 전혀 없었다.

"배신자를 살려두면 언제 또 내게 칼을 겨눌지 모릅니다. 어마마마는 뒤로 물러서십시오."

그렇게 진나라 왕궁에는 한바탕 피바람이 휘몰아쳤다. 장안군은 말할 것 없고 그를 따르던 심복들까지 목이 베어 저잣거리의 구경거리가 되는 수모를 당했다. 그 행위가 어찌나 잔혹했던지 여불위조차 내심 두려움을 느낄 정도였다. 어느덧 진왕 정은 누구의 보살핌도 필요 없는 국왕의 위세를 뽐내고 있었다.

사실 진왕 정도 여불위와 자신에 관한 소문을 듣고 있었다. 더구나 근래 들어 점점 더 가깝게 지내는 태후와 여불위의 관계도 모르지 않았다. 그래서였을까. 그는 오히려 그 사실을 수군대는 사람들을 용서하지 않았다. 환관이든 궁녀든, 설령 그가 고관대작이라 하더라도 자신의 주변 인물들에 대해 함부로 이야기하는 것을 알게 되면 가차 없이 참형에 처했다. 그래서 왕궁에는 늘 왠지 모를 한기가 가득했다. 모두 위태롭게 외줄타기를 하는 것처럼 말과 행동거지를 조심하고 또 조심했다.

그렇게 얼마나 세월이 흘렀을까?

왕실 사태가 진정되자 진왕 정은 다시 조나라 정벌에 나섰다. 그 역시 천하 통일의 꿈을 꾸었던 것이다. 그 무렵 여불위는 점점 노쇠해가는 신세였다. 그는 어느새 더없이 강력한 국왕이 된 정이 두려웠다. 자신이 생부이기는 하지만 언제 화를 입을지 모른다는 공포로 밤잠을 설칠 때가 많았다. 왜 그랬을까? 그 이유는 진왕 정의 입장에서 한낱 장사치에 불과한 생부의 존재가 눈엣가시 같을 수 있었기 때문이다. 여불위는 그 점을 너무나 잘 알고 있었기에 언제 자신의 목이 달아날지 모른다고 판단했다.

그럼에도 여불위는 태후에게서조차 멀어지지 못했다. 그 무렵에도 여불위는 틈날 때마다 주희의 침실을 찾았다. 아니, 도저히 주희의 품을 벗어날 수 없었다고 말해야 옳을지 모르겠다. 여불위는 나이가 들면서 육체적 능력이 조금씩 쇠약해지고 있었다. 젊은 시절처럼 밤새 여인과 뒤엉켜 즐기는 일은 엄두를 내기 어려웠다.

그런데 태후는 달랐다. 그녀는 여전히 하루가 멀다 하고 사내를 찾아 욕정을 탐닉했다. 여불위는 고민에 빠졌다. 그 역시 주희와 함께하는 것이 즐거웠으나 예전처럼 그녀를 만족시키는 것이 힘에 부친다고 생각했다. 게다가 자신과 태후의 관계를 모르지 않을 진왕 정의 분노가 언제 폭발할지 몰라 노심초사했다. 여불위는 하루빨리 주희와 맺은 관계를 정리해야겠다고 마음먹어 마땅한 구실을 찾았다.

그러던 어느 날, 여불위는 노애(嫪毐)라는 자에 관한 풍문을 듣게 되었다. 그 내용이 꽤나 퇴폐적인데, 그의 양물(陽物)이 워낙 거대해 함양 장안의 여인네들이 너나없이 탐한다는 이야기였다. 그 소문을 들은 여불위는 무릎을 쳤다.

"옳거니! 그런 자라면 태후도 나를 잊어줄 것이 틀림없어."

여불위는 당장 사람을 풀어 노애의 행방을 좇았다. 역시나 그는 한 유부녀와 음탕한 짓을 벌이다가 발각돼 지방 관아에 갇혀 있었다. 여불위는 관아 수령을 뇌물로 구워삶은 뒤, 노애를 난 몰래 자신의 처소로 데려오게 했다. 그리고 은밀한 곳을 살펴보니 과연 풍문이 거짓이 아니었다.

"네가 나를 좀 도와야겠구나."

"무슨 말씀이신지……."

노애는 갑작스런 상황에 어리둥절했다. 그러거나 말거나 여불위는 자신의 꿍꿍이를 차곡차곡 실천해갔다. 먼저 그는 노애가 왕궁에 머물 수 있게 환관으로 위장시켰다. 그만한 속임수쯤은 여불위에게 식은 죽 먹기였다.

며칠 후, 여불위는 태후와 동침하면서 은근슬쩍 노애에 관한 이야기를 들려주었다. 주희 역시 그에 관한 소문을 알고 있었다. 여불위가 노애의 양물에 대해 설명하자 주희의 몸이 금세 달아올랐다. 그 틈을 놓치지 않고 여불위가 노애를 한번 만나보겠느냐고 제안했다. 주희는 부끄러운 척 고개를 돌렸지만, 여불위는 이미 그녀의 마음을 읽고 있었다. 만약에 여불위가 노애를 데려다주지 않으면 태후가 얼마나 심술을 부릴지 뻔한 노릇이었다.

환관으로 위장한 노애는 한동안 왕궁에서 쥐 죽은 듯 지냈다. 아직은 여불위가 자신에게 어떤 임무를 맡길지 모르는 상태였다. 그러던 어느 날, 여불위는 깊은 밤이 되자 노애를 불러 태후의 침실에 들게 했다. 그 다음은 모든 일이 일사천리(一瀉千里)였다. 밤새 태후의 침실에서 교성이 끊이지 않았다. 그제야 노애는 여불위가 맡긴 임무가 무엇인지 분명히 깨달았다. 그것은 세상에서 자신이 가장 잘할 수 있는 일이기도 했다.

여불위는 예상은 적중했다. 그날 이후 태후는 여불위를 찾지 않았다. 그 대신 새로 맞이한 사내와 함께 하루 종일 침실에서 뒹굴었다. 그런데 남녀의 교접은 필히 생명을 잉태하기 마련인 법. 태기를 느낀 태후가 여불위에게 찾아와 고민을 이야기했다.

"국왕께서 이 사실을 알면 어떡합니까? 국왕의 성품이 어미라고 하여 다르지 않을 텐데……."

그러자 이번에도 여불위는 기발한 꾀를 냈다. 그는 용하다는 점쟁이를 불러 태후가 계속 왕궁에 거처하면 진나라의 국운에 먹구름이 낀다는 소문을 내게 했다. 그러고는 진왕 정을 알현해 태후를 당분간 궁 밖에 머물게 하라고 간청했다. 진왕 정도 점쟁이의 말이 신경 쓰이는 데다 태후에 얽힌 이런저런 뒷소리도 부담스러워 못 이기는 척 그 제안을 받아들였다. 여불위는 노애를 태후의 시중으로 임명했다. 그렇게 궁 밖으로 나와 사가에 머물게 된 태후와 노애는 물 만난 물고기처럼 신바람이 났다. 이제는 누구의 눈치도 보지 않고 서로의 육체를 탐할 수 있었기 때문이다. 몇 달 후 태후는 아기를 낳았는데 그것이 끝이 아니었다. 뒤이어 또다시 아기가 들어서 뒤늦은 나이에 두 아들의 어미가 되었다.

그런데 사람의 욕심이란 것이 무엇인지, 노애가 변하기 시작했다. 간이 배 밖으로 나온 노애는 자신의 아들을 진왕 정 대신 국왕으로 세우려고 마음먹었다. 그리고 그 모반이 중간에 발각되자, 겁 없이 옥새까지 위조해 군대를 모아 반란을 일으켰다. 이제는 모든 일이 돌이키려야 돌이킬 수 없는 상황이었다. 훗날 역사가들은 그 사건을 가리켜 '노애의 난'이라고 이름 붙였다.

하지만 진왕 정이 누구인가! 머지않아 반란군은 진압되었고, 노애는 산 채로 붙잡혀 왕궁으로 끌려왔다.

"네 이놈! 환관이었던 네가 감히 반란을 일으키다니, 용서하지 않겠다!"

진왕 정은 단칼에 노애의 목을 베지 않았다. 끔찍한 국문을 가해 그의 패거리를 전부 발설하게 만들었다. 그러다 보니 태후와 사이에 두 아들을 낳은 사실도 털어놓지 않을 수 없었다. 진왕 정의 분노가 하늘을 찔렀다.

"이놈을 거열형에 처하라! 그리고 품위를 잃어버린 태후를 안가에 가두고 군사들로 하여금 철저히 감시토록 하라!"

진왕 정의 불호령은 그것이 다가 아니었다. 그는 노애와 태후 사이에 태어난 두 아이를 커다란 자루에 넣은 다음 몽둥이로 때려 죽여 버렸다. 거열형을 당해 갈기갈기 찢어진 노애의 몸은 그대로 저잣거리에 버려져 행인들의 발에 마구 짓밟혔다.

여불위의 처지도 바람 앞의 촛불 같았다. 노애를 환관으로 들인 자가 그였으니 진왕 정의 분노를 피하지 못했다. 국왕은 여불위의 벼슬을 박탈한 뒤 황량하기 그지없는 촉군(蜀郡) 땅으로 귀양을 보냈다. 천하를 벌벌 떨게 하던 그의 권세가 하루아침에 가을 낙엽 같은 신세가 되어버린 것이다.

"아아! 내가 나의 아들을 왕위에 올렸는데, 어처구니없는 사태가 벌어지고 말았구나……. 이렇게 구차하게 살 바에야 죽는 편이 낫겠다……."

여불위의 한탄은 엄살이 아니었다. 그는 자신의 처지가 매우 치욕스럽다고 느꼈다. 몇 날 며칠 식음을 전폐하던 그가 마침내 독극물을 마시고 스스로 목숨을 끊었다. 하기야 자살하지 않았더라도, 언젠가 여불위는 진왕 정에 의해 사약을 받

을 운명이었다. 사람들은 여불위의 비참한 최후를 알고 인과
응보(因果應報)라며 혀를 찼다.

헛된 욕망에 사로잡힌 황제

노애의 반란을 진압한 진왕 정은 눈길을 밖으로 돌렸다. 이제 본격적으로 천하 통일의 야망을 실현하려고 한 것이다. 어느덧 진나라 군사는 대륙 최고의 강군으로 성장해 있었다. 진왕 정이 지휘하는 군대는 주변 6국을 파죽지세(破竹之勢)로 정복해 나갔다.

진왕 정의 곁에는 최측근 이사(李斯)가 있었다. 그의 모사는 천하 통일의 물꼬를 텄고, 훗날 천하를 통일한 후에는 군현제를 확립하는 등 진시황이 중앙집권제를 확립하는 데 크게 기여했다. 또한 진왕 정에게는 왕전(王翦)과 왕분(王賁)이라는 뛰어난 장수들도 있었다. 왕전은 초나라를 멸망시키는 데 혁혁한 공을 세웠고, 그의 아들인 왕분은 연나라와 제나라 정복에 앞장섰다.

그렇게 대륙에는 최초의 통일 국가 진이 건국되었다. 진왕 정은 스스로 황위에 올라 첫 번째 황제 진시황이 되었다. 이제 진은 북으로 음산(陰山), 동으로 요동(遼東), 서로 임조(臨洮), 남으로 안남국(安南國)에 이르는 광활한 영토를 차지한 최강국으로 자리 잡았다.

진시황은 거칠 것이 없었다. 국왕이었던 시절에도 누구 하나 그의 말을 거역하지 못했는데, 이제는 천하가 그의 말 한마디 한마디에 머리를 조아려 경청했다. 그렇다고 진시황이 공포 정치만 펼쳤던 것은 아니다. 그는 지역에 다라 달랐던 도량형을 통일하고, 저마다 달랐던 문자체를 예서체(隷書體)로 정비했다. 그것은 신분이 낮은 사람들도 이해하기 쉬운 글씨체라는 뜻으로, 기존 문자체들의 번잡함을 생략하여 만든 것이다. 또한 수명어천기수영창(受命於天旣壽永昌)이라고 새긴 국새를 새로 제작하기도 했다. 거기에는 '하늘의 명을 받아 영원토록 번영한다.'라는 뜻이 담겨 있었다. 그 모든 일에 이사의 지략이 큰 도움이 되었다.

하지만 스스로 황제라 칭했던 진시황은 자신을 절제할 줄 몰랐다. 그도 그럴 것이 무엇이든지 명령만 하면 그 일이 금방 실현되었기 때문이다. 그 같은 성과를 낳기 위해 백성들이 얼마나 큰 고통을 겪는지는 신경 쓰지 않았다. 그 대표적인 사례가 아방궁(阿房宮) 건축이었다. 아방군은 수도 함양에 짓는 새 왕궁, 아니 황궁이었다. 그 공사에 동원된 백성 수만 해도 연인원 70만 명에 달했다니 백성들의 고충이야 두말 할 나위 없이 컸다.

"고향 땅에는 굶주리는 처자식이 있는데, 대체 언제까지 이 일을 해야 하누?"

"그러게 말일세. 나 없이 늙은 부모가 어떻게 농사를 지을지 이만저만 걱정이 아닐세."

그런데 백성들은 섣불리 자신들의 염려와 바람을 겉으로 드러내지 못했다. 그랬다가는 공사를 감독하는 병사들의 구타에 시달리기 일쑤였다. 먹는 음식도 부실한데 매일같이 노역에 시달리다 보니 많은 사람들이 피골이 상접한 몰골이었다. 그나마 목숨을 부지하면 다행인 것이, 중노동에 지쳐 병이 들면 변변한 약조차 없어 생사의 갈림길에 서기 십상이었다.

"아아, 내가 살아서 고향에 돌아갈 수 있으려나……."

"어머니, 너무나 보고 싶어요……."

신하들의 눈에도 백성들의 고통이 보이지 않는 것은 아니었다. 그러나 누구 한 사람 진시황에게 충언하는 자가 없었다. 왜냐 하면 그것은 자칫 목숨을 내놓는 일이기 때문이었다. 아방궁을 짓는 동안에도 진시황은 밤마다 연회를 열어 음주가무를 즐겼다. 그의 곁에는 전국에서 선발한 3천 명의 미녀들이 있어 오로지 황제의 기분만 살폈다.

　진시황은 불로장생(不老長生)의 욕망을 노골적으로 드러내기도 했다. 그는 불로초(不老草)를 얻기 위해 서불(徐市)을 대륙의 동쪽 바다 건너로 보내기도 했다. 한마디로 그는 현세의 쾌락을 아주 아주 오랫동안 만끽하고 싶었던 것이다. 그런 그에게 백성들의 원성이 들릴 리 없었다.

　제법 세월이 흘렀는데도 아방궁 공사는 여전히 진행 중이었다. 그만큼 공사가 방대했던 탓이다. 그런데 그 사이 진시황은 또 다른 공사를 명령했다.

　"나는 먼 훗날 죽음을 맞은 뒤에도 천하를 다스릴 것이다. 그러니 황궁과 똑같은 무덤을 짓도록 하라!"

　진시황이 자신의 무덤을 만들라고 지시한 곳은 여산(驪山)이었다. 무덤의 규모는 실로 어마어마했다. 봉분만 해도 높이가 4백 자에 길이는 2천 자나 되었다. 그 밖에 쌓은 성의 둘레까지 모두 계산하면 그야말로 입이 떡 벌어질 수밖에 없었다. 황궁이 산 자의 영광이라면 여산의 무덤은 죽은 자의 영광이었다. 언제나 죽어 나가는 것은 백성들뿐이었다. 한 사람의 황제를 위해 수많은 사람들이 끼니를 굶고 목숨을 잃어야 했다. 자연스레 곳곳에서 황제를 성토하는 분위기가 일렁였으나 그것이 혁명으로 발전하기는 쉽지 않았다. 진시황의 횡포는 단지 그 일들로 그치지 않았다.

때는 기원전 213년의 어느 날이었다. 그날도 성대하게 열린 연회에서 참석자 중 한 명이 황제의 공덕과 군현제의 실행을 찬양했다. 그러자 또 다른 참가자가 술기운에 그만 손사래를 치며 옛것을 버리는 것은 옳지 않다는 주장을 펼쳤다. 그러자 같은 자리에 있던 이사가 화를 참지 못하고 소리쳤다.

"네 이놈 무례하구나! 너처럼 혹세무민하는 자를 용서할 수 없다."

진시황의 최측근인 이사의 분노에 사람들이 벌벌 떨었다. 그는 곧 진시황에게 큰 소리로 아뢰었다.

"황제 폐하, 황국의 발전을 위해서는 옛 사상과 제도를 완전히 떨쳐버려야 합니다. 의약과 점술, 농업에 관한 책을 비롯해 제자백가의 책들과 우리 진나라를 제외한 다른 국가들의 역사서를 모두 불태워버리십시오!"

이사의 말에 진시황은 얼굴에 웃음기를 띠며 고개를 끄덕였다. 그것이 이사의 요청이기는 했지만, 평소 자신의 바람이었기 때문이다. 어쩌면 진시황은 미리 이사와 입을 맞춰놓았는지도 모를 일이었다. 그토록 놀라운 일은 곧 현실이 되었다. 다름 아닌 분서(焚書) 사건이 시작된 것이다. 일반 사가의 가서(家書)들도 그 참혹한 횡포를 피하지 못했다. 진시황은 오래전부터 어리석은 백성들이 글줄이나 읽었다며 자신의 정책에 이러쿵저러쿵하는 것이 못마땅했다. 이튿날부터 전국

곳곳에서 거둬들인 책들이 수레에 실려 황궁 앞으로 밀려들었다. 당시만 해도 책은 종이로 엮은 것이 아니라 간독(簡牘)으로 만들어 분량이 상당했다.

책이 산을 이루자, 진시황이 우렁찬 목소리로 명을 내렸다.

"여기에 불을 질러라!"

간독에 붙인 불은 순식간에 활활 타올랐다. 몇 날 며칠 불길이 꺼지지 않아 주변에 검은 재가 가득 날아다녔다. 그 광경을 지켜보며 마음속으로 눈물을 흘리는 신하들이 적지 않았다. 그럼에도 선뜻 앞으로 나서서 황제의 패악을 가로막는 이는 없었다.

다만 지방 유생들 중에는 황제의 명령을 따르지 않고 책을 숨기는 경우가 꽤 있었다.

"책이 없으면, 앞으로 무엇으로 학문을 탐구한단 말인가?"

"그렇고말고. 몇 권의 책이나마 몰래 빼놓아 후세에 전하도록 하세."

그야말로 그것은 목숨을 걸고 하는 일이었다. 아니나 다를까, 그 사실을 알게 된 진시황은 머리꼭대기까지 화가 치밀었다.

"그렇지 않아도 유생들이 하는 짓이 눈꼴사나웠는데, 감히 나를 기만해? 책을 숨긴 자들을 모두 붙잡아 와라!"

진시황은 서슬 퍼런 목소리로 명령했다. 병사들을 각 고을로 내려 보내 황제에게 순응하지 않고 책을 감춘 유생들을 모조리 잡아들였다. 그 수가 무려 460여 명이나 되었다. 진시황이 그들에게 내린 벌은 끔찍하기 짝이 없었다. 황제는 그들을 불온한 사상가로 취급하며 산 채로 구덩이에 매장해 죽게 했다. 그 사건을 '갱유(坑儒)'라고 한다. 분서와 갱유라는 두 가지 사건을 함께 '분서갱유(焚書坑儒)'라고 일컫기도 한다. 그 일이 장차 중국의 학문 발전에 끼친 악영향은 심각한 수준이었다. 당시 사람들은 흙벽을 파 숨기는 등 책을 지키려고 필사적이었지만 수많은 제자백가의 서책들과 역사책이 불타 버리는 것을 막지 못했다.

그런데 분서갱유가 벌어질 때 진시황을 제지하려는 인물이 있기는 했다. 그는 진시황의 장자 부소(扶蘇)였다.

"아바마마, 책을 불태우고 유생들을 죽이는 일을 멈추어주십시오. 학자와 백성들의 원성이 나날이 커지니 이 나라의 안위가 염려되옵니다."

그것은 대단한 용기였다. 아무리 자식이라고는 해도 진시황을 거역하는 것은 엄청난 후폭풍을 감수해야 하는 언행이었다. 실제로 진시황은 부소의 간곡한 청을 듣지 않았다. 황제는 장자를 머나먼 국경 지대로 쫓아 보낸 뒤 나중에 둘째 아들에게 황위를 물려주겠다고 선언했다. 사연은 나중에 이야기하겠으나, 그로부터 여러 해가 지난 뒤 부소는 자결하는 것으로 비극의 삶을 마치고 말았다.

그때까지도 아방궁 공사는 마무리되지 못했다. 또한 진시황은 불로초에 대한 미련도 버리지 못한 상태였다.

"서불은 아직 소식이 없느냐?"

서불이 불로초를 찾아오겠다며 떠난 지 벌써 오래였지만 감감무소식이었다. 그가 불로초를 구하지 못한 채 돌아오면 진시황에게 죽음을 면치 못할까 봐 어디로 꼭꼭 숨어버렸다는 소문이 돌기도 했다. 진시황도 나이가 들어가면서 점점 총기가 흐려지고 있었다. 전국으로 순행(巡行)하며 정사를 펼치기도 했지만 예전 같은 통솔력을 발휘하기는 어려웠다. 그러자 황제를 속이려 드는 자들이 생겨나기 시작했다. 지방 곳곳에서 도둑이 들끓는 일도 심심치 않게 벌어졌다. 황제의 폭정에 시달리던 통일 국가 진의 국운이 서서히 기울어갔다. 어느덧 건국 15년이 되어가고 있었다.

그 무렵, 패현(沛縣) 풍읍(豐邑)에 유방(劉邦)이라는 인물이 살고 있었다. 풍읍은 유방이 태어나기 3~40여 년 전부터 초나라에 속해 있었다. 그곳은 초나라의 중심지라기보다는 위나라의 국경과 훨씬 가까운 지역이었다.

유방의 선조들은 대대로 산골에서 농사를 지으며 생활했다. 살림살이가 그리 넉넉지 않은 평민 집안이었던 것이다. 유방의 아버지 유태공(劉太公)은 아내 유온(劉媼)과 사이에 아들 셋을 낳았는데 그중 유방이 막내였다. 형들은 첫째가 유백(劉伯), 둘째가 유중(劉仲)으로 불리었다. 여기서 '불리었다'라고 표현한 까닭은 그들의 이름에 특별한 뜻이 없었기 때문이다. 당시 평민 가문에서는 저마다의 이름에 개별적인 의미를 부여하지 않았다. 유백, 유중, 유방이라는 이름에도 큰아들, 둘째아들, 막내아들 정도의 뜻이 담겨 있을 뿐이었다. 태공이나 온 역시 남의 아버지와 어머니를 높여 부르는 호칭에 지나지 않았다. 다시 말해 유태공은 '유씨댁 어르신', 유온은 '유씨댁 안주인' 정도로 풀이할 만했다.

그런데 유방의 출생에는 형들과 다른 신비한 태몽이 있었다. 유방의 어머니인 유온이 연못가에서 쉬다가 문득 잠이 들어 꿈속에서 신을 만났다고 한다. 그때 천둥번개가 치고 하늘이 시커멓게 변했는데, 근처에 있던 태공이 유심히 아내의 모습을 살펴보자 배 위쪽에 교룡(蛟龍)이 꿈틀대고 있었다는 것이다. 그 후 유온의 몸에 태기가 있었고 열 달 후 아들을 낳았으니, 그 사람이 다름 아닌 유방이었다. 교룡은 모양이 용과 같고 몸길이가 한 길이 넘으며 넓적한 네 발을 가진 상상 속 동물이었다. 가슴이 붉고 등에는 푸른 무늬가 있으며 옆구리와 배가 비단처럼 부드러웠다.

태공과 유온이 같은 날 밤 함께 꾼 태몽은 신비하기 그지없었다. 유방이 태어나자, 태공은 자신의 아들이 용의 정기를 받았다고 믿어 의심치 않았다. 그래서였을까. 유방은 외모가 아주 훤칠했다. 누가 보더라도 "거참, 잘생겼구먼."이라며 감탄할 만했다. 그리고 또 하나 눈에 띄는 것은 왼쪽 허벅지에 선명히 보이는 72개의 점이었다. 음양오행에서는 72를 빨간 흙, '적토(赤土)'라고 설명했다. 그것은 태공이 꿈에서 보았던 교룡이 붉은색이었다는 것과 연결되어 유방이 용의 정기를 받아 적제(赤帝)로 태어났다는 믿음을 더욱 굳게 했다.

유방 또한 어린 시절부터 부모에게 태몽을 들어 자기가 용의 정기를 받았다는 것에 자부심을 느꼈다. 일종의 선민의식이랄까, 자신이 비록 농가의 자손으로 태어났지만 언젠가 천하에 이름을 떨칠 인물이 되겠다는 야심을 품고 있었다. 하지만 현실은 녹록치 않았다. 농부의 집은 하루 종일 땀 흘려 일해야 가까스로 입에 풀칠을 할 수 있었다. 유방의 두 형도 부모를 도와 부지런히 밭을 갈고 작물을 심었다.

그런데 유방은 농사를 거들지 않았다. 그 대신 날마다 고을의 젊은 사내들과 어울리며 우두머리 행세를 했다. 그는 강한 힘을 가졌지만 어지간해서는 힘으로 상대를 제압하지 않았다. 화려하면서도 신뢰감을 주는 언술과 사내대장부다운 호탕한 행동으로 상대의 지지를 저절로 이끌어내는 재주가 있었다. 유방은 사냥을 해 고기와 가죽이 생기면 그것을 동료들에게 공평하게 나누어주었다. 자신의 패거리 중 누가 맞고 오기

라도 하면 당장 달려가 혼쭐을 내주기도 했다. 그러자 시간이
흐를수록 유방을 따르는 젊은 사내들의 수가 빠르게 늘어났
다. 그들은 하나같이 유방의 부하가 되기를 자처했다. 나이를
따지지 않고 기꺼이 유방을 형님으로 모셨다.

일취월장하는 유방의 기세

어느덧 성인이 된 유방은 대부분의 시간을 집 밖에서 생활
했다. 그만큼 그를 따르는 사람들이 많아 농부의 삶과는 이미
완전히 멀어져 있었다. 유방은 같은 사내들에게 인기가 매우
높았을 뿐만 아니라 술과 여색을 좋아하는 인물이기도 했다.
얼마 지나지 않아 유방의 패거리는 패현에서 누구도 만만히
여기지 못하는 막강한 세력으로 성장했다.

하지만 그 무렵만 해도 유방은 젊은 사내들이 모인 패거리
의 우두머리일 뿐이었다. 유방의 가슴속에는 야심이 있었지
만 그것이 구체적으로 무엇이고, 그것을 어떻게 실현해야 하
는지 그 스스로도 알지 못했다.

"유형, 심심한데 주막에 가서 술이나 한잔 합시다."

어느 날 오후, 노관(盧綰)이 유방에게 말했다. 그는 유방의

동갑내기 죽마고우였는데, 꽤나 생각이 깊고 언행이 듬직한 사내였다. 유방에게 노관은 가장 믿을 만한 친구였고, 노관에게 유방은 기꺼이 존경할 만한 최고의 벗이었다. 평소 노관은 친구인 유방에게 말조차 함부로 놓지 않았다. 둘은 서로를 마음 깊이 존중했다.

유방의 곁에는 항상 번쾌(樊噲)라는 인물도 있었다. 그는 유방의 기개를 흠모해 호위무사를 자처했다. 만약 유방이 위험에 처하기라도 하면 흔쾌히 자기 몸을 바쳐 구해낼 사내였다. 주막에 가자는 노관의 말을 듣고 번쾌가 먼저 신바람을 냈다.

"안 그래도 술 생각이 간절했는데, 제가 두 분 형님들을 모시겠습니다."

"네가 술값을 낸다는 말이냐?"

"아니, 그건 아니지만……."

유방의 농담에 번쾌의 낯빛이 살짝 붉어졌다. 그렇게 세 사람은 의기양양한 걸음으로 고을 어귀의 주막으로 발걸음을 옮겼다.

그런데 한참 길을 가던 유방이 현청(縣廳) 앞을 지나다가 뜻밖의 말을 꺼냈다.

"우리 저 안에 들어가 구경 좀 해볼까?"

그 말을 들은 번쾌가 화들짝 놀라며 손사래를 쳤다.

"형님, 죄도 짓지 않았는데 현청에는 왜 들어갑니까? 저기에는 눈길도 주지 말고 어서 지나갑시다."

그러나 번쾌의 만류도 불구하고 유방은 현청 안으로 성큼성큼 들어섰다. 그 기세가 워낙 당당해 경비병들도 얼떨떨해하며 쳐다볼 뿐이었다. 그들도 유방이 고을 젊은 사내들의 우두머리인 것을 알아 함부로 대하지 않았다.

유방의 출현에 소하(簫何)와 조참(曹參)이 현청 마당으로 나왔다. 그들 중 소하는 현청의 경비를 담당하는 책임자였고, 조참은 감옥의 관리를 맡은 옥관이었다. 이미 유방의 세력과 사람 됨됨이에 대해 들어왔던 터라, 두 젊은 관리는 그를 정중히 대했다.

"여기는 무슨 일로 오셨습니까?"

"내가 글공부를 하지 못해 현청이 무엇을 하는 곳인지 잘 알지 못하오. 마침 이 앞을 지나다가 용기를 내 들어와 봤으니 무례를 용서하시오. 한데…… 현청이 단지 죄인을 벌하는 곳은 아니지요?"

유방은 소하와 조참에게 예의를 갖춰 물었다. 노관과 번쾌는 괜한 긴장감을 가까스로 감추며 조용히 곁에 서 있었다.

"그렇습니다. 현청은 죄인의 죄를 다스릴 뿐만 아니라, 고을 백성들의 생활을 보살피는 곳이지요. 외적이 침입하면 고을의 안녕을 위해 맞서 싸우기도 하고요."

소하와 조참은 유방을 가벼이 대하지 않았다. 둘은 유방이 범상치 않은 인물인 것을 한눈에 알아볼 수 있었다. 언젠가 그가 천하에 이름을 떨치는 날이 올 것이라는 기대감이 스멀스멀 피어오르기도 했다. 소하가 유방을 향해 뜻밖의 이야기를 꺼냈다.

"글공부를 하지 못하셨다고요?"

"그렇소만. 농부의 아들이 어찌 글공부를 할 수 있었겠소?"

유방은 그 질문의 의도를 쉬 짐작하지 못했다. 그때 소하가 말을 이었다.

"앞으로도 언제든지 현청에 놀러 오십시오. 이곳에는 책이 아주 많으니 글공부를 하시겠다면 기꺼이 도움을 드리겠습니다."

소하의 호의에 유방은 가슴이 벅차올랐다. 자신이 글공부를 하게 될 줄은 꿈에도 기대하지 못했기 때문이다.

그날 이후, 유방은 하루도 빠짐없이 현청으로 향했다. 그곳에서 허드렛일을 하던 고을의 젊은 사내들이 우두머리를 발견하고 놀라 허리 숙여 인사했다. 그때마다 유방은 그들을 피해 현청 뒷마당에 있는 자그마한 별채로 잰걸음을 옮겼다. 소하가 내어준 그 방에는 글을 익히는 데 도움이 될 문방사우(文房四友)가 놓여 있었다. 공부하다가 필요한 책이 있어 요구하면, 소하가 일을 하다 잠시 짬을 내 직접 가져다주기도 했다.

일찍이 기회가 없어서 그랬지, 유방의 글공부는 하루가 다르게 발전했다. 그는 금세 글을 익혔고, 많은 책들을 읽어 나갔다. 앞서 설명했듯 유방은 원래 통솔력이 뛰어난 인물이었다. 용기와 함께 포용력을 갖추고 있었기 때문이다. 거기에다 이제는 학문을 통해 이해력과 분석력까지 높여 점점 더 탁월한 지도자의 역량을 갖추게 되었다. 세상을 바라보는 그의 시야도 한층 더 넓어졌다.

"아, 이토록 광활한 세상에서 사내대장부의 기개를 한껏 펼치고 싶구나!"

소하와 조참의 눈에도 유방의 변화가 눈에 띌 정도였다. 그들은 학문 탐구에 열중하는 유방을 지켜보며 자신들의 판단이 옳았다는 것을 느꼈다.

"용의 정기를 받고 태어났다더니, 실로 대단한 인물이 될 것이 틀림없어."

"본디 배포가 큰 인물인 데다 이제는 훌륭한 인덕까지 갖추게 되었으니 앞으로 더 많은 사람들이 따르려 하겠군."

그 후로도 한동안 유방의 현청 출입은 그치지 않았다. 오죽하면 노관과 번쾌가 그의 얼굴을 자주 보지 못해 안달을 낼 지경이었다. 그렇게 한 해가 지나고 나서야 유방은 현청 출입을 그만두었다. 괜히 싫증이 나서 그런 것이 아니라, 그곳에는 더 이상 유방이 읽을 책이 남아 있지 않은 탓이었다.

바람이 따스하던 어느 날, 유방은 오랜만에 한적한 주막의 술상 앞에 앉았다. 그동안은 공부에 매진하느라 거의 날마다 마시던 술도 되도록 절제해온 터였다. 유방은 노관과 번쾌에게 술잔을 건네며 본의 아니게 잠시 소홀했던 우정을 되새겼다. 워낙 술을 좋아하는 데다 가까운 사람들과 함께하니 연거푸 술잔을 들이켜면서도 좀처럼 취하지 않는 듯했다. 유방은 온 세상의 기쁨을 자기 가슴에 안은 듯 호기롭기 그지없었다.

그런데 그때, 가쁜 숨을 몰아쉬며 소하가 나타났다.

"갑자기 여기는 왜 왔소?"

유방이 두 눈을 동그랗게 뜨고 물었다. 소하가 겨우 숨을 가다듬으며 다급한 소식을 전했다.

"어서, 피신하십시오. 군청(郡廳)에서 유형을 나포하러 군졸들을 보낼 것입니다."

"그게 무슨 말이오? 나는 잘못한 것이 없는데?"

"유형은 지금 살인을 사주했다는 혐의를 받고 있습니다."

"살인이라고!"

유방은 어처구니가 없었다. 마른하늘에 날벼락이라더니, 대체 어떻게 된 영문인지 짐작조차 되지 않았다.

사연인즉 이랬다. 유방이 글공부를 위해 현청에 드나들 무렵, 그 사실을 알게 된 현청 수령이 소하를 불러 크게 화를 냈다.

"아니, 여기 어디라고 그깟 불량배 패거리의 우두머리를 들인단 말이냐?"

수령은 소하와 달리 유방의 장래성을 예감하지 못했다. 그의 눈에는 유방이 한낱 건달이나 모리배로 보였던 것이다. 보나 마나 머지않아 큰 죄를 지어 현청에 붙잡혀 올 것이라고 생각했다. 그 시기 현청에는 수령 말고도 유방을 탐탁지 않게 여기는 관리들이 적지 않았다. 다만 그들은 유방이 자칫 해코지라도 할까 봐 드러내놓고 불평하는 것을 삼갈 뿐이었다.

수령이 단호한 목소리로 소하에게 명령했다.

"하루빨리 유방을 현청에서 쫓아내라. 그가 말썽이라도 일으키면 경비 책임자 자리를 내놓아야 할 것이야."

그러나 소하는 수령의 말을 따르지 않았다. 유방을 함부로 대했다가는 오히려 감당하기 어려운 행패를 부릴지 모른다고 설득해 일단 가만히 지켜보는 쪽으로 상황을 수습했다. 물론 유방이 작은 말썽이라도 부리면 경비 책임자 자리에서 물러나겠다는 약속도 빼놓지 않았다. 그 덕분에 유방은 한 해 동안 현청을 드나들며 글공부에 열중할 수 있었다.

하지만 그렇다고 해서 유방을 바라보는 현청 수령의 시선이 달라진 것은 아니었다. 그는 어떻게든 꼬투리를 잡아 유방을 혼내줄 마음을 먹고 있었다. 그러던 어느 날, 패현에 큰 사건이 일어났다. 현청에서 퇴근하던 한 관리가 어떤 사내의 습격에 목숨을 잃고 만 것이다. 수령은 그 사실을 접하자마자 다짜고짜 배후에 유방이 있다고 판단했다. 그에게는 사건의 진범이 누군지는 중요하지 않았다. 살인 사건인 만큼, 현청 수령은 서둘러 군수에게 자세한 보고서를 올렸다. 그 간독의 내용에도 유방이 살인 사건의 배후라는 말을 빼놓지 않았다.

현청 수령의 보고서를 읽은 군수는 특별히 무예가 뛰어난 군졸들을 지원해 살인 사건을 해결하도록 했다. 그 역시 유방에 관한 소문을 들어 범인 검거가 만만치 않으리라 짐작했던 것이다. 수령은 기뻐하며 곧바로 현청의 포졸 대장을 불러 군졸들과 함께 당장 유방을 나포해 오라고 지시했다. 그때 그 긴박한 소식을 소하가 한 발 먼저 유방에게 알리러 달려온 것이다.

"우라질! 뭐 이런 경우가 다 있단 말이오? 형님, 이대로 당하고 있을 수는 없습니다. 빨리 아우들을 불러 포졸들을 막아야겠습니다!"

"흥분하지 말거라. 무조건 맞서는 것이 최선은 아니니까."

번쾌는 소하의 이야기를 듣고 불끈 화가 치밀어 어쩔 줄 몰라 했다. 그 길로 군졸과 포졸들에게 맞서 한바탕 싸움이라도 벌일 기세였다. 그러자 유방이 그를 진정시켰다. 유방은 글공부를 하고 책을 읽으면서 이전보다 훨씬 더 슬기로운 사람으로 변해 있었다. 용의 정기를 받고 태어난 인물로서, 백 보 전

진을 위한 일 보 후퇴의 미덕을 일찌감치 깨우쳤다.

유방은 소하의 조언대로 피신을 서둘렀다. 마침 고을 멀리 위치한 산에 깊은 숲이 있었는데, 그곳을 피난처로 정했다. 노관이 유방과 동행했고, 번쾌는 고을에 남아서 돌아가는 상황을 살피기로 했다. 번쾌 역시 "제가 목숨을 걸고 형님을 지키겠습니다!"라며 따라나서려고 했지만 유방이 한사코 말렸다. 그러는 편이 이번 일을 해결하는 데 도움이 된다고 판단했기 때문이다. 유방은 급박한 처지에서도 침착함을 잃지 않았다.

유방이 노관과 함께 산으로 달아나고 나서 얼마 지나지 않아 군졸과 병졸들이 들이닥쳤다. 그들은 주막 주변을 열심히 뒤졌지만 유방을 찾을 수 없었다. 그 사이 소하는 현청에 돌아가 아무 일도 없었다는 듯 경비 업무에 충실했다.

얼마 후, 포졸 대장이 수령에게 보고했다.

"저희가 주막에 당도했을 때, 유방은 이미 멀리 달아나 보이지 않았습니다. 어떻게 할까요?"

"그놈이 생각보다 약삭빠르구나……. 포졸들을 전부 동원해 고을의 모든 집과 산속을 샅샅이 수색해라!"

그때 소하가 헛기침을 하며 끼어들었다.

"수령님, 포졸들을 모두 현청 밖으로 내보내는 것은 위험합니다. 이번 일을 해결하려다가 자칫 더 큰 사건에 휘말리게 될 수도 있습니다."

현청 수령이 소하의 말을 듣고 보니 일리가 있었다. 고을의 모든 집과 산속을 샅샅이 뒤지려면 몇 날 며칠이 걸릴지 몰랐다. 그 틈에 도적 떼가 현청을 습격하거나 감옥의 죄수들이 난동을 부리면 감당하기 어려운 사태로 번지기 십상이었다. 수령은 소하의 의견을 받아들이면서 못 이기는 척 명을 거두었다.

한편, 깊은 산으로 몸을 피한 유방은 혼자서 사색하는 시간이 늘어갔다. 그 곁에서 노관은 조용히 친구를 보살피며 앞날을 기약했다. 이따금 둘은 마주앉아 진지한 대화를 나누었다.

"자네는 지금의 정국을 어찌 생각하는가?"

"유형은 어찌 생각하시오?"

유방이 질문하자, 노관은 대답 대신 예의를 갖추며 되물었다.

"나는 진 황실이 건국 당시의 패기와 정의감을 많이 잃었다고 보네. 관리들은 부패하고 백성들의 삶은 날이 갈수록 궁핍해져 미래를 꿈꾸기 어렵지."

유방의 냉철한 평에 노관은 고개를 끄덕여 공감을 표했다. 유방의 말이 이어졌다.

"나는 장차 이 세상의 여러 문제를 바로잡고 싶네."

"유형은 우리가 그럴 수 있다고 보시오?"

"그럼, 할 수 있다마다. 힘만 갖출 수 있다면."

"힘이라고 했소?"

"그렇다네, 힘! 내 뜻대로 천하를 바꾸려면 그럴 수 있는 힘부터 길러야 하지."

유방은 어린 시절부터 야심이 있었다. 스스로 용의 정기를 받고 태어난 사람이라 믿어 여느 평범한 사내들의 삶과는 다른 인생을 살겠다고 일찍이 작정했다. 거기에다 글을 깨쳐 책을 읽으면서부터는 포부가 더욱 커졌다. 선현들의 가르침에 따라 더욱 고매한 인품을 갖게 되었고, 몸과 마음이 한층 더 강건해졌다. 늘 곁에 머무는 노관도 그와 같은 변화를 여실히 느끼고는 했다.

"내가 말한 힘이란, 무엇보다 나의 능력을 키우는 것일세. 그리고 내 곁에 훌륭한 인재들을 두는 일이기도 하지. 자네와 번쾌처럼 총기 있고 의리 있는 사람들 말이야. 소하와 조참 같은 관료 출신도 큰 도움이 되겠지. 그런 인재들과 함께한다면 모반인들 못 일으키겠나?"

"아니, 모반이라니?"

유방의 말에 노관이 화들짝 놀랐다. 대화의 분위기가 고조되기는 했지만, 아무리 그렇더라도 모반을 운운하는 것은 머리카락이 쭈뼛해지는 일이었다. 어느 면에서는 유방이 그만큼 노관을 신뢰한다는 의미이기도 했다. 그것은 목숨을 바쳐

서라도 세상을 탈바꿈하고 싶다는 유방의 의지가 드러난 말이었다.

그로부터 제법 세월이 흘렀다. 현청 관리가 죽은 살인 사건은 사람들의 뇌리에서 잊혔고, 현청에도 새로운 수령이 부임했다. 어느 날 번쾌가 술독을 지고 산을 올라 유방과 노관을 찾아갔다.

"형님들, 그동안 안녕하셨습니까?"

세 사람은 오랜만의 해후에 서로를 얼싸안으며 기뻐했다. 그 날 세 명의 사내는 술독을 다 비우며 밤이 깊도록 이런저런 이야기를 나누었다.

"형님들, 이제 산을 내려가시지요."

번쾌가 현청 수령이 바뀐 사실을 전하며 말했다.

"그렇지 않아도 하산할 생각이었네. 산속에만 처박혀 있다 보니 좀이 쑤시지 뭔가. 그래도 여기 올 때 소하가 챙겨준 책이 있어 덜 무료했지."

"무슨 책인데요?"

번쾌가 술에 취해 벌게진 얼굴로 물었다.

"전국시대 위나라 위인 신릉군(信陵君)에 관한 책일세."

"그분이 그리 대단합니까?"

평소 책에는 관심이 없는 번쾌가 시큰둥하게 다시 물었다.

"신릉군은 자신의 재능이 뛰어나기도 했지만, 무엇보다 인재를 적재적소(適材適所)에 등용할 줄 아는 사람이었네. 그는 하급 관리로 일하던 후생(候生)이라는 노인과 개백정 신분이었던 주해(朱亥)를 과감히 자기 사람으로 들여 전쟁에서 승리했지. 겉모습만으로 다른 사람을 판단하지 않고 감춰진 능력을 알아보는 특별한 인물이었어. 나도 그런 사람이 되고 싶네."

"그럼 형님께도 후생과 주해 같은 사람들이 있습니까?"

번쾌가 짐짓 유방의 마음을 떠보았다. 유방이 그의 기대를 모를 리 없었다.

"있다마다. 네가 바로 나의 주해라고 할 수 있지."

"주해라고요?"

"그래, 주해는 목숨을 걸고 끝까지 신릉군을 지켜냈지. 너도 툭하면 '제가 목숨을 걸고 형님을 지키겠습니다!'라고 하지 않느냐, 허허!"

일면 우스갯소리로 했지만, 유방의 말은 진심이었다. 그는 실제로 노관을 후생으로, 번쾌를 주해로 믿었다. 소하와 조참도, 그 밖의 여러 아우들도 언제든 후생과 주해의 역할을 해주리라 확신했다. 자기만 신릉군 못지않은 인물이 된다면 어떤 난관도 꿋꿋이 헤쳐 나갈 수 있다고 스스로 되새겼다.

유방이 오랜만에 고을로 돌아와 보니, 과연 번쾌의 장담대로 아무 일도 일어나지 않았다. 현청에서도 그를 찾지 않았다. 수령이 바뀐 탓도 있었지만, 관리들도 괜히 지나간 일을 들춰 골칫거리를 만들고 싶어 하지 않았다. 유방은 나이에 어울리게 수염을 정돈하고 의복을 갖춰 입었다. 여전히 백성들의 삶은 고달팠지만, 그런대로 평화로운 날들이 계속됐다. 유방은 여전히 술을 즐기며 자신을 따르는 사람들과 어울렸지만 산속에서 노관에게 했던 다짐을 잊지 않았다. 하루는 그가 번쾌에게 농담 삼아 물었다.

"이보게 주해, 내가 신릉군 같아 보이나?"

유방은 일부러 뽐내는 태도를 내보였다. 그러자 번쾌가 퉁명스럽게 대꾸했다.

"쳇, 신릉군은 굉장한 부자에다 벼슬아치였다면서요? 그에 비해 형님은 허우대만 멀쩡하시잖아요."

번쾌 역시 농담조로 한 말이었지만 유방은 가슴이 뜨끔했다. 어디 한 군데 틀린 이야기가 아니었으니까 말이다. 실제로 유방은 아직 빈털터리였고 패현을 벗어나면 알아주는 이도 없었다. 그럼에도 신릉군 어쩌고 했으니 아우의 놀림을 들어도 딱히 할 말이 없었다.

유방은 그날 느끼는 바가 컸다. 그래서 일단 무엇이든 일을 시작해야겠다고 판단했다. 그는 소하의 도움을 받아 현청의 임시 관리직을 구했다. 사상(泗上)이라는 곳의 정장(亭長)으로 일하는 것이었는데, 비록 하급 관리가 맡는 임무였지만 유방은 겸손히 배우는 바가 있을 것이라고 생각했다. 그 임무는 구체적으로 진시황의 토목 공사에 장정들을 일꾼으로 인솔하는 일이었다.

그 시기에도 진시황의 폭정은 끊이지 않았다. 백성들의 고달픈 삶은 아랑곳없이 아방궁을 짓고 자신의 거대한 무덤을 만드느라 농사일에 바쁜 사내들을 강제로 동원했다. 유방은 그 일을 일선에서 맡아보며 천하를 개혁해야 한다는 신념이 더욱 굳어졌다.

그러던 어느 날, 현청에서 성대한 잔치가 열린다는 소식이 들렸다. 현청 수령이 패현의 유지들을 전부 초대했고, 관리들도 참석해 즐길 수 있도록 허락했다. 거기에는 그만한 이유가 있었는데, 수장은 되도록 많은 사람들이 잔치에 참석해야 자신의 위세를 뽐내는 데 도움이 된다고 생각한 것이다.

그날의 잔치는 누구를 위한 것이었을까? 현청 수령이 마련한 잔치의 주인공은 여공(呂公)이었다. 그는 패현과 먼 선부(單父) 사람인데, 어떤 사건에 연루되어 풍읍 근처로 피신해온 처지였다. 그럼에도 그가 워낙 재력가인데다 황실에까지 인맥이 뻗은 터라 잘 보이려고 애쓰는 사람들이 많았다. 패현 현청의 수령도 그중 하나였다. 수령은 여공과 이미 친분이 있었지만, 크게 잔치를 열어 그와 더욱 가까워지려고 했다. 얼마 전에는 여공과 식솔들이 거처할 으리으리한 저택까지 알아봐주어 환심을 사둔 상태였다.

　현청에서 열린 잔치는 그야말로 성대했다. 소하가 잔치의 책임자로 나섰는데, 몇 날 며칠 밤잠을 설치고도 일거리가 끊이지 않았다. 잔치 당일에는 이른 아침부터 각지에서 사람들이 구름처럼 몰려들었다. 유지들은 갖가지 선물을 챙겨온 것도 부족해 앞다투어 부조 명단에 이름을 적었다. 그날 초대받은 하객들은 여공에게 전하는 부조금을 냈는데, 명단에 자기 이름과 함께 액수를 적도록 되어 있었다. 일단 금액을 적고 정해진 날짜에 실제로 돈을 보내는 방식이었다. 말하나 마나, 부조 금액에 따라 하객들이 앉는 위치가 달랐다. 여공을 중심으로 돈을 많이 나면 가까운 자리, 돈을 적게 내면 먼 자리에 앉은 것이다.

　잔치에 참석하려는 유지들의 긴 줄 가운데 유방의 모습도 보였다. 그를 발견한 소하는 반가운 눈짓을 보내면서도 내심 걱정이 되었다. 재산이라고는 먹고 죽으려고 해도 없는 사람이 왜 유지들이 선 줄에 섞여 있는지 모를 일이었다. 허우대가 멀쩡하고 포부도 커서 다른 누구에게도 꿀릴 것이 없었지만 돈 문제라면 내세울 것이 없는 사람이잖은가.

　그런데 잠시 뒤, 소하는 유방이 부조 명단에 적은 금액을 보고 놀라 까무러칠 뻔했다. 그가 무려 1만 전을 부조하겠다고 적지 뭔가! 유지들도 기껏해야 2천 전 안팎을 부조하는 마당에 1만 전이라면 누구라도 눈이 휘둥그레질 만했다. 유방은 곧 여공과 가장 가까운 자리로 안내되었다. 부조 금액을 전해 들은 여공은 자리에서 일어나 예를 갖추었다. 유방도 전혀 당황한 기색 없이 정중히 답례했다.

'아니, 대체 어떤 생각으로 이런 일을 벌였지? 유형이 어떻게 1만 전을 마련한단 말인가? 잘못하면 큰 낭패를 보게 될 텐데……'

소하는 이만저만 걱정이 아니었다. 그러거나 말거나 유방은 환한 표정으로 여공과 정담을 나누기 시작했다.

"귀한 분께서 저희 고을을 찾아주셔서 영광입니다."

유방이 먼저 예를 갖춰 인사를 올렸다. 여공이 보기에 젊은 유방의 모습이 매우 멋지고 의젓했다. 하기야 유방은 어느 곳에서나 외모부터 사람들의 관심을 끌기는 했다. 게다가 그날따라 몸가짐에도 더욱 품위가 있어 보였다. 여공은 자신에게 1만 전이나 부조를 한 젊은 유방의 등장에 잔뜩 호기심이 일었다. 그가 가만히 유방을 살피는가 싶더니 미소 띤 얼굴로 화답했다.

"패현에 이렇게 훌륭한 인물이 있는지 처음 알았소. 내가 관상을 좀 볼 줄 아는데, 머지않아 큰일을 할 사람으로 보이는구려."

"과찬의 말씀입니다. 공처럼 대단한 분의 칭찬을 들으니 몸

둘 바를 모르겠습니다."

사실 유방은 아무에게나 깍듯이 예를 갖추는 성격이 아니었다. 어릴 적부터 여러 사람들이 따르다 보니, 이따금 안하무인(眼下無人)으로 오해받을 행동을 할 때도 있었다. 그런데 왠지 여공 앞에서는 전에 없이 자신을 낮추는 모습이었다. 소하가 보기에도 선뜻 이해되지 않는 일이었다. 더구나 갖고 있지도 않은 1만 전을 부조하겠다니, 그것은 또 무슨 조화란 말인가. 소하는 다른 하객을 맞이하면서도 유방에게서 눈을 떼지 못했다.

유방과 여공은 여러 차례 술잔을 주거니 받거니 했다. 유방이 먼저 술을 따라 올리면 여공도 가만있지 않고 젊은 호걸에게 술잔을 건넸다. 둘 사이에는 이런저런 방담이 오가며 웃음이 끊이지 않았다. 다른 하객들도 잇달아 인사를 올렸지만 여공은 그들을 잠시 상대할 뿐 이내 유방을 향해 몸을 돌렸다. 누가 보더라도 그날 잔치의 주인공은 단연 여공과 유방이었다. 두 사람은 나이 차이에도 불구하고 서로에게 호감을 감추지 않았다.

그렇게 얼마나 잔치가 계속됐을까? 어느덧 해가 뉘엿해질 무렵, 여공이 유방에게 말했다.

"오늘 잔치가 끝난 뒤, 잠시 나와 독대할 수 있겠소?"

"물론입니다. 공께서 시간을 내달라면 언제든 그리 해야지요."

순간, 유방은 돈 걱정이 되었다. 여태껏 호기롭게 자리에 앉아 있기는 했으나, 유방이라고 해서 부조 명단에 적은 1만 전이라는 거액이 신경 쓰이지 않는 것은 아니었다.

'호랑이한테 잡혀 가도 정신만 차리면 살 수 있다. 내 비록 허풍을 떨었지만, 나의 진심을 이야기하면 공께서도 용서해 주겠지.'

유방은 지난밤에 여공을 위한 환영 잔치를 떠올리며 심사가 복잡했다. 다른 관리들은 잔치에 참석해 맛있는 음식과 술을 마실 생각에 들떴지만 그는 달랐다. 현청 수령까지 아부를 떨어대는 여공이 대단한 인물이라고 생각해 어떻게든 그에게 자신의 존재를 알리고 싶었다. 그러려면 방법은 단 하나, 적어도 1천 전쯤은 부조를 해야 여공이 있는 상석에 앉을 수 있었다. 말하나 마나 유방에게 1천 전이라는 큰돈이 있을 리 없었다. 그는 고심 끝에 1천 전이 아니라 아예 1만 전을 부조하는 편이 낫겠다고 생각했다. 어차피 빈털터리이니 이러나저러나 거짓말을 하는 것은 마찬가지였다. 차라리 1만 전은 부조를 한다고 해야 상석 중에서도 최고 상석으로 가 여공과 마주할 수 있었다.

얼마 후, 시끌벅적했던 잔치가 막을 내렸다. 여공은 자신에게 큰돈을 부조한 패현의 유지들을 배웅하며 일일이 인사를 나누었다. 소하도 별 탈 없이 잔치가 끝나자 그제야 한숨을 돌렸다. 이제 그의 근심은 사고도 아주 큰 사고를 친 유방에게 향했다. 여공을 기만했으니 현청 수령도 어떤 벌을 내릴지 알 수 없었다. 어쩌면 또다시 산 속으로 달아나야 하는지, 소하는 이만저만 걱정이 아니었다.

하객들이 모두 돌아가고 나자, 현청 수령이 여공에게 다가와 자신과 술을 좀 더 마시자고 청했다. 수령은 일찌감치 아랫사람들에게 현청 별채에 술상을 준비하라고 일러둔 터였다. 그는 뇌물까지 따로 준비해두고 여공의 환심을 살 계산이었다. 그날 밤 술시중을 들기 위해 고을에서 예쁘기로 소문난 기녀들도 불러놓은 상황이었다. 하지만 여공은 온통 유방 생각뿐이었다. 그는 정중하고도 단호하게 수령의 제안을 물리쳤다. 그러고는 곧 유방에게 다가와 말했다.

"나와 함께 현청 수령이 마련해준 집으로 갑시다. 오랜만에 젊은 호걸과 함께하니 시간 가는 줄 모르겠구려."

여공의 저택에서 마주한 술자리도 유쾌하기 그지없었다. 두 사람 다 제법 술기운이 올랐을 때, 여공이 다시 놀라운 이야기를 꺼냈다.

"나는 젊은이를 처음 보자마자 용의 기운을 느꼈소. 그 용이 승천할 수만 있다면 천하를 품을 수도 있지 않겠소?"

"제가 천하를 품는다고요?"

유방은 깜짝 놀라 여공에게 되물었다. 그가 자신의 속마음을 훤히 들여다보는 것 같아 잠시 등골이 오싹하기도 했다.

여공이 선부에 살 적에는 그의 집에 손님이 끊이는 날이 없었다. 사람들이 한눈에 위인을 알아보는 여공의 예지력을 신뢰하는 데다, 황실까지 닿아 있는 그의 인맥에 경외감을 가졌기 때문이다. 그런 여공이 자신에게 용의 기운을 느꼈다니, 그리고 그 용이 승천해 천하를 품을 수도 있다니, 유방으로서도 정신이 번쩍 드는 것이 당연했다. 더 이상 여공을 기만할 수는 없다고 생각했다.

유방이 자리에서 벌떡 일어나 무릎을 꿇고 머리를 조아렸다.

"송구합니다! 제가 공에게 지키지 못할 거짓을 고했습니다."

그러자 여공이 두 손을 뻗어 유방이 다시 편히 자리에 앉도록 했다. 그는 갑작스런 상황에 그다지 놀란 표정을 짓지도 않았다.

"내게 거짓을 고했다니 무슨 말이오?"

"제가 1만 전을 부조하겠다고 적었으나…… 실은 그럴 만한 재력이 전혀 없습니다. 어떻게든 공을 알현하고 싶어 허풍을 떤 것입니다."

유방의 말에 여공은 알 듯 모를 듯 묘한 표정을 지으며 두어 번 헛기침을 했다. 그러고는 곧 아무 일 아니라는 듯 말을 이었다.

"사내라면 큰 뜻을 실현하기 위해 무슨 일이든 할 수 있는 법이오. 나를 기만하려 든 것은 서운하지만, 그만한 잘못으로 장차 천하를 품을 위인을 타박할 수는 없지 않겠소. 젊은이의 창창한 앞날에 그깟 1만 전이 어찌 걸림돌이 된단 말이오."

그러면서 여공은 유방에게 다시 술을 따라주었다. 유방은 여공의 관대함에 감격했다. 여공이 밖에서 대기하던 심복을 시켜 자신의 딸을 데려오게 했다. 잠시 뒤, 한 여인이 방 안으로 들어섰다.

"아버님, 저를 찾으셨습니까?"

여인이 여공에게 공손히 인사하며 물었다.

"그래, 이분께 예를 갖추려무나."

여인은 아버지의 말에 따라 곁에 있던 유방에게 머리 숙여 인사했다. 유방도 얼떨결에 답례하며 재빨리 여인의 얼굴을 살폈다. 이럴 수가! 유방은 지금껏 그만한 미인을 본 적이 없었다. 더구나 여인의 몸가짐과 말투는 여염집 여인네들과 도저히 견줄 수 없을 만큼 기품이 넘쳐흘렀다. 유방은 난생처음 이성의 매력에 흠뻑 빠져들었다. 그 역시 지난날에 여색을 탐하기는 했으나, 단 한 번도 그와 같은 감정을 느끼지는 못했다. 유방의 눈에 여공의 딸은 천상에서 내려온 선녀와 다름없었다.

그때 여공이 진중한 목소리로 유방에게 물었다.

"내 여식이 어떻소?"

처음에 유방은 그 말뜻을 제대로 헤아리지 못했다. 그가 어리둥절해하자 여공이 다시 물었다.

"내 여식과 백년가약을 맺어주겠소?"

그 말에 유방은 가슴이 벅차올랐다. 자신이 이만한 절세가인(絶世佳人)을 아내로 맞이하게 될 줄은 꿈에도 몰랐기 때문이다. 게다가 장인이 될 사람이 여공이라니, 사람의 운명이 이렇게 순식간에 달라질 수 있나, 번쾌가 옆에 있으면 뺨이라도 한 번 때려보라고 하고 싶었다. 그런데 그것은 분명 명백한 현실이었다. 유방은 자리에서 일어나 여공에게 큰절을 올렸다.

"장인어른, 절 받으십시오."

유방의 말에 여공이 흐뭇한 미소를 지었다. 그가 유방의 어깨를 어루만지며 말했다.

"이제 자네는 내 사위일세. 내 딸이 자네를 승천하는 용이 될 수 있게 도울 걸세."

유방의 앞날에 그야말로 천군만마(千軍萬馬)였다. 그가 마침내 큰 뜻을 펼칠 순간이 다가오는 듯했다. 스스로 용의 정기를 받고 태어났다고 믿어왔지만, 그것을 알아봐주는 귀인을 만나지 못했더라면 언제까지나 지방 고을에 처박혀 살아야 할지 몰랐다.

그런데 여공도 유방을 만난 것이 대단한 행운이라고 생각했다. 그가 보기에 유방은 틀림없이 용의 기운을 받은 인물이었다. 여공은 머지않아 자신의 사위가 천하를 호령하게 될 것이라고 확신했다. 그의 딸도 유방이 썩 마음에 들었다. 그녀는 단지 아버지의 명에 따라 유방의 아내가 되려는 것이 아니었다. 그녀가 보기에도 유방은 장차 큰일을 할 인물로 판단되었다.

이튿날 아침, 유방은 여공과 그 딸의 배웅을 받으며 저택을 나섰다. 그제야 사위 될 사내의 얼굴을 처음 본 여공의 부인이 마뜩치 않은 표정을 지었으나, 그녀 역시 유방이 썩 마음에 드는 눈치였다. 그때까지도 유방은 꿈같은 현실이 쉬 믿어지지 않았다. 그럼에도 이제는 자신의 앞날에 탄탄대로가 펼쳐질 것이라는 생각에 하늘을 날 듯 기분이 좋았다.

백제의 아들을 죽인 적제

유방이 돌아왔다는 소식을 듣고 소하와 번쾌가 찾아왔다. 소하가 유방에게 대뜸 따지듯 물었다.

"대체 1만 전을 부조하겠다고 왜 적었습니까?"

"그게 어때서 그러는가?"

유방은 짐짓 심드렁한 표정으로 대꾸했다. 소하를 대하는 그의 말투가 이전보다 한결 편했다. 아마도 여공을 만나고 온 뒤 주위 사람을 대하는 태도가 달라진 듯했다. 그렇다고 무례하거나 거만해진 것은 아니고, 자기 사람들을 더욱 가까이 대하려는 친밀한 말투였다.

"여공 댁에 가서 낭패를 겪지는 않았습니까?"

소하의 얼굴에는 아직 불안한 기색이 역력했다.

"낭패는 무슨. 대접만 잘 받고 왔네. 그뿐 아니라, 내가 장차 천하를 품에 안을 인물이라고 칭찬하시더군."

"그게 정말입니까?"

소하는 전혀 예상치 못한 이야기에 깜짝 놀랐다. 함께 찾아왔던 번쾌가 너스레를 떨었다.

"그럼 그렇지! 형님이 대단한 인물인 것을 누가 모르겠습니까?"

번쾌의 말에 유방과 소하가 크게 웃음을 터뜨렸다.

소하는 '천하를 품을 인물'이라는 말이 어떤 뜻인지 잘 알고 있었다. 그것은 유방이 언젠가 나라의 지도자가 된다는 의미였다. 겉으로 말을 꺼내기는 조심스러웠지만, 이를테면 훗날 황제가 될 수 있다는 예언이었다. 아, 황제라니! 소하는 자기가 유방을 범상치 않은 인물이라고 판단한 것이 틀리지 않았다고 생각하자 왠지 가슴이 뜨거워지는 듯했다.

그런데 유방의 다음 말이 소하와 번쾌를 더욱 놀라게 했다.

"나는 곧 여공 어르신의 딸과 혼례를 올릴 것일세. 그분이 나에게 사위가 되어 달라고 청하셨네."

"와! 형님이 세도가의 사위가 되신다니 경사입니다, 경사!"

번쾌는 춤이라도 추듯 어깨를 들썩이며 기뻐했다. 소하는 침착함을 잃지 않았지만 번쾌 못지않게 기분이 좋았다. 소하가 갑자기 옷매무새를 가다듬더니 유방에게 큰절을 올렸다.

"경하 드립니다, 유공!"

소하는 어느새 유방을 '형(兄)'이 아닌 '공(公)'으로 부르고 있었다. 그는 마음 깊이 유방을 우러러보고 있었다. 나중에 그간의 사연을 전해들은 조참도 유방을 향한 마음이 소하와 다르지 않았다.

그로부터 얼마 후, 여공의 딸과 유방이 혼례를 치렀다. 여공이 고향인 선부였다면 사흘에 걸쳐 아주 화려한 혼례식을 열었겠으나, 아무래도 객지에 머무는 처지다 보니 조촐하게 잔치를 마련했다. 또한 여공은 괜히 혼례를 성대하게 치러 유방의 됨됨이를 소문나게 하고 싶지 않았다. 그랬다가는 자신을 해하려는 자들에게 사위에 대한 경계심만 갖게 할 뿐이라고 생각했기 때문이다. 천기를 누설할 수 있다는 염려였을까, 여공은 자기 집 마당에서 가까운 친인척만 불러 딸의 혼례를 치렀다.

혼례식 후, 여공이 유방에게 말했다.

"별채에 신방을 마련해두었으니 당분간 그곳에 머물게."

"아닙니다, 장인어른. 제가 아직은 변변치 않은 신세이나 처가살이를 할 수는 없습니다."

유방이 자신의 호의를 거절했는데도 여공은 오히려 흡족한 표정이었다. 유방이 보여준 사내대장부의 기개가 썩 마음에 들었기 때문이다. 만약에 유방이 당장의 편리와 호의호식을 바랐다면 여공은 자신의 안목이 틀렸다고 생각했을지 모를 일이었다.

유방은 아내와 함께 저잣거리 근처에 작은 방을 얻었다. 여공의 딸로서는 난생처음 경험하는 가난한 생활이었지만, 그래도 사랑하는 이가 곁에 있어 흔쾌히 받아들일 수 있었다. 유방은 한동안 절세미인이라 할 만한 아내의 품에서 헤어나지 못했다. 둘은 밤낮 없이 뒤엉켜 신혼의 달콤함을 만끽했다. 그러다 보니 임시 관리직이었던 사상 정장 일도 소홀히 할 수밖에 없었다.

사실 유방이 사상 정장 일을 하게 된 것은 전적으로 소하 덕분이었다. 비록 하급 관리가 맡는 임무였지만, 소하는 그 경험을 통해 유방이 차근차근 나랏일을 배우게 되리라 기대했다. 그런데 유방이 아내를 들이자 그 일을 내팽개치다시피 한 것이다. 소하는 내심 당황스러웠지만 유방을 이해하기로 마음먹고 현청에 나쁜 소리가 돌지 않게 수습했다. 유방이 하던 일을 자신과 조참이 돌아가며 맡은 것이다. 현청에서 말들을 관리하던 마부 하후영(夏候嬰)도 두 사람을 적극 도우고 나섰다. 그 역시 유방이 훗날 큰 인물이 될 것이라는 소하의 말에 공감했기 때문이다.

그렇게 한 달, 두 달 세월이 흘렀다. 누가 굳이 유방에게 방에서 나올 것을 권하지는 않았으나, 그는 머지않아 스스로 자신의 처지를 돌아볼 수밖에 없었다. 집 안에 식량이 거의 바닥 난 탓이었다. 혼례 후에 여공이 챙겨주었던 쌀과 부식으로 생활했으나 이제는 열흘도 채 먹을 것이 남지 않았다.

"제가 아버지한테 가서 식량을 구해 오겠습니다."

"아니오, 부인. 처가살이를 하지 않겠다고 장담한 놈이 끼니조차 잇지 못한다면 너무나 창피한 노릇이오. 내일부터라도 현청에 나가 일할 테니 걱정 마시오."

그때까지 유방은 한시도 아내의 품에서 벗어나고 싶지 않았다. 그는 세상에 태어나 여태껏 그만한 쾌락에 빠져본 적이 없었다. 일찍이 여인을 탐한 때도 있었으나 아내와 같은 절세미인은 한 번도 마주하지 못했다. 왜 사내대장부가 여색에 빠지면 일생을 탕지하게 되는지 유방은 매일매일 몸소 깨우치고 있었다.

유방은 양 손으로 자신의 뺨을 몇 번이나 세게 두드리며 정신을 차리려 애썼다. 이튿날 아침, 마침내 그가 오랜만에 현청으로 출근했다. 그의 모습을 본 소하가 크게 반겼다.

"어서 오십시오, 유공. 그렇지 않아도 목이 빠져라 기다렸습니다."

소하는 다른 관리들이 들을까 봐 목소리를 낮췄다. 유방을 깍듯이 모시는 광경이 발각되어 오해를 살까 걱정했기 때문이다.

"그간 별일 없었나?"

"네……. 탈이 나지 않게 잘 처리했습니다."

그 무렵, 진시황은 여전히 백성들에게 온갖 토목 공사를 강제로 맡기고 있었다. 백성들의 원성이 나날이 커져갔지만 황제는 꿈쩍도 하지 않았다. 이제 백성들 사이에 진시황이 처음 통일 국가를 열었을 때의 기대감은 전부 사라지고 없었다.

며칠이 지나지 않아, 패현에도 또다시 장정 동원령이 전달됐다. 패현 여러 고을의 250여 가구를 관리하는 정장 유방도 그 임무에서 자유로울 수 없었다.

"황제 폐하의 묘역을 조성하는 일에 유공이 담당하는 고을의 사내들을 이백 명이나 데려오랍니다. 물론 다른 정장들에게도 비슷하게 할당되었고요."

"한창 농사짓느라 바쁜 시기에 그런 명을 내리다니……."

소하의 말을 들은 유방이 어이없어하며 혀를 찼다. 하지만 어떤 관리도 황제의 명령을 거역할 수는 없었다. 유방은 자신이 맡은 구역의 가구들을 일일이 방문해 젊고 건강한 사내들을 불러 모았다. 평소 어느 집에 몇 사람이 살고 있는지, 남자가 몇 명인지 미리 파악해두었던 터라 일사천리로 일이 진행되었다.

어느새 이백 명의 장정들이 현청에 모였다. 여러 정장이 있었으나, 유방이 가장 먼저 공사장으로 인솔할 백성들을 소집했다. 그들은 곧 패현을 떠나 함양 동쪽에 위치한 여산으로 향했다. 그곳에서는 봉분만 해도 높이 4백 자에 길이가 2천 자나 되는 묘역 공사가 한창이었는데, 일단 거기에 투입되면 살아 돌아올지 죽어 못 돌아올지 알 수 없는 노릇이었다. 만약 힘겹게 일하다가 죽음을 맞는다면 시신마저 머나먼 타향에 버려질 것이 뻔했다.

여산으로 가는 길은 몹시 멀었다. 시간이 흐를수록 장정들은 빠르게 지쳐갔다. 이러다가는 공사 현장에 다다르기도 전에 여럿이 목숨을 잃을지 모를 지경이었다. 그도 그럴 것이 현청에서 내준 식량은 사나흘 먹기도 빠듯했다.

"쳇, 먹을거리조차 주지 않으면서 일을 시키면 어떡해."

"그러게 말일세. 이렇게 험한 산길을 걷다가 자칫 벼랑에서 발이라도 헛딛게 되면 끝장이네. 야밤에 산짐승의 먹이가 될 수도 있고……."

백성들의 원성은 끊이지 않았다.

"뭔 놈의 세상이 이리 엉망이누!"

"누가 나타나서 썩어빠진 이 세상을 확 뒤집어놓으면 좋겠구먼!"

평소 누가 이런 불평을 늘어놓았다면 관아에 끌려가 경을 칠 노릇이었다. 하지만 그처럼 위태로운 말을 쏟아내는 데 누구 하나 망설임이 없었다.

유방은 백성들이 나누는 이야기를 듣고 마음이 무척 아팠다. 그 와중에 실제로 예닐곱 명의 장정은 굶주림과 질병을 못 이겨 시름시름 앓다 죽고 말았다. 그 모습을 보고 겁에 질린 스무 명 남짓한 사람들은 어느 새인가 몰래 도망을 쳐버려 보이지 않았다. 그들은 험한 산 속에서 길을 잃어 산적이 되거나 맹수의 먹잇감이 될 운명이었다.

유방은 이대로 무작정 백성들을 인솔할 수는 없다고 판단했다. 그가 고심 끝에 장정들을 모아놓고 소리쳤다.

"나는 너희들을 강제로 노역장에 데려가지 않을 것이다. 모두에게 자유를 줄 테니 어서 가고 싶은 곳으로 가라!"

유방의 말에 순간 장정들이 어리둥절한 표정을 지었다. 그중 한 사내가 큰 소리로 물었다.

"우리가 달아나면 정장께서는 큰 벌을 면하지 못한 텐데요. 그래도 괜찮으십니까?"

"나는 신경 쓰지 마시게들. 어디 가서 이 한 목숨 부지하지 못할까?"

유방은 당당한 태도로 자신의 이야기가 농담이 아닌 것을 입증했다. 그 기품에 반한 장정들의 얼굴에 선망의 빛이 어렸다. 잠시 뒤, 유방의 제안을 따른 장정들이 뿔뿔이 흩어졌다. 순식간에 200명에 달하던 무리의 수가 수십 명으로 줄어들었다. 그들은 유방을 떠나지 않겠다고 말했다.

"우리는 어차피 황실의 명을 거역한 사람들이 되었으니 당분간 고향에 돌아가지 못합니다. 정장이 어디로든 우리를 데려가주십시오."

그들은 유방 앞에 무릎을 꿇어 부하가 되기를 자청했다. 산속을 헤매다 포악한 산적에게 붙잡혀 강도질을 일삼느니 배포 큰 유방을 따르는 편이 낫다고 생각한 것이다. 유방은 곰곰이 고민한 끝에, 오래전 자신을 나포하려는 군졸들을 피해 숨어 생활했던 깊은 산속을 떠올렸다. 그곳이라면 당분간 화를 면하기에 부족함이 없다고 판단했다.

유방은 다시 길을 걷고 또 걸었다. 장정들은 물고기를 낚거나 토끼 사냥을 해 배고픔을 달랬다. 여전히 먹는 것이 충분하지 않았으나 마음만은 이전보다 한결 편했다. 고향에 두고 온 식구들이 그리웠으나, 집에 돌아가 봤자 도망친 노역자를 현청에서 가만둘 리 없었다. 용케 목숨을 부지한다고 해도 흉흉한 정국에 또 언제 전장이나 공사장에 동원될지 모를 일이었다.

그런데 닷새가 지나고 열흘이 지났을 무렵 신기한 상황이 벌어졌다. 뿔뿔이 흩어졌던 장정들이 하나둘 돌아와 유방의 뒤를 따르게 된 것이다. 아니, 그들로부터 유방의 됨됨이를 전해들은 곳곳의 산적들마저 합세해 원래 200명이었던 무리가 300명 남짓으로 불어나 있었다. 그들은 일부러 인적 없는 산등성이와 계곡을 걸어 목적지로 향했다. 그러다 보니 시간이 훨씬 더 걸렸지만, 그 편이 안전에 도움이 되리라 믿었다.

"여기서 쉬었다 가자."

유방은 결코 서두르지 않았다. 그는 무작정 사람들을 채근하는 것이 능사가 아니라는 것을 잘 알고 있었다. 유방이 다치고 병든 사람들을 살피며 안부를 물었다.

"계속 걸을 수 있겠는가?"

"그럼요, 가다가 죽는 한이 있더라도 멈추지 않을 것입니다."

노역에 징발되었던 장정들은 유방의 따뜻한 보살핌에 감격했다. 이런 사람이라면 목숨을 바쳐서라도 함께하고 싶었다.

"머지않아 좋은 세상이 올 걸세. 그때까지 우리 모두 힘을 내세."

어느덧 유방은 300명에 달하는 사내들의 지도자가 되어 있었다. 어쩌면 그것이 용의 정기를 받고 태어나 천하를 품을 위인으로 내딛는 첫 걸음이었다.

그러던 어느 날, 맨 앞에서 길을 가던 장정이 화들짝 놀라 소리를 내질렀다.

"어이쿠, 엄청난 구렁이네!"

그 장정은 얼마나 놀랐는지 자기도 모르게 땅바닥에 털썩 주저앉았다. 부하들의 보고를 받은 유방이 얼른 그쪽으로 가서 구렁이를 살펴보았다. 과연 길이가 9척이나 되는 굉장한

크기였다. 몸통의 둘레도 한 아름이나 되었다. 그러나 유방은 전혀 겁을 먹지 않았다. 그는 당장 소매를 걷어붙이고 나서 허리에 차고 있던 커다란 칼을 빼들었다. 그러고는 있는 힘껏 칼을 휘두르며 외쳤다.

"이놈, 내 칼을 받아라!"

순식간에 구렁이의 몸이 두 동강 나고 말았다. 그래도 아직 살아 꿈틀대는 몸통을 유방이 다시 발로 짓밟아 숨통을 끊어 버렸다.

"자, 이제 다시 길을 가자!"

유방은 아무 일도 아니라는 듯 태연히 칼을 챙겨 자기가 있던 자리로 돌아갔다. 그 광경을 지켜본 장정들이 다시 한 번 감탄했다.

"역시나 인물은 인물이구먼. 저런 분이 나라를 이끌면 좋으련만."

"그래, 맞아. 나는 끝까지 저분과 함께할 것이네."

그런데 그날 이후 산길을 오가던 장사치들에게 괴상한 소문이 떠돌았다. 해가 지고 나면 어디선가 구슬픈 노파의 울음소리가 들린다는 이야기였다. 장사치들이 궁금해 몰래 찾아가보면 그 노파가 "내가 낳은 백제(白帝)의 아들을 붉은 교룡의 정기를 받은 적제(赤帝)의 아들이 칼로 베어 죽였다!"라며 통곡하더라는 것이다. 노파는 밤이 깊도록 울음을 그치지 않다가 새벽녘이 되면 어디론가 다시 모습을 감춘다고 했다.

그 소문은 무엇을 의미하는 것일까? 당시 대륙을 통일한 진나라는 백제에게 제를 올리는 풍습이 있었다. 그런데 유방이 백제의 아들을 무참히 칼로 베고 짓밟았으니, 그것은 진나라를 해치는 행위와 다름없었다. 그때만 해도 사람들은 유방이 구렁이를 죽인 일을 대수롭지 않게 여겼으나, 훗날 거기에 얽힌 사연을·알고 너나없이 고개를 끄덕이게 되었다.

유방이 장정들을 데리고 옛날에 머물렀던 숲속으로 가고 있을 때, 소하가 우연히 그 사실을 알게 되었다. 다른 정장의 인솔을 받으며 노역장으로 가다가 탈출해 현청으로 붙잡혀온 한 사내가 유방에 관한 이야기를 전한 것이다.

"여산으로 가다가 도망친 자가 저뿐 아닙니다. 심지어 유방 정장이 이끌던 무리는 다함께 달아났다 하더이다."

'옳거니! 드디어 유공이 천하를 향해 머리를 내밀기 시작했구면.'

그 사내는 자신의 죄를 덜기 위해 한 말인데, 소하는 내심 쾌재를 불렀다. 물론 현청의 수령과 다른 관리들은 유방이 장정들을 풀어주었다는 이야기를 듣고 아연실색했다. 그들은 자신들에게까지 화가 미칠까 봐 이만저만 걱정이 아니었다.

소하는 서둘러 조참과 하후영에게도 그 사실을 알렸다. 두 사람의 생각도 소하와 다르지 않았다. 그날 소하는 퇴청하자마자 번쾌를 만나러 갔다.

"유공이 노역하러 가던 백성들을 자유롭게 풀어주었다네. 내 생각에는, 아마도 유공이 패현으로 돌아와 깊은 숲속에 피신하지 않을까 싶네."

"거참, 잘하셨네! 깊은 숲속이라면, 나도 당장 떠오르는 데가 한 군데 있소."

번쾌가 말한 그 장소는 언젠가 유방이 막역지우(莫逆之友) 노관과 함께 피신했던 바로 그 숲속이었다. 그러니까 유방과 소하, 번쾌가 모두 같은 장소를 머릿속에 그린 것이다.

"자네가 은밀히 그곳으로 가 유공이 장정들과 함께 머물 수 있도록 준비해주게."

"그런 일이라면 내게 맡겨주시오. 옛날부터 유방 형님을 따르던 친구들을 데려가 만반의 준비를 해놓겠수다."

번쾌는 그 길로 패거리를 불러 모아 깊은 숲으로 들어갔다. 그동안 개백정 일을 하며 모아놓았던 돈을 아낌없이 털어 곡식을 사고 술 항아리도 몇 개 챙겼다. 처음 그곳에 가본 그의 패거리는 너나없이 두 눈이 휘둥그레졌다.

"와! 산속에 이렇게 근사한 곳이 있는데, 우리는 왜 여태 몰랐을까?"

"커다란 동굴하고 물이 마르지 않는 샘도 있는걸."

그들은 좀처럼 탄성을 멈추지 않았다.

"이런 곳이라면 우리도 유방 형님과 함께 지내는 게 좋겠어."

"그래, 나도 마을로 돌아가지 않을래."

번쾌는 호들갑을 떨어대는 패거리를 진정시키며 주변을 깨끗이 청소하게 했다. 그러고는 짐승들이 닿지 않을 곳에 곡식과 술 항아리를 놓아두었다. 미리미리 땔감도 구해 산더미같이 쌓아두었다. 그는 유방을 환대할 생각에 벌써부터 마음이 한껏 들떴다.

그로부터 며칠이 지났을까?

번쾌의 귀에 무리지어 오는 사람들의 발걸음 소리가 들렸다. 그가 얼른 산등성이에 올라보니 멀찌감치 유방의 얼굴이 보였다.

"야, 드디어 형님이 오시는구나!"

번쾌는 낮잠을 자고 있던 패거리를 깨워 잠시 뒤 나타난 유방과 장정들을 환영했다.

"어서 오십시오, 형님!"

번쾌의 패거리도 모두 함께 고개 숙여 인사했다. 그들 눈에 유방은 과거에 자신들이 따르던 형님의 모습이 아니었다. 그는 이제 어엿한 지도자의 면모를 띠고 있었다. 용의 정기를 받고 태어났다는 유방의 말이 괜한 허풍이 아니었음을 실감했다. 유방도 오랜만에 번쾌를 만나 기쁨을 감추지 못했다.

"내가 이리로 올 줄 어떻게 알았느냐?"

"내가 형님을 모르면 누가 알겠소?"

번쾌는 굳이 소하 이야기를 꺼내지 않았다. 그 모든 일이 자신의 계획 아래 진행되었다고 알리고 싶었다. 하지만 유방이 그간의 상황을 짐작하지 못할 리 없었다. 유방이 패거리 중 한 사람을 몰래 현청으로 보내 소하에게 소식을 알렸다.

이튿날 아침, 밤을 새워 한달음에 숲속으로 달려온 소하를 유방이 반갑게 맞이했다.

"오랜만일세. 나를 위해 이렇게 만반의 준비를 해주어 고맙네."

"뭘요, 당연히 제가 해야 할 일인걸요."

곁에서 두 사람의 대화를 듣던 번쾌의 얼굴에 불편한 기색이 떠올랐다. 자기 돈까지 써가며 곡식과 술을 짊어지고 왔는데 모든 수고가 소하의 몫이 되는 것 같았기 때문이다. 유방이 번쾌의 그런 기분을 모르지 않았다. 유방이 냉큼 한마디 말을 덧붙였다.

"나는 참 운이 좋은 사람일세. 자네의 도움을 받아 글을 깨우쳤고, 번쾌 아우 덕분에 지금껏 목숨을 부지할 수 있었으니 말이야."

유방은 일부러 번쾌를 향해 과찬을 늘어놓았다. 소하는 부하들의 기분을 세심히 헤아리는 유방의 마음씀씀이에 존경심이 일었다.

'과연 내가 믿고 따를 만한 인물이군.'

어쨌거나 유방은 그날 이후 한동안 깊은 숲속에서 지친 몸을 쉴 수 있었다. 군청에서는 곧 현청 수령에게 유방의 행방을 찾아내라는 지시를 내렸다. 그러나 소하가 입을 다물고 있는 한 유방 일행이 어디에 숨어 있는지 알아내기는 쉽지 않았다. 그리고 때마침 진시황이 패현으로 순행을 온다는 급박한 전갈이 왔다. 수령 입장에서는 이제 유방을 쫓는 일이 문제가 아니었다. 현청은 말할 것 없고 군청까지 황제의 순행에 비상이 걸렸다.

"큰일이군. 황제 폐하의 순행을 소홀히 했다가는 목이 달아나기 십상이야."

현청 수령도 진시황의 폭정에 관해 여러 가지 이야기를 듣고 있었다. 지방 고을의 관리 하나쯤 죽이는 것은 황제에게 아무 일도 아니었다.

명문가에서 태어난 또 다른 호걸 항우

패현에서 유방이 야심을 키울 무렵, 멀리 회계군(會稽郡) 오중(吳中)이란 곳에서 또 한 명의 호걸이 무럭무럭 자라나고 있었다. 그의 이름은 항우(項羽)였다. 항우를 알려면 그의 가문에 얽힌 내력을 먼저 이해해야 한다.

항씨 가문은 초나라 최고의 무신 집안이었다. 진나라가 통일 전 초나라를 멸망시킬 때 목숨을 걸고 끝까지 싸운 장군도 그 가문의 항연(項燕)이었다. 비록 전쟁터에서 비참한 최후를 맞았지만, 항연의 신출귀몰한 전술과 용맹은 상대했던 진나라 군대도 기꺼이 인정할 정도였다.

그런 항연에게는 항량(項梁)이라는 아들이 있었다. 그 역시 무예가 출중했는데, 그가 자식만큼 애정을 갖는 조카가 다름 아닌 항우였다. 즉 항우는 항연의 손자였던 것이다. 당시 항우가 일찍 부모를 여의는 바람에 항량은 정성을 다해 조카를 돌보았다. 초나라의 운명이 백척간두(百尺竿頭)에 이르자 항우를 데리고 오중으로 숨어든 사람도 항량이었다.

항우가 철이 들 무렵, 초나라는 이미 패망한 국가였다. 그럼에도 항량은 상당한 영향력을 갖고 있었다. 원체 부유한 집안이었던 데다, 오중의 어지간한 관리들도 모두 한때 항량의 도움을 받았다고 할 정도라 생활에 큰 불편이 없었다.

"우리 초나라는 멸망했지만 항씨 가문에 대한 존경을 거둘 수는 없지."

"그렇고말고. 그간 항씨 집안 어르신들이 베푼 은덕을 어찌 잊을 수 있겠나."

나라는 망했어도 그곳의 사람들은 여전히 삶을 이어가야 했다. 진나라는 자신들에게 적대감을 품지 않는 초나라 관리들을 이용해 정복한 땅을 다스렸다. 그들은 비록 진나라 황실에 빌붙어 목숨을 연명했지만 초나라의 충신이었던 항씨 가문을 잊지 않았다.

항량은 조카 항우가 어렸을 적부터 기대가 남달랐다. 그래서 먼저 글공부를 시켰는데, 항우의 학문이 좀처럼 발전하지 못했다.

"너는 어째서 좀 더 열심히 공부하지 않느냐?"

"저는 글공부가 재미없습니다. 학자로서 인생을 살아가고 싶지 않습니다."

항우의 말에 항량은 어처구니가 없었다. 원래 무신 가문이기는 해도 글공부를 소홀히 할 수는 없는 노릇이었다. 그럼에도 어린 조카는 항량의 소망을 따르지 않았다.

항량은 고심 끝에 칼을 다루는 검술부터 가르쳐보려고 했다. 그러나 항우는 반짝 호기심을 보이는가 싶더니 그마저 열정을 보이지 않았다. 하루는 항량이 조카의 게으름을 나무라자, 항우는 눈 하나 깜빡 하지 않고 대거리에 나섰다.

"제 생각에, 글이라는 것은 본래 자기 성과 이름을 쓸 줄 알면 족합니다. 검술 역시 한 사람과 싸워 지지 않을 정도면 충분합니다. 또한 제가 그것을 모두 배우기는 충분치 않으니, 만인을 상대해서 이길 수 있는 학문을 공부하겠습니다."

항량이 듣기에 조카의 논리가 알쏭달쏭했다. 괜히 입만 살아 번지르르한 변명을 늘어놓는 듯했다. 항량이 화를 누르며 다시 말했다.

"그럼, 너는 병법에 관심이 있다는 것이냐?"

"네, 숙부님. 병법이라면 한번 공부해보겠습니다."

하지만 어린 항우의 다짐은 오래가지 못했다. 그는 병법을 공부하는 것에도 금방 싫증을 내기 시작했다.

"아, 이 녀석을 어떻게 하면 좋을까? 장차 초나라의 재건에 앞장서야 할 텐데 이렇게 집념이 없어서야 어찌 가문의 영광을 되찾는단 말인가……."

항량은 저절로 한숨이 새어나왔다. 그럼에도 그는 조카에 대한 희망을 완전히 버리지는 않았다.

그러던 어느 날, 진시황이 오중 근처로 순행을 나온다는 소식이 들려왔다. 황제의 일정 중에는 그 지방에 위치한 절강(浙江)과 회계산(會稽山) 유람도 들어 있었다. 그날, 흔치 않은 구경거리라고 생각한 항량이 항우를 데리고 나와 찬란하기 그지없는 진시황의 행렬을 구경했다. 그때 항우가 불쑥 이렇게 말했다.

"내가 저 자리를 차지하고 말 거야!"

그것은 철없는 어린아이가 내뱉을 소리가 아니었다. 항량이 기겁하여 항우의 입을 틀어막으면서 주의를 주었다.

"누가 듣기라도 하면 어쩌려고 그러느냐! 너는 정녕 황제가 얼마나 무서운 사람인지 몰라 천방지축(天方地軸)인 것이냐?"

그럼에도 항우는 혼잣말을 멈추지 않았다.

"나는 황족이 아니라서 이렇게 살고 있을 뿐이다. 언젠가 천하를 다스리게 된다면 시황제 못지않은 위대한 지도자가 될 수 있다."

"……."

항량은 순간 말문이 막혔다. 더는 그 자리에 머물러 있을 수가 없었다. 그는 급히 주변을 살피며 항우와 함께 자리를 떠났다. 그렇지만 그의 마음속에는 조카의 기개가 범상치 않다는 확신이 뿌리내렸다. 아직은 어려서 글공부와 무예에 열의를 보이지 않지만, 나중에는 분명 큰일을 해낼 인물이 될 것이라고 믿어 의심치 않았다.

그와 같은 항량의 바람 덕분이었을까? 항우는 어린 티를 벗으면서부터 하루가 다르게 기골이 장대해져갔다. 20세에 이르자 키가 8척에 이르고 양 어깨가 떡 벌어져 외모로는 누가 보아도 장군감이라고 할 만했다. 또한 힘도 무척 세서 여러 사람이 낑낑대며 옮기는 무쇠 가마솥을 혼자서 번쩍 들어 올릴 정도였다.

어디 그뿐인가. 학문이 짧기는 해도 항우의 두뇌 회전이 비상했다. 한마디로 타고난 지능지수가 높아 어떤 일이든 이해가 무척 빨랐다. 어째서 그 좋은 머리로 글공부에 매진하지 않는지 항량이 보기에 아쉽고 또 아쉬울 지경이었다. 그러나 세상에 완벽한 사람은 없는 법. 항우는 강건한 신체와 총명한 두뇌만으로도 언젠가 큰일을 해낼 것이라는 기대를 받기에 충분했다. 항량은 조카가 머지않아 가문을 일으키고 초나라를 재건할 것이라는 믿음을 다시 키워갔다.

그 무렵에도 오중 사람들은 항량을 무척 존경했다. 그가 지금은 이렇다 할 벼슬자리에 있지 않은데도 많은 관리들이 앞다투어 그를 만나고 싶어 했다. 그때마다 항량은 항우를 소개

하며 조금씩 입지를 다져주었다. 그는 군청이나 현청에서 열리는 연회에 초대받았을 때도 늘 항우를 데리고 다녔다. 그 덕분에 항우는 성장할수록 세상을 보는 눈이 점점 더 넓어졌다. 항량은 조카의 날카로운 질문을 받을 때가 한두 번이 아니었다.

"숙부님, 오중이 속한 회계군의 수령 은통(殷通)은 그 권세가 얼마나 대단한가요?"

"회계군에는 모두 216개의 현이 있단다. 현청 수령만 해도 여러 정(亭)을 거느리며 권세를 떨치는데, 군의 수령이라면 두말 할 나위 없지."

"그렇다면 은통은 황제에 맞먹는 힘을 가졌나요?"

"그건 아니란다. 드넓은 회계군을 지배하는 수령이라고 해도 황제에게는 철저히 충성을 다해야 하지. 백성들에게 거둬들인 세금도 일단 황실에 다 바쳐야 하고 말이야. 그러면 황제가 일정한 돈과 재물을 다시 군현에 하사하게 된단다."

항우는 새삼 황제가 가진 권력의 힘을 절감했다. 하늘을 나는 새도 떨어뜨린다는 은통의 권세도 황제의 그것에 비하면 그야말로 조족지혈(鳥足之血)이었다.

항량은 조카의 물음에 대답하면서 마음이 뿌듯했다. 조카가 빠르게 세상 돌아가는 이치를 알아가는 것이 대견했다. 그럴수록 항량은 지역 유지들을 만날 때마다 항우를 데려가 인사시켰다. 언젠가 은통과 마주한 자리에서 항량이 말했다.

"수령님, 이 아이는 제 조카 항우입니다. 훗날 도움이 필요해 찾아뵈면, 부디 잘 돌보아주시기를 부탁드립니다."

"아이고, 당연히 그리 해야지요. 제가 한눈에 보기에도 항씨 가문의 핏줄을 타고난 것이 틀림없는 듯합니다."

은통은 큰 소리로 웃으며 항우에게 눈길을 주었다. 항우는 숙부의 지시대로 회계군 수령에게 정중히 인사를 올렸다. 아무리 광활한 영토를 다스리는 수령이라고 해도 명문가의 후손인 항량의 당부를 허투루 들을 수는 없었다. 그만큼 항량을 따르는 사람들이 많았기 때문이다. 그날 군청을 나오며 항량이 항우에게 물었다.

"내가 왜 틈날 때마다 너를 세도가들에게 인사시키는 줄 아느냐?"

"잘 알고 있습니다, 숙부님."

"그 이유를 말해보거라."

"훗날 제가 초나라의 재건을 도모할 때 힘이 되리라 믿어 그러시는 것 아닙니까?"

항우의 대답에 항량의 표정이 환해졌다. 어느새 훌쩍 자란 조카가 너무나 듬직했다. 자기는 점점 나이 들어 쇠약해져가지만, 언젠가 조카가 자신의 꿈을 이루어줄 것이라고 생각해 가슴이 벅찼다.

그런데 그날 항우와 은통의 만남은 악연의 싹을 품고 있었다. 당시에는 두 사람 사이에 별다른 감정이 오가지 않았으나, 그로부터 제법 세월이 흐른 후 그들은 서로 다른 운명에 맞닥뜨리게 된다. 사실 항량은 은통을 좋아하지 않았다. 왜냐하면 그를 믿을 수 없는 인물이라고 생각했기 때문이다. 그럼에도 항우에게 인사시킨 까닭은 어쨌거나 그가 회계군의 수령이었기 때문이다.

항량은 명분 때문에 쉽게 실리를 내치는 사람이 아니었다. 초나라의 재건을 바라는 입장에서, 일단 누구든 자기 편으로 끌어들이는 것이 중요했다. 더구나 아직 젊은 항우를 생각하면 섣불리 적을 만들어서는 안 된다고 판단했다. 그리고 사람 일은 모르는 것 아닌가. 언제 어느 때 은통이 조카에게 도움이 될지 알 수 없는 노릇이었다. 다만 항량은 한시도 은통에 대한 경계를 게을리 하지 않았다.

그 무렵에도 진시황의 폭정은 이어졌다. 자연스레 황실을 향한 민심은 점점 더 멀어지고 있었다. 진시황은 북방에서 벌어지는 흉노족의 침입에 대비해 만리장성을 쌓도록 명하기도 했다. 그 일의 책임은 몽염(蒙恬) 장군이 맡았는데, 규모가 자그마치 서쪽의 임도(臨挑)로부터 동쪽의 요동(遼東)에 이르렀다. 당시 만리장성 축조에 동원된 인부는 연 인원 150만여 명에 달했다. 그 중 노역을 하다가 죽은 자만 해도 그 수를 이루

헤아리기 어려울 정도였다.

"황제는 백성들을 돌볼 마음이 전혀 없어."

"말해 뭐 하나. 백성들을 그냥 내버려두기만 해도 다행일 터인데, 이렇게 맨날 노역만 부려먹으니 죽을 지경일세."

진시황의 폭정에 불만은 갖는 사람들은 평범한 백성부터 황궁의 신하들까지 다양했다. 하지만 누구 하나 용기 있게 황제의 폭정을 막아서려는 사람은 없었다. 부소가 진시황을 찾아가 분서갱유를 비판했을 때도 귀를 기울이기는커녕, 오히려 장자를 머나먼 국경 지대로 쫓아 보내지 않았던가. 만약 다른 사람이라면 그 자리에서 즉시 목이 달아날지도 모를 일이었다. 진시황은 결코 너그러운 지배자가 아니었다. 그리고 나이가 들어갈수록 자신의 결정을 스스로 되돌아보거나 잘못을 뉘우치는 모습도 완전히 사라져갔다.

진시황의 승하와 황위에 오른 호해

진시황은 폭정 중에도 종종 순행에 나섰다. 대륙 곳곳을 두루 돌아본 횟수가 재위 기간 중 무려 다섯 차례나 되었다. 그때마다 최측근인 승상 이사가 모든 준비를 총괄했다. 그는 무엇보다 황제의 경호에 신경 써 순행 때마다 똑같은 수레를 다섯 대씩 준비했다. 진시황이 타는 수레를 온량거(轀輬車)라고 했는데, 혹시 있을지 모를 괴한의 습격에 대비해 어느 수레에 진시황이 탔는지 모르게 하는 것이 목적이었다.

"황제 폐하께서 어느 온량거에 타시는지는 비밀이다. 내일 순행에 나서기 직전에 나와 극소수의 경호 장군들이 협의해 결정하겠다. 그러니 다섯 대의 온량거가 누가 보더라도 전혀 차이가 없도록 만반의 준비를 하라."

"알겠습니다, 승상!"

사실 얼마 전 순행에도 예기치 못한 사건이 발생했기 때문에 이사의 긴장감이 여느 때보다 더했다. 그때 황제의 순행 행렬이 박랑사(博浪沙)에 다다랐는데, 갑자기 날랜 괴한들이 철퇴와 쇠몽둥이를 들고 나타나 맨 앞의 온량거를 박살내버렸다. 다행히 그날 진시황은 두 번째 온량거에 앉아 있어 화를 면할 수 있었다.

　"저놈들을 잡아라!"

　비록 기습 공격을 당하기는 했지만, 진시황을 호위하는 장군과 병사들은 최고의 무예 실력을 갖춘 무인이었다. 괴한들은 얼마 달아나지 못해 전부 체포되었다. 그들은 지독한 고문을 견디다 못해 그 일을 모사한 이가 장량(張良)이라고 실토했다. 괴한들이 자백했지만, 자신을 해치려고 한 자들을 용서할 진시황이 아니었다. 황제는 괴한들을 한 사람도 예외 없이 거열형에 처하도록 했다.

　"어서 반란 수괴를 잡아들여라!"

　이사가 다시 장군들에게 명했다. 하지만 좀처럼 장량의 행방을 알 수 없었다. 이사는 언제 또 그가 괴한들을 보낼지 몰라 황제의 경호에 온 신경을 곤두세웠다. 더구나 이번에 나서는 순행은 지난날 초나라가 있던 지역이라 더욱 걱정이 앞섰다. 그렇지 않아도 과거 초나라의 위인들이 반란을 도모한다는 정보가 심심치 않게 들려오고 있었다.

"황제 폐하, 이번 순행은 취소하시면 좋겠습니다."

"지난번에 있었던 괴한들의 습격 때문에 그러느냐?"

"네, 폐하. 굳이 순행을 나가시지 않더라도 각 고을의 수령이 백성들을 잘 다스릴 것입니다. 노역 동원 역시 한 치의 오차도 없게 살피겠습니다."

그러나 진시황은 이사의 만류를 뿌리쳤다.

"짐이 그깟 괴한들의 공격을 두려워할 것 같은가? 그만한 일로 순행을 멈춘다면 백성들이 나를 무어라 생각하겠느냐?"

결국 진시황은 다시 순행에 나서게 되었다. 기원전 210년, 승상 이사와 환관 조고(趙高)를 비롯해 황제의 막내아들인 호해(湖亥)가 뒤를 따랐다.

진시황이 순행을 하는 대의명분은 백성들의 생활을 직접 살핀다는 것이었다. 하지만 그것은 허울일 뿐. 황제는 순행을 통해 자신의 권위를 만천하에 내세우려고 했다. 각 고을의 명승지를 돌아다니며 쾌락을 좇는 것도 중요한 이유 중 하나였다.

사정이 그렇다 보니, 백성들은 진시황의 순행 때문에 또 다른 고통을 겪을 수밖에 없었다. 순행이 닿는 군과 현마다 수령들이 황제를 맞이하는 일에 백성들을 동원했다. 툭하면 끼니조차 잇기 힘든 백성들이 황제에게 대접할 산해진미를 찾느라 산과 들과 강을 샅샅이 헤집고 다녀야 했던 것이다. 그 일

에는 장정들뿐만 아니라 부녀자들까지 동원되어 어느 면에서
는 토목 공사보다 백성들의 피해가 더 심각했다.

각 고을의 수령들은 진시황을 알현하며 숨소리조차 크게
내지 못했다. 온갖 산해진미를 마련해놓고도 어떤 불호령이
내릴지 몰라 노심초사(勞心焦思)했다. 그들은 군청과 현청에
서 가장 좋은 방에 황제의 침실을 꾸며놓았지만, 정작 진시황
은 항상 온량거에서 취침했다. 잠자리만큼은 다른 곳을 불안
해했기 때문이다. 이사의 만류를 무릅쓰고 순행에 나서기는
했지만, 진시황 역시 내심 괴한들의 습격을 걱정했다.

하기야 누가 타는 수레인데 대충 만들었겠는가. 온량거는
수령들이 준비해놓은 군청이나 현청의 방보다 훨씬 더 안락하
고 안전했다. 황실에 있는 침실 하나를 그대로 옮겨놓았다고
해도 지나친 말이 아니었다. 게다가 무예 솜씨 출중한 장군과
병사들이 밤새 온량거 주변을 순찰하며 황제를 경호했다. 장
량이 보낸 괴한들의 습격 이후 황제를 지키는 경호는 한층 더
삼엄해졌다.

그런데 장량은 대체 어떤 인물이었기에 감히 진시황을 해
치려고 했을까?

장량은 한나라의 부유한 재상 집안에서 태어났다. 진나라
의 무력에 한나라가 짓밟혔을 때, 장량은 비록 어렸지만 그
참상을 또렷이 목격했다. 자기 조국의 숱한 백성들이 비참한

죽음을 면치 못하는 광경을 지켜보면서 그의 마음속에 적개심이 불타올랐다.

"아, 분하구나……. 내가 훗날 반드시 복수를 하고 말 테다!"

장량의 다짐은 말뿐인 허사가 아니었다. 그는 장성한 나이가 되자 진시황을 죽여 없애겠다는 포부를 품었다. 하지만 그 일을 어떻게 해낸단 말인가? 그때 마침 진시황이 순행 길에 박량사를 지나간다는 소식이 들여왔다.

"하늘이 무심치 않구나! 이번 기회에 뜻을 이루어 한나라 백성들의 원한을 갚아줘야겠다."

그런데 문제가 하나 있었다. 장량은 머리가 총명했으나 무인 기질을 갖고 있지는 않았다. 황실 장군들의 경계를 뚫고 진시황을 죽이려면 힘이 세고 무기를 다루는 데 능해야 했다. 그래서 생각해낸 인물이 여홍(黎洪)이라는 장사였다. 그 역시 한나라에 대한 충정이 깊었던 터라 흔쾌히 장량의 제안을 받아들였다. 그렇게 그가 몇몇 수하들과 함께 진시황의 순행 행렬을 습격했던 것이다.

그러나 이미 설명했듯, 장량의 거사는 실패로 끝나고 말았다. 까딱했으면 이사가 보낸 병사들에게 붙잡혀 그마저 죽음을 면치 못할 뻔했다. 장량은 재빨리 호북(湖北)으로 달아났다. 그곳에는 항연의 또 다른 아들 항백(項佰)이 살고 있었는데, 둘은 나이 차이에도 불구하고 오래전부터 서로를 신뢰하는 사이였다. 덕분에 장량은 한동안 호북에 머물며 목숨을 지킬 수 있었다.

장량은 호북에서 생활하며 뜻밖의 인연을 만나기도 했다. 그는 정체불명의 노인이었는데, 어느 날 강변을 산책하는 장량에게 다가와 말을 건넸다.

"자네는 슬기로운 사람이지만 천시(天時)를 모르는구먼."

"그게 무슨 말씀입니까, 어르신?"

장량은 고개를 갸웃하며 노인에게 물었다.

"자네는 얼마 전에 천하제일의 위인을 해치려고 하지 않았나?"

"어르신이 그것을 어떻게……."

노인은 장량의 과거 행적을 꿰뚫어보고 있었다. 그가 품 안에서 책 한 권을 내주며 말을 이었다.

"『태공병법(太公兵法)』일세. 이 책을 열심히 공부하면 훗날 어느 호걸의 책사가 되어 천하를 호령할 것이네."

장량은 노인의 말이 선뜻 이해되지 않았다. 그럼에도 그는 노인이 건네는 책을 받아들어 소중히 간직했다. 노인이 이야기한 '어느 호걸'이란 누구였을까? 그는 다름 아닌 유방이었다. 그러니까 나중에 장량이 유방의 책사로서 큰 활약을 펼치게 된다는 예언이었다. 물론 당시에 장량은 앞으로 일어날 일을 전혀 짐작하지 못했다. 그는 다만 노인이 어떤 인물인지 궁금할 따름이었다.

"어르신의 성함이라도 알려주십시오."

노인은 장량의 부탁에 뜻 모를 미소만 지어 보였다. 그러고 는 또다시 이해하기 어려운 말을 남겼다.

"자네는 13년 뒤 제수(濟水) 북쪽 곡성산(穀城山)에서 나를 다시 만나게 될 걸세. 그곳에 태연히 누워 있는 황석(黃石)이 나라고 생각하면 된다네."

"아니, 먼 훗날 제가 어르신을 다시 만난다니요? 누런 돌은 또 뭡니까?"

장량은 어떻게든 노인의 정체를 알고 싶었다. 하지만 노인 은 더 이상 아무런 말도 하지 않은 채 홀연히 사라졌다.

"이 책을 열심히 공부하면 내가 어느 호걸의 책사가 된다 고……? 또 그와 함께 천하를 호령하게 된다고……? 아, 어찌 된 영문이란 말인가?"

장량은 잠시 얼떨떨했지만 노인의 이야기를 허투루 넘기지 않았다. 그날 이후 그는 밤낮으로 『태공병법』을 읽고 또 읽었 다. 단지 눈으로 글자만 읽은 것이 아니라 그 속뜻을 헤아리 고 헤아려 책 한 권을 완전히 자기 것으로 만들었다.

그 무렵 진시황의 순행 행렬이 패현을 지나게 되었다. 유방 이 노역 가던 백성들을 자유롭게 풀어주고 나서 깊은 산속으로 숨어들었을 때였다. 패현 수령은 유방을 좇는 일까지 뒤로 미룬 채 황제를 맞이할 준비로 여념이 없었다. 그 소식이 유방에게까지 전해졌다.

"황제가 패현에 온다니 나도 구경 가야겠는걸."

유방은 평범한 사내라면 감히 엄두도 못 낼 말을 입 밖에 꺼냈다. 마침 그곳에 와 있던 소하가 화들짝 놀라 손사래를 쳤다.

"현청 수령이 가까스로 유공 잡는 일을 포기했는데 어디에 가시겠다는 겁니까? 그러다가 병졸들 눈에 띄기라도 하면 후한을 어떻게 피하시려고요?"

"그래도 이런 기회를 놓칠 수는 없지 않나?"

유방은 소하의 제지에도 뜻을 굽히지 않았다. 이 걱정 저 걱정 다하다 보면 아무 일도 할 수 없다는 것이 평소 유방이 가진 소신이었다. 그렇지만 유방이라고 어찌 소하의 말뜻을 헤아리지 못했겠는가. 그는 번쾌만 데리고 조용히 은신처를 벗어났다. 잠시 뒤 유방은 황제의 순행을 멀리서 지켜볼 수 있는 능선에 올라 마른침을 삼켰다. 그는 주변 경계를 잠시도 소홀히 하지 않았다.

그렇게 얼마쯤 시간이 흘렀을까? 마침내 저 멀리에 검은 깃발들을 앞세운 진시황의 순행 행렬이 나타났다. 그리고 점점 더 황제의 모습이 선명해졌다. 유방이 황제를 처음 실제로 목격하는 순간이었다. 어떤 감정 때문인지 그의 낯빛이 발갛게 달아올랐다.

"과연 황제의 위용이라 할 만하구나! 사내대장부라면 저렇게 살아봐야 하는데……. 나라고 해서 천하를 품에 안지 말라는 법은 없지."

"그럼요, 용의 정기를 받고 태어나신 형님이니 충분히 그럴 수 있습니다."

번쾌가 부추기자 유방의 얼굴이 더 뜨겁게 달아올랐다. 그것은 가슴 깊은 곳에서 솟아오른 열정이 일으킨 몸의 변화였다. 그날 유방은 은신처로 돌아오고 나서 한동안 말수가 부쩍 줄어들었다. 그 대신 생각에 생각을 거듭했다. 소하는 유방이 어떤 생각을 하는지 짐작하고도 남았다. 그는 유방이 충분히 생각할 수 있도록 아무 말도 걸지 않고 가만히 바라보기만 했다. 그야말로 유방이 야심을 숙성하는 시간이었다.

패현 수령의 호들갑과 달리 진시황은 그 땅에 오래 머물지 않았다. 그곳은 행렬이 지나가는 길목이었을 뿐이다. 그렇게 된 데는 또 하나의 이유가 있었다. 그 시기에 진시황의 건강이 몹시 나빴다. 이사가 환관 조고와 상의했다.

"이만 순행을 마치고 서둘러 함양으로 돌아가야 하지 않겠소?"

"제 생각도 승상과 같습니다. 황제 폐하께서 언제 위독해지

실지 알 수 없습니다."

조고가 순행을 멈춰야 한다는 이사의 의견에 동의했다. 그 때 진시황이 다급히 조고를 불러 가까이했다.

"짐이 말하는 대로 부소에게 전하는 서찰을 써라."

그때까지만 해도 진시황의 뜻을 거스르려다가 머나먼 국 경 지대로 쫓겨난 장자 부소가 살아 있었다. 그런데 왜 갑자 기 황제가 부소에게 편지를 쓰려는 것일까? 조고는 속으로 무 척 당황했다. 왜냐하면 그는 부소가 두 번째 황제가 되는 것 을 바라지 않았기 때문이다. 만약 그렇게 되면, 진시황의 폭 정에 동조했던 자신에게 큰 벌이 내려질까 봐 걱정했던 것이 다. 그와 같은 생각은 이사도 다르지 않았다. 두 사람 모두 원 체 강직한 부소보다는 이번 순행 행렬을 따라온 막내아들 호 해가 황제 자리를 물려받는 편이 낫다고 판단했다. 호해에 비 하면 황제의 다른 아들들도 불안하기는 마찬가지였다.

"말씀하십시오, 황제 폐하."

조고는 지필묵을 준비한 뒤 잠자코 진시황의 이야기를 기 다렸다. 이내 천천히 써 내려간 서찰의 내용은 단순하고 분명 했다. 진시황은 부소에게 국경 경비를 몽염 장군에게 맡긴 뒤 하루빨리 황궁으로 돌아오라고 말했다. 그것은 부소에게 다 음 황제 자리를 물려받으라는 조칙(詔勅)과 다름없었다.

조고가 그 길로 이사를 만나 걱정했다.

"부소 황자께서 황위에 오르면 우리가 무사할 수 있겠습니까?"

"……."

이사 역시 마땅히 할 말이 떠오르지 않았다. 그렇다고 황제의 서찰을 전하지 않을 수는 없었다. 그런데 그날 밤부터 진시황의 건강이 급속도로 악화되었다. 황제의 서찰을 더 염려할 경황도 없이 이사와 조고가 진시황의 침실로 향했다. 그들은 진시황 곁에서 시중을 드는 이들에게 황제의 건강 사태를 절대 발설하지 말라고 단단히 주의를 주었다.

조고가 진시황 곁에 앉아 조용히 눈물을 흘렸다.

"황제 폐하, 어서 일어나 소신을 기쁘게 해주시옵소서."

승상 이사도 간절한 마음으로 진시황의 회복을 기원했다. 하지만 인명(人命)은 재천(在天)이라고 하지 않았던가. 그토록 불로장생을 바랐던 진시황이 마침내 숨을 놓고 말았다. 때는 진시황 37년, 기원전 210년 9월 10일이었다. 어린 시절 국왕의 자리에 오른 뒤 훗날 스스로 황제임을 자임했던 그가 불과 49세에 불귀의 객이 되고 만 것이다.

이사와 조고가 슬픔에 잠겼다. 곁에서 시중을 들던 이들도 소리 죽여 흐느꼈다. 그때 조고가 시중을 들던 이들에게 싸늘한 표정으로 경고했다.

"내가 정식으로 공표하기 전에 황제 폐하의 승하를 소문내는 자가 있다면 그 자리에서 목을 칠 것이다!"

조고가 이사를 바라보자, 승상도 가만히 고개를 끄덕였다. 그 자리에서 황제의 시중을 들던 이들이 소스라치게 놀라 모골(毛骨)이 송연(悚然)했다. 이번에는 조고가 먼저 심각한 얼굴로 이사와 다시 상의했다.

"당분간 황제 폐하의 승하를 비밀에 붙여야겠지요?"

"그렇다마다요. 자칫 황자들 사이에 심각한 싸움이 벌어질 수 있으니까요."

이사가 자신의 뜻에 동의하자, 조고는 잘 숨겨두었던 진시황의 서찰을 가져다 보여주었다. 내용을 다 읽은 이사가 넌지시 물었다.

"이 서찰을 어떻게 할 생각입니까?"

그 물음에 조고가 단호한 목소리로 답했다.

"승상이나 저나 같은 운명 아닙니까? 폐하의 서찰을 부소 황자께 전할 수는 없지요."

그들은 남 몰래 한 가지 계략을 짰다. 놀랍게도, 진시황의 서찰을 위조해 부소가 황위를 물려받지 못하도록 할 작정이었다. 그들의 대안은 앞서 언급했던 호해였다.

이사와 조고는 호해에게 은밀히 만남을 청했다. 아직 아버지의 죽음을 알지 못했던 황자는 황실 실세들의 부름에 망설임 없이 응했다.

"마마, 방금 전에 황제 폐하께서 승하하셨습니다."

그 말에 호해는 큰 충격을 받은 듯 아무 말도 하지 못하더니 두 눈에서 금세 눈물이 주르르 흘러내렸다. 막내아들로서 아버지에게 받은 사랑이 떠올랐기 때문이다.

잠시 뒤, 조고가 결연한 얼굴로 말문을 열었다.

"그만 눈물을 거두십시오. 황자께서는 이제 누구보다 강해지셔야 합니다. 진나라의 황위를 물려받으셔야 하니까요."

그러면서 조고는 진시황이 부소에게 전하려던 서찰을 호해에게 보여주었다. 호해가 어리둥절한 표정으로 물었다.

"아바마마의 뜻이 이럴진대 어찌 제가 황위를 물려받는다 하십니까?"

"그 일은 걱정 마십시오. 저와 승상은 호해 황자께서 황위에 올라야 진나라의 국운이 더욱 번성할 것이라고 믿습니다. 저희의 목이 달아날지언정 이 서찰은 끝까지 비밀에 붙일 테니, 황자께서는 함양으로 돌아가 선황 폐하가 못다 하신 위업을 이루시면 됩니다."

상황이 그쯤 되자, 호해는 그것이 자신의 운명이라고 받아들였다. 솔직히 그 역시 황위에 오르고 싶은 욕심이 없지는 않았으나 막내라서 언감생심(焉敢生心)이었는데, 조고와 이사가 도와준다면 못 이룰 꿈이 아니었다. 이제 남은 것은 서찰을 위조하는 일이었다. 어차피 글자를 쓴 이는 조고였기 때문에 내용만 조작하면 그만이었다. 진시황이 아끼던 두 신하는 새로운 편지에 끔찍한 내용을 적었다. 그러고는 옥새를 찍은 뒤 누구보다 말 잘 타는 병사를 시켜 국경 지대로 서찰을 보냈다.

열흘 후, 부소가 그 병사로부터 서찰을 전해 받았다. 그는 편지의 내용을 다 읽고 나서 반쯤 넋이 나간 듯했다. 얼마 전부터 부소를 보좌하던 몽염이 서찰을 재빨리 살피고는 깜짝 놀라며 말했다.

"황제 폐하께서 절대로 이런 명을 내리실 리 없습니다. 누군가 편지를 조작한 것이 틀림없습니다."

하지만 부소는 진시황의 성품을 잘 알고 있었기에 충분히 그와 같은 결정을 내릴 수 있다고 생각했다. 자신의 명을 따르지 않은 수백 명의 유생들을 산 채로 구덩이에 파묻어 죽인 황제가 아닌가.

그렇다면 조고와 이사가 위조한 서찰에는 어떤 명이 적혀 있었을까? 그것은 끔찍하게도 부소의 자결을 촉구하는 내용이었다. 얼마 지나지 않아 정신을 가다듬은 부소는 옷매무새를 단정히 가다듬었다. 그리고 함양의 황궁 쪽으로 정중히 절을 올리고 나서는 품에 간직하고 있던 단검을 꺼내 들었다. 황제와 황자의 일에 몽염도 더는 개입할 수 없었다. 어쨌거나 그것은 모든 신하와 백성들이 반드시 따라야 하는 황제의 조칙이었기 때문이다. 황자라고 해서 예외일 수는 없었다.

"아바마마, 만수무강하십시오……."

그렇게 부소의 삶은 막을 내렸다. 진나라의 장자로서 상상할 수 없었던 비극의 결말이었다. 이제 호해가 황위에 오르는데 가장 큰 걸림돌이 제거된 셈이었다.

그로부터 두 달이 지나고 나서야 순행 행렬이 함양으로 돌아왔다. 그제야 이사와 조고는 안도의 한숨을 내쉬며, 진시황의 승하를 널리 공표했다. 진나라 첫 번째 황제의 시신은 곧 여산에 마련해두었던 묘역에 안치되었다. 그동안 시신이 많이 훼손됐지만, 이사와 조고는 애초에 계획한 대로 진시황의 죽음을 오랫동안 비밀에 붙일 수 있었다. 그 사이에 그들은 호해가 황위에 오를 수 있도록 차근차근 만반의 준비를 마쳤다.

그런데 진시황은 죽어 매장되는 순간에도 마지막 폭정을 멈추지 않았다. 물론 이사와 조고가 앞장서 한 일이지만, 당시 무덤의 내부를 화려하게 장식한 기능공들을 밖으로 못 나오게 해 그대로 순장해버린 것이다. 기능공들을 살려 두면 진기한 보물들을 가득 채운 무덤의 비밀이 탄로 날까 봐 염려했기 때문이다. 그뿐 아니라 그들은 무덤 근처에 죽은 진시황을 호위할 친위군대로 강력한 위용을 자랑하는 병마용갱(兵馬俑坑)을 만들기도 했다. 그 안에는 키가 6척이 넘게 흙으로 빚은 병사 모형 수천 점을 넣어두았다.

진나라의 두 번째 황제가 된 호해의 폭정도 그에 뒤지 않았다. 그는 진시황의 황비와 후궁들에게 스스로 목숨을 끊으라고 명령했다. 지아비가 죽었으니 그의 여인들이 따라 자결하는 것을 당연하게 여겼던 것이다. 또한 그녀들이 자손들과 모의해 자신을 해치려 들면 어떡하나 하는 두려움도 있었다. 그처럼 황실은 냉혹한 곳이었다. 권력을 위해서라면 사람의 목숨도 한낱 파리처럼 여길 따름이었다.

호해가 아주 성대한 즉위식을 거쳐 황위에 올랐을 때, 그의 나이 21세였다. 진나라의 두 번째 황제가 된 호해는 '이세황제(二世皇帝)'로 명명되었다. 그는 적지 않은 나이였지만, 이사와 조고가 나랏일에 끼치는 영향이 컸다. 이세황제는 그중에서도 조고를 더욱 신뢰했다. 그가 환관이었던 터라 자신이 어릴 적에 보모처럼 곁에서 돌봐주었던 까닭이다. 하기야 조고의 모사가 아니었다면 호해가 어떻게 황위를 물려받았겠는가. 당연히 조고의 권세가 하늘을 찌를 듯했다. 그는 곧 낭중령(郎中令)에 임명되어 명실상부한 실력자로 자리 잡았다. 그직위는 9경(九卿)의 일원으로 최고의 벼슬이라고 할 만했다.

이세황제의 치세는 진시황 못지않게 매우 엄혹했다. 신하들을 대하는 황실의 권위도 살벌하기 짝이 없었다.

"아무 이유 없이 짐의 국정에 반기를 드는 자는 용서하지 않을 것이다!"

이세황제는 공공연히 이렇게 말해 반론의 싹을 아예 잘라 버렸다. '아무 이유 없이'라고 조건을 달기는 했으나, 설령 타당한 이유가 있어도 반기를 들면 엄벌에 처하기 일쑤였다. 그런 분위기에서 바른 말 하는 충신이 나올 수는 없었다. 이세황제에게 신하들이 너나없이 입 속의 혀처럼 굴었다. 황제의 그런 태도마저 조고가 뒤에서 조종하는 것이라는 소문이 끊이지 않았다.

이세황제의 혹독한 치세는 백성들의 삶도 더욱 곤궁하게 만들었다. 그는 선대에 완성하지 못한 아방궁과 만리장성 축조에 여전히 백성들을 동원했다. 진시황 때부터 이어진 부역(賦役)의 고통이 한층 더 심해지고 있었다.

부역이 무엇인가? 황제와 관리가 백성들에게 아무런 대가를 주지 않고 노역의 책임을 지게 하는 것이다. 심지어 백성들은 부역에 끌려가 쉼 없이 노동하면서도 자기가 먹을 식량을 스스로 구해야 했다. 그러니 공사 현장에서 굶어죽기 일쑤였고, 수많은 사람들이 질병으로 시름시름 앓았다. 그러다 보니 날이 갈수록 백성들의 불만이 커질 수밖에 없었다. 하찮은 지렁이도 발에 밟히면 꿈틀하는 법. 나라의 법이 매우 엄격했지만, 참다못해 곳곳에서 드러내놓고 황제를 성토하는 목소리가 들리기 시작했다.

곳곳에서 고개를 내미는 반란의 기운

권력자의 폭정은 백성들의 불평불만을 단박에 틀어막는다. 백성들 스스로 행동거지 하나하나를 조심스럽게 하도록 만드는 효과도 있다. 얼핏 나라가 평화로워 보인다. 권력자가 행하는 나랏일들이 아무런 장애 없이 일사천리로 성사되는 듯하다. 하지만 그것은 착각이다. 시간이 흐를수록 백성들 사이에서 원성이 점점 커지게 마련이다. 처음에는 백성들이 쥐 죽은 듯 권력자의 명령을 따르지만, 그 고통이 심해지면서 저절로 반발심이 폭발하게 된다. 그것을 일컬어 모반이요, 반역이라고 하는 것이다.

그 무렵 진승(陳勝)이라는 인물이 살았다. 그는 양성(陽城)의 몹시 가난한 집에서 태어나 소작 일을 하면서 간신히 목숨을 연명했다. 그러던 중 우연히 강인한 외모가 현청 관리의 눈에 띄어 같은 농민 출신인 오광(吳廣)과 함께 둔장(屯長)으로 임명되었다. 그것은 최하급 벼슬이라고 말하기조차 민망한 자리로, 현청 관리가 노역에 끌려가는 백성들의 인솔을 맡기기 위해 부여한 일회성 직위일 뿐이었다. 그러니까 약간의 편의를 봐주는 대가로 평범한 백성이 다른 백성들을 감시하며 노역장에 데려가도록 한 것이다.

당시 노역에 관한 황제의 명은 매우 엄격했다. 강제로 징발된 백성들이 제 날짜에 노역장에 도착하지 못하면 이유 여하를 따지지 않고 목을 베는 일이 비일비재(非一非再)했다. 둔장 진승과 오광은 젊고 튼튼한 몸을 가진 농민들로 구성한 900여 명의 장정들을 노역장이 있는 어양(漁陽)으로 데려가야 했다. 그들이 맡은 임무는 직접 노동을 하는 것뿐만 아니라, 그 지역에 변방의 오랑캐들이 침입하는 것을 방어하는 수비병 역할도 해야 했다. 그런데 그들이 대택향(大澤鄕)에 이르렀을 때 거센 폭풍우가 휘몰아쳤다. 며칠 동안 꼼짝없이 기다렸지만 날씨는 좋아지지 않았다. 아무리 급한 길이기는 해도 산이 무너지고 강이 불어 모두 옴짝달싹할 수 없었다.

"이거, 큰일이네. 노역장에 늦게 도착하면 엄벌을 면치 못할 텐데……."

친구 사이인 오광이 걱정스런 낯빛으로 진승에게 말했다. 진승 역시 당혹스런 상황을 모면할 뾰족한 수가 떠오르지 않기는 마찬가지였다. 그로부터 이틀의 시간이 더 흘렀다. 장정들도 너나없이 불안한 기색을 감추지 못했다. 한동안 고민에 잠겼던 진승이 오광에게 말했다.

"이제 노역장으로 간다 한들, 자네와 나는 목이 달아날 것이 뻔하네. 여기 있는 장정들도 큰 벌을 피할 수 없어. 그럴 바에야…… 차라리…….

진승이 쉬 말을 잇지 못하자 오광이 채근했다.

"차라리, 뭐란 말인가?"

그제야 진승이 단호한 목소리로 계속 이야기했다.

"차라리 우리가 반란군이 되면 어떨까? 이래 죽으나 저래 죽으나 마찬가지니, 싸움이라도 한번 해보고 죽으면 덜 억울하지 않겠나?"

"자네 지금 반란군이라고 했나?"

오광은 친구의 말에 두 눈이 휘둥그레졌다. 하지만 이내 두려움으로 두근대는 마음을 가라앉히며 진승의 제안에 화답했다.

"자네가 그리 하겠다면 나도 죽을 때까지 함께하겠네. 지금까지 우리는 크나큰 설움을 받으며 살아오지 않았나. 설령 늦지 않게 노역장에 간다 한들 무슨 의미가 있겠어? 우리 모두 적과 싸우다 죽거나 혹독한 노동에 시달리다 굶주려 죽기 십상이지. 이미 지금까지 수많은 사람들이 부역하다가 개죽음을 당한 것처럼 말일세."

"자네가 내 뜻을 따라주겠다니 고맙군."

진승은 곧 빗줄기를 막아주는 동굴 안에 모여 있던 장정들 앞에 나섰다. 그가 사람들을 한 번 휘둘러보고 나서 큰 소리로 외쳤다.

"이대로 어양에 간다 한들 모두 죽음을 면하기 어렵소. 나와 오광은 더 이상 여러분을 감시하지 않을 테니, 우리와 함께 반란군이 되든지 어디로든 달아나든지 각자 맘대로 하시오. 결단코 왕후장상(王侯將相)의 씨가 따로 있지 않은 법, 언제까지나 이렇게 착취당하며 살아갈 수는 없소!"

진승의 말은 900여 명의 장정 모두를 놀라게 했다. 그들은 지금껏 왕후장상의 씨가 따로 있지 않다거나, 더 이상 착취당하며 살아갈 수 없다는 말을 그처럼 당당히 입 밖에 내는 사람을 보지 못했다. 그런 말을 꺼내는 순간 죽은 목숨과 다름없었을 테니 당연한 일이었다. 그때 장정들 중 한 사람이 두 손을 번쩍 치켜들며 소리쳤다.

"그냥 고향으로 돌아가 봤자 식구들까지 큰 피해를 볼 뿐이오. 또 깊은 산속으로 달아나면 산적질이나 하지 뭘 하겠소? 그러니 나는 둔장을 따라 반란군이 되는 길을 택하겠소!"

그의 말에 여기저기서 "나도요! 나도요!" 하는 소리가 잇달아 터져 나왔다.

"이놈의 나라 싹 뒤집어 엎어보자고!"

"까짓것, 죽기 아니면 까무러치기지. 언제까지나 벼슬아치들 눈치나 보며 살 수는 없어!"

진승의 이야기에 장정들은 너나없이 의기양양한 표정을 지었다. 반란의 길이 험하기 짝이 없을 테지만, 그 순간만큼은 모든 난관을 뛰어넘을 수 있다는 자신감이 흘러넘쳤다.

"진승 둔장을 우리의 지도자로 모십시다!"

"옳소! 진승과 오광 둔장을 따라 사람답게 한번 살아봅시다!"

"진승, 만세! 오광, 만세!"

장정들은 한목소리로 진승과 오광을 자신들의 우두머리로 추대했다. 두 사람도 흔쾌히 장정들의 결정을 받아들였다.

그런데 당장 문제가 하나 있었다. 며칠째 동굴 안에서 머물다보니 먹을거리가 거의 바닥을 드러낸 것이다. 진승은 그날 밤, 이웃 고을의 현청을 털기로 마음먹었다. 다행히 빗줄기가 가늘어지고 있었다. 그가 반란군의 우두머리답게, 엄한 얼굴로 장정들에게 당부했다.

"이제 우리의 적은 백성들의 고혈을 빨아먹는 황실과 관청이다. 절대로 힘없는 백성들을 약탈하는 짓을 하면 안 된다."

"물론입니다. 가난한 백성들의 것을 빼앗는 짓은 우리의 부모와 처자식을 괴롭히는 패악질과 다름없습니다."

진승의 반란군은 스스로 다짐한 대로 오랫동안 굶주릴지언정 평범한 백성들의 생활을 결코 파괴하지 않았다. 그들은 현청의 창고를 습격해 배고픔을 달랬고 군량미를 확보했다.

진승의 활약상은 금세 널리 알려졌다. 현청의 수령과 관리들은 언제 자기 고을에도 반란군이 들이닥칠지 몰라 밤잠을 설칠 지경이었다. 그럴수록 황제의 폭정에 고통 받던 민초들은 마음 깊이 진승의 반란군을 응원했다. 그중 젊은 장정들은 용기 내 잇달아 진승을 찾아오기도 했다. 그들의 표정이 하나같이 결연했다.

"저희도 수하에 들여 주십시오. 부패한 세상을 바꾸는 데 목숨을 바치겠습니다."

진승을 따르는 반란군의 수는 하루가 다르게 늘어갔다. 사람들이 금방 천 단위가 되더니, 어느 순간부터 만 단위에 이를 정도였다. 그러다 보니 진나라 각지에 진승의 반란군이 봉기한 사실을 모르는 이가 드물었다. 결국 황실에도 진승의 반란군에 관한 이야기가 전해졌다. 황족과 고관대작들은 묘한 불안감에 사로잡혔다.

그런데 그것이 다가 아니었다. 진나라 곳곳에 반란의 기운이 스멀스멀 피어올랐는데, 회계군 오중도 그중 하나였다. 그 지역에 누가 살았던가? 바로 그곳에 항량과 항우가 있었다. 그 무렵 항량은 본격적으로 멸망한 초나라의 재건을 꿈꾸고 있었다. 말하나 마나, 당시 오중에서도 황제의 폭정을 향한 불만의 목소리가 들불처럼 번져가고 있었다. 그 사실을 모르지 않는 항우도 숙부를 찾아가 분노를 쏟아내고는 했다.

"황제의 착취와 수탈을 더는 눈 뜨고 보지 못하겠습니다. 지금 몇몇 고을에서 반란군이 들고 일어났다는데, 우리는 언제까지 잠자코 있어야 합니까?"

그러자 항량이 정색한 얼굴로 조카를 나무랐다.

"너는 왜 그리 성급한 것이냐? 모든 일에는 다 때가 있는 법, 무작정 설치다가는 과업을 그르치고 만다."

"그럼 숙부님께는 어떤 계획이 있단 말씀입니까?"

"있다마다. 우선 너는 오중 사람들을 불러 모아 자경대(自警隊)를 만드는 데 앞장서거라."

"자경대라니, 무슨 말씀입니까?"

"이제 곧 대륙 북쪽에서 봉기한 반란군이 이곳 강남땅까지 밀려올 것이다. 그들이 우리 고을을 약탈해 재물을 빼앗고 부녀자들을 겁탈하게 놔두면 되겠느냐?"

항우는 숙부의 말이 선뜻 이해되지 않았다. 자기가 들은 바에 따르면, 반란군이 백성들을 해치거나 약탈하는 경우는 거의 없었기 때문이다.

그런 사실은 항량도 잘 알고 있었다. 그럼에도 그가 자경대 운운한 것은 군청과 현청의 의심을 사지 않기 위한 방편이었다. 다시 말해 그냥 장정들을 불러 모아 군사력을 키우다 보면 당장 관리들에게 추궁을 당할 것이 불 보듯 뻔했다. 따라서 일단 반란군을 막는다는 명분으로 자경대를 꾸려 힘을 키울 작정이었다. 항량의 설명을 들은 항우가 그제야 무릎을 치며 감탄했다.

"역시 숙부님의 지략은 대단합니다!"

그날부터 항우는 오중 곳곳을 돌아다니며 자경대로 나설 장정들을 불러 모았다. 워낙 항씨 가문에 대한 존경이 깊었던 터라 수많은 장정들이 기꺼이 자경대에 동참했다. 그렇게 오래지 않아 항량은 제법 대단한 군사력을 갖추게 되었다.

어느 날, 자경대 소식을 들은 회계군 수령 은통이 항량에게 만나자는 청을 넣었다. 근래 들어 은통은 회계군에도 반란군이 출몰할까 봐 몹시 마음을 졸이고 있었다. 그때 마침 항량이 반란군에 맞서기 위해 자경대를 조직했다는 말을 듣고 가뭄 속 단비처럼 생각했다. 거기에 더해, 은통은 얼마 전부터 깜짝 놀랄 만한 속셈을 키우고 있었다. 그는 한동안 고민하다가 그날 항량을 만나 넌지시 속내를 드러내볼 심산이었다.

항량이 조카 항우를 데리고 군청으로 향했다. 은통이 여느 때보다 더 반기는 얼굴로 항량을 맞이했다.

"수령님, 오랜만에 뵙겠습니다."

"아이고, 반갑습니다."

두 사람은 서로를 향해 정중히 인사를 나누었다. 항우도 숙부 곁에서 고개를 숙였다.

"그렇지 않아도 군청의 병사들이 변변치 않아 이만저만 걱정이 아니었습니다. 항공께서 때마침 자경대를 조직하셨다니 얼마나 큰 힘이 되는지 모르겠습니다."

"제가 살고 있는 고을 일인데 마땅히 그리 해야지요. 만약 반란군이 군청을 공격한다면 제가 자경대와 함께 돕겠습니다."

항량은 짐짓 시치미를 떼고 은통의 속내를 살폈다. 아무래도 회계군 수령에게 또 다른 꿍꿍이가 있어 보였기 때문이다. 은통이 손님을 맞이하기 위해 마련해둔 찻잔을 홀짝 들이켜며, 항량에게 조카를 잠시 방 밖으로 내보내달라는 눈짓을 보냈다. 그것을 알아챈 항량이 침착하게 대응했다.

"제게 하실 말씀이 있나 보군요. 조카는 신경 쓰지 않아도 되니 편히 말씀하십시오. 이 녀석은 입이 아주 무거워 비밀을 발설하는 법이 없습니다."

은통은 일전에 항우를 만난 적이 있어 항량의 말을 순순히 받아들였다. 또한 자기가 항량에게 속셈을 털어놓으면 어차피 항우도 곧 알게 될 것이 뻔했다. 은통이 괜히 헛기침을 몇 번 하고 나서 교활한 표정을 지으며 입술을 움찔거렸다. 그렇게 되기를 기다리면서, 항량은 가만히 자기 앞에 놓인 찻잔만들었다 놓기를 반복했다.

"항공은 지금의 황제 폐하를 어떻게 생각하십니까?"

전혀 예상하지 못한 뜻밖의 물음에 항량은 가슴이 덜컥했다. 그 곁에 앉은 항우의 눈빛이 반짝였다. 항량은 금세 마음을 다스렸다.

"제가 감히 황제 폐하를 평가할 자격이 되겠습니까? 그러는 수령님은 어찌 생각하시는지요?"

항량이 되묻자 은통은 잠시 생각에 잠겼다. 그리고는 자신의 속내를 조금씩 드러내기 시작했다.

"저는…… 이세황제께서 민심을 잃으셨다고 생각합니다."

"그게 무슨 말씀이신지……?"

항량은 여전히 마음을 놓지 않은 채 은통의 기색을 예의주시했다. 자칫 실수했다가는 가문의 몰락을 가져올지 모를 일이었다. 그런데 은통의 언술이 점점 더 거침없었다.

"저는 진나라 황실의 운이 다했다고 봅니다. 누가 군사를 일으켜 혁명한다고 해도 이상하지 않을 정도지요."

"혁명이라고 하셨습니까? 반란이 아니고요?"

"혁명이든, 반란이든 무슨 상관이겠습니까? 지금 대륙 북쪽에서 시작된 반란군의 봉기에 많은 백성들이 큰 지지를 보내고 있지 않습니까?"

"저도 그런 줄로 알고 있습니다만…… 대체 수령님의 뜻이 무엇이지요?"

항량이 자신의 말에 크게 반발하지 않자, 은통은 더욱 뚜렷하게 속내를 드러냈다.

"이런 난세에 우유부단(優柔不斷)하면 자리를 지키기 어렵습니다. 황제에게 밉보이든, 반란군에게 공격당하든 목숨까지 잃기 십상이지요. 그래서 말인데, 항공께서 저를 도와주십시오. 자경대를 데려와 함께 모반을 해보자는 이야기입니다."

그 말에 항량은 선뜻 대답하지 않은 채 깜짝 놀란 표정만 짓고 있었다. 그러자 은통이 다급히 말을 이었다.

"항공께서는 세상에 불만을 품고 도산(塗山) 속에 숨어든 환초(桓楚)와 우영(于英)의 존경을 받는 분이라 들었습니다. 그들의 사병들까지 제 편이 되게 도와주십시오. 제가 거느리는 병졸들과 자경대에 그들의 힘을 더한다면 천하에 두려울 것이 없습니다. 반드시 성공한 모반이 될 수 있을 것입니다."

항량은 은통의 계획이 환초와 우영에게까지 닿아 있을 줄은 짐작하지 못했다. 어쨌거나 그들은 지금 태산의 도적 집단을 이끄는 인물에 불과하지 않은가. 항량은 환초와 우영이 있는 곳을 자신은 정확히 모른다면서 옆에 앉은 항우를 끌어들였다.

"그들에 대해서는 저보다 조카가 더 잘 알고 있습니다. 그렇지 않느냐?"

항량은 은통에게 대답하면서 항우를 향해 시선을 돌렸다. 그러고는 갑자기 자신의 수염을 쓰다듬었다. 그것은 항량과 항우가 군청에 들어서기 전에 미리 공모해둔 약속이었다. 만약의 사태가 벌어지면 무력으로 은통을 해치우라는 신호였다. 항량은 회계군 수령의 탐욕과 교활한 성품에 늘 경계심을 갖고 있던 터라 잠시도 마음을 놓지 않았다. 더구나 그날은 자신이 자경대를 꾸린 것을 트집삼아 어떤 무도한 짓을 벌일지 모른다고 예측했다. 그런데 은통은 그보다 한 술 더 떠, 반란을 꿈꾸고 있었던 것이다.

항량의 신호를 받은 항우가 자리에서 몸을 벌떡 일으켰다. 그 순간, 항량이 소리쳤다.

"칼은 은통의 것을 써라!"

은통은 언제나처럼 방 한쪽에 장검을 세워놓고 있었다. 항우는 숙부의 말에 따라 재빨리 그 칼을 빼들었다. 은통이 본능적으로 후다닥 자리에서 일어서려고 할 때, 항우의 힘센 팔뚝에 굵은 핏줄들이 곤두섰다. 그와 거의 동시에 은통의 목에서는 핏줄기가 솟구쳤다.

"으악!"

은통의 비명소리가 군청에 울려 퍼졌다. 금세 군청 경비 병사들이 달려올 것이 틀림없었다. 항량이 항우에게 말했다.

"애야, 빨리 밖으로 나가자."

항우는 여전히 핏물이 줄줄 흐르는 장검을 들고 있었다. 항량은 방바닥에 나뒹구는 은통의 머리를 집어 들었다. 그리고 두 사람은 마당이 훤히 내려다보이는 수령의 집무실 마루에 늠름한 자세로 올라섰다. 곧이어 경비 병사들이 무기를 들고 우르르 달려왔다. 그들이 나타나자마자 항우가 냅다 소리를 내질렀다.

"이놈들, 게 섯지 못할까!"

항우의 우렁찬 목소리에 황급히 달려오던 경비 병사들이 우뚝 걸음을 멈췄다. 그들은 잔뜩 겁에 질린 표정으로 항량과 항우를 올려다보았다. 그도 그럴 것이, 드높은 권세를 떨치던 은통의 머리가 피를 뚝뚝 흘리며 눈앞에서 흔들리고 있지 않은가. 무슨 일이 벌어졌나 싶어 뒤이어 마당으로 달려온 군청 관리들의 낯빛도 새파랗게 질려 있었다.

항량이 마당으로 은통의 잘린 머리를 내던졌다. 누가 그것을 보고 방금 전까지 반란을 도모하던 수령의 모습이라고 상상할 수 있단 말인가. 항량이 큰 목소리로 군청 관리들과 병사들을 향해 이야기했다.

"잘 보아라. 이 자가 감히 항씨 가문 사람들에게 모반을 함께하자고 꼬드겼다. 황실을 배반하려는 참혹한 말을 듣고 어찌 내가 참을 수 있었겠느냐? 나는 황제 폐하의 명을 받든다는 마음으로 역적의 목을 베었다. 너희들 중 누구라도 이 자와 뜻을 나누었다면 당장 실토해라. 내가 그 목을 똑같이 베어줄 것이다!"

항량의 엄포에 관리들과 병사들은 고개조차 들지 못했다. 그들 중 일부는 당장이라도 땅바닥에 주저앉을 듯 온몸을 부들부들 떠는 모습이 역력했다. 곁에 서 있던 항우가 한층 더 분위기를 옥죄었다.

"이 칼에 묻어 있는 것은 반역자의 피다. 누구라도 역적을 동정한다면, 그 식솔들까지 모조리 더는 세상 구경을 하지 못하게 만들어 줄 테다!"

항우는 우람한 몸집만으로도 상대를 제압하는 힘이 있었다. 그의 부리부리한 눈매가 사람들을 더욱 공포에 떨게 만들었다. 항량이 다시 말을 이었다.

"너희들은 내가 잘못을 질렀다고 생각하느냐?"

그 물음에 관리들과 병사들이 한목소리로 외쳤다.

"아닙니다!"

그러자 무슨 까닭인지 항량이 짐짓 언성을 낮춰 부드럽게 말했다.

"나는 오늘 일을 황궁에 보고할 것이다. 그러면 황제께서 새로운 수령을 임명하실 텐데, 그때까지 내가 군청의 모든 일을 살피겠다. 자네들이 협조하겠는가?"

그것은 질문이 아니었다. 관리들과 병사들이 여전히 겁에 질린 채 일제히 대답했다.

"여부가 있겠습니까. 지금 이 순간부터 저희가 수령님으로 모시겠습니다."

그렇게 항량은 항우와 함께 군청을 장악하게 되었다. 군청의 병사들과 더불어 자경대까지, 어느덧 항량은 누구도 무시할 수 없는 무력을 갖추었다. 게다가 조카 항우가 항상 곁을 지키니 든든하기 짝이 없었다.

항량과 항우는 자신들의 세력을 더욱 키워 나가기 위해 우선 백성들의 민심을 얻기로 마음먹었다. 평소 백성들의 우러름을 받는 항씨 가문이지만 그것만으로는 부족하다고 생각했다.

"지금 백성들이 기아에 시달리고 있다. 군청의 창고를 열어 백성들에게 골고루 나눠줘라!"

"알겠습니다, 수령님!"

군청 관리들은 항량의 명령을 따르면서 신바람이 났다. 그들 눈에도 지독한 굶주림을 겪는 백성들이 불쌍해 보였기 때문이다. 은통은 단 한 번도 그와 같은 명령을 내릴 적이 없었다.

회계군 백성들은 군청에서 나눠준 곡식을 바라보며 감격에 겨워했다. 비록 많은 양은 아니었지만, 죽이라고 쑤어 먹으면 열흘 정도는 끼니 걱정을 덜 수 있었다. 백성들은 너나없이 항량을 칭송했다.

"역시 명문가의 후손은 다르구먼."

"그러게 말이야. 초나라가 멸망하지 않았어야 하는데……."

천하를 굽어보며 큰일을 하려는 자에게 가장 중요한 것은 민심을 얻는 일이었다. 통일 국가 진나라의 황실은 백성들의 민심을 잃어 위기를 자초한 셈이었다. 그에 비해 항량은 회계군에서 시작해 조금씩 백성들의 지지 기반을 넓혀갔다. 항우는 그런 숙부를 지켜보며 절로 존경심이 일었다. 그는 무력이 아니라 따뜻한 보살핌이 진정으로 백성들의 민심을 얻을 수 있는 길이라는 사실을 절감했다.

유방, 패현의 지배자가 되다

항량이 회계군의 일인자가 되었을 시기에 진승 역시 점점 더 세력을 넓히고 있었다. 각지에서 젊은 사내들이 그의 수하에 들어오기를 자처해 반란군의 규모가 날로 커져갔다. 급기야 진승은 스스로 나라를 건국하기에 이르렀다.

"우리의 시작은 미약하나, 언젠가 이 대륙에 우뚝 설 날이 올 것이다. 그날까지 모두 단결해 꿈을 실현하도록 하자!"

"진승, 만세! 오광, 만세!"

이제 수십 만 명에 달하게 된 장정들은 진승과 오광의 이름을 연호하며 뜨겁게 반응했다. 얼마 전까지만 해도 일개 둔장에 불과했던 진승은 어느덧 한 나라의 통치자가 되어 있었다. 그는 자신이 건국한 나라의 국호를 처음에는 대초(大楚)라고 했다가 머지않아 장초(張楚)라고 개명했다. 거기에는 '새롭게 탄생한 초나라'라는 뜻이 담겨 있었다.

처음에 진승의 몇몇 심복들은 건국이 너무 빠른 것 아니냐며 만류했다. 하지만 진승은 결코 자신의 뜻을 굽히려고 하지 않았다. 오히려 그는 한 걸음 더 나아가 자신을 장초의 진왕(陳王)이라고 자임하기까지 했다. 그런 모습을 보며 일부에서는 "권력을 쥐면 모두 똑같은 짓을 하는군."이라며 실망한 마음을 품었지만 드러내놓고 반기를 들기는 어려웠다.

진승은 장초 사람들에게 자주 항연가 부소에 관해 이야기했다. 항연은 진나라가 통일 전 초나라를 멸망시킬 때 목숨을 걸고 끝까지 싸운 장군이며, 부소는 진시황의 장자로서 막강한 권력을 휘두르던 아버지에게 올바른 길을 권하지 않았던가. 진승은 은근슬쩍 자신이 그들과 같은 지도자라는 것을 알리고 싶었다.

장초의 군사력은 막강했다. 나라에서 동원한 것이 아니라 대부분 자발적으로 모인 병사들이다 보니 사기가 드높았다. 게다가 진승은 성심껏 백성들을 돌보기 위해 노력했다. 지도자가 그처럼 나라를 다스리는데, 백성들이 충성을 다하지 않을 이유가 없었다. 진승은 어떻게 해야 사람들이 자신을 따르는지 태생적으로 알고 있는 듯했다.

진승은 군을 여러 갈래로 나누어 진나라 각지를 공격했다. 등종(鄧宗)에게는 구강군(九江郡)을 평정하게 했고, 주불(周

市)에게는 옛 위나라 땅을 공격하도록 지시했다. 또한 오광을 대리왕[大假王]으로 삼아 형양성(滎陽城)을 공격하게 했는데, 이곳에서는 삼천군(三川郡) 수령에게 막혀 쉬 함락시키지 못했다. 그럼에도 장초의 세력은 나날이 확장되어 함양 근처까지 진격하기에 이르렀다.

진나라 황실이 있는 함양의 신하들은 각지에서 봉기한 반란의 기운을 또렷이 느끼고 있었다. 최고 벼슬 낭중령 자리에 있던 조고도 이만저만 걱정이 아니었다. 일찍이 진나라의 폭정에 괴로움을 당하던 여러 군현들이 쉽게 장초에 호응했기 때문이다. 그러나 그는 황제에게 있는 그대로 사실을 보고하지 않았다.

"모든 백성들이 하나같이 이만한 태평성대가 없었다며 황제 폐하를 칭송합니다."

조고가 그처럼 감언이설(甘言利說)을 늘어놓을 적마다 이세황제는 흡족한 표정을 지었다. 조고는 나라의 운명보다 자신의 부귀와 영화가 더 중요한 인물이었다. 그러면서 한편으로는 진나라의 안위가 염려되어 병사들을 독려해 경비를 강화했다. 심지어 노역에 동원한 백성들을 군 조직에 편입시켜 무기를 들게 했다. 그 또한 결국에는 자신의 안위를 지키려는 얄팍한 계산이었다. 자기가 모시던 진시황의 조칙까지 위조한 자가 무슨 짓인들 망설이겠는가.

그런데 하루가 다르게 뻗어가는 장초의 성장에 영향을 받은 쪽은 또 있었다. 유방이 머물고 있던 패현에도 진승에 관한 소문이 자자했다. 패현 수령은 만약 장초의 군대가 쳐들어와도 함양에서는 지원군을 보내지 못할 것이라고 판단했다.

'이미 진나라의 국운은 저물고 있다. 내가 현청의 병사들과 함께 장초의 군대에 맞선다고 해도 얼마 버티지 못할 것이 틀림없다…….'

패현 수령 역시 황제에 대한 충성보다 자기 자신의 영화가 앞서는 인물이었다. 그는 몇 날 며칠 고민하다가 소하와 조참을 불러 은밀히 상의했다.

"자네들은 진승의 기세를 어찌 보는가?"

"그들은 이미 나라를 건국하지 않았습니까? 장초의 진왕은 머지않아 넓은 영토를 차지해 국가의 기틀을 다질 것이라 생각합니다."

소하는 이렇게 답하며 수령의 눈치를 살폈다. 자신도 유방을 옹위해 거사를 일으킬 기회를 엿보는 마당에 갑작스런 수령의 질문이 수상했기 때문이다. 아니나 다를까, 마침내 수령이 놀랄 만한 이야기를 꺼냈다.

"나는 이대로 있다가 장초에 당하느니 그들과 함께 모반을 도모하는 편이 낫지 않을까 생각하네. 이미 패현 곳곳에서도 황실을 향한 반역이 기운이 피어오르고 있지 않나?"

수령의 말은 사실이었다. 소하가 보기에도 진나라의 국운은 빠르게 기울고 있었다. 한 번 떠난 민심을 되돌리는 것은 절대로 쉬운 일이 아니었다. 하지만 그렇다고 해서 한 고을의 수령이 그토록 간단히 황제를 배반한단 말인가? 소하는 어이가 없었지만, 어쩌면 이번 일이 유방에게는 좋은 기회가 될 수도 있다는 데 생각이 미쳤다.

"수령님, 혹시 여산 노역장으로 백성들을 데려가다 달아난 유방을 기억하십니까?"

"그럼, 내 어찌 그를 잊겠는가. 정장 임무를 맡겼던 자가 아닌가?"

"네, 그러합니다. 지금 유방을 따르는 사람들이 꽤 많다고 하니, 그 자를 회유해 현청을 함께 지키자고 하면 좋을 것입니다. 우리도 세력이 강해야 장초에 협력하더라도 좀 더 이익을 얻지 않겠습니까?"

"듣고 보니 그렇군. 어서 가서 유방을 만나보게."

소하는 그 길로 유방의 은신처로 내달렸다. 조참은 만에 하나 패현 수령이 다른 꼼수를 부릴지 몰라 현청에 머물렀다. 잠시 후, 소하로부터 방금 전 이야기를 전해들은 유방이 얼굴 가득 미소를 지으며 중얼거렸다.

"용의 정기를 받고 태어난 나에게 드디어 광명이 비치는구나."

"형님, 당장 현청으로 갑시다! 교활한 수령을 몰아내고 패현 현청을 우리의 근거지로 삼아 대업을 이뤄봅시다!"

유방과 함께 소하의 이야기를 들은 번쾌가 한 술 더 떠 호들갑을 떨었다. 소하가 설레발을 자중하라고 말했지만 별 소용없는 일이었다. 유방은 굳이 번쾌를 나무라지 않았다. 그만큼 모두 답답하고 지루한 시간을 보내고 있었기 때문이다. 오랫동안 깊은 산속에 은신하고 있던 300여 명의 장정들도 기지개를 켜며 한껏 설레는 표정이었다.

"지금 곳곳에서 반란이 일어난다는데, 이제 우리도 할 일이 생겼군. 썩어빠진 진나라 황실을 무너뜨릴 수만 있다면 기꺼이 달려 나가야지."

"그럼, 우리 모두 유방 정장이 아니었다면 이미 죽은 목숨 아닌가. 저분을 위해서라면 못 할 일이 없지."

장정들은 유방이 앞에 나서자 큰 소리로 환호했다. 유방이 그들을 향해 외쳤다.

"모두 나를 따르라! 내일 일찍 현청으로 가서 그동안 갈고 닦은 우리의 실력을 마음껏 뽐내보자!"

그때 한 사내가 난데없이 장정들을 부추겼다.

"우리에게 대항하는 현청 관리들은 한 놈도 살려두지 마라!"

그는 옹치(雍齒)라는 사내였다. 그 역시 패현 사람으로, 유방이 고을의 젊은 사내들과 어울리며 우두머리 행세를 하던 시절부터 종종 함께했던 인물이었다. 당시 그들 무리에 왕릉(王陵)이라는 자가 있었는데, 옹치는 유방보다 왕릉을 더 따랐다. 옹치는 호족 가문 출신이라 농민 집안 출신인 유방을 내심 깔보았던 것이다. 하지만 이제 유방이 큰 무리를 이끄는 마당에 그 앞에서 고분고분하지 않을 수 없었다.

그런데 옹치는 성격이 꽤나 다혈질이었다. 여차하면 생각보다 행동이 앞서기 일쑤였다. 유방이 과거의 인연을 생각해 곁에 두었지만, 이따금 분수를 모르고 대뜸 앞에 나서고는 했다. 소하와 번쾌도 그가 못마땅했지만 특별한 잘못을 저지르지 않는 한 무턱대고 외면하기는 어려웠다.

이튿날 아침 일찍, 유방과 그 무리가 패현 현청으로 향했다. 산속으로 숨어들 때는 발소리조차 크게 나지 않게 조심스러웠는데, 이제는 그럴 필요가 전혀 없었다. 그들은 더 이상 노역을 회피한 도망자 신세가 아니었다. 현청 수령의 요청에 따라 당당히 그를 도우러 가는 길이었다.

어느덧 유방 일행이 현청 앞에 다다랐다. 한데 이것이 어찌 된 노릇인가. 예상과 달리 현청 대문이 굳게 닫혀 있었다. 그때 어디선가 조참이 나타나 유방에게 사정을 이야기했다.

"간밤에 수령의 마음이 바뀌었습니다. 몇몇 관리들이 유공이 온다는 것을 알고 수령을 회유했지요. 그들은 우리가 수령을 돕기는커녕 무력으로 현청을 접수해 진왕에게 바칠 것이라고 말했습니다. 또한 저와 소하가 오래전부터 유공과 내통하던 사이라고 일러바쳤지요. 수령이 저를 잡아오라고 명을 내리는 것을 듣고 이렇게 몰래 빠져나와 있었습니다."

결국 모든 인간은 자기 잇속에 따라 행동하게 마련이었다. 패현 수령을 회유한 관리들은 유방에 대한 두려움이 있어, 끝까지 진나라 황실과 수령 편에 서는 것이 이익이라고 판단했다. 그들은 유방이 글공부를 위해 현청을 드나들던 때부터 못마땅한 기색을 감추지 않은 사람들이었다. 결국 패현 수령이 그들의 말을 받아들여 현청 대문을 걸어 잠그고 경계를 강화한 것이다.

"까짓 대문 부숴버립시다! 아니면 현청 담장을 넘어가 놈들을 혼내주자고요!"

갑작스런 상황 앞에서 생각에 잠긴 유방에게 옹치가 다짜고짜 떠벌였다. 그러자 소하가 황급히 손사래를 치며 말했다.

"유공, 그것은 안 될 일입니다. 그렇게 힘만으로 현청을 손에 넣으면 백성들이 뭐라고 하겠습니까? 아무리 황제에 대한 불만이 커져 있다 해도, 백성들이 우리를 보고 겁을 집어먹게 만들어서는 안 됩니다."

이번만큼은 번쾌 역시 마음속으로 옹치의 말이 옳다고 생각했다. 하지만 조참을 비롯한 대부분의 심복들이 소하의 의견에 동조했다. 유방 또한 막무가내로 현청을 공격해 일을 그르치고 싶지 않았다. 그가 소하에게 물었다.

"뭐 좋은 생각이라도 있나?"

"지금은 비록 몇몇 현청 관리들이 우리를 경계하고 있으나, 그동안 제가 살펴본 바에 따르면 더 많은 관리들이 유공에게 호의를 품고 있습니다. 그러니 그들에게 전하는 간곡한 서찰을 써서 화살에 묶어 날려 보내면 어떨는지요? 그러면 많은 관리들이 우리의 진심을 헤아려 스스로 알아서 문제를 해결할 것입니다."

소하의 이야기를 들은 유방은 고개를 끄덕였다. 그는 곧 지필묵을 준비해 편지를 써내려갔다. 거기에는 먼저 하루가 다르게 몰락해가는 진나라의 운명과 거센 들불처럼 타오르는 반란군들의 기세에 대한 내용을 담았다. 그리고 현청 수령의 비열한 속셈과 함께, 그가 언제든 관리들마저 사지로 내몰 것이라고 경고했다. 그러니 당장이라도 수령을 몰아내고 새로운 지도자를 맞아들여야 언제 쳐들어올지 모를 장초의 군대에도 슬기롭게 대처할 수 있을 것이라고 덧붙였다.

유방의 서찰은 계획대로 패현 관리들에게 잘 전달됐다. 그들은 수령 몰래 한자리에 모여 은밀히 수군댔다. 간곡한 편지 덕분이었을까, 그들의 여론은 완전히 유방 쪽으로 기울어 있었다.

"우리가 수령을 해치고 현청의 대문을 활짝 열어야 하네. 교활한 수령에게 우리의 운명을 맡길 수는 없어."

"내 생각도 같네. 그것만이 우리는 물론 처자식들을 살릴 수 있는 길이네."

"그렇다면 누가 수령과 패거리를 해치우지?"

그곳에 모인 관리들의 눈길이 일제히 한 무관에게 쏠렸다. 그는 자신만만한 표정으로 고개를 끄덕였다. 그러고는 날랜 부하 둘을 데리고 수령과 몇몇 관리들이 모여 있는 방으로 달려갔다. 그 다음 상황은 전광석화(電光石火)처럼 마무리되었다. 현청 수령과 몇몇 관리들이 잇달아 피를 뿜으며 쓰러졌다.

이제 현청에는 유방에게 우호적인 사람들만 남게 되었다. 그들은 서둘러 대문을 열어 유방 일행을 맞이했다. 유방이 의기양양하게 안으로 들어서서 수령 자리에 앉자 관리들이 질서 있게 서서 예를 갖추었다.

"저희의 새로운 지도자가 되어주십시오. 어떤 세력에게도 패현이 함부로 짓밟히지 않게 유공, 아니 패공(沛公)께서 우리를 잘 이끌어주옵소서."

패공이라는 말은 패현을 다스리는 최고 지도자라는 의미였다. 한껏 기분이 좋아진 유방이 우렁찬 목소리로 말문을 열었다.

"자네들의 뜻이 그러하다면 기꺼이 소임을 다하지. 나는 곧 군사를 정비해 누구에게도 뒤지지 않는 막강한 힘을 키울 것이네. 머지않아 우리의 세력이 천하를 호령할걸세!"

그러자 번쾌가 큰 소리로 유방을 거들었다.

"패공, 만세! 우리 함께 패공을 도와 도탄에 빠진 백성들을 구하자! 천하를 품에 안자!"

그의 말에 따라 관리들과 장정들도 앞다투어 고함을 내질렀다.

패현의 젊은 사내들을 모두 불러 모으면 3~4천 명쯤 군사를 만드는 것은 빠른 시일 내에 가능했다. 그만하면 황궁의 군대나 여느 반란군도 함부로 대할 수 없는 세력이었다. 항량이 그러했듯, 유방도 현청의 창고부터 열어 백성들이 굶주림을 면하게 해주었다. 자신의 부모와 처자식이 얼마 동안이나마 기아를 면하게 되자 젊은 사내들은 제 발로 현청에 찾아와 병사가 되기를 자원했다. 오랜 시간 유방과 깊은 산속에서 무예를 연마한 300여 명의 장정들이 그들을 훈련시켜 금세 강군으로 성장시켰다.

그런데 그때까지 패현이 전부 유방에게 충성을 맹세한 것은 아니었다. 여전히 몇 고을이 저항했는데, 뜻밖에 어린 시절 유방이 살았던 풍읍도 그중 하나였다. 오히려 그 지역 사람들은 반건달 같았던 유방을 기억해 쉬 마음을 열지 않았다.

그렇다면 남은 수단은 무력으로 제압하는 것밖에 없었다. 유방은 100여 명의 병사들을 그곳으로 보내 자신의 힘을 과시했다. 그제야 풍읍 사람들도 오늘의 유방이 옛날의 유방과 완전히 다른 사람인 것을 실감해 공손히 머리를 숙였다.

"옹치를 불러오게."

풍읍을 손에 넣은 유방이 웬 일인지 옹치를 찾았다. 소하가 그를 데려오자 유방이 아무도 예상치 못한 말을 꺼냈다.

"자네가 풍읍을 맡아 관리해주게."

그 말을 들은 소하가 이해할 수 없다는 표정을 지었다. 그렇다고 패공이 하는 일에 감 놔라 배 놔라 함부로 말할 수는 없었다. 옹치도 의아했으나, 곧 수지맞은 얼굴로 유방의 제안을 받아들였다.

하지만 옛말에 사람은 고쳐 쓸 수 없다고 했던가? 세월이 꽤 흐른 뒤, 그 일은 유방에게 작지 않은 상처를 안겨주었다. 끝내 유방에게 진심어린 충성을 하지 않던 옹치가 풍읍 땅을 위나라 왕 위구(魏咎)에게 바친 것이다. 그래도 유방은 고향 사람이라고 옹치를 믿었는데, 결국 그에게 어처구니없이 배반 당하는 바람에 화병이 나고 말았다. 유방은 얼마 뒤 풍읍을 공격했지만 바로 함락시키지 못했다. 그 후 유방은 다른 성들을 점령해 세를 불리다가 항량의 협조를 얻어 다시 풍읍을 공격하게 되는데, 그때는 옹치가 재빨리 위나라로 도망가 버렸다.

그런데 그 다음에 더욱 놀라운 일이 벌어졌다. 훗날 초한전쟁이 발발하자, 어느새 옹치는 유방에게 항복한 다음 전장에 나가 공을 세웠다. 유방은 옹치가 미웠지만, 그가 세운 공을 생각해서 벌을 내리지는 않았다. 사람들은 유방이 그와 같이 옹치를 대하는 것이 불만스러웠으나 달리 어떻게 할 도리가 없었다. 심지어 옹치는 나중에 공신이라 하여 십방후(汁方侯)에 봉해지고 큰 재물을 하사받기도 했다. 그것은 책사 장량이 유방에게 건의해 이루어진 용인술이었으나 누구도 쉽게 이해할 수 없는 일이었다.

장초의 쇠락과 날로 커져가는 항량의 세력

앞서 오광이 형양성을 공격했지만 함락시키지 못했다고 설명했다. 오광은 여러 차례 형양성을 포위해 돌과 화살을 퍼부었지만 실패를 거듭했다. 급기야 그를 바라보는 병사들의 시선이 따가워지기 시작했다.

"대리왕은 지략이 부족해. 이래서야 어떻게 승전할 수 있겠어?"

"맞아. 군량미도 거의 바닥을 드러냈는데, 언제까지 이렇게 의미 없는 전투를 계속 벌여야 하는 거야? 대리왕은 결단력에도 문제가 있어."

그런데 당시 장초가 어려움에 맞닥뜨린 곳은 형양성만이 아니었다. 진왕이 직접 대규모 군사를 지휘해 공격한 함곡관(函谷關)에서도 난관에 부딪힌 상황이었다. 그곳을 돌파해야 함양에 다다를 수 있는데, 전황이 이만저만 심각하지 않았다. 자그마치 전차 1천 승과 병사 십만에 달하는 대군으로도 함곡관의 진나라 군대를 굴복시키지 못했다.

장초의 군사들에 맞서, 대체 누가 함곡관을 그토록 완강히 방어했을까?

그곳을 지휘한 장군은 장한(章邯)이었다. 그 무렵 진나라에서는 궁형(宮刑)과 도형(徒刑)을 받은 죄수 70여만 명을 아방궁과 여산의 노역에 동원하고 있었다. 아방궁 축조는 끝났으나 아직 여산의 공사는 진행 중이었는데, 전장에 정규군이 크게 부족하자 장한이 그들을 사면해 진압군을 꾸리자고 이세황제에게 진언했다. 황제가 그 말을 받아들여 장한을 대장군으로 임명한 군대를 편성해 함곡관으로 보냈다.

큰 죄를 짓고 강제 노역에 시달리던 죄수들은 차라리 전쟁터에 나가라는 명령이 반가웠다. 먹을거리조차 변변치 않던 노역장과 달리 적어도 전장에서는 배를 곯지 않았기 때문이다. 그리고 그들 손에 무기를 쥐어주고 나라를 위해 반란을 진압한다는 명분까지 심어주자 모두 맹렬히 전투에 임했다. 원래 그들 대부분이 싸움에 능한데다 군량미까지 넉넉히 공급하니 장초의 군사들이 상대하기 버거웠다. 그때 오광이 형양성 공략에 성공했다면 지원을 요청했겠으나, 이쪽이나 저쪽이나 자기 코가 석 자였다.

지난 몇 달 동안 승승장구해온 장초에 그야말로 크나큰 위기가 닥쳤다. 더욱 심각한 문제는 진왕 진승과 대리왕 오광의 갈등이었다. 둘은 자신이 맞닥뜨린 어려움 앞에서 서로에 대한 불신이 깊어갔다.

"오광이 무능하기 짝이 없군. 지금껏 작은 성 하나를 함락시키지 못해 쩔쩔매고 있다니."

"혹시 대리왕에게 다른 꿍꿍이가 있는 것은 아닐까요?"

진왕의 심복들이 이처럼 오광을 의심하기에 이르렀다. 그런데 진왕이 어떤 조치를 내리기도 전에 형양성을 공격하던 장초 진영에서 사건이 터지고 말았다. 장초군의 장수인 전장(田臧) 등이 무능하고 교만해졌다는 이유를 들어 오광을 암살하고 그 지휘권을 빼앗은 것이다. 그 사실을 전해들은 진왕은 짐짓 모른 척했다. 누가 됐든 형양성을 함락시키고, 자신을 도와 장한의 죄수 병사들을 물리치는 것이 중요했기 때문이다.

하지만 장한은 결코 만만한 장수가 아니었다. 전장이 형양성의 포위를 다른 장군들에게 맡기고 함곡관으로 달려와 진왕을 도왔으나 전세는 좀처럼 역전되지 않았다. 몇 번의 치열한 전투 끝에 결국 전장은 죽음을 맞고 말았다. 장한은 내친 김에 형양성으로 진격해 그곳을 포위하고 있던 장초군마저 격파해버렸다.

"누구든 덤벼라! 누가 감히 진나라 황궁을 넘본단 말이냐?"

장한의 외침에 죄수 병사들은 사기가 더욱 하늘을 찌를 듯 높아졌다. 어느새 그들은 황궁을 지키는 정규군이라도 되는 양 전에 없던 자부심까지 가졌다.

장한이 이끄는 군사는 거침이 없었다. 그들은 곧이어 장초의 장수 등열(鄧說)과 오서(伍徐)가 지휘하는 병사들을 잇달아 섬멸했다. 그 후에도 장한은 만족하지 않았다. 그는 마침내 장초의 왕실이 있는 진현까지 진격해 최후의 일전을 벌였다. 그곳에서 진왕이 장수 장하(張賀)의 병사들과 끈질기게 저항했으나, 이미 꺼져가는 불꽃을 되살리기는 어려웠다. 끝내 왕실이 있는 진현까지 빼앗긴 장초의 진왕은 더 이상 재기를 꿈꿀 여력이 없었다. 그는 퇴각 중 하성보(下城父)에 이르렀을 때, 자신의 수레를 끌던 장고(莊賈)에게 불행히도 피살되고 말았다. 장고는 그처럼 참담한 짓을 저지른 뒤 일신의 영달을 위해 진나라에 투항했다.

진승이 오광과 함께 반란을 도모하고 죽음을 당하기까지 흐른 세월은 6개월 정도에 불과했다. 그것은 농민과 소작농의 반란이라고 할 만했는데, 비록 그 힘이 오래가지는 못했으나 대륙 곳곳에서 진 황제에 맞서는 봉기가 일어나는 중요한 계기가 되었다. 진승과 오광이 선구자와 같은 역할을 해냈다고 말할 수 있는 것이다.

그 무렵 다른 지역에서도 진나라 황제와 무도한 관리들에게 불만을 품은 봉기가 일어나고 있었다. 그중 한 곳이 동양현(東陽縣)이었다. 당시 동양현에서는 백성들이 현청의 폭압을 견디다 못해 난을 일으켜 탐관오리였던 수령의 목숨을 빼앗았다. 그리고 평소 인품이 훌륭한데다 늘 백성들 편에서 일하려고 했던 관리인 영사(令史) 진영(陳嬰)을 그곳의 왕으로 세우려고 했다. 처음에 진영은 백성들의 추대를 사양했다.

"저는 그럴 만한 그릇이 못 됩니다. 다른 분을 찾아보시지요."

하지만 백성들은 쉬 물러서지 않았다. 스스로 진영을 따르려는 사람들 중 장정의 수만 해도 2만여 명이나 되었다. 그들이 거듭 동양현의 지도자가 되어달라고 간청하자, 진영이 한 가지 조건을 내걸었다.

"여러분은 오직 폭압에서 벗어나기 위해 현청 수령을 살해했습니다. 하지만 진나라 황실이 건재한 한 또 다른 수령이 와서 우리를 짓밟으려 할 것입니다. 이처럼 긴박한 시국에 우리가 식솔들의 안위를 지키고 새로운 세상을 열려면 그에 걸맞은 지도자가 필요합니다. 내가 생각하기에, 강동 회계군에서 봉기해 중원으로 진격하고 있는 항량 수령이 바로 그런 인물입니다. 나는 오래전부터 그분을 충심으로 모시고 싶었던바, 만약 여러분이 동의한다면 그때까지 동양현을 이끌어보겠습니다."

그러니까 진영의 말은 동양현 백성들을 항량에게 넘겨줄 때까지만 임시로 지도자 역할을 하겠다는 뜻이었다. 남녀노소 백성들을 비롯해 2만여 명의 장정들은 흔쾌히 진영의 제안을 받아들였다. 그들 역시 일찍이 항량의 사람 됨됨이와 기세를 잘 알고 있었기 때문이다. 또한 동양현의 힘만으로는 언제 불어 닥칠지 모를 황제의 보복을 당해내지 못할 것이라고 판단했다.

진영은 2만여 명의 장정들을 따로 소집해 창두군(蒼頭軍)이라고 명명했다. 그들의 머리에 푸른 두건을 씌우고 붙인 이름이었다. 창두군은 동양현으로 들어오는 산마루에 단단히 진을 치고 혹시 모를 사태에 대비했다. 마침 그때, 강동 회계군에서 출발한 항량의 8천 군사가 장강(長江)을 건너 서쪽으로 나아가고 있었다. 어느새 항량의 선발대가 동양현에서 멀지 않은 곳에 다다랐다. 선발대를 지휘하는 장수는 종리매(鍾離昧)와 계포(季布)였다.

종리매는 구현(朐縣) 출신으로, 항우 수하의 5대 장수 중 한 명이었다. 계포 역시 종리매와 함께 최고의 장수로서 항량과 항우에게 충성을 다하는 인물이었다. 그들이 푸른 두건을 쓴 병사들을 발견하고 항량에게 달려가 보고했다.

"멀지 않은 곳에 수상한 군사들이 진을 치고 있습니다."

"진나라 정규군으로 보이던가?"

"아닙니다. 모두들 머리에 푸른 두건을 쓰고 있는 것으로 보아 지방 호족의 사병인 듯합니다."

"호족의 사병이라……. 어쩌면 우리처럼 진나라 황제에게 반기를 든 자들일 수도 있지 않겠느냐?"

항량은 곧 8천 군사를 향해 전투태세를 갖추라고 명령했다. 상대의 신원이 불분명한 상황에서는 그것이 최선의 대비책이었다.

그때 저 멀리서 빠르게 말을 달려오는 병사가 보였다. 그는 한쪽 손에 흰색 깃발을 들고 있었다. 창두군에서 보낸 전령이었다. 잠시 뒤, 항량 앞에 무릎을 꿇은 그가 진영의 서찰을 건넸다. 그것을 읽는 항량의 얼굴에 미소가 번졌다.

"동양현 백성들이 스스로 나를 따르겠다니 이보다 더 기쁜 일이 어디 있겠나? 당장 영사 진영을 만나러 가겠네."

서찰을 다 읽은 항량은 선뜻 창두군의 진지를 방문하려고 했다. 항우가 상대의 속임수일지 모른다며 말렸으나 그는 개의치 않았다. 항량에게는 상대의 진심을 꿰뚫어보는 남다른 재능이 있었다. 결국 종리매와 계포가 항량을 호위하며 진영이 있는 산마루로 향했다. 멀찍이서 항량을 발견한 진영이 한달음에 달려나가 깍듯이 고개를 숙였다.

"부디 저와 창두군을 수하로 받아주십시오."

"자네처럼 훌륭한 덕망을 갖춘 이와 함께할 수 있다면 내게 도 영광일세."

항량은 서둘러 말에서 내려 진영을 끌어안았다. 그 광경을 지켜본 양쪽 진영에서 함성이 터져 나왔다. 항량은 8천의 병 사에 2만의 창두군이 더해지니 그야말로 두려울 것이 없었다. 중원으로 나가 누구와 맞서더라도 승리할 수 있다는 자신감이 흘러넘쳤다.

그날 이후 항량의 군사들은 거침없이 진격을 거듭했다. 그 들의 발걸음이 어느덧 희수(戲水)를 지나 하비(下邳) 땅에 이 르렀다. 그때 맞은편에서 수만의 병사들이 다가오는 것이 보 였다. 항우가 냅다 달려 나가 소리쳤다.

"너희들은 누구냐? 만약 우리에게 대항하면 이 항우가 가 만두지 않을 것이다!"

그러자 맞은편 병사들을 이끌던 장군이 항우를 향해 달려 나왔다. 그의 몸가짐도 항우 못지않게 당당했다. 그가 말에서 내리더니 정중히 말했다.

"나는 영포(英布)라고 하오. 항량 수령님과 항우 장군이 이 곳을 지나가신다는 소식을 듣고 기다리고 있었소. 부디 나도 항량 수령님을 따를 수 있게 허락해주시오."

그 말에 항우는 치켜들고 있던 커다란 창을 내렸다. 그러고 는 경계를 푼 목소리로 이야기했다.

"날이 갈수록 숙부님을 따르려는 호걸들이 늘어나는군. 자네의 뜻이 그러하다면 나와 함께 가세."

영포는 무예 실력이 매우 뛰어난 자로, 그의 병사 수가 6~7만에 달했다. 그는 천민 출신이었는데, 진시황의 능역을 공사하는 노역에 끌려갔다가 탈출한 뒤 세상에 분노하던 환초를 만나 함께 훗날을 도모했던 인물이다. 한때 도산에 숨어들었던 환초는 이제 항량의 수하에 있었다. 영포는 환초를 통해 항량의 인품과 포부를 전해 듣고 흠모하고 있던 터였다.

지난날 영포는 몇 차례 죽을 고비를 넘기다가, 우연히 번양(番陽) 수령 오예(吳芮))의 눈에 들어 장수로 임명되었다. 남다른 무예 실력 덕분에 은밀히 반란을 꿈꾸던 오예의 총애를 받게 된 것이다. 나아가 오예는 영포를 자신의 딸과 혼인시켜 사위로 삼기까지 했다. 그 후 영포는 장인의 뒤를 이어 차근차근 반란을 준비했다. 그러던 중 환초를 다시 만나 항량에 관한 이야기를 전해 듣게 된 것이다.

"음, 초나라의 항씨 가문이라면 나도 잘 알고 있지. 항연 장군의 아드님인 항량은 반드시 천하를 품을 인물이야."

이렇게 생각한 영포는 항량을 만날 날을 손꼽아 기다렸다. 그리고 마침내 자신이 주군으로 모실 위인과 운명을 함께하게 된 것이다. 항우는 그 길로 영포를 항량에게 데려갔다. 영포의 병사들까지 더해지자, 이제 항량의 군사는 10만 대군으로 불어나게 되었다.

항량이 통솔하는 10만 대군은 그렇고 그런 반란군이 아니었다. 그들은 진나라 정규군과 맞서도 손색없는 정예 병사들이었다. 다만 한 가지 황제의 군대에 비해 부족한 것이 있었는데, 다름 아닌 군량미였다. 아무래도 가난한 백성들의 지원만으로는 병사들을 배불리 먹이기 어려웠다. 머지않아 중원에서 황제의 정규군과 싸우려 해도 군량미를 넉넉히 마련해두어야 했다.

"종리매, 나와 함께 식량을 구해오세."

"그게 무슨 말씀입니까? 어디에 식량이 있습니까?"

어느 날, 항우의 말에 종리매가 어리둥절한 표정을 지었다. 항우가 말을 이었다.

"양성(襄城)은 땅이 비옥해 매년 풍년이 든다더군. 한데 그곳 수령이 욕심이 많아 굶주리는 백성들은 생각지 않고 창고에 곡식을 쌓아두기만 한다지 뭔가. 우리가 가서 그것을 빼앗아오세."

"좋습니다, 그런 일이라면 제가 기꺼이 따라나서야지요."

항우는 자신의 계획을 숙부에게 이야기했다. 그렇지 않아도 군량미 때문에 걱정이 컸던 항량이 흔쾌히 허락했다. 10만 대군의 본진은 계속 진군하고, 항우와 종리매만 일부 병사들을 데리고 가 양성의 창고를 공격하기로 했다.

처음에 양성 수령은 항우와 종리매의 공격에 맹렬히 저항했다. 하지만 위세로 지휘하는 병사들이 끝까지 충성을 다할 까닭이 없었다. 양성의 병사들은 항우와 종리매의 전력이 월등한 것을 깨달아 줄줄이 투항하기에 이르렀다. 곧 수령을 죽이고 창고를 열어보니, 과연 거기에는 곡물 가마니가 잔뜩 쌓여 있었다.

"어서 저것들을 마차에 실어 본진으로 운반하라!"

종리매가 신바람을 내며 부하들에게 명령했다. 그때 항우가 병사들 중 일부를 불러 모아 뜻밖의 명령을 내렸다.

"너희들은 곡식을 운반하기 전에, 양성 병졸들과 함께 성 밖에다가 커다랗게 구덩이를 파라!"

"장군, 왜 그러십니까? 구덩이는 뭐 하려고요?"

항우의 말을 들은 종리매가 의아해하며 물었다. 그러자 항우가 그의 귀에 대고 나직이 속삭였다.

"양성의 병사들은 수령을 배반했네. 이놈들을 데려가 봐야 식량만 축낼 뿐, 언제 우리에게 창을 겨눌지 모르지. 모두 구덩이에 파묻어버릴 걸세."

"아니, 투항한 자들을 전부 죽이겠다고요? 그것도 구덩이 파묻어서?"

종리매는 깜짝 놀랐지만 항우를 말릴 수는 없었다. 그 역시 항우의 성품이 과격한 것을 모르지 않았으나, 이번 일은 큰 충격을 안겨주었다. 어쨌거나 두 장군 덕분에 항량의 군사는 한동안 식량 걱정을 덜게 되었다. 그 후에도 항량의 군사 행렬이 지날 적마다 많은 호걸들이 스스로 무릎을 꿇고 그의 수하에 들어오기를 자처했다.

그러던 어느 날, 어둠이 짙은 밤에 항량이 홀로 생각에 잠겼다. 그가 근심어린 낯빛으로 혼잣말을 중얼거렸다.

"이제 군사의 힘은 누구에게도 꿇리지 않게 되었군. 한데 전투란 것이 힘만으로는 승리하기 어려운 법. 병력에 어울릴 만한 전략과 전술을 잘 짜야 하는데, 나의 지략이 부족할 때 누가 그 일을 도울 수 있을까?"

항량은 큰일을 할 때 무엇이 필요한지 잘 알고 있었다. 힘과 먹을거리, 그리고 또 하나 중요한 것이 출중한 지략이었다. 지략 없는 군대는 무모한 도적 떼와 다름없었다. 오직 힘만 앞세우다보면 자기보다 큰 힘이 등장했을 때 결국 굴복할 수밖에 없었다. 무엇보다 지략이 있어야 작은 힘으로 큰 힘을 물리치는 것이 가능했다.

그런데 하늘이 항량을 도우려는지, 어느 날 문득 계포가 한 인물을 추천했다.

"혹시 거소(居巢) 사람 범증(范增)에 대해 들어보셨는지요?"

"그가 누구인가?"

"칠순 노인인데, 정세 파악에 아주 능하고 병법에도 특출한 인물입니다."

계포의 말에 항량의 눈이 반짝였다. 그런 소양을 가진 사람이라면, 자신이 그토록 바라던 최고의 책사가 될 수 있지 않겠는가. 항량이 진지한 목소리로 계포에게 말했다.

"내가 예물을 내줄 테니, 당장 거소로 가서 그분을 모셔 오거라. 이 항량이 꼭 만나 뵙고 싶어 한다고 간곡히 말씀 드리거라."

항량의 명을 받은 계포는 한달음에 거소로 말을 몰았다. 그런데 그의 거처를 쉽게 찾을 수 없었다. 마을 사람들에게 수소문해보니, 그가 수양을 위해 기고산(旗鼓山)에 들어가 있다고 했다. 계포는 다시 그곳으로 달려갔다. 얼마나 숲속을 헤매고 다녔을까? 계포의 눈앞에 허름한 누옥이 보였다.

"계십니까, 어르신?"

"누구요?"

계포의 부름에 한 노인이 모습을 드러냈다. 몸은 말랐지만, 눈빛이 형형했다. 계포가 먼저 그곳에 찾아온 이야기를 상세히 전했다. 그리고 마지막에 "부디 저와 같이 산을 내려가 도탄에 빠진 천하를 구하는 데 힘을 보태주십시오."라고 간청했다.

천하의 정세 파악에 능한 범증이 항량의 거사에 대해 모를 리 없었다. 그는 항우는 물론이고 항량을 따르는 다른 장수들에 대해서도 두루 꿰뚫고 있었다.

"항량은 천하의 존경을 받을 만한 분이오. 나도 오래전부터 그분의 남다른 덕망과 야망을 헤아리고 있었소. 그런 분이 만남을 청하시는데, 내가 어찌 거절할 수 있겠소?"

범증은 옷가지 몇 장만 주섬주섬 챙겨 계포를 따라나섰다. 잠시 뒤, 범증이 진영에 다다르자 항량이 달려나와 반갑게 맞이했다. 그는 곧 연회를 열게 하고 나서 부하 장수들을 전부 불러 모았다. 항우, 종리매, 계포를 비롯해 영포와 환초, 우영의 모습이 보였다. 항량은 범증을 자신과 같은 상석에 앉게 한 뒤 더없이 진지한 얼굴로 물었다. 범증은 항량의 사람 됨됨이가 자신의 예상과 다르지 않아 안심했다.

"이세황제가 비록 민심을 잃었지만, 그는 아직도 장한 같은 뛰어난 장수와 백만에 가까운 강력한 군대를 갖고 있습니다. 어떻게 해야 그들에 맞서 천하를 품에 안을 수 있겠습니까?"

"천하를 품에 안으려면, 무엇보다 대의(大義)가 분명해야 합니다."

항량의 물음에 범증이 평온한 목소리로 말문을 열었다. 그 말에 항량이 재차 질문했다.

"대의라니, 어떤 의미로 말씀하시는 것입니까?"

그러자 범증은 장초를 건국했던 진승의 일을 예로 들어 설명했다.

"진승은 세력을 떨치기 시작하자마자 스스로 나라를 세우고 왕이 되었습니다. 그것이 패착이었고, 결국 참혹한 최후를 맞고 말았지요. 만약 그가 자신을 앞에 내세우지 않고 진짜 초나라의 왕손을 찾아 왕위에 앉게 했다면 더 많은 사람들의 지지를 받았을 것이 틀림없습니다. 지금도 여전히 초나라를 그리워하는 백성들이 많으니까요. 또 그렇게 했다면 진나라 황실과 다른 호걸들의 경계도 피할 수 있었을 것입니다."

항량은 범증의 말에 고개를 끄덕였다.

"그렇다면 제가 어떻게 행동해야 합니까?"

항량이 정중한 자세로 다시 물었다.

"왜 많은 호걸들이 제 발로 부하들을 이끌고 와서 수령님과 함께하려는지 아십니까?"

"……."

범증의 물음에 항량은 선뜻 대답하지 않았다. 할 말이 없어서가 아니라, 그냥 범증의 말을 기다리는 편이 낫겠다고 생각한 것이다. 범증이 이내 말을 이었다.

"그 이유는 항씨 가문이 과거 초나라에 충성을 다한 명문가이기 때문입니다. 그러니 수령님께서는 세력을 키우는 한편, 때가 되면 초나라 왕통을 찾아 왕위에 세우셔야 합니다. 그것이 무엇보다 중요한 일이지요. 대의가 분명하지 않으면 아무리 힘이 강해도 천하를 품에 안기 어렵습니다."

"과연 듣던 대로 혜안이 대단하신 분이군요!"

항량은 범증의 말에 탄복했다. 항우를 비롯해 주변에 있던 장군들도 공감하지 않을 수 없었다. 항량이 또다시 범증에게 물었다.

"초나라의 마지막 국왕은 부추(負芻) 폐하였습니다. 그분의 자손이 어딘가에 계시기는 할 텐데 제가 찾을 수 있을까요?"

"진나라 시황제 24년에 초나라가 멸망했으니 제법 긴 세월이 흘렀군요. 비록 지금은 왕손의 행적을 아는 이가 없지만, 진정 찾으려고 한다면 못 찾을 것도 없을 것입니다."

항량에게 그날 범증과 나눈 대화는 큰 깨달음을 안겨주었다. 새로운 책사를 환영하는 연회는 화기애애하게 진행되었다. 항량은 망설임 없이 범증을 군사(軍師)로 임명했다. 그 직위는 항우를 비롯한 모든 장군들을 지휘하는 작전 책임자였다. 또한 항량이 통솔자로서 어떤 결정을 내려야 할 때 조언을 마다하지 않는 중요한 자리였다.

이튿날, 항량이 종리매를 불러 명했다.

"자네도 어제 범증 군사의 말을 들었을 걸세. 부하들을 데리고 가서 초나라 왕통을 찾아 모시고 오게."

"알겠습니다, 수령님."

그로부터 열흘 남짓, 종리매는 모든 정보망을 동원해 초나라 왕손의 행방을 좇았다. 그 결과 어느 시골 마을의 촌장 집에서 양치기하는 동자(童子)가 왕손이라는 믿을 만한 이야기를 듣게 되었다. 종리매는 당장 그곳으로 말을 달렸다. 그의 등장에 촌장이 미처 신발도 신지 못한 채 달려 나와 머리를 조아렸다.

"장군님이 이 누추한 곳에 어인 일로 오셨습니까?"

촌장은 무슨 낭패라도 당할까 싶어 몸을 떨었다.

"이 집에 열두어 살 남짓한 동자가 있느냐?"

"네, 수 년 전 어디를 떠돌다 왔는지 남루한 차림의 어미와 어린아이가 저희 집에 찾아와 숙식을 부탁한 일이 있었습니다. 그래서 어미는 하녀로, 아이는 양치기로 거두었지요."

"너는 서둘러 그들을 네 앞에 모셔오도록 하라."

'아니, 하인과 양치기를 모셔오라니? 이게 대체 어떻게 된 노릇이지?'

종리매의 말에 촌장은 깜짝 놀라며 재빨리 머리를 굴렸다. 그렇지 않아도 그는 모자의 평소 언행과 기품이 남달라 의구심을 갖던 터였다. 촌장은 무슨 사연이 있겠지 싶어, 하녀와 아이를 얼른 깨끗한 옷으로 갈아입게 한 뒤 종리매 앞으로 데려왔다. 종리매가 촌장을 멀리 물리고 나서 나직한 목소리로 물었다.

"부인, 아드님이 혹시 초나라 왕손이 아니신지요?"

"그게 무슨 말씀이신지⋯⋯."

하녀 신분의 여자는 바짝 경계심을 가졌다. 종리매가 정중히 자신의 신분과 그간에 있었던 일을 설명했다. 그제야 여자가 눈물을 글썽이며 사연을 털어놓았다.

"온갖 수모에도 죽지 않고 사니 이런 날이 오는군요. 나와 아이가 초나라 왕실 사람인 것을 알리면 목숨을 부지하기 어려웠던 까닭에 오늘날까지 신분을 감추고 살아왔습니다. 자, 이것을 보시지요."

여자는 고이 접어 품 안에 간직하고 있던 기다란 비단 조각을 꺼내 건넸다. 종리매가 유심히 살펴보니 '초 회왕 적손 미심 초 태자 부인 위씨(楚懷王嫡孫米心, 楚太子夫人衛氏)'라고 적혀 있었다. 그리고 문장 말미에는 국새가 찍혀 있었다. 그것은 동자가 왕손이라는 확실한 증거였다. 종리매는 서둘러 몸을 일으키더니 큰절로써 왕손 모자에게 예를 갖추었다. 그러고는 튼튼한 말 두 마리를 급히 구해 그들을 태우고 항량이 있는 곳으로 돌아왔다. 왕손 모자를 맞이한 항량과 범증의 기쁨이 매우 컸다.

그날 이후 항량은 동자를 초나라의 국왕으로 대우했다. 조부의 왕호 그대로 회왕(懷王)이라고 부르며 충성을 다짐한 것이다. 또한 회왕의 어머니인 위씨 부인은 왕태후(王太后)로 불렀고, 자기 자신은 무신군(武信君)이라고 칭했다. 여기서 말하는 '군'은 여느 관직에 비할 수 없는 엄청난 권력을 갖는 고위 관직이었다.

이제 국왕을 옹위했으니, 다음 차례는 문무백관(文武百官)을 구성하는 것이었다. 항량은 군사 범증과 상의해 일사천리로 일을 진행했다. 그는 장군들에게 저마다의 벼슬을 내렸는데, 항우의 경우 대사마장군(大司馬將軍)이라는 직위에 봉했다. 그 밖에 종리매와 계포에게는 도기(都騎), 영포에게는 편장군(偏將軍), 환초와 우영에게는 산기(散騎)라는 직위를 내렸다. 또한 항량은 송의(宋義)라는 인물을 지근거리에서 회왕을 보살피는 경자관군(卿子冠軍)으로 임명했다. 송의는 과거 초나라에서 고위 관직을 역임한 자로, 얼마 전 항량을 찾아와 수하가 되기를 자처했다.

마침내 맞닥뜨린 항우와 유방

앞서 패공 유방을 배반한 옹치에 대해 이야기했다. 옹치는 풍읍의 관리를 맡긴 유방의 뒤통수를 쳐, 그 땅을 고스란히 위나라 왕 위구에게 바쳤다. 유방은 크게 분노해 풍읍을 공격했지만 쉽게 함락시키지 못했다. 그래서 고민 끝에, 유방은 항량을 찾아가 도움을 청하기로 마음먹었다.

그 무렵 항량은 회왕을 왕위에 세워 초나라를 건국한 지 얼마 지나지 않았다. 유방이 패현을 다스려 패공이라고 불렸지만 그의 기세에 비할 바는 아니었다. 항량과 마주한 유방이 한껏 몸을 낮췄다.

"무신군, 제게 군사를 빌려주십시오. 풍읍을 공격해 승전하면 반드시 보답하겠습니다."

항량은 함께 자리한 범증에게 미리 들어 유방이 처한 상황을 알고 있었다. 그럼에도 초면에 대뜸 군사를 내어달라는 유방의 제안을 듣고 보통 인물이 아니라고 생각했다. 항량이 짐짓 아랫사람을 대하듯 말했다.

"내가 어떻게 패공을 믿고 군사를 빌려준단 말인가? 패공은 여느 장군들처럼 선뜻 나의 부하가 되려는 것도 아니잖나?"

"그렇기는 합니다만, 제가 초나라 군사를 빌려 풍읍을 함락시키기만 한다면 더 많은 병사와 백성들을 얻게 되실 것입니다. 풍읍의 규모가 제법 크니까요. 또한 저는 신뢰를 무척 중요하게 생각하는 사람이니, 장차 무신군이 하시는 일에 힘을 보태겠습니다."

항량은 유방의 남다른 기개에 주목했다. 이번 기회에 좋은 인연을 맺어두면 언제든 큰 도움이 될 것이라고 판단했다. 그때 곁에 있던 범증이 유방에게 물었다.

"패공께서 원하는 군사의 수가 얼마입니까?"

"3천이면 충분합니다."

그 말을 들은 범증이 항량의 귀에 대고 한동안 무언가를 속삭였다. 그들을 바라보는 유방의 눈빛이 반짝였다. 잠시 뒤, 항량이 다시 말문을 열었다.

"패공의 바람대로 군사 3천을 빌려주겠네. 그런데 모든 일에는 책임이 따르는 법, 만약 풍읍을 함락시키지 못하고 우리 병사들만 희생시켰다가는 큰 화를 면치 못할 것일세."

"알겠습니다. 맹세하지요. 제가 옹치에게 패해 풍읍을 영영 잃는다면 무신군께 목이라도 바치겠습니다."

비록 아쉬운 소리를 하러 왔지만, 유방은 항량에게 기세가 밀리지 않았다. 그런 유방의 당당한 모습을 살피며, 범증은 또 한 사람의 굉장한 호걸이 세상에 있다는 사실을 깨달았다.

유방은 항량에 내어준 군사 3천을 데려가 풍읍 공략에 다시 한 번 온힘을 기울였다. 패현의 군사만 해도 적잖이 버거웠는데 초나라의 지원군까지 합류하자 옹치는 더 이상 버티지 못했다. 그는 생명의 위협을 느껴 재빨리 위나라로 달아나 버렸다. 유방과 옹치의 관계는 훗날 초한전쟁이 일어나고 나서야 다시 이어졌다. 놀랍게도, 그때 그들은 같은 편이 되어 초나라에 맞서게 되는 것이다. 심지어 옹치는 공신이 되어 고조(高祖) 유방으로부터 높은 벼슬과 큰 재물을 하사받기도 한다.

아무튼 유방은 옹치가 달아난 풍읍을 완전히 접수했다. 원래 자기 땅이었던 것을 되찾은 셈이었으나 기쁨이 결코 작지 않았다. 유방은 곧 그곳의 병사들을 이끌어 항량이 있는 곳으로 향했다. 멀찍이서 그 광경을 지켜보며, 항량이 군사 범증에게 말했다.

"우리가 사람을 제대로 본 것 같군요."

"네, 패공 유방을 수하에 들이기만 한다면 초나라에 큰 힘이 될 것입니다."

그날 이후 유방은 초나라에서 항량과 함께 생활했다. 적어도 겉으로는 그 역시 무신군 항량의 사람이 되어 있었다. 그러던 어느 날, 항량이 고위급 장군들을 불러 모아놓고 회의를 열었다. 항량의 표정이 어느 때보다 엄숙했다.

"우리는 한동안 나라의 기틀을 다지는 데 집중해왔다. 그러나 이제는 때가 되었다. 하루빨리 함양을 공격해 진나라 황실을 멸망시키도록 하자!"

항량의 말에 장군들의 표정이 결연해졌다. 가장 먼저 항우가 나서 소리쳤다.

"거참, 제가 기다리고 기다리던 명입니다. 진나라 정규군이라 한들 우리를 막아서지 못할 것이 틀림없습니다."

그때 함께 자리하고 있던 유방이 들뜬 항우에게 말했다.

"제가 듣던 대로, 대사마장군의 용맹이 대단합니다. 그 배짱에 훌륭한 지략과 침착함이 더해진다면 이루지 못할 것이 없지요."

유방의 이야기에 항우는 기분이 좋으면서도 왠지 모를 찜찜함을 느꼈다. 그의 말을 곰곰이 따져보면, 흥분을 가라앉히라는 일종의 충고였기 때문이다. 하지만 항우도 속마음을 쉽게 날것으로 드러내지는 않았다. 그가 유방에게 큰 소리로 대꾸했다.

"그래요, 나의 용맹을 알아주니 고맙소. 패공이 힘을 보태면 진나라 정규군도 우리 앞에서 벌벌 떨 거요."

그때 항량이 둘의 대화에 끼어들었다.

"대사마장군은 패공의 말을 새겨들어라. 너는 다 좋은데, 급한 성미가 문제이지 않느냐."

"알겠습니다, 숙부님. 아니, 무신군⋯⋯."

여러 사람 앞에서 항량의 꾸지람을 들은 항우는 몹시 무안한 표정이었다. 그것을 눈치 챈 항량이 이번에는 조카의 기를 살려주었다.

"어쨌든 진나라 정규군과 맞붙는 전투에는 대사마장군의 역할이 중요하다. 그러니 용감히 앞장서서 군사를 지휘하라. 패공 유방이 뒤에서 항우 장군을 돕는다면 누구라도 능히 무찌를 수 있을 것이다."

"무신군의 명을 따르겠습니다."

항우는 명령을 받들겠다는 의미로 숙부 항량에게 머리를 숙였다. 유방도 기꺼이 항우를 지원하겠다는 다짐으로 깊이 고두(叩頭)했다.

회의는 그렇게 마무리되었다. 더 자세한 전략과 전술은 군사 범증이 치밀히 계획하기로 했다. 초나라 장군들은 무신군 항량 앞에서 너나없이 결의를 다졌다. 그런데 아무래도 항우의 낯빛이 좀 어두웠다.

그날 저녁, 측근 소하가 유방을 찾아왔다. 사실 그는 유방의 최근 언행에 모사 역할을 톡톡히 하고 있었다. 유방이 풍읍 함락 이후 항량의 수하에 들어가기로 결정한 것에도 소하의 지략이 중요한 계기가 되었다.

"오늘 회의는 어떠했습니까?"

"무신군이 본격적으로 진나라를 공격하기로 마음먹었네. 항우 장군이 앞장서고, 내가 뒤를 받칠 것이야."

그러면서 유방은 낮에 보았던 기골이 장대한 항우의 모습과 그의 성격에 대해 이야기했다. 자신과 항우 사이에 오갔던 대화도 빼놓지 않았다. 그러자 갑자기 소하의 표정이 심각해졌다.

"왜 그러는가? 내가 무슨 실수라도 했나?"

유방이 의아해하며 소하에게 물었다.

"실수라고 할 것까지는 없지만, 초나라 개국공신들 앞에서는 언행에 좀 더 신중을 기하셔야 합니다. 그들에게 절대로 만만히 보여서도 안 되고, 그렇다고 그들을 앞서 가는 것처럼 보여서도 안 됩니다. 중용의 덕이랄까? 그런 가운데 패공께서 대의를 펼치실 그날을 위해 만반의 준비를 하셔야지요."

"자네의 말을 듣고 보니 내가 좀 설불렀군. 앞으로는 조심하겠네."

유방은 순순히 소하의 조언을 받아들였다. 그는 결코 항량의 부하 장수로 만족할 인물이 아니었다.

그로부터 얼마 후, 마침내 초나라가 거병(擧兵)했다. 항량의 지시대로 항우가 선발대를 지휘했고, 유방이 지원 부대로 뒤를 따랐다. 범증이 그들에게 맡긴 첫 번째 임무는 황하(黃河) 유역을 정복하는 일이었다. 그곳은 함양의 관문으로, 진나라 군사에 막대한 양의 물과 군량미를 공급하는 요충지였다. 이번 거병의 목적은 말하나 마나 함양을 함락하는 것이지만, 범증은 무턱대고 진나라 황실이 있는 쪽으로 군사를 보내지 않았다. 먼저 그 주변에 위치한 주요 지역부터 하나씩 공격해 함양의 숨통을 서서히 조여 갈 계획이었다.

황하 유역 정복의 지름길은 산동성(山東省) 공략이었다. 예상대로, 초나라 군사의 기세는 놀라웠다. 한때 산천초목을 떨게 하던 진나라 정규군의 방어도 그들 앞에서는 한낱 어린아이와 다름없었다. 항우가 선두에 서서 불화살을 쏟아 부으라 명하고, 불길을 피해 성 밖으로 달려 나오는 병사들이 있으면 간단히 목을 베어버렸다.

"대사마장군, 대단하십니다! 이제 제가 놈들의 숨통을 끊어놓겠습니다."

유방이 항우를 한껏 치켜올리며, 부하들에게 성벽을 타고 오르라고 명했다. 초나라의 병사들이 갈고리가 달린 밧줄과 사다리를 성벽에 던져 건 뒤 재빨리 진격했다. 순식간에 산동성 안으로 물밀듯 밀려들어간 초나라 군사에게 일찌감치 사기를 잃은 진나라 병사들은 상대가 되지 못했다. 여기저기서 비명이 들리고, 사방으로 피가 튀었다. 이번에는 항우가 유방을 칭찬했다.

"패공이 침착하기만 한 줄 알았더니 제법 용감무쌍하군요. 앞으로도 우리가 힘을 합치면 두려울 것이 없겠소."

"네, 저도 그렇게 생각합니다."

항우의 말에는 뼈가 있었다. 유방이 그것을 모를 리 없었으나 짐짓 속마음을 감춘 채 호의적으로 행동했다.

승전 소식을 들은 항량이 두 장군을 치하했다. 그러고는 곧 범증과 상의해 다음 명령을 내렸다. 항우와 유방이 동아현(東阿縣)으로 향했다. 이번에는 두 장군이 동시에 쌍둥 작전을 펼치라는 작전 지시가 있었다. 항우가 오른쪽, 유방이 왼쪽을 맡기로 했다.

'무신군이 나와 조카의 경쟁심을 이용하려 드는군.'

유방은 이렇게 꿰뚫어보면서도 굳이 항우를 이기려 들지 않았다. 그깟 전투에서 항우보다 먼저 공을 세워봤자 괜히 초나라 개국공신들의 경계심만 키울 뿐이었다.

그런데 항우의 생각은 달랐다. 그는 이번 기회에 자기가 유방보다 다 훌륭한 장군인 것을 증명하고 싶었다. 항우는 이전보다 더 강하게 부하들을 독려했다. 누구라도 진나라 병사들 앞에서 머뭇거리는 모습을 보이면 가차없이 목을 베기까지 했다.

"서둘러라! 우리가 먼저 현청에 들어가야 한다!"

결국 얼마 지나지 않아 동아현 수령은 항우 앞에 무릎을 꿇었다. 그보다 조금 늦게 현청에 다다른 유방이 항우를 추어올렸다.

"역시나 저는 아직 대사마장군의 용맹을 따르지 못하겠습니다. 앞으로도 저는 쭉 지원군 역할에 만족해야 할 듯합니다."

"허허, 어디 나 혼자 동아현을 점령했소? 좀 늦었지만, 패공도 큰 공을 세웠으니 함께 기뻐합시다."

유방은 하늘을 날 듯 좋아하는 항우의 표정을 살피며 자신의 생각이 틀리지 않았다고 믿었다. 그는 별 것 아닌 자존심을 지키려다 큰일을 망치는 어리석음을 범하고 싶지 않았다.

그렇게 마무리된 산동성과 동아현 공격은 초나라의 전세에 매우 큰 힘이 되었다. 마침내 황하 유역 중 하류 쪽을 손에 넣었으니 함양을 공격하는 확실한 교두보를 마련한 셈이었다.

그와 반대로 진나라 황제와 신하들은 크나큰 위협을 느끼기 시작했다. 특히 낭중령 조고의 걱정은 극에 달해 있었다. 그도 그럴 것이 진시황의 조칙까지 위조해 얻은 권세가 아니던가. 만에 하나 진나라가 멸망하면 자신의 부와 명예가 하루 아침에 사라질 것이 뻔했다. 조고가 신뢰할 수 있는 진나라 장군은 단연 장한이었다. 그는 일찍이 진나라의 턱밑까지 밀려왔던 장초군을 물리친 전적이 있었다.

"자네에게 30만 대군을 내줄 테니, 어서 전장으로 가서 초나라 군사를 막아주게."

"낭중령의 명을 따르겠습니다."

과연 장한은 진나라의 명장이자 충신이었다. 그는 이사의 아들 이유(李由)를 비롯해 사마흔(司馬欣), 동예(董翳) 등 여러 장수를 거느리고 전장으로 달려갔다.

하지만 한번 기울어진 전세는 쉽사리 회복되지 않았다. 명장 장한조차 초나라 군사와 맞닥뜨린 첫 번째 전투에서 패해 50리나 더 진나라 영토를 빼앗기고 말았다. 뭐니 뭐니 해도 군사력의 기본은 병사들의 사기였다. 그런데 진나라 병사들은 상대와 싸우기도 전부터 무기력한 모습을 보이기 일쑤였다. 이유가 고민 끝에 장한에게 말했다.

"저에게 군사를 내어주십시오. 초나라 진지를 기습 공격해 보겠습니다."

그때 장한은 어떻게든 버텨 초나라 쪽에서 자만심을 갖게 하려는 작전을 짜고 있었다. 상대가 교만에 빠지면 전세를 역전시킬 수 있다고 판단한 것이다. 하지만 그 작전은 시간과 인내심이 필요한 탓에, 용기를 낸 이유의 제안을 거부하기 어려웠다. 이유는 그날 밤을 이용해 병사들을 이끌고 은밀히 초나라 진지로 향했다. 장한이 통솔하는 본진은 이유의 작전이 성공하기를 바라며 숨죽여 기다렸다.

그러나 초나라 진지에서는 이유의 진군을 훤히 꿰뚫어보고 있었다. 만약의 사태에 대비해 유방이 척후병을 매복시켜 놓은 덕분이었다.

"지금 적들이 몰려오고 있습니다!"

척후병의 보고를 들은 유방이 항우를 찾아가 의논했다.

"진나라에서 기습 공격을 감행할 모양입니다. 우리가 먼저 역공을 펼치는 것이 어떨까요?"

"그럽시다. 패공과 함께라면 뭔들 못하겠소?"

항우는 자신감이 흘러넘쳤다. 전투마다 연승을 거듭하다 보니 그런 태도를 보이는 것이 무리는 아니었다.

"척후병들이 알아온 정보에 따르면, 적장의 이름이 이유라고 합니다. 제가 정면에서 기습 공격에 당해 달아나는 척 할 테니 대사마장군께서는 몰래 뒤로 돌아가 반격해주십시오."

"알겠소, 패공. 그리고 적장의 목은 내가 칠 테니 양보하시오."

"그렇게 하시지요. 대사마장군께서 적장을 죽이면 진나라 병사들이 금방 꼬리를 내릴 것입니다. 저들이 황실을 지키던 정규군이라고는 해도 오합지졸이나 다름없으니까요."

유방은 약속대로 잠자코 있다가, 이유의 병사들이 모습을 드러내자 일부러 허술하게 공격을 퍼부었다. 그러고는 얼마 지나지 않아 말머리를 돌려 후퇴하기 시작했다. 그 모습을 목격한 이유가 부하들을 향해 크게 외쳤다.

"우리의 기습 공격이 성공했다. 어서 적들을 쫓아가 혼쭐을 내줘라!"

하지만 그것은 이유의 착각이었다. 자신들의 뒤쪽에서, 전혀 예상치 못한 항우의 공격이 펼쳐졌다. 항우의 군사가 쏜 화살들이 잇달아 진나라 병사들의 몸통에 깊이 박혔다. 짐짓 달아나는 척하던 유방의 군사까지 돌아서서 매섭게 창과 칼을 휘둘렀다.

"으악! 사람 살려!"

"아, 우리가 함정에 빠졌어……."

어느새 이유의 운명은 바람 앞의 촛불과 같았다. 그때 어둠을 뚫고 항우가 달려와 이유의 목에 칼을 겨누었다.

"이놈, 내 칼을 받아라!"

항우의 쩌렁쩌렁한 고함이 우레처럼 울려 퍼졌다. 이유가 미처 방어할 새도 없이 항우의 칼이 허공을 갈랐다. 금세 핏줄기가 솟구쳤고, 이유는 비명 소리조차 크게 내지 못한 채 죽음을 맞았다. 적장의 머리가 땅바닥에 나뒹구는 것을 본 항우가 부하들을 향해 소리쳤다.

"내가 적장의 목을 베었다!"

그 말에 진나라 병사들은 허둥거리며 도망치기 바빴다. 그에 비해 초나라 군사는 더욱더 사기가 충천했다.

"한 놈도 살려 보내지 마라!"

항우가 계속 큰 소리로 부하들을 독려했다.

"다시는 진나라 병사들이 우리에게 맞서지 못하게 압도적인 승리를 거두자!"

유방도 이리저리 뛰어다니며 적들을 섬멸하는 데 앞장섰다. 그렇게 이유가 기습 공격을 펼치겠다며 이끌고 온 진나라 병사들은 거의 전멸하고 말았다.

"제가 양보할 것도 없이 대사마장군께서 먼저 적장을 발견해 해치우셨습니다. 명불허전(名不虛傳)이 따로 없네요. 또한 우리의 작전이 완벽해 손쉽게 승리를 거둘 수 있었습니다."

이번에도 유방은 항우에 대한 공치사를 아끼지 않았다. 그와 같은 극찬에 항우의 얼굴에 저절로 미소가 떠올랐다. 얼마 뒤, 이유의 죽음과 패전 소식을 접한 장한은 깊은 시름에 잠겼다. 그는 어떻게든 위기를 극복하기 위해 묘수를 짜내고 또 짜냈다.

항량의 죽음과 항우의 울분

항우와 유방이 승전을 거듭할 무렵, 대륙에는 또 다른 변화가 있었다. 그중 하나가 제(齊)의 건국이었다. 그 역시 진시황의 무력에 멸망한 나라였는데, 진승이 반란을 일으켰을 시기에 왕족인 전(田)씨 가문이 봉기해 재건한 것이다. 또한 다른 땅에서는 진승의 부하였던 장이(張耳)와 진여(陳餘)가 조왕(趙王)의 후손을 받들어 조(趙)를 재건하기도 했다.

그와 같이 대륙을 통일한 진나라의 국운이 빠르게 기울고 있었다. 그중 가장 강력한 위력을 발휘하고 있는 재건 국가가 다름 아닌 초나라였다. 항우와 유방의 승전 소식을 접한 항량은 머지않아 진나라 황실을 짓밟을 수 있다는 생각에 한껏 마음이 들떴다.

"이제 곧 우리 초나라가 대륙의 주인이 될 것이다. 그날이

오면 진나라 놈들에게 당한 조상님들의 수모를 열 배, 백 배로 되갚아줄 것이다!"

"그럼요, 숙부님. 제가 앞장서겠습니다!"

항우가 항량을 거들고 나섰다. 하지만 그들의 모습을 지켜보는 유방의 생각은 달랐다. 비록 진나라의 기세가 한 풀 꺾였지만 한시도 방심하면 안 되는 상대라고 판단했기 때문이다. 누구든 자만심에 빠지는 순간이 가장 위험한 때라는 사실을 유방은 잘 알고 있었다. 회왕을 지근거리에서 보살피다가 전장에 따라나선 송의 역시 항량과 항우를 염려하기는 마찬가지였다. 그 역시 아직은 진나라를 우습게 여기면 안 된다고 생각했다.

며칠 후, 마침내 항량은 결단을 내린 듯 장군들을 불러 모았다.

"얼마 전에 우리는 진나라 실세인 이사의 아들 이유의 목을 베었다. 이제 남은 일은 장한이 이끄는 적의 본진을 격파하는 것이다. 그가 맹장으로 소문난 자이기는 하나, 이미 우리에게 패해 50리나 퇴각하여 옴짝달싹 못하고 있다. 그러니 기회를 놓치지 말고 장한까지 해치우도록 하자. 그는 이제 허수아비일 뿐이다!"

"옳습니다! 우리의 군사를 나누어 양 갈래로 협공하면, 아무리 장한이라고 해도 크게 당황해 힘을 쓰지 못할 것입니다.

이번에도 제가 적장의 목을 베겠습니다!"

항량의 지시를 들은 항우가 또다시 숙부를 거들고 나섰다. 그의 성격이라면 당장이라도 적진으로 달려갈 기세였다.

그날 저녁, 초나라 진영에서는 한바탕 잔치가 열렸다. 이튿날 출격에 앞서 병사들의 사기를 북돋우려는 항량의 계산이었다. 오랜만에 기름진 음식을 먹고 술을 들이켜며 초나라 병사들은 너나없이 신바람을 냈다. 그들도 전승을 거듭하다 보니 항량과 항우만큼이나 고무되어 있었다.

"장한도 우리의 대사마장군을 당해낼 수는 없어. 아마 단칼에 목이 베일걸."

"그럼, 그렇고말고. 이제 함양만 함락하면 무신군께서 큰 상을 내리실 거야."

무릇 전장에 나서는 병사들은 겁을 집어먹게 마련이었다. 자칫 목숨을 잃기 십상이니까. 그런데 그 무렵 초나라 병사들은 오히려 전투를 기다리는 듯한 표정이었다. 항우와 유방 덕분에 손쉽게 승리하다 보니 전투에 대한 두려움보다 그 후에 주어지는 포상에 대한 기대감이 더 컸기 때문이다.

얼마 후 날이 밝았다. 항량은 대사마장군 항우를 중군(中軍), 패공 유방을 좌군(左軍), 편장군 영포를 우군(右軍) 지휘관으로 삼아 진격을 명령했다. 수십 개의 커다란 깃발을 들고 요란하게 나팔 소리를 울려대며 앞으로 나아가는 초나라 군사의 사기가 하늘을 찌를 듯 충천했다. 그들의 말 그대로, 장한의 본진은 금세 뼈도 못 추리는 참패를 당할 듯 보였다.

초나라 대군의 진격 소식을 들은 장한은 큰 고민에 빠졌다. 그는 정도성(定陶城) 안으로 병사들을 이끌고 들어가 단단히 방어 태세를 갖추기로 결정했다. 또한 사마흔과 동예 등에게 복양(濮陽)과 성양(城陽)의 사수를 맡겼다.

그러자 초나라에서는 항우와 유방이 복양과 성양 쪽으로, 영포가 곧장 정도성으로 향했다. 항우와 유방도 다른 지역들을 함락시킨 다음에 정도성으로 갈 계획이었다. 그리고 승전이 목전에 이르렀을 무렵, 항량이 후발대를 통솔해 세 장군들과 합류하기로 작전을 짰다.

먼저 항우와 유방이 복양과 성양에서 적군과 맞닥뜨렸다. 그런데 진나라 병사들의 저항이 예상보다 거셌다. 죽기를 각오하고 싸우는 병사들이 전력보다 큰 힘을 발휘했던 것이다.

"처음에 생각한 것보다 시간이 제법 걸리겠는걸요."

유방의 염려에 항우가 손사래를 치며 말했다.

"걱정 마십시오, 패공. 금방 끝납니다. 우리도 빨리 정도성으로 가야지요."

아니나 다를까, 항우의 큰소리는 곧 현실이 되었다. 사마흔과 동예가 병사들과 함께 퇴각하기 시작한 것이다. 그 모습을 본 항우가 맹렬히 추격했다. 유방도 그를 따르려고 했으나,

소하가 급히 다가와 만류했다.

"패공, 우리는 여기서 진을 치고 있는 편이 나을 것입니다. 저렇게 무작정 뒤쫓다가는 매복한 적에게 기습을 당할 위험이 있습니다."

"자네 말에 일리가 있네."

결국 유방은 전령을 보내 성양 부근에 진을 치고 있겠다는 결심을 항우에게 알렸다. 항우는 워낙 자신감이 넘쳐 굳이 유방까지 따라올 필요는 없다고 생각했다. 하지만 젖 먹던 힘까지 다해 달아나는 진나라 병사들을 따라잡는 일은 쉽지 않았다. 소하의 예견대로 중간에 매복하고 있던 적군이 나타나 시간이 더 지체되기도 했다.

한편, 영포의 군사는 이미 정도성 앞에 도착해 있었다. 그들은 수천 발의 화살을 쏘고 투석 공격을 감행했지만 좀처럼 성문을 열지 못했다. 장한의 병사들은 성문을 굳게 걸어 잠근 채 잔뜩 몸을 웅크리고 있었다. 진나라 병사들의 완벽한 수비 전술 앞에 초나라 군사는 때리다가 지치는 형국이었다.

그렇게 이틀이 지났을까? 이쯤 됐으면 승리가 머지않았을 것이라고 생각한 항량이 후발대를 통솔해 정도성에 다다랐다. 그는 뜻밖의 전황을 알고 영포에게 불같이 화를 냈다.

"아니, 무예 실력이 뛰어나기로 소문난 장군이 이깟 성 하나를 함락시키지 못하는 건가? 실망일세그려!"

"송구합니다, 무신군. 저들이 공격을 전혀 하지 않으니 오히려 상대하기가 쉽지 않습니다. 곧 대사마장군과 패공이 여기로 올 테니 함께 힘을 모아 공격하면 성문을 열 수 있을 것입니다."

그러나 항량의 화는 풀리지 않았다. 그가 다시 영포를 다그쳤다.

"편장군의 핑계가 끝이 없군. 대군을 이끌고도 이깟 성문 하나를 열지 못해 지원군을 기다리자는 건가? 그런 나약한 소리 집어치우게!"

그러고는 항량이 병사들 앞에 나서 직접 지휘하기 시작했다.

"전군은 당장 갈고리 달린 밧줄과 사다리를 이용해 성벽을 기어올라라! 성 안에 틀어박혀 꼼짝 못하는 겁쟁이들의 목을 베어라!"

항량의 명령에 초나라 병사들은 함성을 지르며 성벽을 기어올랐다. 그러자 그때까지 웅크리고만 있던 장한이 벼락같이 소리를 내질렀다.

"이때다! 밧줄과 사다리에 불을 붙이고 돌을 던져라!"

장한의 명령에 진나라 병사들이 일사불란(一絲不亂)하게 움직였다. 갑작스런 화공(火攻)과 투석전에 초나라 병사들은 정신을 차리지 못했다. 금세 수백 명이 성벽 아래로 나뒹굴어 목숨을 잃었다. 그중 다수는 돌에 맞아 머리가 깨진 처참한 모습이었다.

"으악!"

"아아, 이러다가 다 죽겠어……."

여기저기서 초나라 병사들의 비명이 터져 나왔다. 그러나 항량은 군사를 잠시도 후퇴시킬 생각이 없었다. 그가 또다시 큰 소리로 명령했다.

"공성퇴(攻城槌)를 가져와 성문을 박살내라! 그리고 공성탑(攻城塔)을 이용해 병사들을 성 위로 올려 보내라!"

하지만 이번에도 장한이 지휘하는 진나라 병사들이 일사불란하게 저항했다. 그들은 여럿이 성 위에서 커다란 바위를 밀어 떨어뜨려 공성퇴를 망가뜨렸다. 공성탑을 이용해 성 안으로 들어서는 초나라 병사들은 곧 그들의 칼과 창 앞에 숨통이 끊어졌다. 그렇게 사기 등등하던 초나라 군사도 점점 겁을 집어먹을 수밖에 없었다.

그때 송의가 다가와 항량에게 충언했다.

"무신군, 금방 밤이 될 것입니다. 이렇게 무의미한 공격을 지속하다가 병사들이 지치면 적의 기습 공격을 받을 수 있습니다. 당장 오늘 밤에 감행할지 모를 장한의 야습에 대비해야 합니다."

이전의 항량은 그와 같은 부하들의 충언에 귀를 기울일 줄 아는 인물이었다. 그런데 어찌 된 일인지, 그날따라 항량은 영 딴사람처럼 행동했다. 그가 오히려 송의를 무안하게 만들었다.

"과거 초나라에서 고위 관직에 있었다더니, 자네는 겁이 참 많구먼. 그러니 진나라의 무력에 초나라가 멸망했던 것일세."

항량이 경자관군을 그렇게 대하는 모습을 보고 다른 사람들은 선뜻 충언을 올리지도 못했다. 그런데 무슨 생각인지, 항량이 갑자기 공격을 멈추게 하더니 병사들을 진지로 돌아오게 했다. 그가 결국 송의의 말을 받아들인 것일까? 아니었다. 항량은 자신을 보좌하는 한 장수에게 술상을 준비하라고 시킨 다음, 영포와 종리매를 불러 연거푸 술잔을 들이켰다. 장군들도 항량이 권하는 술잔을 마다할 수 없었다. 항량은 취기가 오르자 병사들에게도 술을 내어주라고 말했다. 그것은 승전을 기념해 마실 요량으로 가져온 술이었다.

"모두들 시원하게 마시게. 오늘은 병사들이 지친 듯해 물러섰지만, 나는 내일 아침 일찍 다시 공격 명령을 내릴 것이네. 총공격을 펼칠 것이란 말일세."

영포와 종리매는 그 말을 듣고 어안이 벙벙했다. 이튿날 아침 일찍 총공격을 펼칠 병사들에게 어찌 술을 마시게 한단 말인가. 하지만 그들도 한 잔, 두 잔 술이 들어가자 정신을 차리지 못했다. 총지휘관이 함께하는 술자리니 어떻게든 되겠지하는 안일한 생각이 그들을 사로잡았다. 하루 종일 성을 공격하느라 지치고 다친 병사들도 술 한잔에 시름을 덜고 있었다. 그렇게 전장이 밤이 점점 깊어갔다.

하지만 정도성 안의 장한과 진나라 병사들은 경계를 늦추지 않았다. 아니, 그들은 이제 반격에 나설 궁리를 하고 있었다. 장한이 병사들에게 명령했다.

"지금쯤 초나라 병사들은 안심하고 잠에 들었을 것이다. 그들은 우리가 성 안에서 나올 것이라고는 꿈에도 생각지 못할 것이 틀림없다. 모두 발소리를 죽여 성 밖으로 나가라. 그리고 일제히 공격해 적을 섬멸하라!"

장한의 병사들은 충심으로 자신들을 통솔하는 장군의 명을 받들었다. 아무리 초나라의 대군이라 해도 그처럼 한 마음으로 단결한 상대를 감당하기는 어려웠다. 심지어 그때 초나라 장군과 병사들은 술에 취해 잠들어 있지 않았던가. 잠시 뒤, 초나라 진영에 살금살금 다다른 진나라 병사들에게 장한이 소리쳤다.

"이때다! 한 놈도 살려두지 마라!"

진나라 병사들은 초나라 진영에 불을 지르며 시끄럽게 꽹과리를 쳐댔다. 그와 동시에 초나라 병사들이 보이는 족족 칼을 휘둘러 목을 벴다.

"웬 놈들이냐?"

"악! 적이 기습했다!"

초나라 병사들은 무기를 찾느라 허둥지둥 주변을 더듬었다. 그 순간을 놓치지 않고 진나라 병사들의 칼과 창이 어둠을 뚫고 번뜩였다. 그때마다 초나라 병사들은 목숨을 잃어 시신이 금세 산을 이루었다. 뒤늦게 정신을 차린 항량이 몸을 비틀거리며 모습을 드러냈다.

"영포와 종리매 장군은 어디 있느냐? 모두 적을 공격하라!"

하지만 아직도 술기운이 머리꼭대기까지 올라 있는 항량은 상황 파악을 제대로 하지 못했다. 그가 비틀대며 아무렇게나 칼을 휘두르고 있을 때, 진나라 장군 손승(孫勝)이 재빨리 다가왔다.

"네가 무신군이라는 작자로구나!"

손승의 불호령에 항량은 자기도 모르게 몸이 움찔했다. 바로 그 순간, 그의 칼이 허공을 가르는가 싶더니 붉은 핏줄기가 사방으로 뿜어졌다. 항량이, 초나라를 재건한 항씨 가문의 위대한 인물이, 끝내 죽음을 맞고 만 것이다.

그 후에도 장한이 지휘하는 진나라 병사들의 공격은 오랫동안 그치지 않았다. 겨우 목숨을 건진 초나라 병사들은 허겁지겁 진영에서 빠져나와 멀리 달아나기 바빴다. 그들 가운데 영포와 종리매, 송의의 모습도 보였다. 당시 장군들과 함께하지는 못했지만, 범증도 무리에 섞여 있었다.

초나라의 패전한 장군들은 비참한 몰골로 성양으로 향했다. 마침 항우도 사마흔과 동예의 병사들을 대부분 해치운 다음 유방이 있는 성양으로 돌아오는 중이었다. 항우는 항량에게 승전 소식을 전할 생각에 한껏 의기양양했다. 그런데 항우를 기다린 것은 꿈에도 상상하지 못한 뜻밖의 소식이었다.

"뭐라고? 숙부님이 돌아가셨다고!"

송의로부터 항량의 전사를 전해들은 항우는 짐승처럼 울부짖었다. 항량이 숙부였으나, 그에게는 부모와 다름없는 존재였기 때문이다. 아울러 항량 덕분에 그는 사내대장부다운 야심을 키울 수 있었다. 항우의 눈에서 쉴 새 없이 눈물이 쏟아졌다.

"장한이란 놈을 반드시 잡아 죽일 것이다! 숙부님의 원수를 꼭 갚고야 말 것이야!"

항우는 분통이 터져 고래고래 소리를 내질렀다. 한참 만에, 곁에서 그 모습을 지켜보던 유방이 나섰다.

"이럴 때일수록 대사마장군께서 중심을 잘 잡아주셔야 합니다. 그래야만 무신군께서 그토록 바라시던 대업을 이룰 수 있습니다."

그제야 다른 장군들도 항우를 위로했다.

"우리도 대사마장군께 힘을 보태겠습니다. 두 번 다시 지난 밤과 같은 치욕을 당하지는 않겠습니다."

그때 범증도 늙은 몸을 이끌어 성양에 다다랐다. 그가 여전히 슬픔에 잠겨 있는 항우를 위로했다.

"무신군께서는 회왕을 옹위해 초나라를 재건하고 오습만 대군을 키워내셨습니다. 모쪼록 대사마장군께서 남은 위업을 달성하셔야 합니다."

항우는 장군들에 이어 군사 범증까지 자신을 격려하자 큰 힘을 얻었다. 그는 눈물을 닦고 나서 범증이 알려준 곳으로 가 항량의 시신을 수습했다. 그리고 성대하게 장례를 치른 뒤 회왕이 머물고 있는 우이(盱台)로 돌아갔다.

그 무렵 항량을 물리치고 기운을 얻은 장한은 내친 김에 조나라의 주요 근거지인 거록성(鉅鹿城)으로 진격해 주변을 포위했다. 그것은 이세황제의 명이었다. 장한의 진영에는 죽음의 위기를 모면하고 돌아온 사마흔과 동예도 함께했다.

거록대전과 무자비한 살육

초나라 회왕은 항량이 전사했다는 소식을 접하고 큰 충격을 받았다. 그는 초나라 군대가 정도성에서 대패할 줄 상상도 하지 못했다. 회왕은 두려움에 휩싸여 도읍을 우이에서 사수군(泗水郡) 팽성(彭城)으로 옮겼다. 그곳 지형이 적의 공격으로부터 좀 더 안전하다고 판단했기 때문이다. 항우와 유방도 회왕을 호위하며 팽성으로 향했다. 다행히 그 무렵에도 초나라에 자신을 의탁하려는 장수들이 종종 병사들을 데리고 찾아왔다. 그중에는 진승의 부하였던 여신(呂臣)도 있었다.

항우는 팽성에 자리를 잡자마자 병사들을 충원해 강하게 훈련시켰다. 그의 마음속에는 숙부 항량을 위한 복수심이 불타오르고 있었다. 그러던 어느 날, 조나라에서 다급히 사신을 보내왔다.

"얼마 전부터 진나라의 장한이 거록성을 포위해 공격하고 있습니다. 부디 폐하께서 초나라 군사를 보내시어 저희를 구해주십시오."

회왕은 조나라 사신을 잠시 물리고 나서 장군들을 소집해 상의했다. 원군 요청을 들은 항우가 가장 먼저 의견을 피력했다.

"당장 군사를 보내셔야 합니다, 폐하! 무신군을 살해한 놈들을 그냥 두고 볼 수는 없습니다. 장한을 그냥 두면 언제 우리에게 화를 끼칠지 모릅니다."

항우의 말은 일리가 있었다. 장한이 거록성을 함락하면 그다음 차례는 팽성이 될 가능성이 아주 높았다. 그런데 다른 장군들이 항우의 말에 적극 동의하지 않았다. 섣불리 남의 전투에 개입했다가 아무 이득 없이 피해만 입을까 염려했기 때문이다. 특히 유방은 입을 닫은 채 아무 말도 하지 않았다. 그는 팽성에서 되도록 있는 듯 없는 듯 지내며 훗날을 기약하려고 했다. 장군들의 미지근한 반응에 항우가 버럭 소리를 내질렀다.

"거참, 정도성에서 한 번 깨졌다고 이렇게 다들 의기소침한 거요? 그 자리에 내가 있었으면 장한은 뼈도 추리지 못했을 거요. 내가 앞장설 테니 어서 거록성으로 달려갑시다!"

그러자 잠자코 있던 회왕이 나섰다.

"대사마장군, 진정하시오. 우리는 하루빨리 관중(關中)을 손에 넣어야 하오. 그래야만 함양을 무너뜨릴 수 있소. 그런데 거록성 전투에 잘못 휘말리면 계획이 틀어지게 되지 않소?"

관중은 소관(蕭關), 대산관(大散關), 무관(武關), 함곡관에 둘러싸인 가운데 지역이라는 의미가 담겨 있었다. 관중의 분지를 진령(秦嶺) 산맥이 둥그렇게 벽처럼 에워쌌고 서쪽에는 황하, 북쪽에는 위수(渭水)와 경수(涇水)가 흐르는 천혜의 요충지였다. 또한 관중 지역 자체의 면적은 하북(河北), 하남(河南)의 평원에 비해 좁지만 농업 생산력이 굉장히 높았다. 한마디로 관중은 사방 어디서 적이 공격하더라도 각 관만 잘 수비하면 되고, 안쪽에 농사를 지을 토지가 넓어 적에게 포위당하더라도 식량 걱정을 할 필요가 없는 지역이었다. 오래전부터 대륙의 고사에 '관중을 얻는 자가 천하를 얻는다(得關中者得天下).'라는 말이 있을 정도였다.

"갑자기 관중이라니, 무슨 말씀입니까?"

항우라고 관중의 중요성을 모를 리 없었다. 다만 거록성에 원군을 보내는 것에 관해 토의하다가 뜬금없이 국왕이 관중 이야기를 하니 어리둥절했던 것이다. 회왕이 왜 관중을 언급했는지 설명했다.

"모두 염려하다시피, 언제 진나라가 팽성을 공격할지 알 수 없소. 거록성의 곤란이 마냥 남의 일이 아니라는 거요. 그런데 공격이 최선의 방어라고 하지 않소? 우리가 먼저 적의 요충지인 관중을 치면 진나라에서 크게 당황해할 거요. 그곳을 점령할 수만 있다면 함양은 머지않아 우리의 영토가 될 것이 틀림없소."

항우는 회왕의 말에 선뜻 반박하지 못했다. 그때 송의가 회왕의 견해를 반기며 말문을 열었다.

"우리의 군사를 조나라에 원군으로 보내는 것도 방법이겠으나, 폐하의 말씀대로 이번 기회에 관중을 공략하는 편이 더 좋을 듯합니다. 지금 진나라 황실과 장한은 거록성에 정신이 온통 팔려 있어 관중의 경계에 소홀할 가능성이 높습니다."

"역시 경자관군은 내 생각을 헤아리는구려."

송의의 말에 회왕은 자신의 판단이 옳다는 확신이 들었다. 그래서 그는 관중 공략을 밀어붙이기 위해 한 가지 공약을 내걸었다.

"내가 공들에게 분명히 약속하겠소. 누구든 제일 먼저 관중으로 쳐들어가 그 땅을 차지하는 장군을 관중왕(關中王)으로 세울 것이오."

회왕의 공약에 장군들이 너나없이 술렁였다. 항우는 내심 송의가 못마땅했는데, 그 역시 관중왕이 될 수 있다는 생각에 가슴이 설렜다.

하지만 조나라에서 요청한 원군도 영 모른 척하기는 어려웠다. 진나라의 공격으로 위험에 처한 것을 무작정 외면했다가는 훗날 초나라가 필요할 때 도움을 받을 수 없었기 때문이다. 회왕은 그날 늦게까지 장군들과 회의를 거듭했다. 그리고 마침내 두 마리 토끼를 모두 잡는 방향으로 결론을 내렸다. 그러니까 초나라 군사를 둘로 나누어 한쪽은 거록성으로 가고, 다른 한쪽은 관중에 진격하기로 한 것이다. 이른바 양동작전(陽動作戰)인 셈인데, 장한을 비롯한 진나라의 군사력을 분산시키는 효과가 있었다.

　회왕은 자신의 심중을 잘 헤아리는 송의를 상장군(上將軍)으로, 항우를 차장(次將)으로 임명했다. 그리고 두 사람에게 20만 대군을 내주며 조나라를 돕도록 했다. 군사 범증도 항우와 함께했다. 유방은 탕군(碭郡)의 군장(郡長)이자 무안후(武安侯)에 봉했고, 서쪽으로 진격해 함곡관으로 진입하라는 명을 내렸다.

　회왕이 항우를 관중으로 보내지 않은 데는 그럴 만한 이유가 있었다. 항우의 성격이 성급하고 사나워 일없이 사람을 잘 해쳤기 때문이다. 회왕은 항우가 투항한 양성의 병사들을 구덩이에 파묻어 죽인 사건에 대해 잘 알고 있었다. 따라서 항우보다는 성격이 관대한 유방으로 하여금 인덕을 베풀면서 진격하게 해 폭정에 시달려 온 백성들의 마음을 얻는 편이 관중을 함락하는 데 유리할 것이라고 판단했다.

항우는 관중이 아니라 거록성으로 진군하게 된 결정이 썩 마음에 들지 않았다. 장한과 맞붙어 싸운다는 점은 좋았으나 관중왕이 될 수 있는 기회를 잃어버렸다고 생각한 것이다. 그런 항우를 범증이 달랬다.

"무안후가 함곡관을 뚫기는 쉽지 않을 것입니다. 아직은 진나라 정규군의 위력이 만만치 않으니까요. 오히려 차장께서 거록성을 돕다가, 적당한 때 병사들을 데리고 관중으로 가시면 가장 먼저 발을 들이실 수 있습니다. 장한도 거록성을 신경 쓰느라 관중 방어에 전력을 다할 수 없는 형편입니다."

항우가 듣고 보니 범증의 말이 그럴싸했다. 범증은 항량이 숨을 거둔 뒤에 항우를 보좌하기로 마음먹은 상태였다. 숙부의 영향 때문인지, 항우도 범증의 혜안을 믿었다.

그때 범증이 또 다른 말을 했다.

"이번 출정에 상장군은 동행하지 않는다고 들었습니다. 정말입니까?"

"그렇다더군요. 그 자는 팽성에 머물면서 제나라 사신을 환영하는 연회를 주관하겠다고 합니다."

항우는 이전부터 송의를 못마땅해 했다. 게다가 이렇다 할 군사적 성과도 없는 송의의 휘하로 들어가라는 회왕의 조치에 불만이 컸다. 범증이 짚이는 데가 있었다.

"얼마 전부터, 상장군은 자기 아들을 제나라 재상으로 만들고 싶어 했습니다. 때마침 제나라에서 사신들이 온다고 하니 잘 접대해 그 부탁을 하려나 보군요."

"뭐라고요? 초나라 왕실의 운명이 걸린 중차대한 시기에, 상상군이란 작자가 자기 가문의 영화에 매달린단 말입니까!"

항우는 버럭 소리를 내지르며 분노를 쏟아냈다. 그런 자를 화왕이 왜 감싸고도는지 영문을 알 수 없었다. 범증이 다시 말했다.

"어떻게든 이번 출정에 상장군이 함께하도록 해야 합니다. 폐하에게 간곡히 청하십시오."

항우는 그 길로 회왕을 접견해 송의의 출정을 간청했다. 차장인 자신보다 상장군의 뛰어난 지략이 필요하다는 것을 이유로 들었다. 평소 장한의 능력을 잘 알고 있던 회왕도 송의와 항우가 힘을 합쳐야 한다고 생각했다. 그 결과 팽성에 남아 있으려던 송의도 거록성이 있는 북쪽으로 향하게 됐다.

그러나 송의는 자신이 곧 주둔할 조나라 땅으로 제나라 사신을 초대하는 꼼수를 부렸다. 제나라 사신은 회왕을 알현한 뒤 서둘러 송의가 있는 곳으로 이동했다. 그러는 편이 더 융숭한 대접을 받을 수 있다고 판단한 것이다. 사신도 왜 송의가 자신을 만나려고 하는지 잘 알고 있었다.

며칠 후, 송의와 항우가 지휘하는 초나라 군사가 거록성 인

근에 다다랐다. 그런데 조나라 땅에 도착한 송의는 정작 전투
는 안 하고 아들을 제나라로 보내기 위한 연회 준비에 여념이
없었다. 그는 자신의 아들이 머지않아 제나라의 실권을 장악
해 회왕을 돕도록 만들고 싶어 했다. 그의 계획은 일사천리로
진행됐다. 전장에서 연 잔치라고는 상상할 수 없게 화려한 연
회가 열렸고, 제나라 사신은 흔쾌히 송의의 부탁을 들어주기
로 했다. 사실 회왕도 송의의 속셈을 알아 제나라 사신이 전
장에까지 가는 것을 모른 척했다.

항우는 그런 송의의 모습을 지켜보며 부아가 치밀었다.

"거록성을 포위한 진나라 군사는 언제 공격하는 것입니
까?"

항우가 간신히 화를 참으며 물었다.

"철갑을 두르고 칼을 휘두르며 싸움에 임하는 것은 내가 공
보다 못 하지만, 진영 장막에 앉아 작전을 짜는 일은 공보다
내가 더 나을 것이오. 그러니 때를 기다리시오."

송의가 시큰둥한 표정으로 대꾸했다.

그렇게 거록성 인근까지 진격한 초나라 군사는 하릴없이
시간만 보냈다. 그로부터 며칠이 지나자 날씨가 갑자기 추워
졌다. 11월인데 이른 겨울이 찾아온 것이다. 전쟁이 일찍 끝날
것이라고 생각해 월동 대비가 부족했던 병사들은 오들오들 몸
을 떨었다. 군량미도 넉넉히 챙겨오지 않아 언제 굶주림에 시

달리게 될지 모르는 형편이었다. 그럼에도 상장군 송의는 또다시 연회 준비를 지시했다. 그때까지 초나라 진영에 머물며 온갖 대접을 받던 제나라 사신의 환송회를 한다는 명분이었다.

항우가 더는 참지 못해 범증 앞에서 주먹을 움켜쥐었다.

"병사들은 추위와 배고픔에 고통받고 있는데, 또 아들을 위한 연회를 벌인다고? 이 자를 가만둬야 하겠습니까?"

"흥분을 가라앉히십시오. 상장군을 벌하시려면 우선 병사들의 마음을 사야 합니다."

범증은 폭발하기 직전의 항우를 말리며 귓속말을 소곤거렸다. 그의 말을 들은 항우가 고개를 끄덕이며 병사들이 머무는 진지로 걸음을 옮겼다. 마침 병사들의 식사 시간이었다. 그런데 병사들에게 주어진 것이라고는 차가운 주먹밥 하나씩이 전부였다.

"아니, 이 날씨에 따뜻한 국물도 없이 밥을 먹는단 말이냐?"

"차장께서 저희를 살펴주시니 고마울 따름입니다."

몸도 마음도 지친 병사들은 항우의 말에 감격했다. 그들 사이에서 용기를 내 불만을 드러내는 이들이 하나둘 나타났다.

"전투도 하지 않으면서 언제까지 이곳에 있어야 합니까?"

"하루가 다르게 날이 추워지고 있습니다. 저희는 변변한 이

불도 없어 밤새 추위에 떠느라 한숨도 못 잤습니다."

"밥이라도 좀 배불리 먹게 해주실 수 없나요? 너무나 배가 고픕니다."

그때 한 병사가 주뼛거리며 참았던 이야기를 꺼냈다.

"이런 와중에…… 상장군께서는 연회를 즐기신다고 들었습니다. 너무하신 것 아닙니까?"

그 말에 결국 항우가 폭발했다.

"내가 송의 이놈을!"

항우는 한달음에 송의가 머무는 장막으로 달려갔다. 막 연회를 마친 송의가 깜짝 놀라며 물었다.

"차장께서 무슨 일이오?"

항우가 그런 송의를 노려보며 우레와 같이 크게 소리쳤다.

"상장군이란 자가, 경자관군이란 자가 이 무슨 한심한 짓인가! 부하들은 추위와 배고픔에 떨고 있는데 저 혼자 잘 처먹고 잘 자는구나! 더 이상 두고 볼 수 없다. 내가 너의 목을 치겠다!"

항우는 말을 마치자마자 칼을 높이 들어 휘둘렀다. 송의는 비명 소리조차 내지 못한 채 숨통이 끊어졌다. 그 소란에 몇몇 장군들이 송의의 장막으로 뛰어왔으나 누구 하나 항우를 제지하지 않았다. 그들 역시 송의를 처단하고 싶은 마음이 굴뚝같았기 때문이다.

항우가 송의를 죽였다는 소문은 초나라 진영 전체에 빠르게 퍼졌다. 병사들이 자기들끼리 모여 환호성을 질렀다.

"자기 아들의 입신양명(立身揚名)만 좇던 상장군이 죽었다니 속이 후련하구먼!"

"역시 항우 장군님이야! 그분은 항씨 가문, 아니 초나라의 위대한 장수가 틀림없어!"

이튿날 날이 밝자, 항우가 병사들 앞에 나섰다.

"나는 만반의 준비를 마치는 대로, 거록성을 포위한 진나라 진영을 공격할 것이다. 장한이 이끄는 군사는 우리의 상대가 되지 못한다. 하루라도 빨리 저 성을 점령하면 모두들 배불리 음식을 먹을 수 있다. 그리고 곧 고향으로 돌아갈 수 있다!"

"항우 장군님, 만세!"

"항우 상장군님, 만세!"

초나라 병사들은 너나없이 항우에게 환호했다. 그들은 이제 항우를 차장이 아니라 상장군이라고 불렀다. 실제로 항우가 팽성으로 환초를 보내 그간의 일을 보고하자, 회왕은 당장 항우를 새로운 상장군에 임명했다. 회왕은 솔직히 항우가 두려웠다. 그의 과격한 성격이 언제 칼끝을 자신에게 겨눌지 알 수 없다고 생각했기 때문이다. 항우는 순식간에 초나라 최고의 실세로 자리 잡았다. 무엇보다 병사들의 절대적인 지지를 받게 됐으니, 명실공히 누구도 함부로 대하지 못하는 거물이 된 것이다.

송의를 죽인 항우는 자객을 보내 송의의 아들 송양(宋襄)까지 살해했다. 송의가 초나라를 저버리고 제나라의 힘을 빌려 모반하려고 해 회왕의 명을 받아 참했다는 명분을 내세웠다. 다른 장군들은 본래 초나라가 항량이 일으킨 것이니 항우를 따르는 것이 옳다고 말했다. 민심도 빠르게 항우에게 기울었다.

항우에 대한 세간의 지지가 커지자 곁에서 그 변화를 지켜보는 범증의 표정이 흐뭇했다. 비록 항우의 성품이 과격해 종종 과한 무력을 쓰고는 하지만, 범증은 그의 순박한 열정을 높이 샀다. 항우도 송의에 관한 일을 겪으면서 범증을 향한 신뢰가 커졌다. 왜 숙부 항량이 그를 가까이하려고 했는지 그제야 비로소 깨달은 것이다.

얼마 후 12월이 되자, 항우는 병사들에게 공언한 대로 출정 명령을 내렸다. 기원전 207년, 초나라 군사와 진나라 병사들이 맞붙는 거록대전(巨鹿大戰)이 시작된 것이다. 그런데 진나라 군사가 포위한 거록성 앞에 바짝 다가가려면 황하 수계에 속한 장하(張河)를 건너야 했다. 항우의 병사들은 일사불란하게 강을 건넜다. 팽성에서 출정한 후 너무 오랫동안 진지에 갇혀 있었던 까닭에 병사들은 전투를 앞두고도 오히려 사기가 드높았다. 그만큼 그들 스스로 초나라의 군사력을 믿었던 것이다.

그런데 모든 병사들이 장하를 다 건너자, 항우가 뜻밖의 명령을 내렸다.

"우리가 타고 온 배를 모두 불태워라! 꼭 필요한 식기만 남겨두고 무거운 솥도 다 부숴 강물에 던져버려라!"

다른 장군들의 눈이 휘둥그레졌다. 병사들도 너나없이 깜짝 놀랐다. 항우가 다시 말했다.

"군량미를 이곳에 부려놓아라. 그리고 사흘 먹을 양식만 갖고 진격하라!"

그야말로 파부침주(破釜沈舟)였다. 결국 그 말은 빠른 시일 안에 전투에서 승리할 것이라는 자신감의 표현이었다. 항우는 거록성을 포위한 진나라 군사를 공략하는 것이 여의치 않아 병사들과 퇴각해 배를 타고 달아나는 경우는 전혀 상상하지 않았다. 오직 죽기 살기로 싸워 하루빨리 승전고를 울릴 생각뿐이었다.

거록성 앞은 황토가 뒤덮인 드넓은 평야 지대였다. 장한이 지휘하는 20만 대군은 몇 개의 진지로 나뉘어 거록성을 포위하고 있었다. 그들은 진지와 진지를 뱀이 똬리를 틀 듯 용도(甬道)로 연결해 소통했다. 그 길은 보급로 역할도 하고 있었다. 항우는 척후병의 보고를 받아 그 사실을 꿰뚫고 있었다. 그는 영포에게 군사 2만을 내주며 선발대 임무를 맡겼다. 특별히 영포의 선발대는 용도를 파괴하는 데 온힘을 쏟아야 했다.

초나라의 선발대는 용맹했다. 그들은 내침 김에 진나라 진지들을 완전히 초토화시킬 기세였다. 진지 몇 개가 순식간에 영포의 병사들에게 무참히 짓밟혔다. 장한은 예상보다 훨씬 강력한 초나라의 군사력에 당황한 기색을 감추지 못했다.

그때를 놓치지 않고 드디어 항우가 돌격했다. 진나라 진영에서 장군 왕리(王離)가 달려 나와 맞섰지만 역부족이었다. 그들은 사생결단(死生決斷)의 다짐으로 달려드는 초나라 군사의 상대가 되지 못했다. 항우는 머지않아 장한의 용도를 대부분 끊어버렸고, 그에 따라 진나라의 각 진영도 식량이 부족하게 되었다. 사흘 치 식량만 가져온 초나라 군사와 다를 바 없는 신세가 된 것이다.

이쪽이나 저쪽이나 군량미가 거의 바닥나 내일을 기약할 수 없는 상황에서, 두 나라 병사들은 무려 아홉 차례나 대접전을 벌였다. 그리고 마침내 판가름 난 최후의 승자는 항우가 이끄는 초나라였다.

"저들은 우리의 적수가 못 된다! 한 놈도 남김없이 목을 베어라!"

항우는 쉴 새 없이 부하들을 독려했다. 크나큰 자신감을 불어넣어준 그의 격려 덕분이었을까, 언뜻 초나라 병사 한 명이 진나라 병사 열 명을 감당해내는 듯 보였다. 여기저기서 진나라 병사들의 비명이 끊이지 않아 전장의 분위기는 그야말로 무시무시했다.

그렇게 몇 날 며칠이 지났을까? 아홉 차례나 맞붙은 싸움의 결과, 진나라 장수 소각(蘇角)은 전투 중에 죽음을 면치 못했다. 그는 항우가 휘두른 칼날에 머리가 양쪽으로 쩍 갈라지는 비참한 결말을 맞았다. 또 다른 장수 섭간(涉間)은 패전이 눈앞에 이르자 항복 대신 불길에 몸을 던져 자살했다. 아울러 상장군 역할을 했던 왕리는 항우의 포로가 되었다. 다만 장한은 용케 많은 병사들을 이끌고 어디론가 자취를 감추었다.

그렇게 거록성을 포위하고 있던 진나라 군사를 물리친 항우는 의기양양했다. 초나라 장군들과 병사들이 항우에게 찬사를 보냈다.

"항우 장군님, 만세!"

"누구도 항우 상장군님을 당해내지 못할 것입니다. 항우 장군님, 만만세!"

그때 항우 앞에 사로잡힌 진나라 병사들이 끌려왔다. 그들 중에는 장한을 지원하기 위해 왔던 이웃 나라들의 몇몇 제후도 있었다. 그들은 일찍이 항우의 명성을 들었던 터라, 언제 피바람이 불지 몰라 극도의 불안감에 사로잡혀 있었다. 제후들 중 누구도 감히 고개 들어 항우를 바라보지 못했다.

그런데 항우가 이전과는 다른 언행을 보였다.

"나는 너희들을 죽이지 않을 것이다. 모두 고향에 돌아가 초나라 군사가 얼마나 막강한지 알리도록 하라!"

방금 전까지 꼼짝없이 죽었다고 생각한 포로들의 얼굴에 생기가 돌았다. 그들은 원래 노역장에 끌려왔다가 병역까지 지게 된 백성들이라 고향에 대한 그리움이 매우 컸다. 궁형과 도형을 받았다가 사면되어 전장에 투입된 죄수들도 다르지 않았다. 장한을 도우려고 왔던 제후들이 항우 앞에 무릎을 꿇었다.

"우리의 생각이 짧았습니다. 이렇게 은혜를 베풀어주시니 앞으로는 초나라를 적대시하지 않겠습니다."

그들이 갑자기 초나라 병사들처럼 항우를 칭송했다.

"항우 상장군님, 만세! 항우 상장군님, 만세!"

항우에게 감사함을 표하며 환호성을 울린 사람들은 또 있었다. 그동안 진나라 군사의 위협에 시달리며 거록성 안에 갇혀 있던 조나라 백성들이었다. 장장 몇 개월이나 거록성 안에서 벌벌 떨며 지냈던 조왕 조헐(趙歇)과 장이도 기뻐하며 성 밖으로 나와 항우와 다른 초나라 장군들에게 감사 인사를 전했다. 앞서 이야기했듯, 진승의 부하였던 장이는 진여와 함께 조왕의 후손을 받들어 조나라를 재건한 인물이었다.

조헐은 당장 큰 잔치를 열었다. 거록성 안에 갇혀 불안에 떨었던 조나라 백성들이 진심을 다해 술과 음식을 만들어 내놓았다. 이제 그곳에는 누구 하나 항우를 떠받들지 않는 사람이 없었다. 여기저기서 "항우 상장군님, 고맙습니다!"라는 소리가 끊이지 않고 들려왔다. 바야흐로 항우가 천하를 호령하는 호걸로 인정받는 순간이었다.

"음, 내가 사람 보는 눈이 틀리지 않았군. 상장군은 머지않아 더 큰 위인이 될 분이야."

범증은 초나라와 조나라 사람들로부터 모두 환호를 받는 항우를 바라보며 혼잣말을 중얼거렸다. 항우는 거록성에 머물며 꿈같은 세월을 보냈다. 그러면서도 그의 마음속에는 또 다른 야망이 샘솟았다.

그러던 어느 날, 장한의 행방을 쫓던 항우에게 반가운 소식이 전해졌다. 그가 극원(棘原) 땅에 숨어 있다는 정보였다. 항량의 목을 직접 참한 자는 장수 손승이었으나, 그 사실을 정확히 알지 못하는 항우는 당시 진나라 군사를 총 지휘한 장한을 원수로 여기고 있었다.

"네 이놈을 잡아 모가지를 부러뜨릴 것이다!"

항우는 그 길로 군사를 이끌어 극원으로 달려갔다.

그런데 거록대전 때 장한이 끝까지 싸우지 않고 달아난 데는 사연이 있었다. 당시 장한은 용도가 파괴되어 위기에 처하자 진나라 황궁에 사마흔을 보내 지원을 요청했다. 항우와 맞붙어 보고 패배를 직감했기 때문이다. 하지만 사마흔은 이세 황제를 알현하지도 못했다. 황제 대신 그를 만난 조고가 심드렁한 표정으로 지원 요청을 묵살했다.

"이미 장한 장군에게는 대군을 내주었다. 그것도 모자라 지원 병력을 보내달라니 어처구니가 없구나!"

조고는 마치 황제라도 되는 양 행세했다. 사실 그 무렵 진나라 황궁의 실세는 단연 조고였다. 그는 이사까지 죽음에 이르게 한 뒤 무소불위의 권력을 휘두르고 있었다.

"어서 돌아가 장한 장군에게 죽기를 각오하고 싸우라 전하라."

"······."

사마흔은 더 이상 아무 말도 하지 못한 채 거록성의 진지로 돌아올 수밖에 없었다. 그의 보고를 들은 장한의 낯빛이 어두웠다. 그 모습을 가만히 살피던 사마흔이 말했다.

"제가 보기에, 낭중령은 우리의 운명에 대해 관심이 없는 듯합니다. 그는 오직 황궁을 쥐락펴락하는 일에만 신경 쓰고 있습니다."

"그래서 어쩌자는 것인가?"

장한이 넌지시 사마흔의 마음을 떠보았다.

"곧 초나라 병사들이 총공세를 감행할 것입니다. 용도마저 전부 못 쓰게 된 마당에 저들을 당해내기는 어렵습니다. 만약 우리가 위기에 처하면 장군께서는 절대로 개죽음을 당하지 마십시오. 우리의 죽음은 황제 폐하가 아니라 낭중령에게 충성하는 것일 뿐입니다. 그러니 훗날을 도모할 수 있도록 일단 피신하고 보셔야 합니다."

항우에게 최후의 일격을 당한 날, 장한은 사마흔의 당부에도 불구하고 용맹하게 싸움을 벌였다. 그러나 심복인 소각과 섭간마저 죽자 더 이상 희생하는 것은 의미가 없다고 판단했다. 결국 장한은 사마흔의 권유대로 말머리를 돌려 극원으로 달아났던 것이다. 나중에 동예까지 합류하게 되자 아직도 장한을 따르는 병사가 20만 명이나 되었다.

얼마 후, 숙부의 복수를 다짐한 항우의 발걸음이 극원에 다다랐다. 장한에게는 천하의 맹장에게 맞설 힘이 남아 있지 않았다. 비록 20만 대군이 남아 있었지만 오합지졸이나 마찬가지였다. 항우도 그 사실을 잘 알아 칼을 벼리고 또 벼렸다. 이제 부하들이 장한을 찾아내기만 하면 한걸음에 달려가 힘껏 목을 칠 작정이었다.

그때 범증이 진중한 표정으로 말문을 열었다.

"장한이 무신군의 원수이기는 하나, 또한 더없이 훌륭한 장수이기도 합니다. 너그러운 마음으로 그를 받아들인다면 훗날 우리에게 큰 힘이 될 것입니다."

"당치 않은 소리요! 여기까지 와서 숙부님의 한을 풀어드리지 말라는 겁니까?"

"상장군께서는 장차 천하를 품으셔야 할 분입니다. 사사로운 감정보다는 대의에 따라 행동하셔야 합니다."

항우가 그 말을 듣고 보니 무작정 내칠 이야기는 아니었다. 항우가 여전히 굳은 얼굴로 범증에게 물었다.

"그 자를 그냥 용서하자는 겁니까?"

"아닙니다. 일단 항복을 권유해보고 나서, 그 자가 순순히 머리를 숙이지 않으면 그때 참수해도 늦지 않을 것입니다."

항우는 고심 끝에 범증의 제안을 따르기로 했다. 지금까지 그의 책략을 수용해 손해 본 바가 거의 없었기 때문이다. 항우는 문장가를 불러 항복을 권유하는 서찰을 쓰게 했다. 그리고는 장한의 처소를 찾아내 그것을 전했다. 서찰을 읽은 장한의 입술이 파르르 떨렸다.

"내가 더 이상 달아날 데 없는 생쥐 꼴이 되었구나……. 어찌 해야 좋겠느냐?"

장한이 사마흔과 동예에게 물었다. 그들도 초나라에 항복하는 것이 썩 내키지 않았으나 명분 없이 맞는 죽음도 피하고 싶었다. 마침내 장한이 항복을 결심하고 정중히 수락하는 답신을 항우에게 보냈다. 그런데 그것을 읽은 항우가 미간을 찡그리며 외쳤다.

"숙부님의 원수를 이깟 항복 선언으로 쉽게 용서할 수는 없지. 저놈들에게 뜨거운 맛을 한번 보여줘라!"

군사의 수는 항우 쪽이 열세였지만, 아무리 대군이라 해도 오합지졸은 상대가 되지 못했다. 항우의 명을 받은 영포가 앞장서 진나라 병사들을 마구 짓밟기 시작했다. 그들의 머리가 잇달아 추풍낙엽(秋風落葉)처럼 날아갔다. 그러자 다급해진 장한이 또다시 항복을 맹세하는 서찰을 항우에게 보냈다. 그리고 서둘러 항우를 만나러 달려와 무릎을 꿇고 고두했다.

"부디 제 목숨을 거두어주십시오! 저의 20만 군사도 모두 상장군께 바치겠습니다!"

사마흔과 동예도 장한보다 두어 걸음 뒤에서 머리를 땅에 조아렸다. 항우는 당장이라도 그들의 목을 베고 싶었으나 가까스로 참아냈다.

"알겠다……. 내가 일단 너희들을 살려주겠다만, 조금이라도 수상한 기색을 보이면 두말 하지 않고 머리통을 박살낼 것이니 똑바로 처신하라."

항우의 목소리가 여느 때보다 훨씬 근엄했다. 그는 이제 앞날을 생각해 아량을 베풀 줄도 아는 호걸이 된 것이다. 범증이 따뜻한 눈길로 항우를 바라보았다. 설핏 그것을 눈치 챈 항우도 왠지 가슴이 뿌듯했다.

거룩대전에서 승리한 데 이어 적의 용장 장한까지 수하에 들인 항우는 거칠 것이 없었다. 그는 원래 지휘하던 초나라 군사 10만여 명에 장한의 군사 20만까지 더해 엄청난 대군을 통솔하게 되었다. 그는 애초에 범증과 계획한 대로, 서둘러 관중으로 가기 위해 함곡관으로 향했다. 분명 이런저런 저항에 시달리고 있을 유방보다 먼저 관중에 들어갈 기세였다.

항우는 서쪽으로, 서쪽으로 군사를 이끌었다. 그들이 지나간 진나라 땅은 금세 쑥대밭이 되어버렸다. 현청의 곡식 창고도 모두 털려 항우 군사의 군량미로 쓰였다. 그럼에도 워낙 병사의 수가 많아서일까, 항우의 병사들 중에는 배를 곯는 자가 적지 않았다. 그 사실을 알게 된 항우가 곰곰이 생각에 잠겼다. 그리고 그의 군사가 하남의 신안(新安)에 이르렀을 때, 그야말로 경천동지(驚天動地)할 만한 모략을 결심했다.

항우가 몰래 범증과 영포를 불렀다. 천하에 두려울 것 없는 항우가 영포를 바라보며 나직이 말문을 열었다. 범증도 조용히 그의 말에 귀를 기울였다.

"장한의 군사가 20만이나 되어 우리 초나라 병사들이 양껏 음식을 먹지 못하고 있네. 이게 가만 두고 볼 상황인가?"

"무슨 말씀이신지……."

영포는 선뜻 항우의 말뜻을 알아차리지 못했다.

"게다가 그 자들 중 일부는 배반을 모의한다고 들었네. 우리가 자신들과 초나라 병사를 차별한다면서 말이야. 이런, 괘씸한 경우가 어디 있나! 나중에 그들이 관중에 들어가서 우리에게 반기를 들면 어떡하나?"

그제야 영포는 뭔가 짚이는 데가 있었다. 그때 범증이 나섰다.

"그래서, 상장군께서는 그들을 어찌 하실 생각인지요?"

범증의 물음에 항우는 결연한 얼굴로 자신의 모략을 설명했다.

"나는 그 자들을 모두 없앨 것입니다. 다만 장한과 사마흔, 동예는 살려두겠습니다. 군사의 말마따나 훗날 중요한 쓰임새가 있을 장수들이니까요. 나머지 진나라 병사들은 나중에 골칫거리가 될 가능성이 농후합니다. 지금도 크게 하는 일 없이 우리 초나라 병사들의 식량을 축내고 있지 않습니까?"

범증은 항우의 말을 듣고 섬뜩한 기분이 들었다. 그는 항우가 형양에서 저지른 만행을 기억하고 있어 그 말이 결코 허언이 아님을 직감했다.

"20만 명이나 되는 병사들을 어떻게 없애신다는 말씀입니까?"

잠시 고개를 갸웃하던 영포가 물었다. 항우가 더욱 진지한 얼굴로 그에게 속삭였다.

"이곳 신안에 기가 막힌 절벽이 있더군. 내일 저녁에 숙영할 때 그 위쪽에다 진나라 병사들이 들어가 쉴 장막을 치게. 그리고 깊은 밤에 우리 초나라 병사들을 깨워 깊이 잠들어 있는 그들을 공격하게."

그제야 영포는 항우의 계략이 이해되었다. 범증은 어떻게든 항우의 결심을 돌리고 싶었으나, 곧 괜한 헛수고라고 판단해 잠자코 있었다.

다음날 깊은 밤이 되자, 드디어 영포가 초나라 병사들을 깨워 절벽 위로 올라갔다. 그들은 저마다 칼과 창을 손에 들고 있었다. 그에 비해 잠자리에 든 진나라 병사들은 모든 무기를 다른 장막에 쌓아둔 상태였다. 한마디로 무방비였던 것이다.

"크게 함성을 지르며 공격하라!"

영포가 명령하자 초나라 병사들이 일제히 고함을 지르며 장막들을 헤집고 다녔다. 갑작스런 상황에 화들짝 놀란 진나라 병사들이 어떻게 해야 할지 갈피를 잡지 못한 채 허둥댔다. 그들은 초나라 병사들이 계속 낭떠러지 쪽으로 밀어붙이자 서로 밟고 밟히며 뒷걸음질 치기 바빴다. 그러더니 끝내 하나둘 허무하게 절벽 아래로 떨어지고 말았다. 밤이라서 잘 보이지 않았지만, 무수한 꽃잎이 허공에 흩뿌려지는 광경과 비슷했다. 그렇게 20만 명의 시신이 절벽 아래에 차곡차곡 쌓여갔다. 아비규환(阿鼻叫喚)이 따로 없었다. 어느새 시신 더미가 곳곳에 작은 산을 이루었다.

이튿날 날이 밝자, 항우는 득의양양한 표정으로 다시 명령을 내렸다.

"절벽 아래에 흙을 쏟아 부어라!"

초나라 병사들이 모두 달려들어 항우의 명을 따랐다. 그들이 부지런히 흙을 떠와 절벽 아래에 던진 지 얼마나 되었을까? 신안의 절벽 아래에 어마어마한 흙산이 만들어졌다. 그것은 말 그대로 지상 최대의 공동묘지가 되었다.

모든 일을 알게 된 장한은 오열했다. 자신과 생사고락(生死苦樂)을 함께했던 병사들이 너무나 불쌍했다. 하지만 장한은 울음소리를 내지 못했다. 자칫 그 사실을 알게 된 항우의 분노가 자신에게 향할까 두려웠기 때문이다. 사마흔과 동예도 짐짓 아무렇지 않은 척 항우에게 더욱 고분고분할 수밖에 없었다. 그것이 다름 아닌 약육강식(弱肉强食)의 냉정한 현실이었다.

그런데 신안에서 벌어진 끔찍한 사건은 항우에 대한 세간의 평에 흠이 되었다. 심지어 그를 따르던 사람들 중에서도 항우의 지나친 잔혹성을 염려하는 사람이 늘어갔다. 진나라 사람들이야 말할 것도 없어, 항우가 관중으로 온다는 소식에 너나없이 치를 떨었다. 그러거나 말거나, 이제 항우의 관심은 누구보다 먼저 관중에 들어서는 일에 쏠려 있었다.

유방의 활약과 책사가 된 장량

항우가 거록성으로 향하던 때, 유방과 소하가 대화를 나누었다.

"내가 먼저 관중에 들어설 수 있을까?"

유방이 지그시 소하를 바라보며 물었다.

"그보다 무안후께서 반드시 잊지 않으셔야 할 것이 있습니다."

소하가 엄숙한 말투로 이야기했다.

"그게 뭔가?"

"무신군이 세상을 떠난 지금, 항우 장군이 언제 우리를 내칠지 알 수 없습니다. 단 한순간도 경계를 늦추어서는 안 됩니다. 그래야만 언젠가 천하를 품으실 수 있습니다."

소하의 말에 유방이 고개를 끄덕였다.

유방이 이끄는 군사는 곧 함곡관을 향해 진격했다. 그때만 해도 진나라 장군이었던 장한이 어느 순간 기습 공격을 펼칠지 몰라 주변을 유심히 살피느라 병사들의 걸음이 빠르지는 않았다. 그리고 또 하나, 유방에게는 다른 꿍꿍이가 있었다.

"진격을 서두를 것 없다. 지름길로 간다고 산길에 들어서지 말고, 되도록 진나라 군현이 있는 지역들을 거쳐 가도록 하자."

그 말에 번쾌가 속뜻을 궁금해 했다. 몇몇 장군들도 그 지시를 이해하지 못해 어리둥절해했다. 그러자 유방이 자신의 생각을 이야기했다.

"천하를 품에 안으려면 무엇보다 백성들의 마음을 얻는 것이 중요하다. 그냥 무력만 앞세웠다가는 백성들의 지지를 받을 수 없다. 지금 진나라 황실이 왜 어려움에 빠져 있느냐? 그 이유는 자꾸 백성들을 수탈해 민심을 잃었기 때문이다. 또한 항우 장군도 빼어난 용맹에 비해 관용이 부족하여 종종 백성들의 의심을 사는 것을 보지 않느냐?"

그제야 번쾌를 비롯한 장군들은 유방의 말이 이해되었다. 유방이 말을 이었다.

"그리고 또 하나의 이유가 있다. 우리는 거록성으로 향한 항우 장군의 부대와 달리 군세가 강하지 못하다. 질적인 면과 양적인 면이 다 부족한 별동대라고 할 수 있지. 병사들 중에는 무예 실력이 심히 부족하고 군기조차 제대로 잡히지 않은 이들도 적지 않다. 그래서 나는 각 고을의 성을 지나면서 우리와 함께하기를 바라는 호걸과 장정들을 모을 생각이다. 넉넉하지 않은 군량미도 보충하고."

번쾌는 먼 앞날을 준비하는 유방의 계획에 감탄을 금치 못했다. 소하와 장군들도 점점 더 근사해지는 유방의 지략과 언행을 지켜보며 신뢰감이 깊어졌다.

그렇게 유방은 관중으로 향하는 길에 여러 고을을 지나갔다. 그는 가능한 한 힘을 내세워 백성들에게 군림하려고 들지 않았다. 설령 규모가 작은 고을이라 하더라도 마을의 지도자를 예우하며 그곳의 어려움에 귀를 기울였다. 유방에 대한 호평이 산 넘고 강 건너 곳곳에 전해졌다. 그러다 보니 각 고을마다 많은 장정들이 스스로 유방의 수하에 들어오겠다며 자원했다. 현청의 수령들은 자발적으로 창고를 열어 군량미를 지원했고, 몇몇 고을에서는 무기를 가져다주기도 했다. 그만큼 진나라 황실에 대한 불만이 깊었기 때문이다.

그렇다고 해서 모든 군과 현이 유방에게 호의적이었던 것은 아니다. 그런 경우에는 무력을 앞세워 굴복시키는 결정을 내려야만 했다. 그중 하나가 강리(杠里)였고, 그곳에서 항복을 받아내자 또다시 창읍(昌邑)이 서진하는 유방의 군사를 가로막았다. 창읍은 이전에 지나온 여느 고을보다 군세가 제법 강하고 성이 튼튼했다. 역시나, 성문도 단단히 닫혀 있었다. 맨 앞에서 선발대로 진군하던 번쾌가 당장 공격을 퍼부으려고 했다. 그런데 웬 일인지 유방이 선뜻 명령을 내리지 않았다.

"왜 그러십니까?"

번쾌가 고개를 갸웃하며 물었다.

"우리가 힘으로 강리를 함락시킨 지 얼마 지나지 않았다. 그런데 내가 다시 대군을 앞세워 이곳을 공격한다면 민심이 어떻게 돌변할지 알 수 없는 노릇이다. 창읍의 군세가 만만치 않다고는 하나 우리에게 비할 바는 아니지 않느냐? 그동안 이곳의 백성들도 진나라 황실의 폭정에 시달려 이미 많은 것을 잃었다. 거기에 우리까지 고통을 더한다면 훗날 천하를 품은들 원성이 자자하지 않겠느냐?"

그 말에 번쾌는 창읍을 공격하려던 생각을 접었다. 유방은 창읍성(昌邑城)을 공격하는 대신 주변 들판에 장막을 치고 숙영을 결정했다. 그런데 발 없는 말이 천 리를 간다던가. 유방에 관한 입소문이 성벽을 넘어 성 안의 백성들에게 전해졌다.

"나는 초나라 군사의 공격에 꼼짝없이 죽는 줄 알았어."

"왜 아니겠나. 수만의 군사가 들이닥쳤다면 이곳은 쑥대밭이 되었을 걸세."

창읍 수령도 백성들의 마음과 다르지 않았다. 그는 끝내 진나라에 대한 충심을 버리지 못해 유방에게 대적하려고 했으나 가까스로 목숨을 부지하게 되었다. 마침내 수령이 성문을 열라는 명령을 내렸다. 백성들도 기꺼이 그 명을 따랐다.

"안으로 드십시오, 장군."

창읍 수령이 앞으로 나와 정중히 유방을 맞이했다. 성을 지키던 3천 명 남짓한 병사들도 모두 무기를 내려놓은 채 머리 숙여 예를 표했다. 백성들은 가난한 살림에도 너나없이 유방의 병사들에게 대접할 음식을 내오며 환호했다. 그렇게 유방은 칼 한 번 휘두르지 않고 창읍을 차지하게 되었다. 그것이야말로 진정한 정복이라고 할 만했다.

유방이 다음에 다다른 곳은 율현(栗縣)이었다. 그곳에 도착하기 전에 소하가 정보를 주었다.

"율현은 창읍보다 방비가 튼튼한 곳입니다 한시도 경계를 늦추시면 안 됩니다."

"알겠네, 명심하겠네."

그런데 율현성(栗縣城) 앞에는 뜻밖의 광경이 펼쳐져 있었다. 수천의 군사가 이미 그곳을 포위한 채 공격 준비를 하고 있었다. 유방이 전령을 보내자, 그 병사들을 지휘하는 장군이 직접 달려왔다.

"무안후께서 이제야 오셨군요."

"공은 누구요?"

유방이 장군의 정체를 물었다.

"저는 강무후(剛武侯)라고 합니다. 회왕 폐하께서 무안후를 도우라 명하셔서 찾고 있었는데, 어쩌다 보니 제가 먼저 율현에 오게 되었습니다."

강무후는 원래 산속에서 도적질을 일삼던 자였다. 하지만 그것은 그가 비열하고 포악해서라기보다 세상이 혼란스러운 탓이었다. 어느 날 강무후는 깨우친 바가 있어 자신을 따르는 장정 5천을 데리고 팽성으로 가 큰일을 하려고 했는데, 마침 회왕이 유방을 지원하라는 명을 내렸던 것이다. 앞뒤 사정을 알게 된 유방이 강무후에게 다시 물었다.

"그래, 율형성의 방비는 어떠한가?"

"실은 저희가 군량미가 부족해 이미 한 번 총공세를 펼쳤습니다. 한데 저항이 만만치 않았습니다. 황흔(皇欣)이라는 장수가 병사들을 이끌고 있다는데, 그의 용맹과 지략이 상당합니다."

그때 곁에서 잠자코 강무후의 말을 듣고 있던 소하가 둘의 대화에 끼어들었다.

"5천의 군사로 허물어뜨리지 못한 성은 수만의 군사로도 쉽지 않은 법입니다. 그만큼 수령을 비롯해 백성들과 병사들이 단단히 단합하고 있다는 뜻이니까요. 열 번이고 스무 번이고 계속 공략하다 보면 함락시킬 수는 있겠으나 지금은 그럴 여유가 없습니다. 일단 이곳을 지나 다른 고을로 가시는 것이 바람직할 듯합니다."

"음…… 모든 고을을 다 손에 넣으면서 서진할 수는 없지. 다음에 지나갈 고을은 어디인가?"

"고양(高陽)입니다."

유방은 소하의 제안을 받아들여 말머리를 돌렸다. 무엇보다 관중으로 가는 길에 시간을 낭비할 수 없었기 때문이다. 그럼에도 유방은 아쉬움보다 또 한 명의 훌륭한 장수와 5천의 군사를 더 얻게 된 것에 만족해하는 얼굴이었다. 그때 유방은 알지 못했지만, 그 무렵 항우는 거록대전에서 놀랄 만한 대승을 거두고 있었다.

어느새 유방의 발걸음이 고양에 이르렀다. 그런데 고양을 지키는 장수 왕덕(王德)은 오래전부터 유방을 흠모하던 인물이었다. 그런 그가 유방의 군사를 환대하도록 일찌감치 고양 수령을 설득해두었다. 그 덕분에 유방이 성 앞에 다다르자 고양성(高陽城) 문지기가 달려와 성문을 활짝 열었다. 쓸데없이 피바람이 불지 않았다.

"저는 왕덕이라 합니다. 어서 오십시오, 대장군."

왕덕은 유방을 대장군이라고 부르며 깍듯이 예를 갖췄다. 곧이어 수령도 의관을 갖추고 나와 머리를 숙였다. 두 사람은 가장 좋은 방으로 유방을 들여 따뜻한 차를 대접했다. 성 안에 들어섰을 때부터 왕덕의 남다른 면모를 발견했던 유방이 말을 건넸다.

"나는 인재 욕심이 많다네. 자네 같은 호걸이라면 언제나 대환영이지. 어떤가, 나와 함께 큰일을 해보지 않겠는가?"

왕덕은 유방의 말뜻을 금방 알아차렸다. 평소 존경하던 인물에게 그런 제안을 받으면 누구라도 가슴이 설레게 마련이었다. 곁에 있던 수령은 아무 말도 하지 않았다. 그런데 왕덕의 대답이 예상 밖이었다.

"저같이 미욱한 자에게 그런 말씀을 해주시니 몸 둘 바를 모르겠습니다. 다만 저는 고양의 백성들을 떠날 수 없습니다. 이곳 백성들을 보호하며 잘 보살피는 것이 저의 참된 역할이라고 생각합니다."

"음, 내가 사람을 잘 보았군. 자네야말로 진정한 영웅일세그려."

유방은 왕덕의 겸양과 책임감에 크게 감동했다. 그러자 왕덕이 자신의 의지를 이해해준 유방에게 큰절로써 감사를 전하며 다시 말했다.

"저희 고을에 역이기(酈食其)라는 사람이 있습니다. 저 같은 장수야 세상에 흔하지만 그만한 술사(術士)는 드물지요. 무척 슬기로운 자이니 곁에 두시면 반드시 힘이 되어드릴 것입니다."

"대체 어떤 자이기에 자네가 추천한단 말인가?"

유방은 왕덕 같은 훌륭한 인물이 섣불리 인재를 천거할 리 없다고 생각했다. 유방이 진심으로 역이기에 대해 궁금해 했다.

"그는 이미 육십이 넘은 노인입니다. 궁핍한 집에서 태어났지만 어려서부터 독서를 매우 즐겨 박식하지요. 지금은 비록 문지기 노릇을 하고 있지만 관리들도 그에게는 함부로 행동하지 않습니다. 그동안 여러 장군들이 그를 만나 함께하자고 청했지만 거들떠보지도 않았지요. 그런 그도 대장군이 허락하신다면 기꺼이 따라 나설 것입니다."

사실 왕덕이 역이기를 추천한 데는 다른 사연도 있었다. 일찍이 역이기가 유방이라면 자신의 주군(主君)으로 모실 수 있다는 뜻을 왕덕에게 이야기했던 것이다. 유방도 왕덕의 천거를 마다할 까닭이 없었다.

"진나라 황실은 부패할 대로 부패했습니다. 세상은 이제 새로운 영웅호걸을 기다리고 있습니다. 제가 오늘 드디어 그분을 만났으니, 온힘을 다해 충성하겠습니다."

왕덕의 소개로 유방과 마주한 역이기가 넙죽 절을 올렸다. 유방이 흐뭇한 표정을 지으며 몸소 역이기를 일으켜 세웠다.

"나를 도와 큰일을 해보겠다니 고맙구려."

유방은 아랫사람 역이기를 함부로 하대하지 않았다. 그의 나이가 많은 데다, 고매한 지략을 갖춘 술사를 존중했기 때문이다. 역이기도 괴팍하기로 둘째가라면 서운해 할 인물이었지만 유방 앞에서만큼은 품위를 갖추려고 애썼다.

"나는 지금 관중에 들기 위해 함곡관으로 가는 길이오. 이대로 곧장 진격해도 괜찮겠소?"

유방이 역이기의 혜안을 시험하기 위해 질문을 던졌다. 또한 쉼 없이 서진하고 있는 자신의 결정에 문제가 없는지 확인하고 싶기도 했다. 역이기가 정중한 몸짓과 공손한 표정으로 말문을 열었다. 그는 초나라 장군들의 대화를 우연히 엿들어 유방이 무안후에 봉해진 사실을 알고 있었다.

"제가 생각하기에, 무안후께서 무리한 진격을 하시는 듯합니다. 왜냐하면 10만에 가까운 군사를 거느리고 계시지만, 정예군이라고는 할 수 없기 때문입니다. 이대로는 항우 장군의 군사와도 실력을 견주기 어려울 정도지요. 설불리 함양에 들어갔다가는 진나라 병사들에게 일격을 당할 위험이 아주 큽니다."

"그러면 내가 어떻게 해야겠소?"

역이기의 말에 유방의 눈빛이 반짝였다.

"무작정 서진하는 것을 멈추고 일단 진류(陳留)로 가십시오. 승전하려면 지리적 이점을 얻는 것이 중요한데, 그곳은 사통팔달(四通八達) 교통의 요지인데다 물과 식량을 확보하기에도 안성맞춤입니다. 다만 진류 수령이 진나라 황실에 불만이 있으면서도 반군에게 협조했다가 배신당할까 봐 걱정이 큰 인물이라 설득이 필요합니다. 다행히 저와는 오래전부터 친분이 있으니, 그 일을 책임지고 해결해보겠습니다."

"그런 곳이라면 마다할 까닭이 없소. 하루빨리 그곳에 가서 수령을 설득해보시오."

유방은 역이기의 말을 듣고 기쁨을 감추지 못했다. 훌륭한 책사 하나를 더 얻어 매우 든든한 표정이었다.

이튿날 아침, 역이기는 부지런히 진류성(陳留城)으로 가서 수령 진동(陳同)을 만났다. 고양과 진류의 거리는 멀지 않았다.

"오랜만입니다, 수령님."

"미리 연락도 없이 이곳까지 웬 일이오?"

역이기와 진동은 신분 차이에도 불구하고 가까이 지내던 사이였다. 다른 사람들은 역이기가 워낙 괴팍해 모른 척하기 일쑤였지만, 진동은 그의 재능을 알아본 몇 안 되는 사람이었다. 그들은 진나라 황제의 폭정에 대해서도 스스럼없이 이야기를 나누고는 했다.

"시황제에 이어 이세황제가 그리 백성들을 못 살게 굴더니, 이제는 황제가 허수아비 신세가 되기에 이르렀소."

"그렇습니다, 낭중령 조고가 황궁을 쥐락펴락하는 형편이지요. 그래서 말인데…… 새로운 호걸을 만나 천하를 뒤흔들어보면 어떻겠습니까?"

역이기의 말에 진동이 정색하며 되물었다.

"새로운 호걸이라니, 누구를 이야기하는 거요?"

"초나라 무안후, 유방 장군을 말하는 것입니다. 세상에 그분만 한 호걸이 없습니다."

유방의 이름을 들은 진동은 잠시 아무 말도 하지 않았다. 그 역시 유방의 인품과 기개에 대해 들어 잘 알고 있던 터였다. 다만 여전히 진나라 황실에 대한 미련을 완전히 버리지 못해 갈등하는 눈치였다. 그때 역이기가 차가운 표정으로 덧붙여 말했다.

"만약 수령께서 무안후를 허락하지 않는다면, 그분이 군사를 이끌고 와 총공격을 감행할 것입니다. 10만 가까운 그분의 병사들이 이깟 성 하나 함락시키는 것은 일도 아니지요. 상황이 그렇게 되면 진나라 황실에서 지원병이라도 보내줄 것 같습니까? 그들은 함양의 경비만 신경 쓸 뿐 다른 지역 백성들의 어려움은 외면한 지 오래되었습니다. 그러니 초나라 병사들에게 처참히 짓밟힌 뒤 후회하지 말고 무안후에게 성문을 열어주십시오."

진동이 역이기의 말을 듣고 보니 반박할 여지가 없었다. 그는 역이기의 제안을 받아들이기로 결심했다. 고양으로 돌아온 역이기의 보고를 듣고, 유방은 소리 내어 웃으며 기뻐했다.

"수고했소, 광야군(廣野君)!"

유방은 광야군이라는 칭호를 내려주며 역이기의 공을 치하했다. 한낱 성문 문지기가 수많은 사람들의 우러름을 받는 권세를 쥐게 된 것이다. 그러니까 이번 일로 역이기는 벼슬을 얻고, 유방은 피 한 방울 흘리지 않은 채 진류성을 갖게 된 셈이었다. 그날 이후 유방은 크고 작은 결정을 내릴 때마다 광야군과 상의했다.

유방의 군사가 진류에 머문 지 어느덧 한 달이 지났다. 그사이 유방의 병사들은 음식을 잘 먹어 살이 오르고, 훈련을 거듭해 무예 실력이 한층 좋아졌다. 이제는 어느 누구의 군사와 맞붙어 싸워도 지지 않을 자신이 있었다. 병사의 수도 부쩍 늘어 10만이 넘게 되었다. 거기에 훌륭한 장군들을 비롯해 소하와 광야군 같은 책사들이 있으니, 유방은 그들을 바라보기만 해도 가슴이 벅찼다.

그러던 어느 날, 드디어 유방이 다시 함곡관을 향해 서진을 명했다. 그의 행렬 앞에 더 이상 거칠 것이 없어 보였다. 하지만 세상은 넓고 강자(强者)는 많다고 했던가. 의기양양하게 진격하던 유방의 군사 앞에 개봉성(開封城)이 나타났다. 이번에도 성 안 사람들이 순순히 문을 열든가, 그렇지 않아 유방의 군사가 실력 행사를 해야만 했다. 개봉성의 반응은 후자였다. 그들은 단단히 성문을 걸어 잠근 채 결사항전(決死抗戰)

을 부르짖었다.

"반란군은 물러가라! 그렇지 않으면 혼쭐을 내줄 테다!"

그러자 가장 먼저 강무후가 앞으로 나섰다.

"제가 저들을 박살내겠습니다!"

강무후는 원래 자신을 따르던 병사 5천을 데리고 개봉성으로 달려들었다. 그들은 상대의 약을 올려 스스로 성문을 열고 나오게 하는 작전을 펼쳤다. 그렇게 성문이 열리면 다른 장군의 병사들이 한꺼번에 밀려들어가 총공격을 펼칠 수 있다고 생각한 것이다. 강무후의 부하들은 성문 아래로 바짝 다가가 험한 욕설을 퍼부었다. 또 불화살을 쏘아 성 안 곳곳에 화재가 일어나게 했다.

그럼에도 개봉성의 병사들은 침착함을 잃지 않았다. 그들은 성문을 열 생각을 전혀 하지 않은 채 성벽 위에서 뜨거운 물을 쏟아 부었다. 뒤이어 돌멩이를 무수히 내던져 강무후의 병사들을 피범벅으로 만들었다. 유방의 예상보다 개봉성의 저항이 훨씬 더 강력했다. 그 후에도 다른 장군들이 몇 차례 더 공격을 감행했지만 소득이 없었다. 개봉성은 그야말로 철옹성이었다. 역이기가 일보 후퇴를 제안했다.

"계속 공격을 하는 것만이 능사는 아닙니다. 아무리 단단하게 방어막을 쳐도 허점은 보이게 마련이니 잠시 뒤로 물러나 전략을 짜는 편이 낫겠습니다."

유방은 역이기와 소하조차 뾰족한 수를 찾지 못하자 답답하기 짝이 없었다. 다 스러져가는 진나라의 관리와 병사들이 왜 이토록 맹렬히 저항하는지 잘 이해되지 않았다. 또 한편으로는 여전히 진나라의 위세를 얕잡아볼 수 없다고 절감했다.

어쩔 도리 없이 개봉성을 지켜보기만 한 지 닷새가 지났다. 그때 유방에게 반가운 소식이 전해졌다. 한(韓)에 머물고 있던 장량이 자신을 찾아온다는 전갈이었다.

장량이 누구인가?

장량의 집안은 대대로 한나라의 충신 가문이었다. 국왕의 총애를 받아 엄청난 재산을 모았고, 백성들로부터도 존경을 받아왔다. 하지만 과거 한나라가 진나라의 무력에 멸망하자 그 모든 부귀영화가 거품처럼 사라지고 말았다. 그 후 장량은 박랑사에서 진시황을 시해하려다 허사에 그친 후 호북의 하비(下邳)로 달아나 간신히 목숨을 부지했다. 그때 한 노인을 만나 『태공병법』이라는 보물 같은 책을 받아서 책사로서의 자질을 키울 수 있었다. 또한 당시에는 몰랐지만, 훗날 유방의 책사로서 큰 활약을 펼치게 된다는 예언을 들었다.

그런 장량과 유방의 인연은, 유방이 옹치의 배반을 겪었을 무렵에 처음 이루어졌다. 그때 유방은 수천 명의 병사를 이끌고 하비 서쪽 지역을 공격하고 있었는데, 몸을 숨기고 있던 장량을 우연히 만나 부하로 맞아들였다. 당시 장량은 자신을 의탁할 만한 호걸을 찾는 중이었다. 그런데 출신 배경부터 다른 두 사람은 서로에게 금세 호감을 느꼈다. 장량은 자주 유방을 찾아가 자신이 공부한 태공병법에 대해 설명하고는 했는데, 그때마다 유방이 경청하는 모습을 보였다. 장량은 이전에도 다른 호걸들에게 태공병법에 대해 이야기해봤지만, 대부분 귓등으로 흘려듣기 일쑤였다. 그러다가 자신의 병법에 귀기울여주는 사람을 만났으니 선뜻 마음이 갈 수밖에 없었다.

'음, 패공은 하늘이 낸 사람이 틀림없어. 내가 그토록 찾던 인물이야.'

장량은 이렇게 생각하며, 서로 헤어져 지내는 동안에도 유방을 잊지 않았다. 한나라를 재건하기 위해 몸은 떠났지만 마음만은 늘 유방과 함께했다. 그러다가 마침내 유방이 관중으로 향한다는 말을 듣고 한달음에 달려온 것이다. 그에게도 진나라를 무너뜨려 천하를 호령하고 싶은 야심이 있었기 때문이다.

며칠 후, 장량이 탄 말이 흙먼지를 일으키며 달려왔다. 유방이 한달음에 달려 나가 그를 반갑게 맞이했다.

"어서 오게, 자방(子房)!"

자방은 장량의 자(子)였다. 그러니까 유방은 장량이 아랫사람인데도 예를 갖춰 이름을 함부로 부르지 않았던 것이다.

"뵙고 싶었습니다, 패공!"

장량은 이전처럼 유방을 패공이라고 불렀다. 그러나 다른 이들이 무안후라고 칭하자 곧 호칭을 바꾸었다.

"한나라 왕께서 자네를 쉬 놓아주던가?"

유방이 물었다.

"실은 저부터 한나라를 재건한 지 얼마 지나지 않아 많이 망설였습니다. 하지만 무안후의 책사가 되어 천하를 품겠다는 오랜 꿈을 버릴 수 없었지요. 하여 한왕 폐하께 간곡히 사정을 설명하고 나서 이렇게 오게 되었습니다."

"고맙네, 자방. 정말 고마워!"

유방은 장량의 성의에 감격해 눈물이 울컥할 정도였다. 그 모습을 지켜보는 사람들마다 장량에 대한 유방의 신뢰가 얼마나 깊은지 실감할 수 있었다.

유방은 장량에게 그간에 있었던 일을 전부 이야기해주었다. 가장 먼저 관중에 들어가는 자가 관중왕이 된다는 회왕의 말도 빼놓지 않았다. 장량은 개봉성 앞에서 맞닥뜨린 유방의 근심까지 금세 헤아렸다.

"하루빨리 이곳을 손에 넣어야 하는데 큰일이군요……. 관중에 가려면 이렇게 지체할 시간이 없는데 말입니다."

"자네에게 좋은 수가 있는가?"

유방이 잔뜩 기대하는 표정으로 장량을 바라보았다.

"꼭 이곳을 정복해야 하는 것은 아니지요."

"그게 무슨 말인가?"

유방은 장량이 꺼낸 뜻밖의 이야기에 궁금증이 일었다. 다른 책사와 장군들도 그 뜻을 쉽게 헤아리지 못했다.

"넘기 힘든 장애물은 피해 가는 것도 한 가지 방법입니다. 제가 보기에는, 개봉성의 방비가 워낙 튼튼해 완전히 함락시키는 데 두어 달이 걸릴 수도 있겠더군요. 어차피 우리의 목적지는 관중 아닙니까? 조금 돌아가더라도 그곳에 가장 빨리 다다르면 되는 것이지요."

그러면서 장량이 말을 이었다.

"개봉성에는 고립 작전을 펼치는 것이 좋을 듯합니다. 일부 병사들로 성 주변을 에워싸고 있으면 보급로가 끊겨 언젠가 저들이 스스로 성문을 열 수밖에 없겠지요. 굶주림 앞에는 장사가 없는 법 아닙니까? 그 사이 본진은 남방 일대를 조금씩 점령하면 됩니다. 그러다 보면 군사의 수도 더욱 늘어날 테고, 싸움 실력도 일취월장(日就月將)하겠지요. 실전만큼 좋은 훈련은 없으니까요."

유방이 듣고 보니 장량의 말이 옳았다. 다른 책사와 장군들도 선뜻 이견을 내놓지 못했다. 유방이 장량에게 다시 물었다.

"그렇다면 언제 남방으로 가야 하겠나?"

"당장은 아닙니다. 준비할 것이 있습니다."

"그게 무엇인가?"

"남방은 물론이고 머지않아 함양을 치려면 더 많은 무기가 필요합니다. 특히 화살은 소모품이라 많으면 많을수록 좋지요."

실은 유방도 화살이 부족하다는 보고를 받고 있던 참이었다. 여러 고을을 지나면서 크고 작은 전투를 벌이다 보니 미처 화살을 보충할 짬이 나지 않았던 것이다.

"갑자기 많은 화살을 어디서 구한단 말이오?"

다른 장군들은 조용히 있는데 번쾌가 질문했다.

"그것은 걱정 마시오. 계략이 있습니다."

화살을 얻기 위한 장량의 계략은 기발했다. 그는 여러 대의 수레에 4개씩 튼튼히 기둥을 세운 다음 그 위에 두꺼운 장막을 덮었다. 장막 위에는 물을 잔뜩 뿌리기도 했다. 그러고는 장량이 병사들에게 수레들을 개봉성 성벽 앞으로 가져가게 했다. 난데없이 나타난 이상한 수레들을 발견한 개봉성 안의 병사들이 깜짝 놀라 마구 화살을 쏘아댔다.

순식간에 여러 대의 수레가 고슴도치처럼 변해버렸다. 어찌나 많은 화살이 쏟아졌는지 빈틈을 찾기 힘들 정도였다. 이따금 불화살이 날아오기도 했으나 물에 젖은 장막은 불에 타지 않았다. 결국 수천, 수만 발의 화살이 고스란히 수레에 실린 셈이었다. 장량이 병사들에게 다시 그 수레들을 가져오게 하자 유방의 진영에서는 함성이 터져 나왔다.

"와, 저렇게 많은 화살을 별 수고도 하지 않고 얻다니!"

유방은 장량의 슬기로움에 새삼 감탄했다. 다른 책사들과 장군들도 놀라움을 금치 못하며 장량의 실력을 인정했다.

그렇게 화살을 넉넉히 확보한 유방의 군사는 남방 곳곳을 다니며 세력을 넓혔다. 이전과 다름없이 스스로 무릎을 꿇는 지역에는 관용을 베풀고, 끝까지 저항하는 지역에는 힘의 위력을 깨닫게 만들었다. 그렇게 실전에 실전을 거듭하다 보니 유방의 병사들은 여느 정예병 못지않게 뛰어난 무예 솜씨를 갖추게 되었다. 그 또한 장량의 계획이었다.

그럼에도 장량은 긴장을 늦추지 않았다. 그는 틈날 때마다 장군들에게 항우에 대한 경각심을 일깨웠다.

"항우 상장군은 파부침주의 자세로 거록대전에서 큰 승리를 거두었소. 우리가 머뭇거리다가는 그쪽에서 먼저 관중에 다다를지 모를 일이오. 그러니 하루빨리 남방 지역을 돌파해 함곡관을 향해 진격해야 하오."

유방의 휘하에 있는 장군들은 그 말에 일절 토를 달지 않았다. 그들도 장량의 책략이 남다르다는 것을 깨닫고 있었기 때문이다. 게다가 유방의 신임이 두터워 특별한 이유 없이 시비를 걸 수도 없었다.

어느덧 유방의 군사는 남방 지역에 있는 10여 개의 성을 손에 넣었다. 그중에는 곡우(曲遇)에 이르렀을 때 맞닥뜨렸던 진나라 장수 양웅(楊熊)의 저항이 가장 강력했다. 유방은 그와 치열한 전투를 벌이면서 아직도 진나라의 군세를 만만히 볼 수 없다는 사실을 다시 한 번 절감했다. 또한 양웅을 물리치는 데 가장 큰 기여를 한 장량의 책략에 거듭 탄복하지 않을 수 없었다. 누구 못지않게 용맹한 장수 양웅도 장량의 신출귀몰(神出鬼沒)한 전술에 호되게 당한 뒤 형양성으로 달아났다가 패전의 책임을 지고 목숨을 빼앗겼다.

그 후에도 유방의 군사는 거침없이 진격했다. 가는 곳마다 승리를 거듭하다 보니 병사들의 사기가 하늘을 찌를 듯 높았다. 그들의 당당한 발걸음이 이번에는 완성(宛城)에 다다랐다. 그 지역은 전국시대에 한나라, 그리고 진나라에 병합되기 전에는 초나라의 영토였던 터라 유방의 군사에게 내심 호의적인 태도를 보이는 사람들이 많았다. 그들은 명문가의 후손인 장량이 한나라를 재건하는 데 중요한 역할을 했다는 사실도 잘 알고 있었다.

그럼에도 완성은 순순히 성문을 열지 않았다. 유방도 공격 명령을 내릴 수밖에 없었다. 한동안 공방이 오갈 때, 유방이 장량에게 물었다.

"완성에는 한때 초나라 백성이었던 사람들이 많으니 그냥 지나치는 것이 어떻겠나?"

장량도 그 말에 일리가 있다고 생각했다. 하지만 인정에 휘둘리다가 대사를 그르칠 것을 우려했다.

"아닙니다. 후방에 적을 남겨두는 것은 바람직하지 않습니다. 매사에 후한이 없도록 확실하게 마무리해야 합니다."

그러면서 장량이 한 가지 계책을 이야기했다.

"진회(陳恢)라는 자가 있습니다. 남양(南陽) 수령의 사인(舍人)이었는데, 우리가 남양을 함락시키자 기꺼이 투항했지요. 마침 그가 완성 수령과 막역한 사이라고 하니, 진회를 통해 항복을 권유하는 것이 좋을 듯합니다."

"그래, 그렇게만 된다면 피를 더 흘릴 까닭이 없지."

장량은 곧 진회를 불러 순순히 항복하면 너그럽게 용서하겠다는 내용을 담은 서찰을 건넸다. 그것을 받아든 진회는 한달음에 완성으로 들어가 수령을 설득했다. 완성 수령도 전투의 결말이 뻔한 것을 알아 더 이상 저항하지 않기로 결심했다. 하루가 다르게 쇠락해가는 진나라 이세황제가 자기를 도와주리라 믿을 수 없었다. 이번에도 장량의 책략 덕분에 유방은 별다른 출혈 없이 성 하나를 정복할 수 있었다.

그 다음에 유방이 다다른 곳은 무관이었다. 이제 그곳만 돌파하면 그토록 바라던 관중 땅이었다. 무관은 요관(嶢關)과 함께 관중 남쪽에 위치한 입구였다. 그쯤 되자 유방이 짐짓 흥분을 감추지 못했다.

"드디어 목적지에 다다랐구나. 나의 꿈을 실현할 순간이 머지않았다!"

유방은 서둘러 2만의 군사를 보내 무관을 공격하려고 했다. 그러자 장량이 말리면서 계책을 권했다.

"진나라 군사는 아직도 세력이 강하니 결코 가볍게 보시면 안 됩니다. 제가 듣기에 이곳에 있는 진나라 장수들은 대부분 상인 출신이라고 하더군요. 모름지기 장사꾼은 이(利)로써 유혹하면 마음이 쉽게 움직이게 마련입니다. 그러니 무안후께서는 일단 보루를 지키면서 산등성이마다 깃발을 빽빽이 꽂아 우리의 군세를 자랑하는 것과 동시에, 진나라 진영에 금은보화를 보내 적장들을 회유하는 편이 나을 듯합니다. 그러면 그들이 항복을 마다하지 않을 것입니다."

장량의 말은 한마디로 무관의 장수들을 어르고 달래지는 이야기였다. 자신들의 힘을 과시해 은근히 협박하면서 뒤로는 회유책을 쓰자는 의미였다.

"금은보화를 건네어 적장들을 회유할 적임자는 누구인가?"

유방이 물었다.

"광야군을 보내십시오. 그 일을 아주 잘해낼 것입니다."

장량이 대답했다. 그의 예상대로 무관의 장수들은 너나없이 사익에 휘둘렸다. 역이기의 회유에 넘어간 그들이 무관의 성문을 활짝 열었다.

"아, 손에 피 한 방울 묻히지 않고 무관을 함락시키다니!"

유방은 감격에 겨워 얼굴빛이 발갛게 달아올랐다. 그때 장량이 뜻밖의 말을 꺼냈다.

"무관의 장수들은 항복했지만, 그 부하들까지 그러한지는 알 수 없습니다. 그들은 재물을 취하지 못했으니까요. 그러니 저들이 안심하고 있는 틈을 타 섬멸해버리십시오."

장량은 누구보다 냉철한 책사였다. 그는 대의 앞에 한 치의 흐트러짐이 없었다. 유방은 장량의 계책에 따라 주저 없이 성 안의 군대를 습격했다. 한바탕 피바람이 불었다.

한편 그 무렵, 진나라 황궁의 실세 조고는 큰 위기감을 느끼고 있었다. 항우가 거록성을 거쳐 함곡관으로, 유방이 무관을 지나 요관으로 향하고 있다는 정보를 들었기 때문이다. 함곡관과 요관 다음은 바로 함양이었다.

조고는 일단 황궁을 완전히 장악하기로 마음먹었다. 그래야만 나중에 항우나 유방이 들이닥쳤을 때 자기 판단대로 행동할 수 있다고 생각했다. 어차피 진나라는 회생이 불가능한 지경에 이르렀으니 일신의 안위가 무엇보다 중요했다. 조고는 곰곰이 고민한 끝에 일단 자신을 지지하는 신하와 자신에게 반기를 들 신하를 구별하기로 했다.

조고가 커다란 사슴 한 마리를 구해와 이세황제에게 바치며 말했다.

"폐하, 천하의 명마이니 받아주십시오."

"낭중령은 왜 사슴을 두고 말이라 하시오?"

부쩍 의기소침해진 이세황제가 두 눈을 동그랗게 뜨며 물었다.

"이것은 분명 말입니다. 폐하."

조고는 계속 엉뚱한 소리를 하면서 곁에 서 있는 신하들에게 물었다.

"경들은 이것이 사슴으로 보이시오, 말로 보이시오?"

그러자 눈치 빠른 신하들이 일제히 "틀림없는 말입니다."라고 목소리를 높였다. 그에 비해 한 무리의 신하들은 "아니, 그것은 분명 사슴입니다."라고 이야기했다.

그날 밤, 황궁에서 끔찍한 살육이 벌어졌다. 조고에게 맞서 사슴을 사슴이라고 했던 신하들이 죽음을 면치 못한 것이다. 조고의 지록위마(指鹿爲馬) 술수를 알아챈 자들만 목숨을 부지할 수 있었다. 그리하여 진나라 황궁은 완전히 조고의 영향력 아래에 놓이게 되었다. 조고는 이후에도 이세황제에게 갖가지 누명을 씌워 결국 자결에 이르게 했다. 이미 모든 권세와 총명함을 잃은 이세황제는 이렇다 할 저항 한 번 하지 못했다. 조고는 부소의 아들 자영(子嬰)이 이세황제의 뒤를 잇게 했다. 하지만 실질적 최고 권력자였던 조고는 그를 황제라고 칭하지 않았다. 자영을 다만 진왕(秦王)으로 삼았을 뿐이다.

유방, 마침내 함양에 들어서다

　조고는 이세황제에 이어 진왕까지 허수아비로 만들었다. 황궁의 중요한 결정은 모두 국왕이 아니라 조고의 판단에 따라야 했다. 그런데도 조고는 호시탐탐 진왕의 목숨을 노렸다. 어찌 됐든 그가 진나라의 국왕이었기 때문에, 항우든 유방이든 함양에 들어서면 진왕을 상대하려고 들 것이 뻔했다. 조고는 자칫 진왕이 반란을 일으킨 호걸들과 담합해 자신의 안위를 깨뜨릴까 봐 한시도 마음을 놓지 못했다.

　그런데 과욕이 참사를 부른다고 했던가. 진왕은 조고의 오만함을 그냥 두고 보지 않았다. 진왕은 두 아들을 비롯해 환관 한담(韓談)과 논의해 조고를 처단할 계획을 세웠다. 어느 날 저녁, 진왕이 조고를 내실로 불렀다.

　'아니, 늦은 시각에 왜 나를 찾는 거야? 귀찮게 하는구

면······.'

조고는 짜증스런 낯빛을 감추고 진왕의 내실로 들어갔다.

"무슨 일로 저를 찾으십니까?"

조고의 목소리가 아랫사람을 대하는 듯 불손했다. 조고는 머리도 조아리지 않았다. 바로 그때, 미리 숨어 있던 자객이 득달같이 뛰어나와 조고의 등에 칼을 찔렀다.

"으악!"

조고가 내지른 외마디 비명과 함께 피가 솟구쳤다. 진왕의 거사가 성공한 것이다. 진왕은 그동안 겪은 온갖 수모가 떠올라 눈물이 흘렀다. 곧이어 진왕은 조고 가문의 삼족을 멸하라는 명을 내렸다. 그것은 시황제와 이세황제의 복수이기도 했다. 이후 진왕은 삼세황제(三世皇帝)라고 불리게 되었다.

그 무렵, 유방의 군사는 계속 함양으로 진격했다. 그런데 그 속도가 아주 빠르지는 않았다. 유방이 장량의 충고를 받아들였기 때문이다.

"함양에 빨리 입성하는 것만이 능사는 아닙니다. 아직도 곳곳에 우리에게 저항하는 진나라 군사가 남아 있으니, 그들을 말끔히 처리해야 합니다. 만약 그 일을 소홀히 했다가는 언제 그들이 힘을 합쳐 도발할지 모릅니다."

장량의 염려는 괜한 것이 아니었다. 유방이 서둘러 함양성(咸陽城)에 들어갔다가 주변에 남은 진나라의 잔존 세력이 역공이라도 펼치면 큰 탈이 날 가능성이 있었다. 그렇게 유방의 군사는 한 걸음 한 걸음 앞으로 나아가 패상(覇上)에 이르렀다. 바야흐로 함양성 입성을 눈앞에 두게 되었다.

유방이 지휘하는 군사가 가까이 다가오자 삼세황제가 신하들을 불러 모았다. 그의 얼굴에는 황망한 현실에 맞닥뜨린 당혹함이 짙게 어려 있었다.

"경들은 내가 어떻게 처신해야 한다고 생각하오?"

삼세황제의 목소리가 침통했다.

"항복할 수밖에 없습니다. 무모하게 맞섰다가는 모두 목숨을 잃게 될 뿐입니다."

상대부(上大夫) 부필(孚畢)이 가장 먼저 말했다. 다른 신하들도 하나같이 항복을 권했다. 그동안 부귀영화를 누렸던 대국의 신하들이 이제는 자신의 목숨을 지키기 위해 안달이 나 있었다. 그렇다고 삼세황제에게 다른 묘수가 있는 것은 아니었다.

"이 모든 것이 내가 부족한 탓이오……. 국운이 다했으니, 이제 백성들을 구할 방법을 찾을밖에……."

삼세황제는 쉽게 말을 잇지 못했다. 그의 표정이 더 참담해졌다. 부필이 다시 말문을 열었다.

"다행히 유방은 항우와 달리 덕이 있는 자라 합니다. 우리가 항복한다면 함부로 살육하지는 않을 것입니다."

삼세황제는 여전히 자신의 안위만 챙기려 드는 신하들이 못마땅했다. 그러나 안타까운 현실을 되돌리기에는 이미 때가 늦었다는 것을 잘 알았다. 삼세황제가 속울음을 삼키며 명령을 내렸다.

"소거백마(素車白馬)를 준비하게."

"하얀 마차와 흰 말을 어디에 쓰려고 그러십니까?"

부필이 혹시나 하는 생각에 근심어린 표정으로 물었다.

"적장에게 항복하려면 예의를 갖춰야 하지 않겠나? 내가 옥새를 지녀 그 마차를 타고 적장에게 가겠네."

그제야 부필과 신하들은 안심하며 황제의 명을 따랐다.

이튿날, 삼세황제가 탄 소거백마가 유방이 머무는 패상에 이르렀다. 유방이 부하들을 거느리고 나와 기다리자, 황제가 마차에서 내려 그 앞으로 걸어갔다. 유방과 삼세황제가 고개 숙여 서로에게 예를 다했다. 마침내 삼세황제의 입에서 항복 선언이 들려왔다.

"귀공에게 황실의 옥새를 바치오니, 부디 저의 백성들을 가엾게 여겨주십시오."

그 말에 유방은 가슴이 벅차올랐다.

"항복 선언을 했으니, 당신은 더 이상 황제가 아니오. 내가 초나라 국왕께 아뢰어 목숨만은 살려줄 테니, 초야에 묻혀 여생을 조용히 살아가시오."

유방은 급한 일이 마무리되는 대로 회왕에게 함양에 가장 먼저 입성한 사실을 알릴 계획이었다. 천하를 호령하는 데 쓰인 진나라의 옥새도 회왕에게 전하는 것이 마땅한 도리였다. 그는 그때 삼세황제의 사면도 건의할 생각이었다. 유방은 패상에 비밀스런 장소를 마련해 황제를 머물게 했다. 혹시 있을지 모를 불상사애 대비해, 병사들에게 철저히 경비를 서라는 명도 내렸다.

　그런데 잠시 뒤, 황제를 살려주려는 유방의 생각에 장군들이 반발했다.

　"그동안 진나라의 횡포에 얼마나 많은 백성들이 죽었습니까? 진나라가 초나라를 짓밟으며 저지른 만행을 벌써 잊으신 것입니까?"

　어떤 장군이 특별히 그와 같이 반발했다고 말하기 어려웠다. 대부분의 장군들이 앞다투어 유방의 결정에 반대했다. 좀처럼 볼 수 없는 광경이었다. 그만큼 진나라에 대한 장군들의 분노가 컸던 것이다. 그렇다고 유방이 한번 내뱉은 말을 거둘 수는 없었다. 또한 삼세황제를 기분 내키는 대로 처벌했다가는 잃는 것이 적지 않을 것이라고 판단했다. 유방이 장군들에게 말했다.

　"섣불리 황제를 죽였다가는 민심을 잃을지 모르네. 이토록 기름진 관중 땅을 오래도록 지배하려면 이곳에 살고 있는 백성들로부터 지지를 받아야 하지 않겠나? 그리고 우리의 조상과 백성들을 짓밟은 자는 시황제와 이세황제일세. 더구나 전장에서도 항복한 적은 죽이지 않는 것이 원칙이지 않나?"

유방은 당장의 기분대로 행동하기보다 훗날을 내다볼 줄 아는 인물로 성장해 있었다. 그런데 묘하게, 이 사람 저 사람 떠들어대는 중에도 장량만은 입을 꾹 다물고 있었다. 그는 일찍이 진나라 시황제를 살해하려고 했던 인물인데 왜 아무런 의견도 내지 않았을까? 그럼에도 유방은 그의 마음을 충분히 헤아렸다. 장량이 다른 장군들보다 더 황제의 죽음을 바라고 있을 것이 틀림없었다. 다만 그는 황제를 죽였을 때 닥칠지 모를 후폭풍까지 염두에 두었을 뿐이다. 아울러 유방이 직접 황제를 해하지 않아도, 어차피 그의 목숨은 바람 앞의 촛불 같은 신세라고 생각했다.

"자방도 내가 삼세황제를 죽여야 한다고 보나?"

유방이 일부러 장량에게 물었다. 장량은 유방이 왜 자신에게 질문하는지 이유를 알고도 남았다.

"물론 황제를 살려두면 반란의 씨앗이 될 수 있을 것입니다. 그렇다고 그를 죽인다면, 무안후께서 말씀하신 대로 함양의 민심이 동요할 것입니다. 따라서 그를 살려두는 결정이 옳습니다. 또한……."

유방은 장량의 말에 슬쩍 미소를 띠었다. 대사를 앞두고 자신의 사사로운 감정을 내세우지 않는 장량의 처신이 더없이 듬직했기 때문이다. 훌륭한 책사의 언행이라면 무릇 그러해야 했다. 장량이 잠시 뜸을 들이다가 말을 이었다.

"어차피 삼세황제는 천수를 누리지 못할 것입니다. 회왕 폐하께서 그의 목을 베라고 명하실 수 있고, 항우 상장군도 어찌 나올지 알 수 없습니다. 그러니 굳이 무안후께서 손에 피를 묻힐 필요가 없습니다."

장량의 말은 유방에게 큰 힘이 되어주었다. 그제야 장군들도 황제를 살려주기로 한 결정에 더는 반발하지 않았다.

이제 유방이 함양에 입성하는 데는 아무런 장애물도 남아 있지 않았다. 전투도 벌이지 않고 삼세황제의 항복 선언까지 받아낸 그의 기세가 실로 대단했다. 이튿날 날이 밝자마자 진나라 황궁에 다다른 유방과 장군들은 두 눈이 휘둥그레졌다. 진나라 황실의 규모와 화려함이 상상을 초월한 것이다.

"와, 전각(殿閣)만 해도 36개나 되는구나! 정원마다 화려한 꽃이 만발하고, 커다란 수장고마다 금은보화가 가득하니 입을 다물지 못하겠다!"

유방과 장군들을 더욱 놀라게 한 것은 3천 명이나 되는 궁녀들이었다. 그들의 미모가 하나같이 빼어나 모두 넋을 잃을 지경이었다. 오랜 진군으로 지친 장정들이지만 오랜만에 여색을 마주하니 불끈불끈 힘이 솟는 듯했다. 몇몇 장군들은 벌써 어디론가 궁녀들의 손을 잡아끌었고, 유방이 쉬고 있는 방에도 불세출의 미인 두 명을 들여보냈다. 유방도 사내구실을 한 지 제법 시간이 지나 그들의 미모에 정신없이 빠져들었다.

"오늘은 아무 걱정 없이 밤새 즐기자꾸나!"

유방이 부하들에게 크게 소리쳤다. 그가 황궁에 있던 귀한 보석을 한 움큼씩 쥐어 수발을 드는 궁녀들의 가슴에 안겨주었다.

"다 가져라! 관중왕이 주는 선물이다!"

오랫동안 간직하고 있던 꿈을 비로소 이루었기 때문일까? 유방의 몸과 마음이 일순간에 중심을 잃은 듯 보였다. 마치 풍읍 시절의 유방으로 돌아간 듯했다. 오죽하면 그 모습을 지켜보던 번쾌가 만류했다.

"이러시면 안 됩니다, 형님. 아니, 무안후……. 이토록 웅장한 진나라의 황실이 왜 몰락의 길을 걸었는지 정녕 모르시는 것입니까?"

번쾌는 이제 옛날의 그가 아니었다. 여전히 유방의 호위무사를 자처한다는 점만 달라지지 않았다. 장량도 번쾌를 거들고 나섰다.

"무안후께서 이러시면 장군들과 병사들도 군기를 잃어버리게 됩니다. 너나없이 황궁의 재물을 훔치려 들 것이고, 아무렇게나 궁녀를 겁탈할 것입니다. 그러면 함양의 백성들이 진심으로 초나라를 따를 리 없습니다. 머지않아 우리도 진나라와 같이 멸망의 길을 걷게 될 것이 불을 보듯 뻔합니다.”

번쾌가 말할 때만 해도 탐탁치 않은 표정을 짓던 유방이 장량까지 충고하고 나서자 다시 옷매무새를 가다듬었다. 그제야 번뜩 정신이 들었던 것이다.

“내가 잠시 생각이 짧았네. 황궁을 경비할 병사들을 남겨두고 나와 자네들은 패상의 진지로 돌아가세. 이곳을 지키는 장군과 병사들이 재물과 궁녀에게 함부로 손을 대지 못하도록 단단히 일러두게. 만약 내 명을 어겼다가는 큰 벌을 면치 못할 걸세.”

유방이 함께 패상으로 돌아가자고 한 이들은 장량, 번쾌, 소하, 조참, 역이기 등이었다. 그런데 얼마 전부터 소하의 모습이 보이지 않았다. 유방이 부하들을 풀어 수소문해보니, 소하가 홀로 황궁 안 승상부(丞相府)에 있었다. 그는 그곳에 쌓여 있는 지적도를 살피느라 시간 가는 줄 몰랐다. 수많은 지적도에는 천하 곳곳의 지리 정보가 담겨 있었다. 산세와 크고 작은 강, 각 고을의 위치 따위가 한눈에 훤했다. 소하가 자신이 본 것을 유방에게 알렸다.

“황궁에 금은보화가 많지만, 진짜 보물은 지적도입니다. 그것을 이용하면 천하를 품는 데 큰 도움이 될 것입니다.”

“아, 자네가 나보다 낫군. 부끄럽네……”

패상으로 돌아오는 길에, 유방이 소하에게 나직이 속삭였다. 소하가 관심을 가진 것은 지적도뿐만이 아니었다. 그 밖에도 그는 승상부에서 진나라의 법령 등을 다룬 다양한 책과 문서들을 찾아 군영에 옮기도록 했다.

그날 이후 유방은 패상에서 지내며 관중왕으로서 할 역할에 집중했다. 무엇보다 진나라 황실의 폭정에 시달리던 백성들의 공포심을 달래주는 것이 중요했다. 함양의 백성들은 어느 날 갑자기 들이닥쳐 진나라 황궁을 차지한 유방에게 의구심을 떨치지 못하고 있었다. 그가 진나라 황제와 벼슬아치들보다 자신들을 더 괴롭히면 어떡하나 몹시 걱정이 컸다.

그러던 어느 날, 소하가 유방에게 와서 말했다.

"관중왕으로서 백성들을 잘 다스리려면 법령부터 정비해야 합니다. 기존의 진나라 것은 유명무실(有名無實)해졌으니 새로 법령을 제정한 다음에 인근 군현의 수령과 원로들을 불러모아 정식으로 공표하십시오."

유방은 당장 소하의 말대로 새로운 법령을 만들기 시작했다. 그리고는 일이 마무리되자 함양 주변의 수령과 원로들을 소집해 그 내용을 설명하는 자리를 마련했다. 그것은 단지 법령 공표뿐만 아니라 유방이 관중왕인 것을 널리 알리는 절호의 기회였다. 수령과 원로들 앞에 나선 유방이 근엄한 인사말로 말문을 열었다.

"나는 회왕의 명을 받들어 진나라 황실을 토벌하고 관중왕이 되었소. 모두들 부름에 응해주어 고맙구려."

수령과 원로들은 누구 하나 한눈을 팔지 않았다. 그들을 한 번 휘둘러보고 나서 유방이 이어 말했다.

"진나라 법령은 너무 복잡하고 잔혹해 백성들을 고통스럽게 했소. 황실의 결정에 맞서면 삼족을 멸하고, 황제를 비난하기만 해도 그 자리에서 목을 베는 것은 결단코 백성들을 위한 법령이 아니오. 하여 나는 간단히 세 가지만 강조하겠소. '첫째, 살인한 자는 사형에 처한다.', '둘째, 남에게 상해를 입히면 그에 상응하는 벌을 내린다.', '셋째, 남의 것을 훔치면 설령 그것이 미미하다 해도 엄벌에 처한다.' 오직 이 세 가지뿐이오. 나는 새로운 법령을 약법삼장(約法三章)이라고 명명했소."

유방은 자신의 법령에 대해 설명한 뒤 다른 말도 덧붙였다.

"앞서 이야기했듯, 나는 초나라 회왕이 인정한 관중왕이오. 하지만 나는 이곳을 무작정 힘으로 다스리려 하지 않을 것이오. 그동안 진나라의 폭정에 시달려온 백성들의 삶이 조금이나마 편안해지도록 하는 것이 나의 소망일 따름이오. 그러니 여기에 모인 수령과 원로들은 고향으로 돌아가 나의 진심을 전하시오. 나를 두려워할 이유가 전혀 없다고 말하시오. 나는 부귀영화를 누리는 데도 별 관심이 없소. 만약 내가 재물과 여색을 탐했다면 황궁에서 나와 이곳 패상에 머물 리가 없지 않소? 나는 머지않아 이곳에 도착할 초나라의 다른 관리와 장군들을 맞이해 함께 백성들을 보살필 것이오. 그러니 모두 안심하고 돌아가 군현의 백성들과 함께 나를 지지해주기 바라오."

"네, 알겠습니다!"

유방의 일장 연설에 수령과 원로들은 큰 소리로 화답했다. 각 고을로 돌아가는 그들의 손에는 약법삼장의 내용을 적은 방이 들려 있었다. 그들은 그것을 여러 장으로 필사해 자기 고을 곳곳에 붙여 백성들에게 널리 알렸다.

장량과 범증의 지략 대결

마침내 항우의 군사도 함곡관에 이르렀다. 거록대전에서 승리한 지 백 일 가까이 되었을 무렵이었다. 항우는 거록성을 지나서도 각처에서 전투를 벌여 승전을 거듭했다. 그러다 보니 군사의 수가 더욱 크게 늘어났는데, 한편으로는 시간을 지체할 수밖에 없었다.

항우가 뒤늦게 함곡관에 도착했을 때는 성문이 굳게 닫혀 있었다. 위를 올려다보니, 유방의 군사를 상징하는 깃발이 바람에 나부끼는 모습이 보였다. 범증이 항우에게 말했다.

"우리가 한 발 늦었습니다. 아마도 저들이 우리의 입성을 막을 듯합니다."

범증의 낯빛이 어두웠다. 그동안 관중에 먼저 들어가기 위해 기울인 노력이 수포로 돌아간 것 같았기 때문이다. 그런데 항우는 오히려 여유 만만한 표정이었다.

"너무 걱정 마십시오. 만약에 그가 계속 함곡관의 성문을 닫아건다면 본때를 보여줘야지요. 우리가 저들에 비해 군사의 수가 훨씬 많지 않습니까? 하지만 유방은 무모한 장수가 아니니, 섣불리 내게 대적하려 들지 않을 것입니다."

"음, 일리 있는 말씀입니다. 그렇다면 상장군께서 무안후에게 서찰을 보내 설득해 보시지요."

그렇게 얼마 후 항우의 서찰을 받은 유방은 장량과 상의해 함곡관의 성문을 열어주기로 했다. 유방은 곧장 항우에게 답장도 보냈는데, 그것을 읽은 항우가 웃음을 감추지 못했다.

"이것 보십시오. 유방이 함곡관의 성문을 굳게 걸어 잠근 까닭은 진나라의 잔당을 경계하기 위한 것이라고 합니다. 내가 뭐라고 했습니까? 아무 걱정 말고, 어서 군사를 이끌어 함양성으로 가야겠습니다."

과연 유방의 병사들은 순순히 항우에게 함곡관의 성문을 열어주었다. 항우의 대군은 함곡관을 넘어 홍문(鴻門)에 진을 쳤다. 그곳은 함양으로 들어가는 길목이었다. 항우는 한동안 홍문에서 머물며 함양의 사정을 정찰했다. 그리하여 유방이 진나라 황궁의 보물들에 전혀 욕심 내지 않고 패상으로 간 사실을 확인했다. 아울러 주변 군현의 수령과 원로들을 불러 모아 약법삼장을 선포한 것도 알게 되었다.

"제가 생각하기에는 무안후가 명실공히 관중왕이 되는 작업을 차근차근 진행하는 듯합니다. 진나라 황궁의 보물들에 욕심 내지 않은 까닭은 백성들의 호평을 받기 위함이지요. 누구 못지않은 호색한(好色漢)인 그가 궁녀들을 탐하지 것 또한 마찬가지 이유입니다. 새로운 법령을 선포한 것 역시 민심을 사로잡으려는 꾀이고요."

범증이 항우에게 말했다. 그제야 항우가 더는 여유를 부릴 때가 아니라고 깨달았다. 그가 곧 장군들과 책사들을 불러 모았다.

"이렇게 계속 어영부영하다가는 무안후에게 관중을 완전히 빼앗기게 생겼다. 어찌 하는 것이 좋겠는가?"

"두 분이 함께 회왕 폐하의 명을 받들고 있다고는 하나, 상장군께서 형님이라면 무안후는 아우입니다. 유방 장군이 형님을 두고 관중왕이 되려고 하면 안 되지요. 우리가 힘으로라도 빼앗아 와야 합니다."

종리매의 말에 다른 장군들도 동의했다. 그러자 책사 범증이 계략을 내놓았다.

"무안후는 언제든 상장군의 앞날에 걸림돌이 될 수 있습니다. 오늘 밤 늦은 시각에 패상을 공격하여 무안후를 제거하시지요. 정예병을 선발해 두 갈래로 급습하면 그들이 당해내지 못할 것입니다."

범증의 말에 항우가 잠시 고민하는가 싶더니 이내 고개를 끄덕였다. 종리매와 영포 등 모든 장군들의 표정이 결연했다.

그런데 그 자리에는 항백도 참석했다. 그가 누구인가? 항백은 항량과 형제로, 항우의 또 다른 숙부였다. 그는 나이 차이가 있는 데도 불구하고, 오래전부터 장량과 서로를 신뢰하는 사이였다. 한때 장량이 진시황의 순행 행렬을 습격했다가 쫓기는 신세가 되었을 때 도움을 준 이도 다름 아닌 항백이었다.

항백은 장량이 유방의 책사가 된 것을 알고 있었다. 만약 항우의 정예병이 패상을 급습하는 데 성공한다면 장량의 안위를 장담할 수 없었다. 항우가 주관한 회의가 끝나자, 항백은 아무도 모르게 홀로 말을 타고 홍문을 나섰다. 그는 패상까지 20리 길을 한달음에 달려갔다. 패상에 다다른 그가 가장 먼저 마주친 사람은 하후영이었다. 현청에서 말들을 관리하던 마부 하후영도 일찍이 소하를 따라 유방의 수하에 들어와 장군으로 활약하고 있었다.

"누구요?"

하후영이 눈빛을 번뜩이며 물었다.

"나는 장자방의 오랜 벗입니다. 그의 신변에 문제가 있어 찾아왔으니 만나게 해주시오."

하후영이 항백의 행색을 살펴보니 아무런 무기를 지니고

있지 않았다. 더구나 유방이 신뢰해 마지않는 책사 장량의 벗이라니 그의 거처로 안내하지 않을 수 없었다.

"아니, 연통도 없이 갑자기 어인 일이십니까?"

항백의 출현에 장량은 반가운 마음을 감추지 못했다. 항백도 자신이 아끼는 장량을 오랜만에 만나 눈시울을 붉혔다.

"이렇게 건강한 모습으로 만나게 되어 기쁘구려."

두 사람은 손을 맞잡아 체온을 나누었다. 그들은 서로에게 형제 이상의 인정과 믿음을 갖고 있었다. 항백이 곧 주변을 살피고 나서 나직이 속삭였다.

"내가 오늘 이곳에 온 까닭은 자방의 안위가 염려되어서요……."

"그게 무슨 말씀입니까?"

뜻밖의 말에 장량이 영문을 몰라 하자, 항백이 방금 전에 홍문에서 있었던 일을 설명했다. 그러고는 자신과 함께 서둘러 몸을 피하자고 이야기했다. 그날 밤이 깊기 전에 반드시 실행해야 할 일이었다. 한데 장량이 선뜻 항량을 따라 나서지 않았다.

"저의 안위를 이토록 걱정해주시니 감사합니다. 하지만 제가 그동안 무안후의 보살핌을 받아 왔는데 모른 척 떠날 수는 없지요. 그분에게 사정을 말씀드려야 마땅하니 잠시만 기다려주십시오."

항백은 평소 장량의 의리와 책임감을 잘 알아 막아서지 못했다. 장량은 급히 유방이 기거하는 처소로 향했다.

"큰일입니다. 늦은 밤에, 상장군이 정예병을 보내 이곳을 칠 것이라 합니다."

"자네가 그것을 어떻게 알았나?"

"지금 저의 처소에 상장군의 숙부인 항백 공이 와 있습니다. 저와는 오래전부터 신뢰가 있는 사이지요. 그가 저를 살리고자 그 사실을 알려주었습니다."

순간 유방의 머릿속이 복잡해졌다. 아무 충돌 없이 함곡관의 성문을 열어주고, 오해를 풀기 위해 서찰까지 보냈는데 일이 이렇게 될 줄은 몰랐기 때문이다. 유방이 장량에게 조언을 구했다.

"내가 어떻게 해야 하겠나?"

"우리의 병사들도 강하지만 상장군의 대군과 맞서기는 아직 역부족입니다. 그러니 무안후께서 직접 상장군을 만나 사정을 설명하겠다고 전하시는 편이 나을 듯합니다. 일단은 고개를 숙여야 훗날을 도모할 수 있습니다."

장량은 이렇게 말하며 당장 유방과 항백의 만남을 주선했다. 유방은 정중히 예를 갖추며 항백을 환대했다. 유방이 책사의 지략대로 다음날 아침 일찍 항우에게 직접 인사를 하러 가겠다고 하자, 항량도 홍문으로 돌아가 그 말을 전하겠다고 약속했다. 항량은 주군에 대한 장량의 충성심에 감탄했다. 자기가 그동안 보아온 대로, 역시나 장량은 신뢰할 만한 인물이라고 생각했다.

항량은 즉시 말을 달려 홍문으로 가서 항우를 만났다. 마침 항우는 정예병을 출병시키는 일로 장군들에게 이런저런 보고를 받고 있었다. 항백이 급히 항우에게 말했다.

"내가 지금 패상에 다녀오는 길일세."

"숙부님께서 그곳에는 왜요?"

"실은 나의 오랜 벗 장량이 그곳에 책사로 있다네. 그가 아무것도 모른 채 죽게 하고 싶지 않았어."

곧 펼쳐질 중요한 작전을 앞두고 상대의 진영에 다녀오다니, 다른 사람 같았으면 항우의 불호령을 피하지 못했을 것이 틀림없었다. 하지만 숙부가 아닌가. 항우가 가까스로 화를 참으며 항백에게 물었다.

"그래, 장량은 몸을 피했습니까?"

"아니, 그는 혼자 달아나지 않고 나와 무안후를 만나게 해주더군. 무안후는 나를 보자마자 상장군의 위용을 칭찬하더니, 내일 아침 일찍 인사를 올리러 올 계획이었다고 하더라고. 일단 그를 한번 만나보고 나서 공격을 실행해도 괜찮지 않겠나?"

항우는 항량의 이야기를 듣고 생각에 잠겼다. 곰곰이 따져

보면, 회왕의 명에 따라 함께 진나라를 멸망시키는 데 앞장선 마당에 굳이 서로 피를 흘리며 싸울 이유는 없었다. 유방이 자기 앞에 공손히 머리를 숙이고 관중왕의 지위를 내놓는다면 관용을 베푸는 것도 나쁘지 않아 보였다. 그러는 편이 자신을 더욱 돋보이게 해 민심을 얻는 데도 도움이 될 것이라고 판단했다.

"알겠습니다, 숙부님. 패상을 공격하는 일은 잠시 보류해두지요. 무안후가 어떻게 나오는지 지켜보겠습니다."

항우의 결정에 항백은 안심했다. 그런데 곁에 있던 범증은 찜찜한 마음을 감추지 못했다. 그가 패상의 공격을 미룬 항우에게 이의를 제기했다.

"상장군, 무안후는 그리 만만한 인물이 아닙니다. 기회가 있을 때 제거하지 못하면 나중에 큰 화가 될 것입니다."

하지만 항우는 결심을 바꾸지 않았다. 어떻게 해서든지 유방을 자기 밑에 두기만 하면 상관없을 것이라고 생각했기 때문이다. 그만큼 항우는 늘 자신감이 넘치는 사내였다.

이튿날 아침, 유방은 항백에게 약속한 대로 홍문으로 향했다. 장량과 번쾌 등이 그를 따라 나섰다. 그들이 가까이 다가오자, 항우의 진영에서 진평(陳平) 장군이 달려 나와 마중했다. 진평을 따라 들어선 항우의 진영은 단박에 상대의 기를 압살할 만큼 위용이 대단했다. 수백 개의 깃발이 바람에 펄럭

였고, 여기저기서 북소리가 요란하게 울려 퍼졌다.

"긴장하지 마십시오. 이제는 뒤로 돌아갈 수도 없으니 마음을 강하게 먹어야 실리를 챙기실 수 있습니다."

유방이 좀 경직된 듯 보이자 장량이 귓속말을 건넸다. 그러자 유방이 괜히 두어 번 헛기침을 했다. 그 시각, 범증은 항우에게 유방을 만나면 세 가지 죄를 따져 물으라고 말했다. 그리고 조금이라도 저항하는 기미가 보이면 목을 베어야 한다고 덧붙였다. 그 말을 들은 항우도 고개를 끄덕여 동의했다.

잠시 뒤, 항우 앞에 유방이 모습을 드러냈다. 항우는 보료를 깐 의자에 앉아 있었고, 유방은 말에서 내린 다음 진영 흙바닥에 꼿꼿하게 서서 자세를 바로잡았다. 오랜만에 만난 항우에게 유방이 먼저 정중이 고개 숙여 인사했다.

"먼 길 오시느라 고생하셨습니다. 거록대전을 비롯해 상장군께서 보여주신 대단한 활약상을 전해 듣고 있었습니다. 뒤늦게나마, 경하드립니다."

유방은 사전에 장량이 일러둔 대로 한껏 몸을 낮췄다. 그 모습을 본 항우는 내심 기분이 좋았다.

"어디 나만 활약을 펼쳤나? 무안후도 이렇게 관중에 입성하지 않았소."

그때 범증이 항우에게 눈짓을 보냈다. 자신이 미리 이야기한 대로 유방이 범한 세 가지 죄를 따져 물으라는 의미였다.

그러자 항우가 목소리를 깔며 엄한 표정으로 추궁했다.

"무안후의 공은 공이고, 죄 또한 지었으니 그에 대해 해명해 보시오."

순간 유방은 드디어 올 것이 왔다고 생각했다. 어떻게든 위기를 벗어나기 위해 온 정신을 집중했다. 항우가 이어 말했다.

"첫째, 무안후는 항복 선언을 한 삼세황제를 죽이지 않은 죄를 저질렀소. 그것이 언젠가 반란의 씨앗이 될 수 있다는 것을 모르시오? 둘째, 나와 상의도 없이 맘대로 약법삼장을 만들어 선포했소. 군사에게는 엄연히 지휘 체계가 있거늘 그것을 무시한 죄가 매우 크오. 셋째, 내가 함곡관에 처음 다다랐을 때 환영하기는커녕 성문을 굳게 잠그고 있었소. 나중에 서찰을 받고 순순히 열어주기는 했으나, 나를 기만한 그 죄 또한 결코 작다고 할 수 없소."

항우의 목소리가 우렁차게 울려 퍼졌다. 그의 말을 끝까지 새겨들은 유방이 침착하게 말문을 열었다. 유방은 세 가지 죄목에 대해 하나씩 항변했다.

"첫째, 삼세황제를 살려둔 것은 상장군께서 관중에 오시기를 기다렸기 때문입니다. 어찌 상장군의 명도 없이 제 맘대로 진나라 황제의 목을 벨 수 있겠습니까? 둘째, 제가 임의로 새로운 법령을 선포한 것은 흐트러진 민심을 하루빨리 수습하기 위해서였습니다. 그래야만 상장군께서 관중에 오셨을 때 백성들의 환대를 받으리라 판단했기 때문입니다. 실제로 백성들은 진나라의 악법을 폐지한 뒤 상장군이 이곳에 오셔서 행하실 정책에 대해 더욱 큰 기대를 갖게 되었습니다. 마지막으로 함곡관 성문을 걸어 잠근 까닭은, 이미 서찰을 통해 말씀드렸듯, 오로지 진나라 잔당의 공격에 대비하기 위함이었습니다. 그래야만 상장군께서 관중에 들어오실 때 안전을 담보할 수 있었기 때문입니다."

유방의 답변은 술술 막힘이 없었다. 항우가 듣자 하니, 무엇 하나 틀린 말이 없었다. 항우가 자리에서 벌떡 일어나 꼿꼿이 서 있는 유방의 손을 맞잡았다.

"내가 그대의 죄를 운운했으나 그것이 나의 진심은 아니오. 무안후의 해명을 듣고 나니 모든 오해가 풀리는구려. 그동안 고생했으니까, 오늘은 우리 모두 실컷 술이나 퍼마십시다."

항우는 부하들에게 당장 연회를 열 것을 지시했다. 곧 성대한 잔치 상이 마련되었고, 항우와 유방을 비롯해 양 진영의 책사와 장군들이 자리를 잡고 앉았다. 범증과 장량, 항백, 번쾌, 영포, 진평 등이 서로에게 술잔을 건넸다. 그 자리는 어느 면에서 진나라를 멸망시킨 축하 연회와 다름없었다.

"거록대전의 승리는 정말 굉장했다 들었습니다."

유방이 술을 따르며 항우를 추켜세웠다.

"게다가 적장인 장한을 죽이지 않은 것은 정말이지 영웅호걸의 배포라 하지 않을 수 없습니다."

유방은 장한과 함께 투항한 20만 명이나 되는 병사들을 몰살시킨 항우의 만행은 절대로 입 밖에 꺼내지 않았다. 유방이 잇따라 비위를 맞추자 항우는 연신 웃음을 터뜨리기 바빴다. 그 와중에 단 한 사람, 범증의 표정이 어두웠다. 그는 술잔에 입술만 적시면서 항우와 유방의 모습을 계속 살피고 있었다.

'상장군이 만취한 것과 달리 무안후는 여전히 경계를 늦추지 않고 있다. 유방, 저 자를 없애지 않으면 상장군이 천하를 품는 데 엄청난 방해가 될 것이 틀림없어.'

범증은 이렇게 생각하며 한시도 유방에게서 눈을 떼지 않았다.

'그래, 오늘 유방을 해치우자! 일단 일을 성사시키고 나서 상장군에게 연유를 설명하면 이해하실 것이야.'

범증은 중대한 결심을 한 뒤, 갑자기 자리에서 일어나 항우에게 말했다.

"아랫것들에게 술과 음식을 더 내오라고 이르겠습니다. 그리고 항장(項莊) 장군을 불러 무희들과 함께 검무를 공연하라고 하겠습니다."

항장은 항우의 사촌동생으로 형을 무척 잘 따랐다. 그는 무예 실력 못지않게 검무를 잘 추어 연회 때마다 흥을 돋우고는 했다. 항우는 별 생각 없이 범증의 제안을 흔쾌히 수락했다. 유방에게 사촌동생의 검무 솜씨를 자랑하고 싶은 마음도 있었다.

그런데 범증의 속셈은 따로 있었다. 그가 연회장 밖으로 나와 항장을 만났다.

"자네가 큰일을 맡아줘야겠네."

"무슨 일입니까?"

"지금 무안후가 한껏 머리를 낮추고 있으나 언제 상장군의 뒤통수를 칠지 모르네. 그 자를 그냥 뒀다가는 나중에 큰 대가를 치르게 될 걸세."

"그래서……."

"자네가 검무를 추다가 무안후에게 슬며시 다가가서 목을 베어버리게."

"네, 그리하겠습니다."

항장은 별 망설임 없이 범증의 제안을 수락했다. 그 역시 항씨 가문의 일원으로, 어떻게든 사촌형 항우가 천하를 품을 수 있게 돕고 싶었다.

잠시 뒤, 흥이 오를 대로 오른 연회장에 항장이 들어섰다. 그가 큰 소리로 그곳에 모인 사람들에게 외쳤다.

"무희들의 공연도 좋습니다만, 이 항장이 멋진 검무를 한번 춰보겠습니다!"

사람들의 시선이 일제히 항장에게 향했다. 과연 그의 몸놀림 하나하나가 절도 있게 아름다웠다. 항장은 검무를 추면서 서서히 유방이 앉아 있는 곳으로 다가갔다. 한 번에 바짝 다가서면 의심을 살까 봐, 두세 걸음 다가선 다음 한두 걸음 물러서기를 반복했다. 그의 몸짓을 따라 긴 칼이 날카롭게 반짝였다. 그때 장량이 수상한 낌새를 알아차렸다.

'뭔가 이상하군. 음모가 있는 것이 틀림없어.'

장량이 곁에 앉은 항백의 귀에 무언가를 속삭였다. 그러자 항백이 자리에서 일어나 긴 칼을 챙겨든 뒤 앞으로 나서며 말했다.

"상장군께서 검무에 즐거워하시니 저도 한번 춰보겠습니다. 항장 혼자 추는 것도 좋지만 둘이 추는 검무도 볼 만합니다."

"그러십시오, 숙부님!"

항우는 신바람이 나서 기분 좋게 소리를 내질렀다. 그렇게 항씨 가문의 두 사람이 검무를 추게 되었다. 하지만 두 사람이 춤을 추는 목적은 완전히 달랐다. 항장은 유방을 죽이기 위해, 항백은 유방을 살리기 위해 춤을 추었다.

항백과 항장이 양쪽에서 칼을 휘두르며 안무를 선보였다. 항장이 유방에게 다가가 칼을 높이 치켜들면 항백이 냉큼 자기 칼로 막아섰다. 연회장에 울려 퍼지는 풍악이 끝날 때까지 항장의 시도가 몇 차례나 이어졌지만 유방을 노린 시해는 결국 성공하지 못했다. 범증이 그 광경을 지켜보며 마음속의 화를 억눌렀다.

그렇게 연회가 좀 더 이어지자 항우가 마침내 술상 앞에 고꾸라졌다. 술을 너무 많이 마신 탓이었다. 상장군 휘하의 장군들이 항우를 부축해 침실로 데려갔다. 어수선한 틈을 놓치지 않고 장량이 유방에게 귀엣말을 건넸다.

"무안후께서도 적당한 핑계를 대고 자리를 떠나십시오. 이곳에서 어떤 일이 벌어질지 알 수 없습니다."

유방이 그 말을 따르려 자리에서 일어나자 범증이 물었다.

"어디에 가십니까?"

"갑자기 배가 아파서 뒷간에 가려는 거요."

유방이 변소에 가는 척하고 연회장을 빠져나와 홍문을 나서려고 하자 문지기 병사들이 제지했다. 그때 진평이 와서 병사들에게 문을 열 것을 명령했다.

"편히 돌아가십시오, 무안후."

사실 진평은 유방을 처음 본 순간부터 마음을 빼앗기고 말았다. 유방의 기상이 남달랐기 때문이다. 진평은 유방을 해치려는 범증의 꿍꿍이를 눈치 채고 있었다. 하지만 천하를 품을 만한 최고의 호걸을 함부로 해쳐서는 안 된다고 생각했다. 진평 덕분에 유방은 무사히 패상으로 돌아올 수 있었다.

그런데 얼마 후, 술에 만취해 잠들었던 항우가 깨어났다. 보통 사람 같으면 술을 못 이겨 이튿날까지 깨어날 수 없었겠지만 항우의 몸은 크게 달랐다. 그는 다시 술을 마시고 싶어 유방을 찾았다. 그 소리를 듣고 혹시나 해서 홍문에 머물고 있던 장량이 나섰다.

　"무안후께서 술에 너무 취해 패상으로 돌아가셨습니다. 오늘의 은덕을 잊지 않겠다고 하셨으니, 조만간 상장군을 다시 찾아뵐 것입니다."

　그 순간, 항우의 낯빛이 벌겋게 달아올랐다. 그것은 단지 술기운 탓이 아니었다.

　"아니, 나에게 인사도 하지 않고 제멋대로 돌아갔다는 것이냐? 감히 나를 뭘로 보고!"

　항우는 분에 못 이겨 고래고래 소리를 내질렀다. 그때 범증이 화를 돋우었다.

　"제가 뭐라고 했습니까? 무안후는 겉으로만 예를 갖출 뿐 속이 시커먼 자입니다. 또한 여기 있는 장량도 주군을 부추겨 상장군을 모욕한 자이니 절대로 용서하지 마십시오."

　그 말에 항우는 완전히 이성을 잃은 듯했다.

　"여봐라, 당장 장량의 목을 베어라!"

　누가 상장군의 명을 거역할 수 있겠는가? 곧장 병사들이 들어와 장량의 목에 칼을 겨누었다. 그런데 장량이 겁을 먹기는커녕 짐짓 평온하게 말했다.

"상장군, 잠시 제 말에 귀 기울여주십시오. 오늘 연회에서 무안후를 죽이려는 음모가 있었습니다. 만약 그 참변이 일어났다면 백성들이 뭐라고 했겠습니까? 연회를 연다고 속여 놓고 정적을 살해했다 수군대지 않겠습니까? 지금 상장군께 대적할 자는 세상 어디에도 없습니다. 무안후도 상대가 되지 않기는 마찬가지입니다. 그러니 저를 살려 보내주십시오. 제가 패상에 돌아가서 진나라 황궁의 옥새를 상장군께 갖다 바치라 무안후에게 진언하겠습니다. 그렇게 관중왕이 되셔야, 상장군께서 명분과 함께 민심을 얻지 않겠습니까? 그럼에도 끝내 저를 죽이신다면, 무안후의 마음이 돌변해 옥새를 갖고 다른 제후를 찾아갈지 모릅니다. 부디 너그럽게 헤아려주십시오."

장량의 순발력에 범증은 잠시 할 말을 잊었다. 그 사이 항우는 장량의 이야기에 쏙 빠져들었다.

"네 말을 듣고 보니 과연 그렇겠구나. 천하의 기운이 나에 기울고 수십 만 대군이 있는데 졸장부 같은 짓을 저질렀다고 소문나면 안 되지. 네 말대로 어서 패상으로 돌아가 무안후를 설득해라. 순순히 옥새를 가져다 바치면 오늘의 무례는 더 이상 문제 삼지 않겠다."

"네, 분부대로 하겠습니다."

그렇게 장량은 홍문을 나와 패상으로 돌아올 수 있었다. 하지만 그는 패상으로 가지 않았다. 그랬다가는 정말 옥새를 항우에게 가져다주어야 했기 때문이다. 옥새를 가져주겠다는 약속을 어겼다가는 항우의 대군이 패상으로 몰려올 것이 뻔했다.

'안타깝지만, 무안후께 돌아가는 일은 훗날로 미뤄두어야 한다. 일단 한나라로 가서 성왕(成王) 폐하에게 몸을 의탁하자.'

장량은 집안 대대로 한나라의 충신 가문인데다, 일찍이 한나라 국왕의 배려 덕분에 유방을 도울 수 있었다. 그런 까닭에 그의 결정은 더없이 바람직했다.

하지만 그 사실을 알 리 없는 유방은 진심으로 장량을 걱정했다. 자신을 홍문에서 빠져나가게 한 뒤에도 그곳에 남아 있겠다고 한 그의 충정을 되새겼다.

"아, 자방이 아니었으면 난 죽음을 면치 못했을 거야……."

장량의 행방이 묘연하다는 소식은 항우에게도 전해졌다. 처음에 항우는 옥새를 갖지 못하게 돼 화가 치밀었지만 이내 그의 책략에 탄복했다. 아울러 주군의 안위를 걱정해 스스로 행방을 감춘 것에도 감동했다.

"무안후가 훌륭한 책사를 두었구나. 그를 찾아내더라도 섣불리 죽이지는 마라."

비록 자기 사람은 아니었지만, 항우는 장량을 함부로 대하고 싶지 않았다. 어쨌든 장량과 범증의 지략 대결은 그렇게 마무리되었다. 장량의 판정승 정도로 보아줄 만했다.

유방의 사람이 된 한신의 맹활약

무릇 인간에게는 천성이 있다. 항우와 유방도 마찬가지였다. 유방이 나름 덕을 가지려고 노력한 호걸이라면 항우는 철저히 힘을 앞세운 위인이었다. 항우는 함양에 머물며 생각에 잠겼다.

'진나라 황제가 항복했다고는 하나, 언제 문제의 불씨가 될지 모른다. 하루빨리 그 자를 없애야 해!'

더구나 그 무렵 흉흉한 소문이 돌기 시작했다. 항우 치하의 백성들이 유방을 그리워한 것이다. 백성들은 힘을 앞세운 지배자보다 자신들의 처지를 헤아려주는 지도자를 원했다.

'음, 이러다가 패상에 처박혀 있는 무안후를 다시 불러낼까 걱정이군. 안 그래도 그가 관중왕이니 뭐니 뒷소리가 들리는데 말이야……'

항우는 이런저런 고민에 밤잠을 설치는 날이 늘어갔다. 그러던 어느 날, 항우가 마침내 무언가를 결심한 듯 큰 소리로 명령했다.

"당장 삼세황제를 끌고 와라. 내가 그 자의 목을 벨 것이다!"

항우의 부하들은 급히 상장군의 명을 따랐다. 항우는 삼세황제를 저잣거리에 묶어놓아 수많은 백성들이 조롱하게 만들었다.

"권력이란 게 무상하기 짝이 없구먼."

"그러게, 일국의 황제랍시고 백성들을 오죽 억압했어야지."

백성들은 처참한 지경에 처한 삼세황제를 바라보며 한마디씩 수군거렸다. 그중에는 안됐다는 표정으로 혀를 끌끌 차는 사람들도 적지 않았다. 그때 항우가 저잣거리에 나타났다.

"칼을 가져오너라."

항우는 삼세황제를 직접 처단하려고 나섰다. 그는 천하를 호령하던 진나라 황제의 목숨을 스스로 끊어 자신의 위용을 자랑하려고 했다. 항우가 칼을 치켜든 채 성큼성큼 삼세황제에게 걸어갔다. 소거백마를 끌고 유방을 찾아가 옥새를 건네며 항복했던 삼세황제는 갑작스럽게 벌어진 끔찍한 상황에 이미 넋이 반쯤 나가 있었다.

"이놈, 네 죄를 알렸다? 나의 칼을 받아라!"

항우는 망설임 없이 들고 있던 칼을 휘둘러 삼세황제의 목을 베었다. 피가 울컥울컥 치솟더니 저잣거리를 빨갛게 물들였다. 하지만 그 일을 통해 자신의 위용을 자랑하려던 항우의 계획은 뜻대로 되지 않았다. 왜 유방이 장량의 조언을 들어 일찍이 삼세황제를 해치지 않았겠는가? 바로 민심 때문이지 않은가. 백성들은 항우의 난폭한 행동에 잔뜩 겁을 집어먹었다. 너나없이 마음속으로 몸서리를 치며 항우의 치하에서 어떻게 살아가야 하나 이만저만 걱정이 아니었다. 비록 폭정에 시달리기는 했어도 자신들의 눈앞에서 목이 잘려나간 진나라 황제의 마지막 모습에 불쌍한 감정을 느끼기도 했다.

그런데 항우의 거친 행동은 그것으로 끝나지 않았다. 그가 곧이어 또 다른 명령을 내렸다.

"이 황궁을 일컬어 아방궁이라고 하더냐? 이렇게 크고 화려하기만 한 흉물은 아예 없애버리는 것이 최선이다. 이곳에 당장 불을 놓아라! 이곳에 있는 금은보화를 챙기고, 장군들은 궁녀들을 마음껏 욕보여라! 진나라의 잔재를 남김없이 불태우고, 진나라의 궁녀들이 우리에게 복종하게 하라!"

항우의 거침없는 행동에 부하 장군들은 선뜻 이의를 제기하지 못했다. 범증이 너무 지나친 처사라며 막아보려고 했으나, 항우는 이미 설득할 수 있는 단계를 넘어서 있었다. 그는 홍문에서 시뻘겋게 불타오르는 황궁을 바라보며 흡족한 듯 웃음을 터뜨렸다.

"하하하, 이제 진나라는 완전히 멸망했다! 비로소 이 항우가 항씨 가문과 초나라의 원수를 갚았구나!"

진나라 황궁의 규모는 실로 대단했다. 불길이 전부 사그라지기까지는 백 일 가까운 시간이 필요했다. 그 사이 항우의 장군들은 황궁과 함양성을 마구잡이로 짓밟았다. 처음에는 쭈뼛대며 망설이던 이들도 시간이 지날수록 약탈과 겁탈에 동참했다.

그런데 그 무렵에도 여전히 자기 자리를 지키는 데만 충실한 장군이 있었다. 그의 이름은 한신(韓信)으로, 태생부터 원체 가난한 집안 출신인데다 재능을 알아주는 이가 없어 오랫동안 직급이 낮은 장군에 머물러 있었다. 그의 주요 임무는 항우를 경호하는 일이었다.

한신은 고향인 회음(淮陰)에 살았을 때 주변 사람들로부터 무시당하기 일쑤였다. 그럼에도 그는 쉽게 화를 내지 않는 성격이었다. 한번은 젊은 불량배가 일부러 그에게 시비를 건 적이 있었다.

"네가 체격이 좋고 칼도 즐겨 차지만 속은 겁쟁이가 아니더냐? 용기가 있으면 나를 찌르고 이 길을 지나가고, 그렇지 않다면 나의 가랑이 밑으로 기어가라!"

그것은 한신의 자존심을 건드리는 일이었다. 웬만한 사내라면 죽기 살기로 불량배에게 덤벼들 상황이었다. 차라리 무릎 꿇고 용서를 빌지언정 가랑이 밑으로 지나가는 수모는 겪지 않으려고 할 것이 분명했다.

그런데 한신은 달랐다. 그는 잠시 불량배를 물끄러미 바라보더니, 기어이 허리 굽혀 가랑이 사이를 천천히 지나갔다. 그야말로 과하지욕(袴下之辱)이었다. 마침 거리에 있던 사람들 모두 그 모습을 보고는 비웃음을 터뜨렸다. 그 사건으로 한신은 고향 땅에서 겁쟁이라며 조롱받는 신세가 되었다. 하지만 그날 한신은 배알이 없어 그런 행동을 한 것이 아니었다. 그는 섣부른 만용과 진정한 용기를 구별할 줄 아는 사람이었다.

한신이 아직도 불길이 사그라지지 않은 황궁을 바라보며 혼잣말을 중얼거렸다.

"상장군은 왜 진나라 황제를 참하고 황궁을 불태우는 것인가? 관중에 먼저 들어온 무안후의 처신과 너무 대비되지 않는가?"

한신은 원래 마음 내키는 대로 섣불리 행동하는 성격이 아니었다. 또한 무엇을 무작정 파괴하고 없애기보다 다른 쓰임새를 찾아보는 성격이었다. 그러다 보니 그는 항우의 행동이 이해되지 않았다. 오히려 유방에게 더 호감이 갔다. 한신은 나아가 항우의 행동이 몹시 어리석다고까지 생각했다.

그로부터 며칠 후, 한신이 보기에 항우의 결정이 이해되지 않는 일이 또 일어났다. 그날 항우는 범증과 함께 도읍에 관해 이야기를 나누고 있었다. 한신은 하우의 경호를 맡은 하급 장군이라 둘의 대화를 가만히 지켜보기만 했다.

"나는 이제 본격적으로 천하의 주인이 될 준비를 할 것입니다."

"그러려면 이곳에 기반을 닦으셔야 합니다. 장차 도읍은 어디로 하실 건인지요?"

"나는 팽성이 좋다고 생각합니다."

팽성이라면, 초나라 회왕이 우이에서 옮겨간 도읍이 아닌가. 그 말에 범증이 손사래를 쳤다.

"아니 될 말씀입니다. 도읍은 땅이 비옥한데다 요새와 다름없는 관중에 두어야 합니다. 일찍이 관중을 얻는 자가 천하를 얻는다고 하지 않았습니까. 우리도 이곳을 차지하기 위해 그동안 숱한 노고를 감내해왔고요."

"그래도 나는 팽성이 더 마음에 듭니다. 서초(西楚)의 패왕이 되고 싶습니다."

서초는 과거 초나라의 영토에 해당하는 지역이었다. 범증은 항우의 포부가 생각만큼 크지 않아 내심 실망스러웠다. 곁에서 둘의 대화를 듣고 있던 한신의 생각도 다르지 않았다.

'기껏 관중 땅과 함양성을 손에 넣고도 스스로 움츠러드는

구나. 천하를 품겠다면서 팽성을 떠나와 놓고 다시 팽성으로 돌아가겠다니, 이 무슨 뚱딴지같은 소리인가?'

그런데 주변 사람들이 자신에 대해 어떻게 생각하든 항우는 별로 신경 쓰지 않았다. 원체 다른 사람들의 말에 무감각한 데다 자기가 내린 결정에 자신감이 넘치는 성격이었기 때문이다. 항우는 날이 갈수록 언행에 거침이 없었다. 그는 천하의 지배자가 된 양 거리낌 없이 말하고 행동했다. 심지어 회왕에 대한 새로운 칭호까지 자기 맘대로 '의제(義帝)'라고 정했다. 언젠가는 의제를 권좌에서 내쫓고 자기가 그 자리를 차지할 야심을 품었다.

항우는 함양의 일이 어느 정도 진정되자 논공행상(論功行賞)을 시작했다. 그는 자신이 함양의 통솔자가 되는 데 누가 얼마나 큰 역할을 했는지 일일이 따져 벼슬과 재물을 하사했다. 항우는 무려 18명에게 '왕(王)'의 칭호를 내렸다. 이를테면 장한을 옹왕(雍王), 사마흔을 새왕(塞王), 동예를 곽왕(霍王), 영포를 구강왕(九江王), 항장을 교동왕(交東王)에 임명하는 식이었다. 그렇다면 항우 자신은 무엇인가? 그는 스스로 서초패왕이자 '왕 중의 왕'을 자임했다.

또한 항우는 범증을 승상의 신분으로 격상했고, 종리매와 계포를 우사마와 좌사마로 삼았다. 그 밖에 환초를 비롯해 몇몇 장군을 대장군에 앉혔고, 한신에게도 집극랑(執戟郞)이라

는 직위를 내렸다. 집극랑은 일종의 의장병으로, 여전히 말직
(末職)에 불과했다.

그런데 뭐니 뭐니 해도 중요한 것은 유방에 대한 처우였다.

"무안후는 어떻게 하는 것이 좋겠습니까?"

항우가 범증에게 넌지시 물었다.

"무안후를 한왕(漢王)에 봉해 파촉(巴蜀)으로 보내십시오.
그곳은 예로부터 길이 험하고 함양과도 거리가 멀어 귀양지로
쓰이던 땅입니다. 그리고 관중을 삼등분해 지키게 된 장한과
사마흔, 동예를 삼진(三秦)으로 삼아 파촉에서 나오는 길목을
지키게 하십시오. 그러면 서초 패왕께서 너그러이 은혜를 베
푸는 인상을 주면서, 무안후가 함부로 반역을 도모하지 못하
게 하는 묘책이 될 것입니다."

"거참, 기발한 생각입니다."

항우는 범증의 말에 크게 만족했다.

파촉은 한마디로 험산 준령의 오지였다. 항우와 범증은 유
방이 그곳에서 꼼짝없이 그렇고 그런 삶을 살다가 죽음을 맞
게 되리라 생각했다. 행여나 파촉을 벗어나 반역을 도모한다
면 장한과 사마흔, 동예가 초전(初戰)에 몰살시킬 것이라고
기대했다.

하지만 항우와 범증의 대화를 들은 한신의 생각은 달랐다.
그는 이미 함양의 민심이 항우를 떠났다고 판단했다. 게다가

장한은 20만에 달하는 부하 병사들을 죽음에 이르게 하고 나서 혼자 살아남아 영화를 누리고 있지 않은가. 만약 유방이 파촉에서 나와 다시 함양 땅으로 진격한다고 해도 백성들은 결코 장한 같은 항우의 장군들을 돕지 않을 것이 틀림없었다. 그런 민심의 변화를 항우는 짐작하지 못했다.

그 후에도 항우의 만행은 계속 이어졌다. 그는 함양의 황궁을 불태우고 막대한 재물을 챙긴 것도 모자라 진시황의 무덤을 파헤치라는 명을 내렸다. 그곳에 파묻어놓은 진귀한 보물들을 탐냈기 때문이다. 또한 의제에 대해서도 음모를 꾸미기 시작했다. 이제 항우에게 의제는 충성을 바쳐야 할 주군이 아니었다. 오로지 자신의 천하 제패에 걸림돌이 되는 허수아비 같은 국왕일 뿐이었다. 항우는 갖가지 핑계를 대며 의제를 침현(郴縣)으로 쫓아냈다. 팽성을 떠나는 의제의 발걸음이 무거웠다.

"이제 초왕의 권세를 막을 자가 아무도 없구나. 그의 성품이 원체 과격하니, 내 운명이 어떻게 될지 심히 염려스럽다."

의제가 자신을 보필하는 호위 장군에게 속마음을 털어놓았다. 의제는 항우에 대한 두려움에 잔뜩 사로잡혀 있었다. 그리고 그의 걱정은 머지않아 현실이 되었다. 항우가 의제를 감시하라며 보낸 장수가 과도한 충성심으로 큰일을 저지르고 만 것이다.

"너는 의제의 일거수일투족을 철저히 감시하라. 그리고 만약 수상한 낌새를 보이면 혼쭐을 내주어도 좋다."

"네, 명심하겠습니다!"

항우가 '혼쭐을 내주어도 좋다.'라고 한 표현은 받아들이기 나름이었다. 그런데 장수는 그 말을 '죽여도 좋다.'라는 의미로 해석했다. 실제로 그는 의제가 여러 장군들과 자주 회동하자 모반을 의심해 냉큼 칼을 휘두르고 말았다. 그렇게 초나라의 회왕, 아니 의제가 허무하게 죽음을 맞이하고 만 것이다.

항우의 진심이 무엇이었는지는 확언하기 어렵다. '혼쭐을 내주어도 좋다.'라는 말이 의제에게 강하게 경고를 하라는 것이었는지, 아니면 진짜로 목숨을 빼앗아도 괜찮다는 뜻이었는지 그 진실은 항우만이 알고 있었다. 단 한 가지 분명한 것은 그 일이 훗날 항우에게 골칫거리가 되었다는 사실이다. 항우에게 반기를 든 자들이 하나같이 의제를 죽인 그의 만행을 들먹였기 때문이다.

한편 패상에 머물던 유방의 장군들은 항우의 결정에 화를 참지 못했다.

"아니, 파촉이 뭡니까? 말이 좋아 한왕이지, 우리더러 오지에 파묻혀 있으라는 얘기 아닙니까?"

유방도 분노가 치밀기는 마찬가지였다. 그때까지 그 일만큼 유방을 화나게 한 것이 없다고 해도 지나친 말이 아니었다.

"이럴 수는 없다. 나를 관중왕으로 인정하지는 못할망정 파촉으로 내몰려 하다니……. 지금까지 참을 만큼 참았다. 이런 수모를 당할 바에야 항우와 맞서 싸우는 편이 나을 것이다!"

유방을 따르는 장군들도 하나같이 불끈했다.

"파촉으로 가느니 당장 홍문으로 가서 죽음을 각오하고 싸우는 편이 낫겠습니다!"

"그렇습니다. 우리의 힘도 만만치 않습니다!"

이때 장량이 유방의 곁에 있었다면 어떤 말을 했을까?

그런데 소하의 생각은 여느 장군들과 달랐다. 그는 유방의 화를 부추기는 대신 마음을 가라앉힐 것을 권했다.

"제 생각에는, 일단 서초 패왕이 한왕에 봉한 것을 받아들이시는 편이 나을 듯합니다. 파촉이 험한 곳이기는 하나 땅은 제법 비옥하다고 들었습니다. 또 험산 준령이라는 점이 달리 보면 천혜의 요새라는 뜻이기도 합니다. 그러니 그곳에 가서 우리의 힘을 더욱 강하게 만들 필요가 있습니다. 우리 병사들이 실전을 거듭하며 뛰어난 무예 실력을 갖추었다고는 하나 아직 서초 패왕에 비할 바는 아닙니다. 더 많은 훈련을 하고, 군량미도 좀 더 비축해야 합니다. 모름지기 열 걸음 전진하기 위해서 한 걸음 후퇴할 줄도 알아야 하는 법. 부디 파촉으로 가는 결정을 내려주십시오."

그제야 역이기도 소하를 거들고 나섰다. 결국 유방은 생각을 바꿔 파촉으로 가기로 마음먹었다. 그 인근 지역이 한중(漢中)으로 불리기도 해 한왕이 된 것인데, 그 결정도 순순히 받아들였다. 실제로 한중은 한수(漢水)가 흐르는 기름진 분지였다.

그런데 항우는 기꺼이 한중으로 가겠다고 한 유방을 더욱 견제했다. 그가 한중으로 데려갈 수 있는 병사의 수를 5만으로 제한한 것이다. 유방은 다시 화가 치밀었지만 대사를 그르치고 싶지 않아 간신히 참았다. 그때 한 병사가 서찰을 들고 유방에게 달려왔다. 그것을 받아 보니 장량이 보낸 편지였다.

"아, 자방이 무사하구나."

앞서 설명한 대로 장량은 한나라로 가서 성왕에게 몸을 의탁하고 있었다. 하지만 그의 마음은 언제나 유방을 염려했다. 장량은 유방이 한왕이 되어 파촉으로 떠나게 된 사실도 이미 전해 듣고 있었다. 서찰의 내용은 다음과 같았다.

'제가 지금은 사정상 한(韓)에 머물고 있으나 머지않아 한왕(漢王)을 뵈러 갈 것입니다. 하여 세 가지 말씀을 드릴 테니, 아무쪼록 귀 기울여주십시오. 첫째, 저는 장차 서초 패왕이 도읍을 팽성으로 옮기면 한왕께서 다시 함양을 차지하실 수 있도록 돕겠습니다. 둘째, 천하의 수령과 호걸들이 서초 패왕을 떠나 한왕의 수하에 스스로 들어가도록 만들겠습니다. 셋째, 저는 훗날 초를 멸망시키고 한을 굳건히 세울 인재들을 끊임없이 발굴해 한왕께 보내드리겠습니다. 그러니 한왕께서는 그들과 함께 한중에서 병사들을 잘 훈련시키고 계십시오. 그리고 관중으로 돌아오시게 되는 날, 제가 한달음에 찾아뵐 것입니다. 그것은 아마도 일이 년이면 충분히 성사 가능한 일이라 생각합니다.'

유방은 장량의 서찰을 읽고 천군만마를 얻은 듯했다. 무엇보다 장량의 신변이 무사한 것을 알게 돼 안도의 한숨을 내쉬었다. 그에게는 소하와 역이기 같은 책사가 있었지만 아무래도 장량에 대한 기대를 감추지 못했다.

며칠 후, 유방이 마침내 파촉으로 걸음을 옮기기 시작했다. 그런데 놀랍게도 일행 중에 한신의 모습이 보였다. 결국 그가 항우를 떠나 스스로 유방의 수하에 들어온 것이다. 항우는 말직에 있는 장군 하나쯤 다른 곳으로 간 것을 별로 신경 쓰지 않았다. 그의 자리는 곧 다른 경호 장군으로 채워졌다. 그가 훗날 맹장(猛將)으로 이름을 떨칠 줄 그때는 아무도 예상하지 못했다.

한신은 처음에 소하의 명령을 받으면서 병참 일을 맡아 보았다. 마음이야 당장이라도 대장군 역할을 하고 싶었지만 첫술에 배부를 수 없는 노릇이었다. 그는 언제가 때가 오리라 생각하면서 자기 임무에 최선을 다했다. 그에 비해 유방의 몇몇 장군들은 점점 꾀를 내는 모습을 보였다. 파촉으로 가는 길이 생각보다 훨씬 더 험난했기 때문이다. 그중 일부 장군과 병사들은 캄캄한 어둠을 틈타 어디론가 꽁무니를 내빼기도 했다. 길 떠난 지 보름 만에, 유방이 이끄는 병사들은 더없이 험한 벼랑을 만나 극심한 공포에 사로잡혔다.

"으악! 저기를 어떻게 지나간담?"

"차라리 전쟁터에 나가는 편이 낫겠어……."

그도 그럴 것이, 유방의 일행 앞에 나타난 잔도(棧道)는 그야말로 극악의 난이도를 보였다. 험한 벼랑을 따라 나뭇가지를 얼기설기 엮어 만든 부실하기 짝이 없는 길이었기 때문이다.

"저건 황천길과 다를 바 없어!"

유방도 잔도를 보고는 오금이 움츠러들 수밖에 없었다. 극악의 잔도 앞에서 어디론가 꽁무니를 내빼는 자들이 부쩍 늘어났다. 유방이 그들을 뒤쫓으려고 하자, 웬 일인지 소하가 만류했다.

"그냥 두십시오. 어차피 나약한 자들이라 함께한들 별 도움이 되지 않습니다."

유방이 듣고 보니 소하의 말이 옳았다. 유방은 장군들과 더불어 잔도를 지나는 일에 앞장섰다. 하지만 병사들의 발걸음이 좀처럼 앞으로 나아가지 못했다. 장군들이 병사들을 채근했지만 소용없는 일이었다. 그때, 어디선가 벼락같은 소리가 들려왔다.

"용기를 내라. 사내대장부들이 이깟 위험 앞에 몸을 사리면 안 된다!"

그의 불호령이 이어졌다.

"앞으로 나아가지 않는 자에게는 내가 몽둥이질을 할 것이다. 이곳만 지나면 머지않아 평탄한 길이 나올 것이니 모두 기운을 내라!"

그 소리에 몸을 움찔거리던 병사들이 온 정신을 집중해 잔도 위로 걸음을 옮겼다. 한신이 채찍과 당근을 병행해 병사들을 몰아붙인 것이 효과를 발휘한 셈이다. 그제야 유방의 일행이 눈에 띄게 앞으로 나아갔다.

"군사를 독려한 자가 누구인가?"

유방이 소하에게 물었다.

"한신이라고 하는 장수입니다. 서초 패왕 수하에서 말직에 있다가 한왕께 몸을 의탁해왔습니다. 지금은 병참 일을 맡아보고 있습니다."

"음, 그 자의 기개가 대단하군. 마치 대장군이라도 되는 양 군사를 지휘하지 않나."

그 와중에도 한신의 독려는 멈추지 않았다. 그의 우렁찬 목소리가 벼랑 위로 쉴 새 없이 울려 퍼졌다. 그 덕분에 유방의 군사는 무사히 잔도를 지나가게 되었다. 그런데 그때 유방이 뜻밖의 명령을 내렸다.

"우리가 지나온 잔도를 불태워라."

"아니, 왜 그러십니까? 잔도가 있어야 나중에 관중으로 돌아갈 수 있지 않습니까?"

유방을 호위하던 번쾌가 깜짝 놀라 물었다.

"관중으로 가는 길은 다시 만들면 된다. 지금은 잔도를 불태워 서초 패왕을 안심시키는 것이 중요하다. 우리가 스스로 잔도를 없앤 사실을 알면 장한을 비롯한 삼진도 더는 의심의 눈길을 보내지 않을 것이다."

그제야 번쾌는 유방의 생각을 헤아려 고개를 끄덕였다. 그런데 그것은 유방의 책략이 아니었다. 일전에 장량의 서찰을 받았을 때, 그 내용이 마지막에 적혀 있었다. 유방은 자신이 신뢰하는 책사의 조언을 흔쾌히 받아들였다.

계속 파촉을 향해 길을 걷던 어느 날, 유방이 소하에게 한신에 대해 다시 물었다.

"잔도를 지나올 때 병사들을 독려했던 한신이 지금은 무엇을 하고 있나?"

"여전히 병참 일을 하고 있습니다. 한데 병사들이 잔도를 지나가게 하는 데 큰 공을 세웠는데도 아무도 자신을 알아주지 않아 몹시 서운한 듯합니다. 한왕께서 불러 재능과 됨됨이를 한번 살펴보시지요."

유방은 소하의 의견을 받아들여 한신과 마주했다.

"자네의 활약에 대해 잘 알고 있네. 내가 큰 자리를 맡긴다면, 자네는 나에게 무엇을 해줄 것인가?"

"천하를 품게 해드릴 것입니다."

"뭐라, 지금 내게 천하라고 했나?"

"네!"

한신은 조금의 망설임도 없이 당당하게 대답했다. 유방은 그 모습이 썩 마음에 드는 눈치였다. 유방이 또다시 질문했다.

"지금 천하를 통솔하는 자는 서초 패왕이 아닌가? 한데 내가 어찌 천하를 품을 수 있단 말인가?"

"저는 서초 패왕인 항우 장군의 부족한 점을 잘 알고 있습니다. 그는 천하의 호걸들을 너그럽게 껴안을 만한 인물이 결코 아닙니다. 성격이 급하고 과격해서 언제 큰일을 그르칠지도 알 수 없습니다. 그에 비해 한왕께서는 아랫사람들의 신망을 얻는 훌륭한 분이라고 생각합니다. 결국 민심을 얻는 인물이 천하를 품에 안게 될 것입니다."

"그렇기는 해도, 나의 군사로는 서초 패왕의 군사를 당해낼 수 없네."

"네, 아직은 그렇습니다. 하지만 한왕께서는 본인의 부족한 점을 잘 알고 계시니 머지않아 그것을 해결하실 것이 틀림없습니다. 오히려 서초 패왕의 교만함이 자신을 몰락시킬 가능성이 굉장히 농후합니다."

그 말에 유방의 얼굴에 미소가 떠올랐다. 오랜만에 아주 괜찮은 인재를 발견한 듯해 마음이 흡족했다.

"자네 같은 사람이 어찌 지금까지 말직을 전전했단 말인가. 내가 지휘 장군에 임명할 것이니 충성심을 보여주게."

"감사합니다. 이 한 몸 한왕께 바쳐 천하를 품으실 수 있게 하겠습니다!"

한신은 곧장 무릎을 꿇고 머리를 조아렸다. 유방이 그를 일으켜 세우며 큰 소리로 웃음을 터뜨렸다.

얼마 후, 유방의 일행이 드디어 파촉에 다다랐다. 듣던 대로 땅이 비옥해 식량 걱정은 하지 않아도 될 것 같았다. 한수가 흐르는 분지에서도 작물이 매우 잘 자랐다. 험한 벼랑이 둘러싼 지형도 최고의 요새로 손색이 없었다. 유방이 장군들과 병사들을 모아놓고 큰 소리로 외쳤다.

"우리는 당분간 이곳에 머물 것이다. 모두 훈련에 매진해 하루빨리 정예병이 되도록 하라. 그러면 오래지 않아 관중 땅으로 돌아갈 날이 틀림없이 온다. 너희 모두 고향에 가서 처자식과 부모 형제를 만나게 될 것이다."

유방의 말을 들은 장군들과 병사들은 희망에 부풀었다. 얼마 전만 해도 파촉에 와야 하는 것을 알고 실망했던 것과 달리 이제는 새로운 기대가 충만했다. 병사들은 훈련 받는 틈틈이 관중으로 가는 길을 닦기 시작했다. 좀 돌아가는 길이기는 해도, 산림 사이로 조금씩 길을 내면서 너나없이 고향에 갈 수 있다는 꿈을 가졌다. 유방에 대한 소문을 들은 장정들이 계속 몰려들어 군사의 수도 빠르게 늘어갔다. 어느 현청에서는 수령이 직접 병사들을 데리고 와 수하에 들어오겠다며 자원했다.

세월이 물같이 흘렀다. 이제 길만 다 내면 관중으로 달려갈 수 있을 만큼 병사들의 무예 실력이 일취월장했다. 그러던 어느 날, 숲속에서 한 노인이 나타났다. 그가 유방을 만나 꼭 전할 말이 있다고 간청하자 병사들이 그를 한왕에게 데려갔다.

"저는 장한의 명을 받아 이곳을 정찰하러 온 심마니입니다. 하지만 제 마음은 오래 전부터 서초 패왕이 아니라 한왕께 닿아 있습니다. 아니, 저뿐만 아니라 관중의 백성들이 모두 한왕이 다스리던 시절의 평화를 그리워합니다."

"고맙소. 서초 패왕께서 백성들을 무척 힘들게 하나 보구려."

"그렇습니다. 여북하면 진나라 황제의 폭정과 다를 것 없다는 말이 나올 정도입니다."

노인의 말에 유방은 어서 관중으로 달려가고 싶은 마음이 굴뚝같았다. 문득 무엇이 생각난 표정으로 유방이 노인에게 물었다.

"심마니라고 하니, 산길을 속속들이 알고 있겠구려."

"그럼요, 파촉에서 이곳저곳 안 다녀본 산이 없는걸요."

"그렇다면 관중으로 가는 지름길을 알고 있소?"

"네, 잔도로 가는 것보다는 느리지만 제가 아는 길이 있습니다."

그러자 유방이 병사들을 시켜 열심히 만들고 있던 산길에 대해 설명했다. 노인이 그 이야기를 듣고 손사래를 쳤다.

"더는 산길을 내는 수고를 하지 않으셔도 됩니다. 저를 따라오시면 관중으로 가는 길을 안내하겠습니다."

그것은 유방이 듣던 중 반가운 소리였다. 심마니 노인 덕분에 관중으로 가는 일정이 대폭 줄어들게 되었다. 유방의 군사는 곧 출정 준비를 마쳤다. 병사들의 사기가 하늘에 닿을 듯 드높았다. 과연 노인의 안내를 받자 한결 수월하게 파촉을 벗어날 수 있었다. 그의 말마따나 잔도만큼 빠르지는 않았지만 잔도보다 훨씬 덜 위험해 병사들이 신바람을 냈다. 한신이 맨 앞에서 군사를 이끌었다.

"모두 힘을 내라! 관중 땅에 가서 우리의 실력을 보여주자!"

지난날 잔도를 통과했을 때처럼 한신이 이리저리 부지런히 움직이며 병사들을 독려했다. 그의 우렁찬 목소리가 산중에 메아리로 울려 퍼졌다. 열흘 하고도 며칠이 더 지나자 유방의 일행이 관중 북쪽 위수에 다다랐다.

"저들은 누구의 군사인가?"

장한이 유방의 병사들을 발견하고 소리쳤다.

"글쎄요……."

장한의 병사들은 한참 동안 자신들을 향해 진격해오는 무리가 유방의 군사인 것을 알아채지 못했다. 수십 개의 깃발을 앞세운 행렬이 가까이 다가오고 나서야 비로소 그 정체를 알고 화들짝 놀랐다.

"아니, 저것은 한왕의 군사가 아닌가!"

장한은 언제 유방이 파촉에서 들이닥칠지 모른다며 경계를 늦추지 말라고 했던 항우의 명을 떠올렸다. 그런데 그는 잔도가 불탔다는 소식을 듣고부터 긴장이 다 풀린 상태였다. 길이 없는데 어떻게 관중으로 온단 말인가. 그런 장한의 방심이 끝내 문제를 일으키고 만 것이다. 한신이 맨 앞에서 말을 달려 부하들을 지휘했다.

"서초의 병사들을 공격하라!"

한신의 명령에 따라 유방의 병사들이 적을 향해 기세 좋게 밀려갔다. 그에 비해 장한의 병사들은 이렇다 할 방어 전술을 펼치지 못했다. 한동안 전투가 없어 훈련을 게을리 한 탓이었다. 그도 그럴 것이, 당시만 해도 누가 감히 서초 패왕에게 반기를 들 수 있었겠는가. 장한의 병사들이 뒷걸음질 치기 바빴다. 그 모습을 본 한신이 심리전을 펼쳤다.

"달아나는 김에 아주 멀리 가거라. 다시 돌아오면 내 손에 든 장한의 손에든, 죽음을 면치 못할 것이다!"

장한의 병사들이 듣고 보니 맞는 말이었다. 유방의 군사에게는 대적할 용기가 나지 않았고, 그렇다고 나중에 장한에게 돌아가면 도망병이 되어버린 대가를 치러야 할 것이 뻔했다. 그럴 바에야 차라리 아주 먼 곳으로 달아나 숨어 지내는 편이 나을 것 같았다. 그렇지 않아도 전력 차이가 컸는데, 장한의 병사들이 그런 생각까지 하자 유방의 군사를 막아설 자는 아무도 없었다. 괜히 저항했다가는 한신의 칼에 목을 베이기 십상이었다.

"에라, 모르겠다. 일단 여기서 도망가야 목숨을 부지하겠구나."

장한의 병사들은 바람에 먼지 날리듯 뿔뿔이 흩어졌다. 그 광경을 지켜보던 장한이 함께 삼진을 형성했던 사마흔과 동예에게 지원을 요청했다. 하지만 그 병사들도 오합지졸이기는 마찬가지였다. 그들은 유방이 정예병을 이끌고 관중에 돌아왔다는 이야기만으로도 잔뜩 겁을 집어먹었다. 그런 병사들을 데리고 유방의 군사와 맞붙어봤자 백전백패(百戰百敗)가 불 보듯 뻔했다.

"우리 힘으로는 도저히 저들을 당해내지 못할 것입니

다……."

사마흔과 동예가 장한에게 한탄했다. 그러자 장한이 갑자기 칼을 빼들더니 자기 목을 찔러 자결하고 말았다. 너무나 갑작스런 상황이라 사마흔과 동예는 그를 제지하지 못했다.

알다시피, 진나라의 명장이자 충신이었던 장한은 항우에게 투항해 삶을 영위하는 중이었다. 그러나 그는 항상 항우에게 몰살당한 자신의 20만 병사들에게 죄책감을 갖고 있었다. 더구나 이제는 자신을 받아들여준 항우마저 볼 면목이 없어졌으니 더는 세상을 살아갈 명분이 없었다.

유방의 관중 재입성은 매우 성공적이었다. 백성들은 예상보다 더 반갑게 환호하며 유방 일행을 맞이했다. 그만큼 항우의 강압적인 통치 행위가 백성들을 불안에 떨게 했던 것이다.

"이제야 서초 패왕의 폭정에서 벗어나게 되었구나, 한왕 만세! 한왕 만세!"

유방의 책사들과 장군들은 백성들의 환대에 가슴이 뿌듯했다. 과연 유방의 지시대로 약탈을 삼가고 함부로 힘을 과시하지 않은 효과가 있었다. 마치 성군(聖君)을 맞이한 듯 백성들의 표정이 더없이 밝았다. 유방의 마음속에는 더 큰 야심이 불타올랐다.

"서초 패왕이 언제 공격해 올지 모른다. 진지를 튼튼히 구축하고, 한시도 경계를 게을리 하지 마라!"

유방이 근엄한 목소리로 부하들에게 명령했다. 이제 유방은 명실공히 관중을 지배하는 왕이 되었다. 언제나 대세를 따르려는 세상의 인심 때문일까. 하루가 멀다 하고 각지에서 호걸들이 몰려와 그의 수하에 들기를 자청했다. 그러다 보니 군사의 수가 금세 수십만 명으로 불어났다. 워낙 비옥한 땅이라 군량미를 비축하는 데도 아무 어려움이 없었다.

그때 항우는 팽성에 머물고 있었다. 그는 이제 자신을 스스로 초패왕(楚霸王)이라고 칭하며 권력의 단맛을 흠뻑 만끽했다. 그러다가 유방이 다시 관중에 입성했다는 소식을 듣고 깜짝 놀랐다.

"아니, 삼진이 유방 하나를 막지 못했단 말이냐? 역시나 진나라 출신 장수들을 믿는 것이 아니었다……."

"그보다 한왕의 군세가 매우 막강하다 합니다. 한신이 지휘 장군이 되어 병사들을 잘 통솔하고 있기 때문입니다. 게다가 한왕은 관중의 민심까지 얻어 섣불리 쳐들어가기 어려운 형편입니다."

항우는 곧장 관중으로 달려가 유방의 군사를 섬멸하고 싶었다. 하지만 범증이 아직은 때가 아니라며 말렸다. 항우는 분을 못 이겨 씩씩대면서도 가까스로 자신을 달랬다. 그러면서 자기 밑에서는 하급 장군에 불과했던 한신이 어떻게 그처럼 뛰어난 장군이 됐는지 이해되지 않아 고개를 가로저었다.

항우에게 쫓기는 유방

한왕 유방이 슬기롭게 관중을 통치하던 어느 날 반가운 소식이 들려왔다. 마침내 장량이 돌아온다는 전갈이었다.

"자방이 돌아온다면 내가 무엇을 근심하겠느냐? 어서들 마중 나가 그를 데려오라."

한왕은 조참을 시켜 장량이 안전하게 관중에 들어올 수 있게 했다. 얼마 뒤 장량과 마주한 유방이 함박웃음을 터뜨렸다.

"어서 오게, 자방. 너무나 보고 싶었네!"

두 사람은 홍문에서 일어났던 연회 사건 이후 실로 오랜만에 서로 손을 맞잡았다. 파촉에서 받았던 장량의 서찰이 그들의 마지막 소통이었다. 장량은 일이 년 안에 반드시 유방에게 돌아오겠다는 약속을 지켰다. 장량은 한왕에게 깊이 고개 숙여 예를 갖추었다. 그러고는 감격스런 목소리로 말했다.

"드디어 한왕께서 함양의 주인이 되셨습니다. 경하드립니다."

"이 모든 일이 자네 덕분이네."

유방도 장량의 공을 잊지 않고 치하했다. 두 사람은 그날 밤이 깊도록 술잔을 주고받았다.

며칠 후, 장량이 유방에게 한 가지 책략을 내놓았다.

"제가 초패왕에게 서찰을 보낼까 합니다."

"서찰이라니? 무슨 말인가?"

"요즘 제나라 국왕 전영(田榮)과 초패왕의 사이가 안 좋습니다. 제나라 국왕이 과거 초패왕이 의제를 살해한 것 등을 빌미로 다른 제후들과 회합해 공격하려 들기 때문이지요."

"그래서?"

장량을 바라보는 유방의 눈빛이 반짝였다.

"초패왕은 홍문의 연회 사건을 겪은 후 오히려 제게 호감을 가졌습니다. 언젠가 자기 사람이 될 수 있다며 착각하고 있지요. 그러니 제가 초패왕의 자존심을 잘 이용한다면 이곳 관중보다 제나라를 먼저 공격하게 만들 수 있습니다. 그렇게 초패왕이 도읍인 팽성을 비운다면 우리에게 좋은 기회가 찾아올수도 있습니다."

장량은 항우가 제나라와 전투를 벌이는 동안 나라의 힘을 더욱 키울 계획이었다. 자신이 한때 의탁했던 성왕의 한나라는 물론이고 서위왕(西魏王) 위표(魏豹)와 하남왕(河南王) 신양(申陽) 등을 모두 같은 편으로 끌어들여 병합할 자신이 있었다. 유방이 흔쾌히 그의 책략에 동의했다. 장량이 자필로 정성껏 서찰을 적어 항우에게 보냈다. 그것을 받아든 항우는 표정이 복잡 미묘했으나, 기분은 썩 좋아 보였다.

"장량이 내게 서찰을 보내다니, 언젠가는 나를 주군으로 섬길 생각이 있나 보군."

서찰을 다 읽은 항우는 장량의 예상대로 자존심이 무척 상한 눈치였다. 그 편지에 자신을 향한 제나라 전영의 험담과 비하가 가득 들어 있었기 때문이다. 항우는 얼굴이 금세 붉으락푸르락하더니 당장 제나라를 치기로 마음먹었다.

"네 이놈을 가만두지 않을 것이다! 만에 하나 제나라를 용서한다면 다른 제후들도 나를 만만히 여겨 도처에서 반란을 도모할 것이 틀림없다."

그러자 곁에 있던 범증이 나섰다.

"장량을 너무 믿지 마십시오, 대왕님."

이제 초나라 사람들은 항우를 '대왕님'이라고 부르고 있었다. 범증의 말을 들은 항우가 내심 언짢은 기색을 보였다.

"군사께서는 지난번에 장량과 지략 대결을 펼쳐 패하시지 않았습니까? 그가 비록 지금은 한왕의 수하에 있으나 저를 향한 충심도 꽤 크다고 생각합니다. 아울러 제나라 전영이 함부로 나대는 것 또한 명백한 사실이니 나를 막아서지 마십시오."

그 말을 들은 범증은 항우의 결심을 절대로 돌릴 수 없다고 판단했다. 그래서 조금 다른 방향으로 자신의 바람을 전했다.

"대왕님의 뜻이 그러하시다면 저 역시 충심을 다해 따를 것입니다. 다만 신속히 제나라를 굴복시킨 다음 내친 김에 함양까지 공격해야 합니다. 한왕의 세력이 커지는 것을 더는 지켜보고만 있을 수 없습니다."

항우도 그 같은 범증의 제안에는 고개를 끄덕였다. 자신이 생각하기에도, 함부로 관중에 돌아와 함양성까지 차지하고 있는 유방이 못마땅했기 때문이다. 그런데 그 시기 유방의 군사는 이미 50만 대군으로 불어나 있었다.

그로부터 얼마 후, 항우가 대군을 직접 지휘해 제나라 성양(城陽)으로 향했다. 그는 그리 길지 않은 시간 안에 제나라 전영을 굴복시킬 수 있을 것이라고 철석같이 믿었다. 하지만 세상일이 자기 뜻대로 쉽게 풀리던가. 항우의 자만심은 오히려 독이 되어 제나라의 반격에 몇 차례나 위험에 빠져들고 말았다. 가까스로 전열을 재정비해 맹공을 퍼부었지만 제나라 병사들의 저항이 만만치 않았다. 그러다 보니 그곳에 발이 묶여 옴짝달싹 못하는 형국이었다.

당연히 그때 팽성에는 주인이 없었다. 팽월(彭越) 장군이 남은 병사들을 통솔하며 지키고 있었으나, 항우를 비롯해 여러 장군들이 있을 때와는 비교하기 어려웠다. 유방은 단박에 팽성을 함락시킬 수 있으리라 자신감이 넘쳤다. 그런데 장량의 생각은 달랐다.

"아직은 때가 아닙니다. 한왕께서 좀 더 힘을 기르신 뒤에 팽성을 공격하십시오."

"초패왕이 없는 절호의 기회를 놓치란 말인가?"

"우리에게 힘이 있으면 아무리 초패왕이라고 해도 두려울 것이 없습니다. 또한 제나라 군세가 호락호락하지 않아 아직 시간이 있기도 합니다."

그런데 웬 일인지 이번만큼은 유방이 장량의 말을 새겨듣지 않았다. 한왕이 곧장 진격 명령을 내렸다.

환초와 팽월은 갑자기 들이닥친 유방의 군사를 발견하고 화들짝 놀랐다. 흙먼지를 뽀얗게 일으키며 달려오는 대군의 위세에 선공을 펼칠 엄두는 내지도 못했다. 그저 성문을 굳게 걸어 잠그는 소극적인 방어 전술을 펼칠 뿐이었다. 유방은 그들이 잔뜩 겁에 질려 있는 것을 눈치 채 굳이 전투를 벌이지 않고도 팽성을 차지할 수 있겠다고 판단했다. 유방은 팽월을 회유하기로 마음먹고 항복을 권하는 서찰을 보냈다. 그것을 읽은 팽월의 마음이 금세 흔들렸다.

'한왕의 군사와 맞섰다가는 모두 개죽음을 당할 따름이다. 그의 너그러움이 초패왕보다는 낫다고 하니 성문을 열어 목숨을 구걸하는 편이 나을 것이다.'

이렇게 생각한 팽월은 부하들에게 성문을 열라고 지시했다. 그러고는 이내 안으로 들어온 유방 앞에 엎드려 머리를 조아렸다.

"한왕 폐하의 용안을 뵙게 되어 영광입니다. 저를 거두어주시면 충성을 다하겠습니다."

팽월의 간청에 유방은 미소로 화답했다. 유방은 자신에게 투항하는 자를 함부로 벌하지 않는 인물이었다. 유방은 팽월의 안내에 따라 팽성 곳곳을 둘러보았다. 그런데 그의 발길이 왕궁 후원에 다다랐을 때, 믿기 어려운 광경이 눈앞에 펼쳐졌다. 그 후원에는 꽃보다 어여쁜 여인들이 꽃만큼 흐드러지게 여기저기 다소곳이 앉아 있었다. 유방도 그들의 아름다움에 취해 황홀한 표정을 감추지 못했다.

"아아, 초패왕이 제대로 환락을 즐기고 있었구나……."

유방은 즉시 연회를 열게 했다. 전투 한 번 하지 않고 팽성을 점령했으니 부하들을 격려할 필요가 있었고, 자신도 오랜만에 여인들과 함께 뒹굴며 육신의 쾌락을 즐기고 싶었다. 연회는 밤을 새고 다음날에도 이어져 모두들 술과 여인의 유혹을 만끽했다. 다만 팽성에 들어온 지 이틀 만에 장량과 한신은 일부 군사를 이끌어 함양으로 돌아갔다. 그들은 아무리 술에 취해도 본분을 잊지 않아, 자신들이라도 혹시 있을지 모를 항우의 공격에 대비해 함양을 지켜야 한다고 생각했다.

그런 가운데 유방은 여전히 술과 여색에 빠져 있었다. 번쾌가 곁에서 보기에도 유방이 지나치다 싶을 정도였다. 그런데 좀 이상한 일이었다. 아무리 여인들이라 해도 주군인 항우에 대한 충성심이 그토록 없을 수 있을까? 여인들은 끊임없이 유방의 비위를 맞추며 술독에서 허우적거리게 만들었다. 그들 중에서도 가장 외모가 뛰어난 여인들이 유방을 보필하며 쾌락에 쾌락을 더하게 만들었다. 그랬다, 그것은 일종의 미인계였다. 여인들은 유방의 경계가 흐트러진 틈을 타 제나라 성양으로 몰래 사람을 보내 상황을 알렸다.

"뭣이라! 유방이 팽성을 함락시켰다고!"

항우는 불같이 화를 내며 길길이 날뛰었다. 그의 분노가 이어졌다.

"내가 그놈부터 쳐 죽였어야 했는데……. 정녕 장량의 꾀에 내가 넘어간 것이란 말인가?" 여인들이 보낸 자의 말에 따르면, 유방이 술과 여색에 빠져 있는 형국이 그나마 불행 중 다행이었다. 만약 유방이 팽성을 점령한 뒤 철저히 경비했다면 어떻게 손을 써볼 도리가 없었기 때문이다. 항우는 애써 정신을 가다듬고 난국을 헤쳐 갈 길을 모색했다. 범증이 초패왕의 눈치를 살피며 책략을 이야기했다.

"적이 비록 대군이기는 하나 군기가 흐트러져 힘을 쓰지 못할 것입니다. 이곳은 종리매 장군에게 맡기고, 군사 3만을 통솔해 팽성으로 가시지요. 기습 공격을 펼치면 충분히 승산이 있습니다."

항우는 범증의 말을 흔쾌히 받아들였다. 그 역시 유방을 혼내주기 위해 더 이상 시간을 지체하고 싶지 않았다. 항우가 지휘하는 3만의 군사는 정예병이었다. 한 명의 정예병이 열 명의 술 취한 병사들을 상대하는 것은 식은 죽 먹기였다. 항우의 군사가 들이닥치자 여전히 술과 여색에 빠져 있던 유방이 어쩔 줄 몰라 했다.

"저들을 막아라! 저들의 목을 베어라!"

유방이 독려했지만, 밤새 술을 마신 병사들은 제대로 무기를 휘두르지 못했다. 목이 달아나는 쪽은 오히려 유방의 병사들이었다.

"으악! 적의 기습이다!"

그토록 용맹하던 유방의 병사들이 앞다투어 꽁무니를 내빼기 바빴다. 순식간에 10만 명의 병사가 죽음을 맞았다. 팽성과 그 주변에 핏물이 흥건했다.

유방은 많지 않은 수의 병사들과 함께 곡수(穀水)까지 쫓겨 달아났다. 항우가 그 주변을 포위한 채 벼락같이 소리를 내질렀다. 그의 손에는 용천검(龍泉劍)이 들려 있었다.

"유방, 네 이놈! 내가 한때 너를 형제로 여겼거늘, 이렇게 나를 배신한단 말이냐? 당장 이리 와서 나의 칼을 받아라!"

그 말에 유방도 지지 않고 외쳤다.

"누가 할 소리! 나를 파촉에 유폐시키려 했던 꿍꿍이를 모를 줄 아느냐?"

두 호걸의 기세가 막상막하(莫上莫下)였다. 번쾌가 유방 옆에 바짝 붙어 서서 경계를 늦추지 않았다. 그러나 전세는 이미 기울어 있었다. 항우가 환초와 계포를 보내 유방의 진영을 공격하자 남아 있던 병사들마저 뿔뿔이 흩어지고 말았다. 이제 유방의 곁에는 백여 명의 병사들만 남아 있었다. 그들은 깊은 숲속으로 몸을 피한 뒤 함양 쪽으로 터벅터벅 걸음을 옮겼다. 얼마나 길을 갔을까? 유방이 사방에 척후병으로 보냈던 병사들 중 하나가 놀라운 소식을 전했다. 그 병사는 후방을 살피다가 알게 됐다며, 사마흔과 동예가 유방의 가족을 사로잡아 항우에게 데려갔다고 말했다.

"아, 내가 어리석었구나. 자방의 말을 들었어야 했는데……. 팽성에서 쾌락에 빠져 정신줄을 놓으면 안 됐었는데……."

그것은 이미 뒤늦은 후회였다. 유방은 어떻게든 일신의 안위를 지켜 훗날을 기약할 수밖에 없다고 생각했다. 하지만 유방과 백여 명의 병사들은 크게 지쳐 점점 더 걸음이 늦어졌다. 그러던 중 그들 앞에 항우가 보낸 초나라 병사들이 나타났다. 유방이 서둘러 몸을 피하려고 했으나 소용없는 일이었다. 초나라 병사들이 유방 일행을 에워쌌다.

"내 운명이 여기서 다하는구나……."

유방은 길게 탄식하며 모든 희망을 내려놓았다. 그는 이제 곧 항우 앞으로 끌려가 목이 베일 신세였다.

그런데 이게 웬 일인가! 갑자기 동남풍이 거세게 불더니 흙바람이 무지막지하게 일어 지척을 분간할 수 없었다. 방금 전까지 기세등등하던 초나라 병사들이 급히 머리를 숙이고 눈을 비비느라 주변을 살피지 못했다. 유방 일행도 정신을 차릴 수 없기는 마찬가지였지만, 그때 어디에선가 한 줄기 빛이 나타나 유방이 달아날 길을 열어주었다. 유방 일행은 무작정 그 빛을 따라 내달렸다. 빛이 이끄는 곳이 어디든 항우의 병사들에게 붙잡혀 목숨을 잃는 것보다는 낫다고 생각했다.

동남풍은 머지않아 잦아들었다. 그 덕분에 유방은 가까스로 목숨을 지킬 수 있었다. 초나라 병사들은 유방 일행의 행방을 찾지 못했다. 그 일을 보고받은 항우가 눈썹을 찡그리며 어금니를 앙다물었다.

"유방에게 천운이 따랐구나. 분하다!"

유방은 다시 걷고 또 걸었다. 그때 멀리에서 한 무리의 말발굽 소리가 들려왔다.

"또 적들인가?"

유방이 근심어린 표정을 지었다. 그런데 수풀 속에 숨어 정황을 살펴보니 선두에서 부하들을 지휘하는 이가 하후영이 아닌가. 유방이 반가워 한달음에 그에게 달려갔다. 하후영도 유방을 발견하고 깜짝 놀랐다.

"한왕 폐하, 살아계셨군요!"

하후영은 서둘러 말에서 내려 예를 갖췄다. 그는 유방과 함께 팽성에 있었는데, 항우의 군사가 기습 공격을 해왔을 때 여러 번의 위기 상황을 극복하며 겨우 몸을 피했던 것이다. 그런데 놀랍게도 하후영이 유방의 아들과 딸을 보호하고 있었다.

"이게 어찌 된 일이냐?"

유방이 두 눈을 동그랗게 뜨고 물었다.

"제가 이곳에 오다가 한왕 폐하의 가족을 잡아가는 사마흔과 동예의 병사들과 맞닥뜨렸습니다. 어떻게든 가족 분들을 전부 구하려고 했는데, 중과부적(衆寡不敵)이라 아드님과 따님을 구하는 데 그쳤습니다. 송구합니다."

"아니다, 내가 못난 탓이거늘……."

유방은 항우에게 끌려간 아내 여후(呂后)와 아버지 생각에 슬픔이 북받쳤다. 그들이 당할 수모가 온전히 자신의 책임 같앗다. 그의 눈에서 끝내 눈물이 흘러내렸다. 그러자 하후영이 진지한 낯빛으로 유방에게 말했다.

"너무 상심하지 마십시오. 아직 어리지만, 태자께서는 안녕하시지 않습니까? 이렇게 폐하와 태자가 계시니 다시 국운을 드높일 수 있을 것입니다."

유방은 하후영의 말에 큰 위로를 받았다. 아내와 아버지 일은 안타깝지만, 그래도 아들과 딸이 무사해 다행이라고 생각했다. 유방이 아들과 딸을 품에 끌어안았다.

그 시각, 항우는 인질로 붙잡아온 유방의 아내 여후와 아버지를 바라보며 흡족한 표정을 지었다. 그렇다고 그들을 쉽게 해칠 마음은 먹지 않았다.

"가족이 여기에 있으니, 언젠가는 유방이 다시 모습을 드러내겠지. 그때까지 이들을 철저히 감시해라."

항우는 팽성을 되찾아 기분이 매우 좋았다. 만약 그가 어려움에 빠져 있는 상황이었다면, 유방의 가족이 더욱 참혹한 운명을 맞게 됐을지 알 수 없는 노릇이었다.

한신 덕분에 다시 일어선 유방

하후영을 만나 기력을 되찾은 유방은 함양으로 가려던 계획을 바꾸었다. 팽성의 일로 당장은 부하 장군들을 만날 면목이 없었기 때문이다. 게다가 때마침 장량이 보낸 사자(使者)가 유방을 찾아와 서찰을 건넸다. 거기에는 형양성으로 오라는 내용이 적혀 있었다. 그렇지 않아도 머물 곳을 찾던 유방이 서둘러 그곳으로 향했다. 속마음이 어떤지 알기는 어려웠지만, 수령 한일휴(韓日休)가 반갑게 유방 일행을 맞이했다.

"역시 자방이 나를 구해주는구먼. 형양성에서 다시 군사를 정비해야겠다."

유방이 혼잣말을 중얼거렸다.

지난날 팽성에서 행한 어리석은 짓은 유방에게 큰 후회로 남았다. 이제 천하의 대세는 항우에게 기운 듯 보였다. 한때 유방의 편에 선 것처럼 보였던 사마흔과 동예도 어느새 다시 항우에게 머리를 숙이고 있었다. 다만 항우 역시 승전을 거듭한 것치고는 실속이 별로 없었다. 따지고 보면 팽성도 자기 것을 되찾은 것에 불과했다.

유방은 형양성에서 절치부심(切齒腐心)했다. 다행히도 여전히 유방을 흠모하는 장정들이 적지 않아 하루가 다르게 군사가 늘어갔다. 번쾌는 물론이고 왕릉과 주발(周勃) 등도 군사를 이끌고 형양성으로 와 장수로서 유방을 보필했다. 주발은 훗날 한나라 건국에 네 번째 공신으로 평가받는 유능한 인물이다.

어느 날, 한동안 의기소침해 있던 유방이 장량을 찾아 물었다.

"이제 우리의 군사력도 어느 정도 위력을 회복했으니 새로 대장군을 임명해야겠네. 내 생각에는 한신 장군이 좋을 듯한데, 일전에 함양으로 돌아간 뒤 아직도 이곳에 찾아오지 않는 것을 보면 팽성 일로 단단히 실망한 모양일세. 그가 나에게 와서 대장군직을 맡으려 할까?"

유방은 자신이 저지른 과오 때문에 행여나 한신이 떠나지 않을까 이만저만 걱정이 아니었다. 그 마음을 눈치 챈 장량이 한왕을 달랬다.

"그 점은 염려 마십시오. 제가 함양으로 가서 그간의 일을 설명하면 흔쾌히 대장군직을 수락할 것입니다. 그런데 한신 장군 말고도 구강왕 영포와 지금은 양왕(梁王)이 되어 있는 팽월의 마음을 얻는 일 또한 중요합니다. 영포와 팽월이 한신 장군을 도와야 천하를 품을 수 있습니다. 세 장군에게 관중의 동쪽 땅을 하사하겠다고 약속하여 충성심을 드높이십시오."

"팽월은 이미 나의 사람이 되었으니 적극 협력하겠으나, 오랫동안 초패왕을 섬겨 온 영포는 어찌할지 모르겠군……."

당시 영포는 우방과 항우 사이에서 어느 편에 설지 저울질을 하고 있었다. 왜냐 하면 한때 초패왕의 심복이나 다름없었던 영포가 근래 들어 항우의 신임을 잃고 있었기 때문이다. 영포 스스로 그런 변화를 여실히 느끼고 있었다. 유방은 그 틈을 비집고 들기 위해 수하(隨何)라는 자를 영포에게 유세객(遊說客)으로 보냈다. 수하를 통해 유방의 마음을 전해들은 영포가 자신의 근심을 이야기했다.

"나는 지금까지 초패왕 항우에게 충성을 다했소. 한데 이제는 쓸모가 별로 없다고 생각하는지 나를 계륵(鷄肋)처럼 여기지 뭐요. 그래서 관중의 동쪽 땅까지 하사하겠다는 한왕의 제안이 솔깃하긴 한데, 혹시라도 초패왕이 나의 변심을 빌미삼아 보복하려 들까 걱정이오."

영포는 이렇게 말하며 수하의 눈치를 살폈다. 그러자 수하가 자신 있는 표정으로 말했다.

"그 점이라면 전혀 신경 쓰지 않아도 됩니다. 비록 한왕께서 초패왕에게 패한 이력이 있기는 하나 지금은 군사력을 완전히 회복했고, 민심도 포악한 항우에게서 멀어진 상태입니다. 자고로 민심은 천심이라고 하지 않습니까? 민심을 얻는 호걸이 최후의 승자가 되는 것이 세상 이치이니, 구강왕께서는 더 이상 좌고우면(左顧右眄)하지 말고 한왕의 사람이 되십시오. 그러면 초패왕의 보복도 근심할 까닭이 없습니다."

영포는 결국 수하의 말을 듣고 유방의 수하에 들어가기로 결심했다. 그렇게 장량의 책략대로 한신과 영포, 팽월이 유방의 군사를 앞장서 이끌게 되었다. 영포는 형양성으로 향하면서 자신의 정예 군사 3만까지 데려갔다. 그 덕분에 유방의 군사력이 더욱 강해졌다. 그 소식을 전해들은 항우는 낯빛이 붉게 달아오른 채 화를 참지 못했다.

"아니, 이놈들이! 한신과 영포, 팽월은 모두 내 사람이 아니었더냐? 내가 그 자들을 절대 용서치 않을 것이다!"

항우는 한때 자기의 부하였던 장군들이 유방 편에 서자 마음 깊이 복수심을 불태웠다. 하지만 왜 그들이 자기를 버리고 맞수의 수하에 들어갔는지는 고민하지 않았다. 그런 단순한 성격이 항우의 단점이었다.

그런데 항우의 부하였다가 유방 편으로 마음을 바꾼 장군은 또 있었다. 그는 진평이었다. 진평은 일찍이 홍문의 연회에서 병사들에게 성문을 열 것을 명령해 유방의 목숨을 구해줬던 항우의 장수였다. 게다가 그는 빼어난 무예 실력과 뛰어난 지략을 갖춰 진작부터 유방의 호감을 사고 있던 인물이었다. 유방은 두 팔 벌려 진평을 환영했다.

"자네는 내 생명의 은인이네. 나를 돕겠다니 정말이지 든든하기 그지없구먼."

"한왕 폐하께 충성을 다하겠습니다!"

진평은 신무군(信武君)이라는 칭호를 받을 만큼 항우의 신임을 받는 장군이었다. 하지만 여러 차례 항우의 단순하고 포악한 언행을 접하다 보니 주군을 향한 마음이 점점 멀어졌다. 그때 마침 유방을 만나 천하를 품을 만한 인격을 갖춘 인물이라고 생각한 것이다. 그렇게 유방은 새로운 부하 장수들을 영입해 세력을 더욱 키울 수 있었다.

어느덧 한왕 유방의 군사는 50만에 달했다. 그들이 먹을 군량미는 소하가 책임지고 맡아 조달했다. 장량의 장담대로, 머지않아 유방이 있는 형양성으로 온 대장군 한신은 병사들을 훈련시키느라 여념이 없었다. 그는 새로운 무기들까지 개발해 전력을 급상승시켰다. 그런 한신에게 유방은 무한한 신뢰를 보냈다. 단지 마음으로만 그러한 것이 아니라, 드넓은 땅과 보물을 하사해 사기를 북돋웠다. 사내대장부는 자기를 알아봐주는 주군을 위해 목숨을 내놓는다고 했던가. 한신은 항우와 달리 자신에게 대장군이라는 직위까지 내려준 유방에게 진심으로 충성을 맹세했다. 그는 유방이 천하를 얻는 데 온몸을 바치기로 작심했다.

그로부터 몇 달이 더 지나갔다. 마침내 때가 되었다고 생각한 한신이 유방에게 아뢰었다.

"저는 초패왕과 맞서 싸울 만반의 준비가 되었습니다. 언제든 공격 명령만 내려주십시오!"

유방은 자신감 넘치는 한신의 태도를 바라보며 매우 흡족해했다.

"대장군의 기세를 보니 마음이 든든하구먼. 그렇지 않아도 초패왕이 곧 전쟁을 일으킬 것이라는 정보가 있었네. 가만있다가 그들에게 선공을 당하느니 우리가 먼저 적을 치는 것도 좋은 전략이지. 대장군에게 군사를 통솔할 전권을 맡길 테니 초나라를 혼쭐내주게."

"네, 폐하의 명을 따르겠습니다!"

유방의 허락을 받은 한신은 곧 항우에게 선전 포고를 했다. 한신은 팽성으로 전쟁의 시작을 알리는 간략한 서찰을 보냈는데, 그 내용은 다음과 같았다.

'대장군 한신은 한왕의 명을 받아 초패왕 항우를 벌할 것이다. 초패왕에게는 크게 세 가지 중죄가 있다. 첫째, 초패왕은 스스로 왕위에 오르고자 초나라 회왕을 살해했다. 둘째, 초패왕은 관중 땅에 뒤늦게 들어서고도 온갖 폭정을 벌여 백성들을 탄압했다. 셋째, 초패왕은 오래전에 투항한 진나라 군사 20만을 생매장하는 끔찍한 만행을 저질렀다. 하여 대장군 한신은 대의를 바로세우기 위해 초패왕을 공격할 것이니, 참된 명분이 한왕 폐하와 나에게 있음을 만천하에 선포한다.'

항우가 그 서찰을 받고 불같이 화를 낸 것은 당연했다. 그는 자신의 경호 장군에 불과했던 한신이 유방의 대장군이 되었다는 것부터 매우 못마땅했다. 항우가 전투 준비를 명하기 위해 곧장 장군들을 소집했다. 그러자 곁에 있던 범증이 항우에게 말했다.

"폐하, 이것은 한신의 잔꾀입니다. 폐하를 흥분하게 해 전쟁의 우위를 점하려는 얄팍한 수작입니다. 그러니 일단 진정하시고 차분히 대비 태세를 갖춰야 합니다."

"군사께서는 무슨 걱정이 그리 많습니까? 한신은 내 수하에서 한낱 하급 장수였던 자입니다. 그가 지금은 대장군 운운하고 있으나, 뭐가 두려워 공격을 망설인단 말입니까?"

항우는 범증의 진언을 전혀 귀 담아 듣지 않았다. 그는 장군들에게 당장 출격 명령을 내렸다.

"총 공격을 감행하라! 한신의 목을 베어오는 자에게는 큰 상을 내릴 것이다!"

하지만 평정심을 잃은 사람이 전투에서 승리하기는 어려운 법 아닌가. 항우는 한신의 군사에 맞서 패배를 거듭했다. 매번 섣부른 공격 작전을 펼치다가 반격과 기습에 참패를 면치 못한 것이다. 물론 유방의 군사가 세를 부쩍 키웠다고는 해도, 아직까지 절대적인 군사력은 항우 쪽이 앞서 있었다. 그런데 전쟁의 승패란 것이 단순히 군사력만으로 갈리는 것은 아니었다. 무엇보다 지휘관의 슬기로운 책략과 병사들의 사기가 승부를 가르는 경우가 적지 않았다. 그런 측면에서 한신이 항우보다 한 수 위였다.

한신의 선전 포고를 담은 서찰에 흥분해 한달음에 팽성을 뛰쳐나갔던 항우는 결국 후퇴할 수밖에 없었다. 그는 성문을 걸어 잠근 채 범증과 상의했다.

"내가 군사의 경고를 무시한 대가가 큽니다. 앞으로 어떻게 해야 좋겠습니까?"

그제야 항우는 범증의 말을 따르지 않은 것을 후회했다. 자신이 그토록 무시한 한신에게 여러 번 당한 뒤에야 가까스로 현실을 받아들인 것이다.

"서위왕 위표에게 지원을 요청하십시오."

범증이 제안했다. 그런데 항우의 표정이 영 마뜩치 않아 보였다.

"위표는 자기 편의에 따라 유방과 나 사이를 오가는 믿을 수 없는 자입니다. 어찌 그런 자의 힘을 구걸하란 말입니까?"

항우의 말은 사실이었다. 위표는 한때 유방 편에 섰다가 인정받지 못하자, 지금은 항우에게 호의적인 성향을 드러내고 있었다. 그렇더라도 항우의 사정이 찬반 더운밥을 가릴 만큼 여유 있는 상황은 아니었다. 항우는 고심 끝에 범증의 말을 따르기로 했다. 위표도 이번 기회에 한신을 물리쳐 항우의 눈에 들고 싶어 지원 요청을 흔쾌히 받아들였다. 그러나 위표는 한신이 얼마나 뛰어난 장군인지 미처 알지 못했다. 그는 애당초 한신의 적수가 아니었다. 위표는 괜히 다른 나라들의 전쟁에 끼어들었다가 서위 땅까지 한나라에 빼앗기는 어리석음을 범하고 말았다.

한신에게 연패한 항우의 피해도 당연히 심각했다. 그의 장군들 중에 우영이 죽고, 환초는 심각한 부상을 입어 거동을 자유롭게 하지 못했다. 그나마 종리매와 계포가 이리저리 뛰어다니며 한신의 병사들에게 맞서 겨우 완패를 모면할 수 있었다. 자칫 항우도 생명의 위협을 느낄 만한 상황이 여러 차례 벌어졌는데, 그때마다 종리매와 계포가 포위망을 뚫어 항우를 구해주었다.

한신의 계속된 승전 소식에 유방은 기쁨을 감추지 못했다. 그는 대장군 한신에게 승상 벼슬을 내려 치하했다. 어느덧 한신은 입지전적 인물이 되어 있었다. 어디 그뿐인가. 다른 장군들과 병사들도 날이 갈수록 한신을 더욱 믿고 의지했다. 그의 기세가 워낙 드높아지자 이제 항우는 섣불리 공격 명령을 내리지 못했다. 항우는 팽성에 갇혀 책사들과 몇 날 며칠 토의를 거듭했지만 좀처럼 돌파구를 찾지 못했다. 그러자 한신은 상당수 군사를 형양성으로 돌려보낸 뒤 겨우 5만의 군사만 데리고 초나라를 경계했다.

그런데 한신이 맹활약을 펼치자 유방의 욕심이 점점 더 커져갔다. 그는 내친 김에 조나라도 손에 넣을 야심을 품었다. 말하나 마나, 한신이 있어 가능한 꿈이었다. 유방은 곧바로 한신이 머무는 전장에 전령을 보냈다.

"팽성이 닫혀 있으니 조나라부터 치시라는 폐하의 명입니다."

한신은 전령의 말을 듣자마자 유방의 생각을 알아차렸다. 연이은 전투로 몹시 지쳐 있었지만 한왕의 명을 거역할 수는 없는 노릇이었다. 아울러 유방이 천하를 품는 데 어떻게든 도움이 되겠다는 충성심 또한 대단했다.

그때, 형양성에서 유방이 장이 장군을 한신에게 보냈다. 그는 조나라 군사를 이끄는 진여와 사이가 좋지 않아 원한이 깊은 인물인데, 얼마 전부터 유방에게 몸을 의탁하고 있는 처지였다. 장이와 진여가 누구인가? 그들은 모두 진승의 부하로, 조왕(趙王)의 후손을 받들어 조나라를 재건한 인물들이었다. 한신은 진여에 대해 잘 아는 장이가 있어 다행이라고 생각했다. 한신이 곧 장군들과 작전 회의를 열었다. 한신이 먼저 장이에게 물었다.

"조나라에는 20만 대군이 있네. 그들이 진을 치고 있는 정형성(井陘城)도 천혜의 요새라 공격하기 쉽지 않아. 한데 더 큰 문제는 따로 있네."

"그것이 무엇입니까?"

한신의 말을 들은 장이가 고개를 갸웃거렸다.

"조나라의 책사인 광무군(廣武君) 이좌거(李左車)가 바로 가장 큰 걸림돌일세. 그는 전략 전술에 매우 능한 자로 소문이 자자하네."

그러자 장이가 별 일 아니라는 듯 심드렁한 표정을 지었다. 그가 한신에게 차분히 이야기했다.

"이좌거가 대단한 책사인 것은 맞습니다. 하지만 조나라에는 어리석기 짝이 없는 함안군(咸安君) 진여가 있으니 걱정 마십시오. 진여는 이좌거를 좋아하지 않아 아무리 기발한 책략을 내놓아도 선뜻 받아들이려 하지 않을 것입니다."

그런데 한신은 장이의 말을 듣고도 안심하지 않았다. 장이가 워낙 진여를 싫어해서 그와 같이 섣불리 판단하는 것이라고 생각했다. 한신은 특별히 몸이 날랜 병사들을 척후병으로 선발하여 정형성으로 보내 첩보 활동을 펼쳤다. 요주의 인물인 이좌거에 대한 경계를 한시도 게을리 하지 않은 것이다.

한편 그때, 조나라의 이좌거도 한신이 공격해왔다는 보고를 받고 잔뜩 긴장해 있었다. 한나라 군사가 비록 5만 명 남짓이었지만, 그들을 통솔하는 한신의 용맹과 뛰어난 지략을 잘 알고 있었기 때문이다. 이좌거는 즉시 진여를 만나 대책을 의논했다.

　"지금 한신의 군사는 초패왕도 두려워하지 않는 강군입니다. 게다가 우리의 사정을 속속들이 파악하고 있는 장이의 도움도 받고 있지요. 그러니 만반의 대비를 하지 않으면 큰 낭패를 당할 수 있습니다."

　이좌거가 심각한 표정으로 이야기했다. 그런데 진여는 괜한 호들갑을 떤다는 듯 시큰둥하게 대꾸했다.

　"우리에게는 20만 대군이 있는데 뭐가 그리 걱정이오?"

　"전투의 승패가 군사의 수만으로 결정 나는 것은 아니지 않습니까?"

　이좌거가 여전히 경직된 얼굴로 반문했다.

　"그렇다면 대체 어떻게 하자는 거요?"

　"한신의 군사와 무작정 맞붙어서는 승산이 없습니다. 다행이 이곳은 군량미를 운반하기 매우 까다로운 지형이니 적의 보급로만 끊어놓는다면 전투에서 이길 수 있습니다. 제게 정예병 3만 명을 내어주십시오. 그러면 몰래 정형성을 빠져나가 적의 후방을 치겠습니다. 기습 공격에 성공해 군량미 보급만

막으면 아무리 한신의 군사라 해도 힘을 쓰지 못할 것입니다. 그때 함안군께서 본진을 이끌고 나가 적을 섬멸하십시오."

과연 이좌거는 소문난 책사다웠다. 그러나 진여는 그의 책략을 받아들이지 않았다.

"20만 대군을 가진 우리가 그처럼 잔꾀를 부릴 필요는 없소. 나는 정공법으로도 충분히 승리할 수 있단 말이오."

이좌거는 자만심에 빠진 진여를 몇 번이나 거듭 설득했다. 그럼에도 장이가 예견한 대로, 진여는 책사의 조언에 전혀 귀를 기울이려고 하지 않았다.

"제발 한 번만 저의 충언을 헤아려주십시오······."

이좌거가 또다시 자신의 생각을 이야기하려 하자, 마침내 진여가 폭발하고 말았다.

"나는 조나라 국왕 폐하로부터 전권을 부여받은 신하요. 한데 책사 주제에 이리 감 놔라 배 놔라 하니 그 무례를 더는 두고 보지 못하겠소. 이번 전투에서 완전히 손을 떼고 저 멀리 후방에 가 있으시오!"

진여의 말은 이좌거에게 유배를 명령한 것이나 다름없었다. 자칫 생명이 위태로워질 수 있어, 이좌거는 더 이상 아무 말도 할 수 없었다. 그렇게 조나라 최고의 책사가 정형성을 떠나게 되었다. 척후병을 통해 그 사실을 전해들은 한신은 안도의 한숨을 내쉬며 기뻐했다.

한신은 당장 장군들을 불러 모아 작전 회의를 열었다. 그는 군사를 3개의 진(陣)으로 나누어 저마다 다른 임무를 맡겼다.

"제1진은 정형성과 가까운 숲속에 은밀히 숨어 공격 명령을 기다려라. 우리 한나라를 상징하는 붉은 깃발을 많이 만들어 두었다가, 조나라 군사가 정형성 밖으로 나오는 틈을 놓치지 말고 안으로 들어가 그것을 곳곳에 꽂아두도록 하라."

한신의 작전 명령은 거침없이 이어졌다.

"제2진은 배수(背水)의 진, 그러니까 정형성 밖에 있는 강물을 등지고 있다가 적이 나타나면 죽을 각오로 싸워라. 적을 섬멸하지 않고 후퇴했다가는 모두 강물에 빠져 죽게 될 것이다. 제3진은 선발대로 나가 정형성을 공격하라. 그러나 끝까지 맞붙어 싸우지는 말고 적절한 때에 뒤로 물러나 적을 성 밖으로 유인해라. 진여가 승기를 잡은 줄 알고 본진을 이끌어 밖으로 나왔을 때, 바로 제1진이 성 안으로 들어가 조나라 깃발 대신 한나라 깃발을 여기저기에 꽂을 것이다."

한나라 장군들은 한신의 치밀한 책략에 감탄을 금하지 못했다. 그런 책략이 그동안 펼친 치열한 전투들에서 승리를 가져다준 것이라는 사실을 새삼 실감했다. 한신을 향한 장군들과 병사들의 존경이 더욱 깊어질 수밖에 없었다.

이튿날, 날이 밝자마자 드디어 한신이 공격 명령을 내렸다. 제3진이 가장 먼저 앞으로 달려 나가 정형성을 공격했다. 그 사이 제1진은 산길을 통해 조용히 진격하여 정형성과 가까운 숲속에 주둔했다. 제2진은 강을 등진 채 정형성을 마주보는 진영을 갖추었다. 한신의 군사가 공격을 개시하자, 정형성 성곽에 서 있던 진여가 자신만만하게 소리쳤다.

"놈들이 온다! 20만 대군의 위력을 보여줘라!"

조나라 군사는 한나라 군사를 만만히 여겼다. 한신이 직접 지휘한 한나라의 제3진은 북과 꽹과리를 울리며 요란하게 전진하더니 이내 방향을 바꿔 달아나기 시작했다. 진여는 그 상황이 자신들의 힘이 강해서 벌어진 것이라고 착각했다. 거의 모든 조나라 병사들이 정형성에서 나와 한나라 병사들을 쫓아갔다.

"한 놈도 살려두지 마라! 한신의 목을 베는 자에게 큰상을 내릴 것이다!"

진여가 병사들을 독려했다. 그들은 주변을 살필 겨를도 없이 달아나는 상대를 뒤쫓기 바빴다. 그러나 제3진이 강가에 이르러 제2진과 합류하게 되자, 한신이 다시 말머리를 돌려 우레와 같은 목소리로 명령했다.

"우리의 뒤에는 큰 강이 있다. 강물에 빠져 죽기 싫으면 적과 맞서 싸워라!"

처음에 진여는 한나라 병사들이 배수의 진을 친 것을 보고 혀를 끌끌 찼다. 그렇게 퇴로를 막아놓았으니 스스로 독 안에 든 쥐 신세가 된 것이라고 생각했기 때문이다. 하지만 자신들의 선택지에서 후퇴를 삭제한 한신의 군사는 더없이 용맹했다. 어떻게든 적을 물리쳐야만 살아남을 수 있는 병사들에게는 두려울 것이 없었다. 그와 달리 조나라 병사들은 수세에 몰리자마자 너나없이 정형성으로 달아날 궁리부터 했다. 한신의 반격이 한층 더 매서워지자, 마침내 진여가 조나라 병사들에게 후퇴 명령을 내렸다.

"일단 성으로 돌아가자. 그곳에서 다시 전열을 정비해 적들을 물리쳐야겠다."

하지만 세상만사가 마음대로 될 리 있나. 미리 한신의 작전명령을 받은 제1진은 숲속에 숨어 있다가 조나라 군사가 성을 벗어나자마자 순식간에 모습을 드러냈다. 정형성 안에 남아 있던 소수의 조나라 병사들은 그들을 발견하고 어쩔 줄 몰라 하며 허둥댔다. 한신의 군사 제1진은 아무 난관 없이 정형성을 접수해 곳곳에 한나라의 깃발들을 꽂았다. 원래 있던 조나라의 깃발들은 땅바닥에 내팽개쳐져 병사들의 발에 마구 짓밟혔다.

그때, 정형성으로 돌아오던 진여가 성곽을 올려다보고 깜짝 놀랐다.

"아니, 왜 저기에 한나라의 깃발이 펄럭인단 말이냐?"

뜻밖의 광경을 본 조나라 장군들과 병사들도 소스라치게

놀랐다. 그제야 그들은 자신들이 책략에서부터 완패한 것을 깨달았다. 조나라 병사들이 사방팔방(四方八方) 서로 먼저 달아나겠다며 한바탕 난리법석을 떨었다. 진여가 병사들에게 고함을 치며 상황을 수습하려고 애썼지만 소용없는 일이었다. 얼마 지나지 않아 진여도 전의를 완전히 상실했다. 그가 말안장에 앉아 식은땀을 흘리고 있을 때, 한나라 장수 관영(灌嬰)이 달려들어 칼을 휘둘렀다. 곧 붉은 피가 솟구쳤고, 조나라 왕실을 쥐락펴락하던 진여가 비명조차 내지르지 못한 채 죽음을 맞았다.

또 한 번 한신의 완승이었다. 한나라 병사들의 칼과 창 앞에 조나라 병사들의 목이 추풍낙엽처럼 날아갔다. 한신이 통솔한 5만의 군사가 조나라의 20만 대군을 섬멸한 것이다. 함께 전투했던 번쾌와 조참, 주발 등이 모두 한 목소리로 한신을 추앙했다.

"대장군, 정말 대단하십니다! 모름지기 산을 등지고 물을 앞에 두라 했는데, 오늘 대장군께서는 배수의 진이라는 놀라운 책략으로 대승을 거두었습니다. 그야말로 세상에 없던 새로운 병법을 보여주셨습니다."

그날 한신의 승전에는 여러 가지 이유가 있었다. 그런데 장군들은 그중에서도 배수의 진에 가장 놀라워했다. 그것은 기존의 상식을 뛰어넘는 매우 획기적인 전략이었기 때문이다.

이제 한신은 용맹한 대장군으로뿐만 아니라 웬만한 책사를 능가하는 전략가로서도 명성을 떨쳤다. 게다가 그는 다른 인물을 인정할 줄 아는 포용력도 갖추고 있었다. 한신이 한 부하를 불러 명령했다.

"후방에 있는 광무군을 모셔오너라."

그렇게 이좌거를 만나게 된 한신은 깍듯이 예를 갖췄다. 진여의 오만함 때문에 조나라가 몰락했는데, 이좌거는 누구보다 큰 책임감을 느껴 시름에 잠겨 있었다.

"저는 평소 공을 존경해왔습니다. 앞으로 제게 힘이 되어주십시오."

"망국의 신하가 누구에게 힘이 될 수 있겠습니까? 어서 저의 목을 베십시오."

한신은 다시 한 번 이좌거의 인품에 반했다. 자기의 판단이 틀리지 않았다는 것을 안 한신은 몇 번이나 청을 거듭한 끝에 이좌거의 마음을 열 수 있었다. 그럼에도 이좌거는 당장 한신과 함께 행동하는 대신 몰락한 조나라에 머물기로 결심했다. 다만 언제든 한신이 부르면 찾아와 고견을 들려주기로 약속했다. 그 후 한신은 조나라의 형편을 잘 아는 장이에게 정형성의 통치를 맡긴 뒤 한나라 대장군으로서 자신의 역할에 충실했다.

그런데 얼마 지나지 않아 한신과 이좌거의 만남이 다시 이루어졌다. 유방이 연나라와 제나라도 정벌하라는 명령을 내렸기 때문이다. 이좌거와 마주한 한신이 자문을 구했다.

"한왕께서 미욱한 저에게 또 명을 내리셨습니다. 연나라와 제나라를 정복하려면 어떻게 해야 할는지요?"

한신은 멸망한 조나라의 책사 앞에서 조금도 건방을 떨지 않았다. 그는 자기가 아는 지식을 앞세워 상대를 얕잡아보는 방자한 인간이 아니었다.

"그동안 대장군의 군사가 연승을 거두기는 했으나 병사들이 지쳐 있는 것이 사실입니다. 그러니 싸우지 않고 이기는 것이 최선이 아닐까 생각합니다."

이좌거 역시 한신의 인품에 감격해 진심을 다해 조언했다.

"싸우지 않고 이길 수만 있다면 상책 중에 최상책이지요. 좀 더 상세히 얘기해주십시오."

이좌거를 바라보는 한신의 눈빛이 반짝였다.

"대장군께서는 섣불리 연나라와 제나라로 진격하는 대신 이곳에 주둔하며 병사들을 훈련시키십시오. 그러면 병사들은 곧 원기를 회복할 것입니다. 또한 초패왕과 진여의 군사를 무찌른 한군이 자신들을 공격하기 위해 훈련에 매진한다는 사실을 알면, 연나라와 제나라 왕들이 지레 겁을 집어먹을 것이 틀림없습니다. 그때 그들에게 항복을 권하는 글을 써서 보내면 효과가 있게 마련이지요. 그들도 대장군에게 무력으로 맞서봤자 금세 패할 것을 잘 알 테니까요."

"과연 훌륭한 책략입니다!"

한신은 이좌거의 말에 흔쾌히 공감했다.

그로부터 얼마 후, 한신은 수하를 불러 연왕(燕王) 장도(臧荼)에게 항복을 권하는 글을 쓰게 했다. 그런 다음 그 서찰을 연나라로 가져가 국왕을 설득하라고 명했다. 그 무렵 연왕은 한신의 군대가 곧 자신들을 칠 것이라는 소문을 듣고 두려움에 떨고 있었다. 몇 날 며칠 모사이자 유세객인 괴철(蒯徹)과 대책을 모색했지만 뾰족한 수가 떠오르지 않았다. 그때 마침 한신이 보낸 수하가 서찰을 들고 찾아왔다. 연왕이 급히 떨리는 손으로 편지를 펼쳐 읽어 내려갔다. 그 내용은 대략 다음과 같았다.

'한나라 대장군 한신이 연왕께 아룁니다. 제가 알기로, 천명(天命)은 오직 유덕(有德)한 곳으로 돌아갑니다. 진나라의 멸망을 비롯해 국왕까지 살해한 초패왕 항우를 향한 민심 이반(離叛)이 그 사실을 증명합니다. 그와 반대로 한왕께서 연전연승(連戰連勝)을 거듭하고 있는 것은 단지 군사력이 강해서가 아니라 덕이 높은 까닭입니다. 지금 이 순간에도 한왕의 덕을 흠모하는 천하의 호걸들이 제 발로 찾아와 함께하기를 소망합니다. 그런데 안타깝게도 연왕께서는 머지않아 천하를 품을 한왕께 복종하지 않으니 어찌 천명을 알고 있다 말할 수 있겠습니까? 저, 한신은 당장이라도 출병을 명령해 연나라와 전쟁을 벌일 수 있습니다. 그렇게 되면 초패왕 항우와 조나라의 진여를 물리친 한나라의 군사를 연왕께서 감당하지 못할 것이 틀림없습니다. 하여 연왕께 항복할 수 있는 시간을 드리는 것이니, 모쪼록 천명을 깨달아 스스로 한나라에 복속될 것을 선포하십시오. 그러면 연나라 백성들뿐만 아니라, 국왕을 비롯한 모든 신하들의 안위가 보장될 것입니다.'

한신의 항복 권유는 정중하면서도 도저히 거부할 수 없는 강권(强勸)이었다. 연왕은 잔뜩 긴장한 표정으로 곁에 있던 괴철과 잠시 귀엣말을 나누었다. 그러고는 수하에게 자신의 생각을 전했다.

"비록 나의 힘이 한나라에 미치지 못하나, 한왕이 아닌 대장군의 서찰 한 통에 냉큼 항복을 선언하기는 어렵다. 하여 그대와 함께 나의 책사 괴철을 대장군에게 보낼 테니 항복의 대가를 구체적으로 제안해주기 바란다."

한신의 서찰을 읽은 연왕은 이미 항복을 결심한 것이나 다름없었다. 그럼에도 협상을 벌여 그 대가를 조금이라도 더 얻어내려는 속셈이었다. 또 어쨌거나 한 나라의 국왕으로서 자존심을 지키고 싶은 마음도 있었다. 그렇게 수하는 괴철과 함께 한신의 진영으로 돌아왔다. 괴철이 대장군에게 인사를 올리자마자, 연왕의 계산을 훤히 꿰뚫어본 한신이 근엄한 목소리로 꾸짖듯 말했다.

"내가 충분히 알아듣게 이야기했거늘, 연왕은 어찌 해서 잔꾀를 부리려 드는 것이냐? 나는 진심으로 항복하지 않는 자에게 호의를 베풀 생각이 전혀 없다. 연왕이 정 그리 나온다면 당장 군사를 진격시켜 온 나라를 불바다로 만들 것이다. 한왕 폐하의 인덕(仁德)을 모독한 자의 최후가 어떤 것인지 보여주마!"

한신의 불호령에 괴철은 머리털이 쭈뼛 서는 것 같았다. 그리고 한나라의 대장군다운 기개에 자기도 모르게 고개가 숙여졌다. 한신이 그런 괴철의 모습을 살피며 짐짓 부드러운 목소리로 말을 이었다.

"어쨌거나 연왕이 보낸 사신이니 오늘 밤은 이곳에서 묵고 내일 연나라로 돌아가라. 연왕에게 내가 선전 포고를 하였음을 알려, 목숨을 구하고 싶으면 한시라도 빨리 항복을 선언하라고 충언하라."

괴철은 그 자리에서 한신이 자신의 목을 벨까 두려웠다. 간신히 시간을 번 괴철은 한신이 내준 숙소에 틀어박혀 밤늦도록 연왕을 설득할 궁리를 했다. 그때 이좌거가 그를 찾아왔다. 두 책사는 통성명을 한 뒤 마주앉아 이야기를 나누었다.

"천명을 따르지 않는 자의 최후는 죽음뿐이외다."

이좌거가 먼저 말문을 열었다.

"저 역시 그리 생각합니다. 다만 연왕께서 욕심을 쉬 내려놓지 못하는 터라……."

"작은 욕심이 큰 화를 불러오는 법이지요. 내일은 공께서 어떻게든 연왕을 설득해 하루빨리 항복 선언을 하게 만들어야 합니다. 연나라의 군사로는 한신 대장군을 막을 수 없으니까요. 그것만이 연왕이 살 길인 것을 알아야 합니다."

"……."

괴철은 이좌거의 충고를 듣고 더욱 마음을 굳혔다. 한신 앞에서 항복의 대가 운운하는 것은 죽음을 의미하는 것과 다르지 않았다.

이튿날, 괴철로부터 한신과 이좌거의 말을 전해들은 연왕은 급히 항복 선언을 하고 성문을 활짝 열었다. 대장군 한신은 그야말로 피 한 방울 흘리지 않고 연나라를 정복한 것이다. 적과 싸우지 않고 승리한 최선의 결과였다.

범증을 죽게 만든 반간지계

유방의 한나라가 조나라에 이어 연나라까지 정벌했다는 소식이 빠르게 퍼져갔다. 초패왕 항우도 그 사실을 모를 리 없었다.

"한왕을 더 이상 두고 볼 수 없습니다. 자칫 천하가 그의 손에 들어가면 어떡합니까?"

범증과 종리매가 항우를 찾아와 걱정했다. 항우도 그들의 생각과 다르지 않았다.

"지금 유방은 형양성에 머물고 있다. 마침 한신은 그곳에 없으니, 당장 군사를 진격시켜 형양성을 함락하라!"

초패왕 항우의 명을 받은 범증과 종리매는 곧 전투 준비에 돌입했다. 머지않아 그 정보를 입수한 유방도 가만있지 않았다. 한왕은 장량과 진평을 불러 초나라의 공격에 대비하게 했다. 당시 영포는 구강에 있었고, 왕릉은 몸이 무척 아픈 상태였다. 한신을 비롯한 여러 장군들이 형양성에 없는 마당에 그래도 가장 믿을 사람은 장량과 진평이었다.

"저희가 반드시 폐하를 지켜드리겠습니다! 다행히 형양성의 용도가 매우 견고하니, 그 길을 통해 군량미만 넉넉히 보급 받으면 오랫동안 초나라의 공격을 이겨낼 수 있습니다. 그 다음에 한신 대장군이 돌아오면 성 밖으로 나가 반격을 펼쳐 적을 섬멸할 것입니다."

진평은 자신만만한 표정으로 유방을 안심시켰다. 그의 말마따나 형양성의 용도는 병사들이 오가거나 군량미 등을 운반하기에 안성맞춤이었다. 지난날 거록성의 그것과 비교해도 훨씬 더 잘 만든 용도라고 할 만했다. 그 용도가 제 기능을 하는 한, 아무리 대군이 몰려와 형양성을 공격해도 쉽게 함락시킬 수 없었다.

하지만 초패왕 항우의 군사도 결코 만만한 수준이 아니었다. 한때 유방의 군사에 밀리기는 했으나, 한신 대장군이 없는 상황에서는 승패가 어떻게 될지 알 수 없었다.

"한신이 없을 때 형양성을 함락시켜야 한다. 모두 총공격을 펼쳐라!"

항우의 명령에 따라 초나라 병사들이 일제히 형양성으로 화살을 쏟아 부었다. 그러자 진평이 지휘하는 유방의 병사들은 성 안에 틀어박혀 극단적인 방어 전술을 폈다. 언제든 용도를 통해 군량미를 공급받을 수 있으니 시간이 자기들 편이라고 판단한 것이다. 그러다가 나중에 한신이 돌아왔을 때 힘합쳐 반격을 펼치면 계속 공격하느라 지친 적을 손쉽게 제압할 것이라고 믿었다.

"이대로는 안 되겠습니다. 우선 형양성의 용도부터 파괴해야 합니다."

범증이 항우에게 말했다.

항우는 종리매를 앞세워 용도를 집중 공략하도록 명령했다. 그러나 진평의 용맹과 지략이 초나라 병사들의 공격을 번번이 무력하게 만들었다. 용도의 일부를 망가뜨려봤자 금세 그곳을 복구했고, 야심한 밤을 틈타 용도에 접근하려고 하면 미리 함정을 파놓아 초나라 병사들을 몰살시켰다. 한번은 용도의 경계에 일부러 빈틈을 보였다가, 초나라 병사들이 한꺼번에 밀려드는 순간 매복시켜 둔 한나라 병사들이 대반격을 펼치기도 했다.

"음, 내가 뛰어난 장수 하나를 유방에게 빼앗겼구나⋯⋯."

항우가 뒤늦게 한탄했지만 돌이킬 수 없는 일이었다. 따지고 보면 그렇게 잃은 호걸이 하나둘이 아니었다.

형양성의 용도를 부수기 위한 몇 차례의 공격이 아무 소득 없이 끝나자 범증이 고민에 잠겼다. 그리고 무작정 무력을 사용하는 것으로는 해결책을 찾지 못할 것이라는 결론에 이르렀다. 범증이 항우에게 다른 책략을 이야기했다.

"형양성의 용도는 무엇보다 군량미 운반에 중요한 역할을 합니다. 저들은 황하 강가에 위치한 오창(敖倉)에서 군량미를 수급하지요. 그 통로만 끊을 수 있다면 아무리 좋은 용도가 있어도 무용지물(無用之物)일 것입니다."

"그렇군요. 군사의 말씀을 따르겠습니다."

항우는 범증의 말에 무릎을 쳤다. 초패왕은 곧바로 정예병을 선발해 오창 주변의 군량미 보급로를 파악한 뒤 그곳에 총공세를 펼쳤다. 진평과 장량도 미처 그에 대한 대비는 하지 못해 아무런 저항을 하지 못했다. 한나라 군사의 경계가 용도 자체에 편중되어 있었기 때문이다. 그렇게 며칠이 지나자 진평도 전략을 수정할 수밖에 없었다. 군량미가 더 부족해지기 전에 형양성 밖으로 나와 초나라 군사와 맞붙어 싸우기로 결심한 것이다.

그제야 초패왕의 병사들은 물 만난 물고기들처럼 뛰어난 무예 실력을 발휘했다. 그들은 직접 무기를 들고 겨루는 싸움에서는 누구에게도 뒤지지 않았다. 전세가 조금씩 초나라 쪽으로 기울어갔다. 아무래도 대장군 한신이 없는 까닭이었다.

"이제 적의 숨통을 끊을 날이 머지않았다. 모두 힘을 내라!"

"와아! 와아!"

항우의 독려에 초나라 병사들이 큰 소리로 함성을 내질렀다. 초나라 병사들이 사다리와 밧줄을 걸어 성벽을 기어오르자, 성 안의 한나라 병사들이 돌을 던지고 끓는 물을 부었다. 그야말로 필사적인 공격에 필사적인 방어였다. 한동안 초나라 군사가 승기를 잡는 듯했으나 한나라 군사도 더는 물러서지 않았다. 한나라 병사들은 형양성 밖으로 나와 치열하게 맞붙어 싸우다가도 이내 성 안으로 들어가 단단히 방어벽을 쌓았다. 그런데 문제는 군량미였다.

"관중으로 가시는 것이 어떻겠습니까?"

장량이 유방에게 물었다.

"한 번 꽁무니를 빼면 초패왕이 우리를 얼마나 우습게 여기겠나?"

"그렇기는 합니다만, 군량미가 바닥나면 저들을 당해내기 어렵습니다."

진평이 장량을 거들고 나섰다. 하지만 유방은 좀처럼 결단을 내리지 못했다. 이대로 뒷걸음질 치면 병사들의 사기마저 크게 저하될 것을 염려했기 때문이다. 그때 장량이 또 다른 책략을 이야기했다.

"형양성을 버리고 후퇴하는 것이 탐탁지 않으시다면, 협상을 통해 화평을 도모하는 것은 어떻겠습니까? 저들도 오랜 전투에 지쳐 있으니 적절한 보상을 제시하면 응할 것입니다."

"음, 화평책이라……."

유방은 곰곰이 생각에 잠기더니 장량에게 질문했다.

"그래, 어떤 보상을 제시한단 말인가?"

"이곳 형양성을 둘로 나누자고 제안하면 괜찮을 듯합니다. 우리는 형양성 서쪽 지역만 갖고, 형양성 동쪽 지역은 초패왕의 지배를 용인하는 것이지요."

장량의 대답에 유방은 조용히 머리를 끄덕였다. 그만하면 자존심과 실리를 모두 얻는 방책이었다. 그렇게 잃어버리는 형양성 동쪽 지역은 훗날 다시 되찾으면 될 일이었다. 유방은 형양성 밖에 진을 치고 있는 항우에게 사신을 보냈다.

"한왕께서 전하는 서찰입니다."

사신은 더없이 공손한 자세로 유방이 써준 서찰을 항우에게 건넸다. 그것을 다 읽은 항우가 묘한 표정을 지었다. 어느 한쪽으로 작심하지 못해 고민하는 모습이었다.

"이쯤에서 전쟁을 멈추자는 이야기로군. 형양성을 동서로 나눠 갖자니 어떻게 해야 하나……?"

그때, 범증이 손사래를 치며 단호히 말했다.

"안 됩니다! 우리가 오창 주변의 군량미 보급로를 끊은 뒤 저들은 지금 큰 어려움에 빠져 있습니다. 조금만 더 공격하면 형양성 전체를 얻을 수 있는데 이제 와서 전쟁을 멈추다니요. 한왕의 꿍꿍이에 속아 넘어가면 안 됩니다. 한신이 돌아오면 머지않아 우리를 다시 칠 것이 틀림없습니다!"

"군사의 말도 일리가 있습니다만, 군량미가 부족하기는 우리도 마찬가지입니다. 게다가 병사들도 많이 지친 상태잖습니까?"

범증의 만류에도 항우의 마음은 화평 쪽으로 기울어 있었다. 말하나 마나 처음에는 형양성 전부를 정복할 생각으로 군사를 일으켰으나 한나라의 저항이 예상보다 훨씬 더 거셌다. 더구나 언제 한신이 돌아올지 모르니 더 이상 시간을 지체하다가는 자칫 패전의 멍에를 쓰게 될 가능성이 있었다. 따라서 아쉽지만, 항우는 형양성 동쪽 지역을 갖는 절반의 성공으로 만족할 셈이었다. 초패왕의 결심이 굳은 것을 확인한 범증도 더는 반론하지 않았다.

항우는 유방의 사신 편에 화평 제안을 받아들이겠다는 답신을 써서 보냈다. 얼마 후, 그 서찰을 받아든 유방이 시름을 하듯 얕은 한숨을 내쉬었다. 비록 형양성의 절반을 잃게 됐지만 군사를 후퇴시키는 치욕은 모면한 까닭이었다. 그때 진평의 머릿속에 문득 한 가지 꾀가 떠올랐다. 그가 낮은 목소리로 한왕에게 건의했다.

"폐하, 초패왕에게는 범증이라는 뛰어난 책사가 있습니다. 사신의 말을 듣자 하니, 이번에도 범증이 전쟁을 멈추는 것을 극구 말렸다더군요. 그는 항우와 달리 우리의 계산을 꿰뚫어 본 것이 분명합니다. 그러니 범증을 그대로 두었다가는 폐하께서 천하를 품는 데 큰 걸림돌이 될 것입니다."

"나도 범증이라는 인물에 대해 잘 알고 있네. 하지만 오래 전부터 초나라 항씨 가문을 위해 충성을 다하는 그를 어떻게 할 수 있단 말인가?"

"반간지계(反間之計)를 써보면 어떨까요?"

"그게 무슨 얘긴가?"

"초패왕과 범증의 사이를 갈라놓자는 것입니다."

진평의 말에 유방의 두 눈이 동그래졌다. 곁에 있던 장량은 그 의미를 알아챘는지 가볍게 고개를 끄덕였다.

"어떻게? 그런 일이 가능한가?"

유방이 진평에게 거듭 물었다.

"국왕과 신하 사이를 망가뜨리는 사건 중에 단연 최고는 모반입니다. 범증이 모반을 도모한다는 소문을 퍼뜨리면 초패왕도 그를 절대 용서하지 않을 것입니다."

"그야 그렇지……. 그럼 자네가 그 일을 추진해보게."

유방은 진평의 모사(謀事)를 흔쾌히 받아들였다. 장량도 그 결정에 동의했다.

그로부터 며칠 후, 진평은 심복 몇을 불러 황금이 든 주머니를 건넸다. 그러고는 그것을 항우의 진영으로 가져가 은밀히 사람들을 매수하게 했다. 황금의 위력은 대단했다. 뜻밖에 황금을 횡재한 일부 초나라 병사들은 순식간에 헛소문을 퍼뜨리기 시작했다.

"자네, 범증 군사가 초패왕께 불만이 큰 것을 알고 있나?"

"왜?"

"군사가 초패왕을 위해 수차례 공을 세웠는데도 아무런 보상이 없었다지 뭔가. 종리매 장군도 마찬가지고. 그러니 어찌 불만을 품지 않을 수 있겠나? 자네라면 땅 한 평 하사하지 않은 국왕을 위해 계속 충성을 다하겠나?"

"어림없는 소리지."

시간이 흐를수록 이와 같은 대화를 나누는 초나라 병사들이 점점 늘어갔다. 병사들의 이야기는 금세 모반으로 확대되었다.

"군사 범증과 종리매 장군이 한나라와 내통한다더군."

"그게 정말인가?"

"이미 한왕에게서 많은 뇌물을 받았고, 훗날 한나라가 천하를 품으면 넓은 영토까지 받기로 약속했다지 뭔가."

그 소문은 오래지 않아 항우의 귀에도 들어갔다. 크게 흥분한 항우의 낯빛이 붉으락푸르락해졌다. 그는 소문을 진실로 믿었다.

"두 놈이 내 뒤통수를 칠 줄이야! 요즘 들어 사사건건 나의 결정에 토를 달더니 그런 꿍꿍이가 있었구나. 앞으로 기밀을 논의할 때는 그 자들을 멀리해야겠다."

그럼에도 항우는 당장 범증과 종리매를 벌하지 않았다. 아무리 욱하는 성격이라고 해도 확실한 물증이 있어야 그들을 처단할 수 있다고 판단했기 때문이다. 항우는 우자기(虞子期)를 불러 비밀스럽게 범증과 종리매를 감시하는 임무를 맡겼다. 우자기는 초나라 장수이자, 항우의 여러 왕비들 중 하나인 우미인(虞美人)의 오라비였다.

그로부터 다시 며칠이 지났다. 항우는 일전에 한나라 사신을 통해 화평을 약속했기 때문에, 이번에는 초나라 사신을 보내 예를 갖추고 구체적인 실천 방안을 논의할 필요가 있었다. 항우는 그 적임자로 우자기를 선택했다. 또한 우자기에게는 형양성으로 들어가 범증과 유방의 관계를 살피고 오라는 특별한 임무가 더해졌다.

"범증과 종리매가 저들과 내통하고 있다는 물증을 가져오

게. 만약 물증을 확보하기 어렵다면, 확실한 정보라도 얻어
와야 하네."

"네, 폐하."

항우의 당부를 들은 우자기는 곧 사신의 신분으로 형양성
에 들어갔다. 그는 한나라 장수의 안내를 받아 매우 호화로운
객실(客室)로 안내되었다. 그곳에는 이미 산해진미로 가득한
술상이 준비되어 있었다. 얼마 지나지 않아, 장량과 진평이
객실로 찾아왔다.

"반갑습니다. 우리는 화평을 약조한 사이니 술이나 실컷 마
십시다."

장량과 진평은 더없이 친근한 얼굴로 연거푸 술잔을 건넸
다. 또한 장량과 진평은 한나라의 진귀한 보물을 잔뜩 챙겨놓
았으니, 형양성에서 며칠 푹 쉬다가 가져가라고도 이야기했
다. 우자기는 그들의 성대한 접대에 어깨가 으쓱할 정도였다.

그런데 그것은 모두 장량과 진평이 사전에 계획한 일이었
다. 반간지계를 완성해가는 단계였던 것이다. 진평이 짐짓 시
치미를 떼며 말했다.

"범증 군사께서는 안녕하시지요? 오늘은 저희에게 어떤 비
밀을 전하라고 하시던가요?"

그 말에 우자기가 깜짝 놀라 고개를 가로저었다.

"아닙니다, 저는 범증 군사께서 보내신 것이 아니라…… 초

패왕의 사신으로서 화평책을 논의하러 온 것입니다."

그러자 장량과 진평의 얼굴빛이 순식간에 달라졌다. 그들은 방금 전과 달리 경계심 가득한 표정으로 이야기했다.

"아, 그렇군요. 우리는 범증 군사께서 보내신 분이라고 생각했습니다."

그러더니 장량과 진평은 자리에서 벌떡 일어나 객실을 나가버렸다. 그러면서 시중을 드는 하인들에게 일부러 큰 소리로 명령했다.

"여봐라, 저 분을 일반 객실로 모셔라. 초패왕의 사신이라니 그에 걸맞은 대접만 해드리면 된다."

"네, 알겠습니다."

하인들은 이내 우자기를 다른 객실로 안내했다. 그곳은 이전 방과 비교해 소박하기 그지없었다. 술상의 크기 역시 절반도 채 되지 않았다.

"이런, 저들에게는 초패왕의 사신보다 범증이 보낸 사람이 훨씬 더 귀한 손님이구나. 이 정도면 범증이 모반을 도모한다는 것도 헛소문이 아니겠네……."

우자기는 항우의 의심이 틀리지 않았다고 생각했다. 그날, 우자기는 홀로 술잔을 들이켜며 밤을 보냈다.

이튿날 날이 밝자, 우자기는 비로소 유방을 알현할 수 있었다. 그런데 그 장소가 내전(內殿) 한쪽에 있는 작은 전각(殿

閣)이었다. 그곳은 평소 유방이 다른 제후나 장군들에게 보내는 서찰을 쓰는 공간이었다. 그들로부터 받은 답장도 차곡차곡 보관되어 있었다. 우자기는 유방이 올 때까지 그곳에서 제법 긴 기다림의 시간을 가져야 했다.

"음, 화평을 위해 온 사신을 이리 홀대하다니……."

우자기는 전각 안을 휘둘러보다 귀퉁이가 삐져나와 있는 서찰 한 통을 발견했다. 그는 주변을 두리번거리며 그것을 꺼내 얼른 살펴보았다. 놀랍게도, 그 편지에는 항우의 군사에 관한 비밀 정보가 빼곡히 적혀 있었다. 더불어 항우가 화평책을 받아들일 수 있도록, 일부러 반대 의견을 제시하겠다는 이야기도 덧붙여져 있었다. 그것은 다른 사람이 자신의 뜻에 반대할수록 오히려 밀어붙이는 항우의 심리를 교묘히 이용하겠다는 말이었다. 서찰은 금은보화를 선물로 보내주어 고맙다는 인사로 마무리되었다.

우자기의 가슴이 두근거렸다. 군사에 관한 비밀은 범증과 종리매가, 화평 제안에 일부러 반대 의견을 내겠다는 말은 범증이 한 것이 틀림없다고 생각했다.

"그 자들이 이렇게 한왕과 내통하고 있었구나!"

그날 우자기는 유방과 만나는 것이 중요하지 않았다. 어차피 국왕들끼리 화평을 약속해 형양성을 나눠 갖기로 했으니 세부적인 안건들은 크게 신경 쓰지 않아도 될 성싶었다. 이번 사신 파견은 화평에 앞서 예의를 갖추는 방문이었고, 무엇보다 더 중요한 것은 은밀히 범증과 종리매의 배신을 확인하는 일이었다.

우자기는 유방을 만나기 전에 문제의 서찰을 품 안에 깊이 숨겼다. 범증과 종리매의 모반을 증명할 그보다 확실한 물증이 없었다. 그런데 그때 전각 밖에서 우자기의 행동을 살피는 사람들이 있었다. 다름 아닌 장량과 진평이었다.

"머지않아 우리의 반간지계가 성공하겠구려."

두 사람이 서로를 바라보며 흡족한 미소를 지었다.

그날 유방을 알현한 우자기는 서둘러 항우에게로 돌아갔다. 그러고는 무엇보다 먼저 형양성에서 가져온 서찰을 꺼내 건넸다.

"이것이 무엇이냐?"

"물증입니다."

항우는 처음에 그것이 유방의 편지이겠거니 생각했다. 그러다가 물증이라는 말에 급히 그 서찰을 펼쳐 읽어 내려갔다. 항우의 낯빛이 금방이라도 폭발할 듯 벌겋게 달아올랐다.

"이놈들을 용서하지 않겠다!"

항우는 당장 범증과 종리매를 붙잡아와 신문할 것을 명령했다. 먼저 범증이 항우 앞에 끌려와 무릎을 꿇었다.

"내가 군사를 그토록 신임했건만, 이렇게 배반할 수 있소?"

항우는 평소 성격답지 않게 범증에게 최소한의 예의를 갖췄다. 범증과 항씨 가문의 깊은 인연을 떠올렸기 때문이다.

"폐하, 이것은 한나라 책사들의 모함입니다. 반간지계로 폐하와 저의 관계를 깨뜨리려는 잔꾀입니다. 그러니 부디 속아 넘어가지 마십시오!"

범증은 간곡한 말로 항우를 설득하려고 했다. 하지만 항우는 그의 진심을 헤아리지 않았다. 오히려 더 크게 범증을 꾸짖었다.

"여기 물증이 있는데도 발뺌하려는 거요? 종리매와 함께 나를 기만하지 않았소?"

"폐하, 종리매는 누구보다 충성심이 강한 장군입니다. 폐하 휘하의 여러 장수들이 배신할 때도 그는 꿋꿋이 곁을 지키지 않았습니까? 그를 의심하지 마십시오!"

범증은 자신의 목숨이 위태로운 상황에서도 종리매의 결백을 주장했다. 항우 역시 범증은 몰라도 종리매는 모반을 도모하지 않으리라 생각했다. 장량과 진평도 우자기에게 범증이 보낸 사람이냐고 묻지 않았던가. 우자기가 물증으로 가져온 서찰에도 종리매가 배반했다는 구체적인 증거는 없었다. 항우가 다시 범증을 몰아붙였다.

"나는 군사를 절대 용서하지 않을 것이오. 물증도 충분하니 기꺼이 벌을 받으시오!"

그러자 모든 것을 포기한 듯, 범증이 기력 없는 목소리로 다시 말문을 열었다. 그의 눈에서 눈물이 흘러내렸다.

"그동안 폐하를 보필할 수 있어 영광이었습니다. 이렇게 모반을 의심받는 상황에서 제가 더 할 수 있는 역할은 없겠지요. 마지막 당부가 있다면, 이 늙은 신하가 고향으로 돌아가 삶을 마칠 수 있도록 허락해주십시오."

항우는 범증의 말에 순간 가슴이 먹먹했다. 천하에서 둘째가라면 서러워할 사내대장부에게도 일말의 측은지심(惻隱之心)이 있었던 것이다. 항우가 그 자리에서 범증의 목을 베는 대신 전에 없던 아량을 베풀었다.

"여봐라, 저 노인네를 어서 고향 땅으로 쫓아 보내라!"

그렇게 범증은 간신히 목숨을 부지한 채 고향으로 갈 수 있게 되었다. 하지만 초패왕의 군사이자 역양후(歷陽侯)라는 높은 작위까지 받았던 그의 귀향은 초라하기 짝이 없었다. 범증은 하인 한 사람이 이끄는 낡은 수레에 몸을 싣고 이리저리 덜컹대며 먼 길을 가야 했다. 그것은 일흔 살이 넘은 노인에게 힘이 부치는 여정이었다.

그래서였을까. 고향 팽성에 다다른 범증은 어느덧 깊은 병환에 시달리는 몸이 되었다. 종일 울화병이 치미는 데다, 등에는 주먹만 한 종기까지 생겨나 똑바로 누울 수도 없는 처지였다. 수십 일째 고열에 신음하던 그는 끝내 병에서 회복하지 못했다.

"아아! 내가 경솔하여 사사로운 감정으로 오만하게 굴었구나. 미리 하늘의 뜻을 헤아려야 했거늘······."

범증은 땀에 전 이부자리에 누워 혼잣말을 중얼거렸다. 그 후 기원전 203년 4월 어느 날, 마침내 범증이 일흔한 살의 나이로 숨을 거두었다. 봄볕이 따뜻해 산마다 꽃들이 흐드러진 날이었다.

그 무렵, 항우는 범증을 의심해 곁에서 내쫓은 것을 후회하고 있었다. 아무리 생각해봐도 그만한 충성심과 능력을 가진 책사가 없었기 때문이다. 게다가 종리매의 결백을 확인하고 나서는 자신이 반간지계에 넘어간 것을 내심 인정하는 상태였다.

'내가 어리석었구나······. 범증 군사의 마지막 조언대로 형양성을 공격해 함락시켜야겠다!'

항우는 마음속으로 이렇게 결심한 뒤, 초나라의 장군들을 전부 불러 모았다. 어떻게든 형양성을 정복해 하늘에 있는 범증을 기쁘게 해주고 싶었다.

형양성에서 쓰러져간 한나라의 호걸들

범증의 죽음을 알게 된 한왕은 기뻐했다. 유방은 처음 반간지계를 이야기한 진평을 치하하며 큰상을 내렸다. 그런데 항우가 다시 형양성을 공격한다는 정보를 전해 듣고는 긴장한 기색을 감추지 못했다. 자기가 아버지처럼 떠받들던 책사의 죽음을 겪은 항우의 기세가 대단했기 때문이다. 거의 실현 직전까지 갔던 화평의 약속은 이미 물 건너간 뒤였다.

"항백이 새 군사로 임명되어 군무를 총괄한다 합니다."

장량이 한왕에게 보고했다. 유방이 급히 장군들을 소집했다.

"아직 한신 대장군이 오지 않았는데, 머지않아 초나라 병사들이 총공격을 펼칠 것이다. 이 노릇을 어찌 하면 좋단 말이냐?"

유방의 말에 장량도 걱정스런 낯빛을 감추지 못했다. 그도 그럴 것이 한나라는 오창 주변의 끊어진 군량미 보급로를 아직 회복하지 못한 상태였다. 게다가 화평책을 펴기 전에 입은 여러 피해 탓에 병사들은 물론 성 안의 백성들까지 몹시 지쳐 있었다.

"제가 크게 염려하는 것이 하나 있습니다."

"그것이 무엇인가, 자방?"

"곧 장마가 시작되는데, 초나라 군사들이 형양성 인근 황하 강 지류에 둑을 쌓아두었다가 물이 불어나면 한꺼번에 무너뜨릴 수 있습니다. 그러면 우리는 수공(水攻)에 속절없이 전멸할 수밖에 없지요."

장량의 말에 유방은 소스라치게 놀랐다. 그와 같은 수공이 현실이 된다면 달리 막아낼 방법이 없었다.

　"그럼 어떻게 해야 한단 말인가? 우리가 먼저 성 밖으로 나가서 공격을 개시해야 할까?"

　"그것도 좋은 생각이 아닙니다. 차라리 한왕 폐하께서 훗날을 기약하며 이 성을 빠져나가는 편이 낫습니다."

　좀처럼 해결책이 떠오르지 않는 유방에게 진평이 작전상 후퇴를 언급했다. 하지만 그 역시 유방의 걱정을 해소하지 못했다.

　"곧 초나라 병사들이 성을 에워쌀 텐데 이곳을 빠져나갈 준비를 할 새가 있겠는가? 자칫 잘못하면 적들에게 발각돼 몰살당할 수 있네."

　유방이 근심어린 표정을 감추지 못하자 진평이 말을 이었다.

　"그래서 제 생각에는 거짓으로 항복 선언을 할 필요가 있습니다. 폐하로 변장한 장수를 성 문 밖으로 내보냈다가, 초군이 경계를 소홀히 하는 틈을 타 뒷문으로 말을 달려 나가시면 됩니다."

　진평의 이야기에 유방은 치욕을 느꼈다. 일전에 관중으로 가자는 제안을 거부했던 자신의 선택이 떠올랐기 때문이다. 하지만 어쩌겠는가. 당장 성 문 밖에는 복수심에 불타오른 항

우가 대군을 이끌고 와 진을 치고 있는 것을. 차라리 반간지
계를 펴지 않고 화평을 맺었으면 어땠을까 싶었지만 후회해도
소용없는 일이었다.

　그런데 진평의 말을 따른다 해도 문제는 또 있었다. 항우가
거짓 항복인 것을 알면 결코 살려두지 않을 텐데, 어느 장수
가 유방을 살리기 위해 목숨을 바친단 말인가. 당시 형양성에
는 마땅히 떠오르는 인물이 없었다. 유방이 그것을 고민할 때
진평이 말했다.

　"기신(紀信)과 주가(周苛)라면 그 임무를 기꺼이 맡을 것입
니다."

　기신과 주가는 한왕과 고향이 같은 사람들이었다. 그들은
신분이 높은 장군이 아니었으나 한왕에 대한 강한 충성심으로
전장을 누비고 다녔다. 진평은 일찌감치 가까운 친구 사이인
두 장군의 활약을 주목하고 있었다. 그들이라면 한왕을 위해
몸을 사리지 않을 것이라고 믿었다. 특히 기신은 겉모습이 유
방의 풍채와 비슷해 적들이 착각하기 십상이었다.

　진평이 먼저 기신을 불러 물었다.

　"자네는 국왕이 위험에 처했을 때 어떻게 행동해야 한다고
생각하나?"

　"그야 목숨을 바쳐 국왕을 구해야지요. 그것이 주군을 모시
는 신하의 도리 아닙니까?"

"그렇다면 자네가 한왕 폐하를 대신할 수 있겠나?"

"그게 대체 무슨 말씀인지요?"

기신은 갑작스런 진평의 제안에 고개를 갸웃했다. 그러자 진평이 항우의 총공격에서 유방을 살리려는 자신의 책략을 설명했다. 그 이야기를 다 들은 기신이 큰 소리로 다짐했다.

"제가 기꺼이 그 일을 맡겠습니다. 폐하를 살릴 수만 있다면 불구덩이인들 뛰어들지 못할 까닭이 없습니다!"

과연 기신의 성품은 진평이 예상한 그대로였다. 진평이 곧 기신을 데리고 유방이 있는 내전으로 들어갔다. 그런데 진평의 보고를 받은 유방의 얼굴이 밝지 않았다.

"기신이 충심을 다해 나를 살리려는 마음은 고맙네. 하지만 나를 대신해 다른 사람을 사지로 내모는 것은 못할 짓이네……. 백성들이 어찌 나를 인자한 사람이라고 평하겠는가?"

그때 드디어 형양성 밖에서 초나라 군사의 맹공이 시작되었다. 그러자 기신이 한왕 앞에 무릎을 꿇으며 말했다.

"군량미 보급까지 끊긴 마당에 초군의 공세를 막아내기는 쉽지 않습니다. 자칫 적에게 이곳을 짓밟히는 날에는 폐하뿐만 아니라 저희 모두 목숨을 부지하기 어렵습니다. 그러니 진평 장군의 책략대로 성을 빠져나가 훗날을 기약하십시오. 제가 폐하를 대신해 죽는 것은 크나큰 영광입니다. 부디 저의 이름을 후세에 남길 수 있게 허락해주십시오."

기신의 말은 진심이었다. 한왕은 물론이고 그의 모습을 지켜보는 진평도 깊이 감격했다. 유방이 기신을 손을 맞잡고 눈물을 글썽였다.

진평은 내전에서 나와 곧바로 거짓 항복 작전을 진행했다. 우선 역이기에게 항복 선언문을 쓰게 한 뒤, 기신과 함께 주가를 만났다. 진평은 그에게 기신이 어떤 임무를 맡기로 했는지 자세히 설명했다. 그러고는 비장한 얼굴로 주가의 임무를 이야기했다.

"자네는 기신과 절친한 사이로 알고 있네."

"네, 그렇습니다."

"기신이 폐하로 분해 거짓 항복을 할 때 다른 장군들과 백성들은 이곳을 빠져나갈 것일세. 그때 자네가 여기에 남아 초군을 막아줘야 하네. 거짓 항복이 발각되면 초패왕이 크게 분노해 총공격을 감행할 것이 틀림없으니, 자네가 최대한 시간을 벌어줘야 하네."

진평의 말에 주가가 보인 반응은 기신과 똑같았다. 친구를 보면 그 사람을 알 수 있다고 했던가, 주가 역시 자신의 생명을 바쳐 유방을 살리려고 마음먹었다. 이제 거짓 항복 작전을 위한 만반의 준비가 끝났다.

그날 형양성을 향한 항우의 공격은 밤늦도록 이어졌다. 이

틑날 날이 밝자마자, 진평은 역이기가 쓴 항복 선언문을 사신을 통해 항우에게 보냈다. 그것을 본 항우가 시큰둥하게 콧방귀를 뀌었다.

"쳇, 형양성 동쪽을 떼어주니 어쩌니 하더니 이제 와서 나에게 항복하겠다는 것이냐? 그렇게 기고만장하더니, 유방도 드디어 천하의 주인이 누구인지 알게 됐나 보구나."

항우는 상대가 항복하겠다는데 굳이 거절할 이유가 없었다. 그가 거드름을 피우며 사신을 윽박질렀다.

"진심으로 항복하겠다면, 한왕이 오늘 당장 성문을 열고 나와 내 앞에서 머리를 조아려야 할 것이다. 그렇지 않으면 초나라 군사의 매서운 맛을 보게 될 것이야!"

"네, 그리 전하겠습니다."

진평이 보낸 사신은 한달음에 형양성으로 돌아와 항우의 엄포를 전했다. 진평이 서둘러 기신에게 한왕의 옷을 입혀 성 밖으로 나갈 채비를 했다. 그와 동시에 장량은 진짜 한왕의 짐을 꾸려 형양성 뒷문으로 빠져나갈 준비를 마쳤다. 여러 장군들이 한왕을 호위했고, 많은 백성들이 그 뒤를 따랐다.

얼마 뒤, 기신이 탄 국왕의 수레가 성문 밖으로 나갔다. 몇몇 신하와 하인들이 발소리를 죽이며 수레를 따라갔다. 그들은 수레에 탄 인물이 기신인 것을 알아채지 못했다. 진평은 너무 많은 사람들이 거짓 항복 작전에 대해 알면 비밀이 누설

될까 염려해 그들에게 미리 말하지 않았다. 항우가 거짓 항복에 분노하면 모두 목숨을 잃을 가능성이 컸으나 대의를 위한 어쩔 수 없는 희생이었다.

기신은 일부러 수레의 속도를 늦추었다. 유방이 몸을 피할 시간을 조금이라도 더 벌어주기 위한 계산이었다. 항우가 그 모습을 지켜보며 안달했다.

"뭐, 저런 느림보가 있느냐! 설마 내 앞에 머리를 조아리고 싶지 않은 것이냐?"

그러면서 항우는 곁에 있는 심복에게 귀엣말을 건넸다.

"특별히 무예가 뛰어난 자 백 명을 매복시켜라. 나중에 내가 명령하면 득달같이 달려 나와 한왕의 목을 베도록 하라."

초패왕은 이번 기회에 한왕 유방을 아예 죽여 없앨 작정이었다. 그것은 항복한 적에게 해서는 안 될 행동이었지만, 애당초 항우는 그런 전장의 관습을 따지지 않았다. 잠시 뒤 기신의 수레가 가까이 다가오자, 초나라 진영에서 한 장수가 크게 소리쳤다.

"패왕(敗王)은 그만 수레에서 내려 예를 갖추어라!"

그제야 기신은 수레를 장식한 장막을 거두고 천천히 모습을 드러냈다. 얼핏 보기에는 영락없는 한왕 유방이었다. 하지만 그가 땅을 디뎌 몇 걸음 옮기자 이내 정체를 알아보는 이들이 있었다.

"아니, 저 자는 한왕이 아니다!"

"그러게. 너는 누구냐?"

주변이 소란스러워지자 항우도 직접 수레에서 내린 인물을 유심히 살펴봤다. 어떻게 그가 유방을 못 알아보겠나. 항우가 버럭 고함을 내질렀다.

"네, 이놈! 진짜 유방은 어디에 있느냐?"

그러자 기신이 품에 감추고 있던 칼을 빼들며 외쳤다.

"네가 감히 한왕 폐하를 왜 찾느냐? 너 같은 폭군은 나, 기신의 칼에 죽어 마땅하다!"

기신은 우레와 같이 소리치며 항우를 향해 달려들었다. 그 순간 항우가 매복시켜두었던 무사들이 일제히 달려 나와 기신을 공격했다. 금세 온몸이 피투성이가 된 기신이 땅바닥에 고꾸라지면서도 두 눈을 반짝였다.

"으으, 내 손으로 초패왕을 죽이지 못해 원통하구나……. 한왕 폐하, 만세!"

기신은 곧 숨이 끊어졌지만 항우는 분을 삭이지 못했다.

"이 자를 불태워라! 시신 한 조각 남지 않게 없애버려라!"

항우는 이미 죽은 기신의 사체에 분풀이를 했다. 그러고는 곧바로 형양성을 공격하라는 명을 내렸다.

"저 안에 한왕이 숨어 있을 것이다. 총공격을 펼쳐 한 놈도 살려두지 마라!"

항우의 명에 따라 초나라 병사들은 일제히 화살을 퍼부었다. 한쪽에서는 사다리와 밧줄을 준비해 줄지어 성벽을 기어올랐다. 하지만 한나라 군사의 반격이 만만치 않았다. 형양성 안에서 주가가 죽을 각오로 맞서고 있었다.

"우리가 오래 버텨야 한왕 폐하께서 살 수 있다. 또한 백성들도 한 사람이라도 더 이곳을 빠져나갈 수 있다. 모두 용기를 내라! 초군을 박살내라!"

주가의 지휘에 따라 병사들이 일사불란하게 움직였다. 한마디로 그 장수에 그 부하들이라고 할 만했다. 그들이 성곽 위에서 계속 돌멩이와 끓는 물을 쏟아 붓자 초나라 대군도 쉽게 형양성을 함락시키지 못했다.

"대체 어떤 장수가 저리 용맹한 것이냐?"

"하급 장군인 주가라고 합니다. 한왕 행세를 하다가 죽은 기신의 죽마고우(竹馬故友)입니다."

그 말에 항우는 내심 유방이 부러웠다. 자기 밑에 있다가 유방의 수하로 들어간 장군들도 적지 않지만, 한나라의 하급 장군 중에도 기신과 주가 같은 인물이 있다는 사실에 놀라움을 금치 못했다. 무릇 천하를 품으려는 자신에게는 얼마나 많은 인재가 있나 되짚어보았다.

그러나 중과부적이라는 말은 틀리지 않았다. 주가가 아무리 거세게 저항해도 상대는 항우가 이끄는 초나라 대군이었다. 얼마 지나지 않아 성벽을 기어오른 초나라 병사들이 성문을 활짝 열어젖혔다. 그 다음 일은 불 보듯 뻔했다. 순식간에 무수한 초나라 병사들이 형양성 안으로 밀려들어가 닥치는 대로 상대의 목을 벴다. 그때 항우가 주가를 생포하라는 명을 내렸다. 주가는 혼자서 여남은 명의 초나라 병사들을 물리쳤지만 끝내 사로잡혀 항우 앞에 무릎을 꿇고 말았다.

"네가 주가인가?"

"그렇다."

주가는 항우 앞에서 조금도 움츠러들지 않았다. 항우는 새삼 그의 기개에 탄복했다.

"네가 나의 부하가 된다면 목숨을 살려주겠다. 그리 하겠느냐?"

항우가 주가를 회유했다. 주가는 꿈쩍하지 않은 채 초패왕을 노려보았다.

"한왕 폐하를 위해서라면, 나는 죽음이 두렵지 않다. 다만 초패왕, 너를 죽이지 못해 분할 따름이다."

그 순간 항우는 주가를 회유하는 것이 불가능하다고 직감했다. 어차피 자기 수하에 들이지 못할 바에야 죽일 수밖에 없었다. 항우가 직접 그의 목을 베었다. 그리고 부하들에게 다시 명령했다.

"기신처럼 이 자도 불태워라. 시신 한 조각 찾지 못하게 하라."

주가마저 죽자 더 이상 형양성에서 항우에게 맞설 사람이 없었다. 그럼에도 형양성을 차지한 항우의 표정이 그다지 밝지 않았다. 천하의 수많은 인재가 유방을 따르는 것이 못내 부럽고 두려웠기 때문이다.

당연한 이야기지만, 초나라 병사들이 성 안 곳곳을 샅샅이 뒤져봐도 유방은 보이지 않았다. 기신과 주가를 비롯한 여러 사람의 희생 덕분에 유방 일행은 형양성에서 멀리 벗어날 수 있었다. 그들은 어느새 성고성(成皐城)에 다다라 한숨을 돌렸다. 유방은 그곳에 진을 친 다음 본격적으로 반격을 준비했다. 한나라의 여러 장군들에게 적절히 임무를 맡기고 한신 대장군까지 불러 항우의 초군을 혼내줄 작정이었다.

유방이 성고성에서 장군들과 작전을 논의했다.

"조나라에 주둔하고 있는 한신이 제나라로 진격했다는 보고를 받았네. 대장군이 우리에게 돌아오려면 시간이 좀 걸릴 것 같은데, 그 사이 초패왕이 전열을 정비해 성고성을 공격해 오면 어떡하지?"

한왕이 근심스러워하며 말했다. 그러자 장량이 계책을 내놓았다.

"그래서 제가 영포와 팽월에게 전령을 보냈습니다. 두 장군 모두 이리로 오고 있는 중입니다. 폐하께서는 그중 한 사람을 팽성에 보내어 공격하게 하십시오. 그러면 초패왕도 이곳에 집중하지 못하고 팽성으로 돌아갈 것입니다."

한왕은 장량의 계책에 동의했다.

"성동격서(聲東擊西)를 하자는 얘기군."

한왕이 혼잣말을 하며 고개를 끄덕였다. 그러면서 한 가지 계책을 덧붙였다.

"팽월이 도착하는 대로 팽성 공격을 맡기는 것이 좋겠네. 그전에 왕릉에게 먼저 팽성 공격을 명하면 더 효과적일 것이야."

그 무렵 왕릉은 건강을 회복해 한나라 병사들이 주둔한 진영에 복귀한 상태였다. 그는 유방의 명을 받들어 급히 팽성으로 진격했다. 나중에 팽월의 군사와 합류하면 꽤 강력한 전력을 자랑할 만한 수준이었다.

한편 항우는 형양성을 오단(吳丹)에게 맡기고 성고성을 향해 군사를 이끌었다. 그러던 중 왕릉의 팽성 공격 소식을 듣게 되었다.

"음, 유방에게 훌륭한 책사들이 있는 것을 잊으면 안 되겠군……."

그런데 항우에게 시름을 안겨주는 일이 또 일어났다. 팽월이 외황성(外黃城)을 빼앗고 수양성(睢陽城)을 공격한다는 소식이 전해진 것이다. 다음에는 팽성을 공격할 것이 불 보듯 뻔했다. 팽월이 누구인가? 그는 지난날 항우 수하의 장군으로 팽성을 지키다가 변변히 싸워보지도 않은 채 유방에게 순순히 성문을 연 인물이 아닌가. 유방이 그에게 팽성의 공격을 맡긴 까닭도 누구보다 그곳 지리에 밝았기 때문이다.

팽월이 승전을 거듭할 때 영포도 유방을 구하기 위해 남계구(南溪口)에 다다라 있었다. 항우에게는 고민거리가 한둘이 아니었다. 그야말로 성동격서라 할 만했다. 항우는 항백과 함께 대책을 논의했다.

"일단 성고성 공략을 중지하고 팽월과 영포 등을 물리쳐야 할 듯합니다. 병사들에게 작전상 퇴각을 명하십시오."

항백은 항우의 숙부임에도 국왕에 대한 예우를 갖추었다. 항우가 그의 의견에 고개를 끄덕였다. 초패왕은 조구(曹咎)를 불러 군사 1만을 내주며 성고성을 공격하도록 했다. 그리고 자신은 말머리를 돌려 팽성으로 회군했다.

얼마 후 팽성에 도착한 항우는 차분히 책략을 궁리했다. 그때 한신의 공격을 받은 제나라 국왕 전광(田廣)이 지원을 요청하는 사신을 보내왔다. 제나라나 초나라나 한왕과 맞서 싸우는 마당에 그 부탁을 거절하기는 어려웠다. 항우는 용저(龍且) 장군을 제나라에 보내 도움을 주기로 결정했다. 그리고 자기는 팽월을 처단하기 위해 직접 군사를 이끌고 나섰다.

"내 이놈의 뼈를 갈아먹을 것이다!"

항우는 팽월을 향한 분노가 매우 컸다. 팽성을 맡길 만큼 신뢰했는데, 자신을 배신하고 제 발로 유방의 수하에 들어간 죄를 용서할 수 없었다.

그때 외황성에 머물고 있던 팽월은 항우의 진격 소식을 듣고 잔뜩 겁을 집어먹었다. 자신의 군사력으로 초패왕에게 맞서는 일은 계란으로 바위를 치는 것과 다름없었다. 그가 부하 장수 구명(仇明)과 주동(周同)을 불러 자신의 생각을 이야기했다.

"초패왕이 여기로 오면 나는 죽음을 면치 못할 것이네. 하여 성을 빠져나가 창읍(昌邑)으로 가서 후일을 도모할 테니, 그때까지 자네들 둘이 이곳을 방어하고 있게."

구명과 주동은 그 명령이 죽음을 선고하는 것과 다르지 않은 것을 알고 있었다. 그럼에도 두 장군은 팽월을 향한 충성심을 거두지 않았다.

"네, 그리 하겠습니다. 부디 장군께서는 안위를 살피십시오. 다만 초패왕이 이곳에 들어온 뒤 백성들을 마구 살육할까 걱정입니다."

구명과 주동은 진심으로 백성들을 위하는 장군이었다. 그들은 항우의 과격한 성품에 대해 익히 들어 외황성 백성들의 생사를 걱정한 것이다. 팽월도 거기에 생각이 미치기는 했으나 일단 자신의 목숨부터 부지하는 것이 중요해 그날 밤 기어이 퇴각을 실행했다.

그로부터 며칠 후, 항우의 군사가 물밀듯이 외황성으로 쳐들어왔다. 구명과 주동은 그들을 당해내지 못해 포로로 붙잡히는 신세가 되었다. 항우는 외황성 백성들을 향해 불같이 화를 냈다.

"너희는 본시 초나라 백성이거늘, 어찌 유방에게 붙어 목숨을 구걸했단 말이냐? 게다가 나를 막겠다며 돌을 던지고 끓는 물을 쏟아 부었으니 도저히 용서할 수 없다. 후환을 막기 위해서라도 열다섯 살 이상 되는 사내놈들은 모조리 땅에 파묻어 죽일 것이야!"

외황성 백성들은 구명과 주동의 지시에 따라 항우의 초나라 병사들에게 돌멩이를 던졌을 뿐이다. 그 상황이라면 누구라도 그렇게 행동할 수밖에 없었다. 그런데 항우는 그 일을 핑계 삼아 외황성의 사내들을 몰살시키려고 했다. 그만큼 한왕과 팽월에 대한 분노가 컸던 것이다. 항백이 말렸지만 소용없었다.

그때 열 살 조금 넘어 보이는 사내아이가 항우를 만나겠다고 찾아왔다. 어른들도 겁에 질려 되도록 초나라 병사들을 피하려고 하는데, 당돌하게 어린아이가 초패왕을 만나게 해달라니 경비를 서던 장군이 어이가 없었다. 하지만 아이의 눈빛이 워낙 간절하고 강렬해 일단 항우에게 보고를 올렸다. 그러자 항우도 호기심이 일어 아이를 자기 앞에 데려오게 했다.

"너는 내가 무섭지 않느냐?"

항우가 짐짓 큰 소리로 아이를 겁박했다.

"저는 폐하의 자식이고, 폐하는 저의 부모이십니다. 아들이 아버님을 뵙고 어찌 두려워하겠습니까?"

항우는 그 말을 듣고 보통 아이가 아니라고 생각해 더욱 관심이 갔다. 항우의 질문이 이어졌다.

"몇 살이냐?"

"열세 살입니다."

"이름은?"

"구숙(仇叔)이라고 합니다."

아이가 거침없이 대답했다.

"내게 무슨 할 말이 있어 이리 찾아왔느냐?"

"폐하께서 열다섯 살 이상 되는 사내를 모두 죽이려 하신다고 들었습니다."

"너는 열세 살이니 상관없다."

"그렇지만 저의 형님들과 아버지, 마을의 남자 어른들이 모두 죽게 됩니다."

아이의 입에서 나온 뜻밖의 말에 항우도 정신이 번쩍 들었다.

"그래서 나보고 어쩌라는 것이냐?"

"저는 폐하의 덕이 지난날의 탕왕(湯王)과 무왕(武王)에 견줄 만하며, 지금까지 세우신 공이 요순(堯舜)의 국왕들과 같다고 생각합니다. 그럼에도 그와 같은 일을 벌이신다면 폐하의 공덕에 큰 흠이 될 것이 틀림없습니다. 옛말에 천하를 이롭게 하는 사람이라야, 천하도 그 사람을 이롭게 한다고 들었습니다. 그동안 외황성의 미욱한 백성들이 목숨을 연명하기 위해 한나라에 협력했을 뿐인데, 그것을 빌미로 백성들에게 해를 끼치면 폐하께서 민심을 잃어버리실까 걱정입니다. 더구나 지금은 외황성 백성들이 초패왕의 입성을 매우 반기고 있으니 열다섯 살 이상 되는 사내를 모두 죽이라는 명을 재고해주십시오."

구숙이 한 치의 어긋남도 없이 달변을 쏟아내자 항우가 내심 깜짝 놀랐다. 겨우 13세밖에 되지 않은 아이의 총명함에 감탄을 금치 못한 것이다. 항우가 곧 자신의 생각을 바꾸었다.

"네 말을 듣고 보니, 과연 나의 생각이 짧았구나. 너의 용기와 슬기로움이 수많은 목숨을 살렸다."

항우는 유쾌하게 웃으며 계포를 불러 자신의 명을 취소한다고 선포했다. 오히려 백성들을 위해 잔치를 베풀어 술과 먹을거리를 내주기까지 했다. 아울러 생포한 구명과 주동의 목숨도 흔쾌히 살려주었다. 모두 어린 구숙이 아니었다면 결코 일어나지 않을 일이었다. 항우는 구숙이 떠나간 뒤에도 한동안 그 아이를 잊지 못했다.

"기특한 아이로다. 장차 초나라의 큰 인물이 될 것이 틀림없어."

항우는 구숙을 떠올리며 혼잣말을 중얼거렸다.

그 무렵 조구는 항우의 명에 따라 유방이 있는 성고성을 계속 공격했다. 그의 용맹 덕분에 한때 성고성 안으로 초나라 군사가 진입하기도 했으나 오래지 않아 한나라 병사들이 다시 성을 되찾았다. 한왕은 영포의 군사와 진류 수령 진동의 군사까지 합세하자 더욱 견고히 성고성을 지켜낼 수 있었다. 그러던 어느 날, 장량이 유방에게 말했다.

"폐하, 지금이 형양성을 되찾을 절호의 기회입니다."

"성고성은 어떻게 하고 그곳을 공격하자는 것이냐?"

"성고성 방어는 영포와 진동, 두 장군에게 맡기면 됩니다."

장량의 말에 유방이 잠시 생각에 잠겼다. 그가 판단하기에도 형양성는 반드시 되찾아야 할 요충지였다. 결국 유방은 항우가 자리를 비운 틈을 타 형양성을 공격하기로 마음먹었다. 유방의 진격 소식에 오단의 근심이 컸다.

"내가 한왕을 막아낼 수 있을까?"

오단은 고민을 거듭하다가 형양성의 원로들을 불러 모아 상의했다.

"내가 초패왕의 장수로서 영예로운 죽음을 맞이하는 것이 낫겠소, 아니면 한왕에게 성문을 열어 그의 천하 통일에 힘을 보태는 것이 낫겠소?"

오단의 목소리가 전에 없이 진지했다. 그러자 원로들은 하나같이 후자의 선택을 추천했다. 그들 모두 한왕의 치하에서 지내본 경험이 있어 그의 인품을 잘 알았다. 형양성 원로들은 성격이 급하고 종종 과격한 행동을 일삼는 항우보다는 상대적으로 원만한 유방의 백성으로 살아가는 편이 좋다고 판단한 것이다. 오단 역시 원로들의 권유를 따르기로 결심했다.

며칠 후, 한왕 일행이 형양성에 다다랐다. 오단이 성곽에서 보니, 과연 그의 대군은 오금을 저리게 하기에 충분했다. 오단은 성문을 열고 한달음에 달려 나가 한왕을 맞이했다.

"한왕 폐하, 형양성에 오신 것을 환영합니다."

"자네가 오단인가? 자네의 현명한 결심 덕분에 숱한 병사들이 피를 흘리지 않게 되었군."

단 한 명의 희생도 없이 다시 형양성을 지배하게 된 한왕은 매우 기뻤다. 그는 형양성에 들어서자마자 자신을 위해 희생한 기신과 주가부터 추모했다. 그리고 곡식 창고를 활짝 열어 성 안의 백성들을 배불리 먹였다. 한왕은 환호하는 백성들을 바라보며 감개무량했다.

한신을 왕위에 올린 괴철

한왕 유방은 초패왕의 진격에 대비해 더욱 견고히 형양성을 방어했다. 항우가 비록 외황성을 되찾기는 했으나 성고성 공략에 실패하고 형양성까지 다시 빼앗겼으니 가만있을 리 없다고 생각했다. 과연 항우는 모든 전황을 보고받고 분을 참지 못했다.

"내가 유방의 성동격서 전략에 당했구나! 언젠가 반드시 이 치욕을 되갚아줄 것이다."

그러나 당장 항우가 할 수 있는 일은 없었다. 그는 일단 광무산(廣武山) 아래에 진을 치고 훗날을 기약했다.

그 무렵 대장군 한신은 연나라에 이어 제나라 공격에 열중하고 있었다. 그 모든 것이 한왕의 명령이니 하루빨리 승전보를 전하고 싶었다. 하지만 세상에 만만한 과업은 없었다. 제나라 병사들도 한신의 군사에 맞서 죽기 살기로 저항해 진퇴를 거듭할 수밖에 없었다.

그러던 어느 날, 광야군 역이기가 한왕을 찾아와 말했다.

"폐하, 제나라 국왕 전광은 만만한 인물이 아닙니다. 초패왕도 그를 우습게 여기지 못하지요. 하여 한신 대장군이라 해도 쉬 제나라를 멸망시키기는 어려울 것입니다."

"그럼 공에게 어떤 대안이라도 있소?"

한왕이 기대어린 눈빛으로 역이기를 바라보았다.

"저의 재주가 비록 미천하나 세 치 혀를 놀려 제나라 국왕을 설득해보겠습니다. 전광도 내심 위태로움을 느끼고 있을 테니, 잘만 이야기하면 더 이상 싸우지 않고 제나라를 복속시킬 수 있을 것입니다."

"그렇게 된다면야 더 바랄 나위 없지. 그럼 광야군이 한번 애써보시오."

역이기는 일찍이 진나라 장군들을 회유하는 데 성공한 경험이 있었다. 게다가 글 솜씨 못지않게 언변이 뛰어나 그의 제안에 기대를 가져볼 만했다. 유방은 곧 역이기를 사신으로 임명해 제나라에 보냈다.

당시 한나라가 조나라와 연나라를 잇달아 정복했지만, 제나라는 결코 가벼이 여길 상대가 아니었다. 제나라는 70여 개 성으로 둘러싸인 강국이었다. 국왕 전광과 함께 왕실 실세인 전횡(田橫)이 나름 병사들을 잘 이끌고 있었다. 한왕의 입장에서, 그런 나라를 말로써 굴복시킬 수만 있다면 그보다 더한 기쁨이 어디 있겠는가.

역이기는 황하를 건너 제나라 왕실로 향했다. 그가 임치성(臨淄城)에 있는 궁전에 들어서자, 전광이 한 치의 빈틈도 없는 자세로 사신을 맞이했다. 역이기 역시 예를 갖추면서도 일부러 가슴을 활짝 펴 기싸움을 벌였다. 전광이 근엄한 얼굴로 먼저 말문을 열었다.

"한나라 사신이 어인 일인가?"

"제나라가 끝내 초나라 편에 설 것인지, 아니면 이제라도 한나라와 함께할 것인지 여쭈러 왔습니다."

역이기의 표정이 죽음을 각오한 듯 결연했다.

"우리는 오래전부터 초나라와 가까이 지내고 있다는 사실을 모르는가?"

"알고 있습니다. 하지만 초나라가 기우는 달의 형국이라면 한나라는 떠오르는 태양과 같은 기세지요. 그러니 제나라가 어느 쪽에 서야 할지 너무나 명확하지 않습니까?"

"하지만 하루아침에 초패왕을 배신할 수는 없지."

"국왕께서는 천하의 정세를 잘 모르시는 듯합니다. 지금 천하는 한왕 폐하에게 완전히 기울어 있습니다. 한왕께서는 이미 관중과 오창의 기름진 땅을 차지하셨고, 얼마 전에는 형양성과 성고성도 한의 영토가 되었지요. 물론 제나라를 돕는 초패왕의 기세도 상당하나, 그는 성질이 포악하여 결코 민심을 얻지 못할 인물입니다. 그러니 제나라 국왕은 정세를 잘 파악해 한왕 폐하와 화친을 맺는 것이 좋을 것입니다. 그렇지 않으면 대장군 한신이 본격적으로 공격을 감행해 제나라를 쑥대밭으로 만들 것입니다."

역이기는 화친이라고 표현했으나, 그것은 복속을 의미했다. 사실 전광은 지금까지 간신히 한신의 공세를 막아내면서도 언제 자신들이 죽음을 맞을지 모른다는 불안감에 휩싸여 있었다. 제 코가 석 자인 초패왕의 도움이 시원치 않은데다, 나날이 커져가는 한왕의 세력에 큰 두려움을 느낀 것이다. 역이기의 이야기를 듣는 전광의 낯빛이 갈수록 어두웠다. 근엄하기 짝이 없던 표정은 이미 사라진 지 오래였다.

"공의 말을 들으니 내가 정세 판단을 잘 못한 것 같군. 지금이라도 한왕께 복속을 청하면 무력 공세를 멈추어주실 텐가?"

"그럼요, 그렇다마다요."

역이기는 자신이 예상한 것보다 더 빨리 전광이 심경의 변화를 일으켜 기뻤다. 역이기가 전광에게 뒷일을 이야기했다.

"국왕께서는 속히 한왕 폐하께 항복 문서를 보내십시오. 그러면 한왕 폐하께서 친히 제나라로 오실 것입니다. 저는 그때까지 이곳에 머물며 봉영(奉迎) 준비를 하겠습니다."

그때 전횡이 둘 사이를 가로막았다. 그가 전광에게 큰 소리로 외쳤다.

"폐하, 일처리를 허술히 하지 마십시오! 한신이 다시는 공격하지 않겠다는 약조를 받아야 합니다."

그러자 역이기가 미소를 띠며 전횡을 달랬다.

"승상께서는 걱정 마십시오. 제가 당장 한신 대장군에게 서찰을 띄우겠습니다."

역이기는 곧 그간의 사정을 담은 편지를 써서 전령 편에 한신에게 보냈다. 그것을 받아 읽은 한신은 함박웃음을 지었다.

"드디어 제나라 국왕이 한왕 폐하께 항복을 한다는구나. 더는 병사들을 고생시키지 않아도 되니 참 잘된 일이다."

그 무렵 한신은 유방이 다시 형양성에 든 것을 알고 있었다. 따라서 이제 자신만 제나라를 굴복시키면 한왕이 천하를 품을 날이 성큼 다가올 것이라고 생각해 병사들을 다시 독려하는 중이었다. 그런데 전광이 스스로 항복을 결심하다니 그보다 반가운 소식이 없었다. 한신은 하루빨리 한왕 곁으로 돌아가 마지막 남은 초나라 정벌에 앞장서고 싶었다.

그런데 그때 괴철이 굳은 얼굴로 한신에게 말했다. 연왕의 모사이자 유세객이었던 괴철은 한신에게 몸을 의탁하고 있었다.

"대장군께서는 오랜 시간 군사를 이끌며 여러 업적을 남기셨습니다. 이제 제나라 정복도 코앞에 둔 마당에 일개 책사가 세 치 혀를 놀려 항복을 받아내다니요. 제나라의 70여 개 성을 얻은 공이 모두 역이기 한 사람에게 돌아갈 판입니다. 차라리 대장군께서 계획했던 대로 총공격을 감행해 전광을 굴복시키십시오!"

"……."

괴철의 말에 한신은 잠시 생각에 잠겼다. 그의 말에 충분히 일리가 있었기 때문이다. 하지만 이미 항복 선언을 한 제나라를 치는 것은 마땅치 않은 일이었다.

"그동안 우리가 기울인 노력이 무색하게 광야군이 세 치 혀
로 항복을 받아내기는 했으나 그 또한 왕명을 따른 것이네.
그러니 내가 다시 제나라를 공격한다면 한왕 폐하의 명을 거
스르는 셈일세."

그런데 한신의 설명에도 괴철이 물러서지 않았다.

"애당초 대장군께 제나라 평정을 명하신 분도 한왕 폐하입
니다. 역이기가 어떤 감언이설(甘言利說)로 폐하의 판단을 흐
리게 했는지 몰라도 이대로 군사를 퇴각시키는 것은 바람직하
지 않습니다. 훗날 대장군께서 초패왕을 격퇴하더라도 제나
라를 정복한 공은 모두 역이기에게 돌아갈 테니 부디 다시 한
번 생각해보십시오. 반드시 한신 대장군께서 한왕 폐하와 함
께 천하를 통일하는 일등 공신이 되셔야 합니다."

그때 장이까지 괴철을 거들고 나섰다.

"저 역시 괴철의 생각에 동의합니다. 어서 대장군의 위력을
보여주십시오."

그러자 한신도 마음이 흔들릴 수밖에 없었다. 그동안 수많
은 병사들이 죽고 다쳤는데, 그 공을 세 치 혀를 놀린 책사에
게 전부 빼앗길 수는 없었다.

"좋다, 형양성으로 회군하는 것을 잠시 미루고 제나라를 공
격하자!"

일단 그렇게 결심하고 보니, 역이기를 향한 한신의 믿음이

깨지기 시작했다. 어쩌면 역이기가 아무도 몰래 한왕을 구워 삶아 자신의 공을 가로채려 했을 수 있다는 데 생각이 미친 것이다. 사정이 그러하지 않다면 승상 소하라도 자신에게 먼저 전령을 보내 한왕의 결심을 전했을 것이라고 판단했다. 그무렵 임치성의 궁전에서는 성대한 연회가 열렸다. 전광이 역이기를 위해 마련한 잔치였다. 역이기는 한왕의 너그러운 성품에 대해 이야기하며 항복 이후를 걱정하는 전광의 불안감을 달랬다. 그때 제나라의 한 장군이 황급히 달려와 뜻밖의 소식을 전했다.

"폐하, 한신이 총공격을 감행해 지금 이곳으로 진격해오고 있습니다!"

"뭐라고?"

전광은 화들짝 놀라 두 눈이 휘둥그레졌다. 역이기도 당혹스럽기는 마찬가지였다. 궁전 연회에 참석했던 제나라 장군들이 너나없이 분통을 터뜨렸다.

"역이기, 이놈! 네가 감히 폐하를 속여?"

"폐하, 당장 한나라 사신의 목을 치십시오!"

전횡도 붉게 달아오른 얼굴로 소리를 내질렀다.

"폐하, 제가 뭐라고 했습니까? 한신의 약조를 꼭 받아야 한다고 말하지 않았습니까!"

그러자 역이기가 재빨리 사태를 수습하려 들었다.

"폐하, 제가 다시 한신 대장군에게 서찰을 보내겠습니다. 조금만 시간을 주십시오."

그런데 그 순간 임치성과 아주 가까운 곳에서 병사들의 고함소리가 들려왔다. 곧이어 칼과 창이 부딪히는 소리가 요란하게 들리더니 병사들의 비명이 이어졌다. 그처럼 상황이 긴박하게 흘러가자 제나라 국왕 전광도 더는 참지 못했다.

"내가 한나라 책사의 속임수에 넘어갔구나. 이 자가 두 번 다시 혀를 놀리지 못하도록 가마솥에 삶아 죽여라!"

"폐하, 폐하! 거짓이 아닙니다. 저를, 저를 살려주십시오!"

역이기가 소스라치게 놀라며 애원했지만 소용없는 일이었다. 제나라 병사들이 한달음에 달려들어 역이기를 포박했다. 그러고는 커다란 가마솥에 물을 끓인 뒤 그의 몸을 냉큼 집어 던졌다. 역이기는 온몸의 살갗이 녹아내리는 고통에 몸부림치며 숨이 끊어졌다.

그 시각에도 한신의 공격은 멈추지 않고 이어졌다. 전광은 급히 초패왕에게 사신을 보내 지원을 요청했다. 그리고 자신은 서둘러 임치성을 빠져나갔다. 그는 고밀현(高密縣)으로 달아나 몸을 잔뜩 웅크렸다. 이제 믿을 구석은 초패왕 항우밖에 없었다.

국왕이 꽁무니를 뺀 제나라 임치성은 그야말로 무주공산(無主空山)이었다. 곧 한신이 그곳의 새 주인으로 입성했다.

한신은 역이기의 끔찍한 죽음을 전해 듣고 마음이 편치 않았다. 그러자 괴철이 말했다.

"대장군께서는 마음이 흔들리시면 안 됩니다. 역이기는 자신의 죄 값을 치렀을 뿐이니까요. 이제 대장군께서는 하루빨리 이곳 백성들의 지지를 받아 주변의 70여 개 성을 모두 통치하셔야 합니다. 그러면 각 성을 지키는 제나라 장군들도 현실을 받아들여 대장군께 충성을 다할 것입니다."

"그래, 알겠네."

한신은 조참을 불러 제나라 백성들을 절대 탄압하지 말라고 명령했다. 당시 조참은 한신의 진영에 파견되어 맹렬히 활약하는 중이었다. 한왕은 오래전부터 인연을 맺어온 조참을 통해 한신의 언행을 보고받고 있었다. 유방은 한신이 더없는 충신인 것을 알면서도 초패왕 항우를 배신한 이력 탓에 완전한 믿음을 갖지 못했다.

임치성 백성들을 위한 한신의 명령은 그것으로 그치지 않았다. 곡식 창고를 열어 식량을 나누어주었고, 백성들의 재물을 훔치거나 여인을 희롱하는 한나라 병사들을 엄벌에 처했다. 다만 전광의 재기를 기다리는 백성들은 절대 용서하지 않았다. 한신은 작은 방심이 큰 화를 불러온다는 사실을 잘 알고 있는 호걸이었다. 그는 아직 전광이 살아 있는 한 한시도 마음을 놓을 수 없다고 판단했다.

그러던 어느 날, 괴철이 다시 한신에게 은밀히 말했다.

"제나라 땅은 산세가 뛰어나고 바다와도 면한 최고의 요충지입니다. 대장군께서 이번 기회에 제왕의 꿈을 실현하시면 어떻겠습니까?"

"그게 무슨 말인가?"

한신은 갑작스런 괴철의 이야기에 어리둥절했다.

"한왕께서는 이미 드넓은 영토를 지배하고 계십니다. 땅이 넓어질수록 국왕 혼자서 전부 다스리기는 힘에 부치기 마련이지요. 그러니 대장군께서 제왕의 인(印)을 내려달라 청해 보십시오. 그동안 조를 비롯해 연과 제를 정복한 대장군의 공이 엄청나게 크니 한왕께서도 기꺼이 허락하실 것입니다."

괴철은 야심이 있는 인물이었다. 그는 장차 한신이 천하를 제패하게 만든 다음 자기 자신이 실세가 될 욕심을 품었다. 그런데 한신이 듣기에도 괴철의 말에 설득력이 있었다. 한신은 한왕에게 올리는 표문(表文)을 쓴 다음 발 빠른 전령을 불러 형양성으로 보냈다. 한신의 표문을 다 읽은 한왕의 표정이 싸늘했다. 마침 그 곁에 장량과 진평이 있었다.

"대장군이 본색을 드러내는구나. 내가 곤경에 빠져 있을 때 서둘러 달려오지 않더니, 급기야 제나라를 무력으로 짓밟고 나서 그곳의 왕이 되려 한다."

그 말에 장량과 진평도 근심을 감추지 못했다. 곰곰이 생각에 잠기던 장량이 한왕에게 나직이 이야기했다.

"폐하께서 초패왕의 영토를 상당히 정복하셨지만, 아직도 항우는 광무산 아래에서 세력을 키우고 있습니다. 여전히 만만히 볼 수 없는 상대지요. 그런데 이때 한신 대장군을 적으로 만들면 폐하께서 큰 곤경에 빠질 수 있습니다. 어차피 지금은 제나라 영토까지 직접 다스리기 어려운 형편이니, 폐하께서 너그러운 마음으로 제왕에 봉한다고 허락하십시오. 그러면 한신 대장군이 폐하께 계속 충성을 다할 것입니다."

"음, 한신을 제왕으로 삼아도 나의 수하를 벗어나지 못할 것이라는 뜻이군."

한왕이 장량의 말에 공감했다.

"그렇습니다, 폐하. 한신은 제왕이 되어도 가왕(假王)일 뿐이며, 천하의 진왕(眞王)은 오직 폐하 한 분뿐입니다."

한왕은 무엇보다 천하의 진왕은 오직 자신뿐이라는 장량의 이야기를 듣고 흡족했다. 그때까지도 왕위를 탐하는 한신이 영 못마땅했지만 항우를 생각하면 달리 어떻게 할 도리가 없었다. 다만 그 일은 한신에 대한 경계심을 더욱 굳히는 계기가 되었다.

다음날, 장량은 한왕의 칙서와 제왕의 인을 들고 임치성으로 향했다. 며칠 후 그것을 받아든 한신이 매우 기뻐하며 형양성 쪽으로 큰절을 올렸다. 마침내 한나라 대장군 한신이 제왕으로 공인받는 순간이었다.

그 무렵, 광무산 아래에 진을 치고 있던 초패왕은 제나라의 멸망 소식에 놀라움을 금치 못했다. 자신과 여러모로 협력하던 전광이 고밀현으로 달아났다는 소식은 참담한 심정까지 느끼게 했다. 하루가 다르게 융성하는 유방의 세력을 어떡한단 말인가. 그렇게 계속 가만히 움츠려 있다가는 머지않아 한왕의 병사들에게 총공격을 당할 것 같았다. 항우는 고심 끝에 선제공격을 결심했다.

"우선 한신을 무력화시켜야 한다. 용저와 주란(周蘭)이 대군을 이끌어 임치성으로 진격하라!"

용저는 일찍이 제나라를 지원한 이력이 있는 장군이었다. 이번에는 주란이 아장(亞將)으로 참전해 용저를 보좌했다.

그런데 한신은 용저와 주란의 진격 소식을 듣자마자 성을 나와 그들에게 달려갔다. 기세에서부터 적을 압도하려는 작전이었다. 그러자 용저와 주란은 전진하는 대신 유수(濰水) 근방에 진을 치고 한신의 군사를 기다렸다. 마침 고밀현의 고밀성((高密城)에서 숨죽이고 있던 전광이 군사를 보내 힘을 보탰다. 얼마 후, 강 건너편에서 그들과 맞닥뜨린 한신이 또다시 기발한 책략을 짜냈다. 제왕이 조참을 불러 명령했다.

"병사들을 데려가서, 적들이 모르게 유수 상류에 둑을 쌓아라."

조참은 한신의 말뜻을 금세 헤아렸다. 그는 힘이 센 병사들을 수백 명 선발해 유수 상류로 가서 임무를 수행했다. 그리고 며칠이 지나자, 유수를 사이에 두고 서로 탐색전만 펼치던 전장에 드디어 공격 명령이 하달되었다.

"공격하라! 한 놈도 살려두지 마라!"

선공을 펼친 쪽은 한신이었다. 용저와 주란도 주저없이 맞붙어 싸웠다. 양측의 공방이 한동안 치열하게 벌어진 끝에 초군이 점점 승기를 잡기 시작했다. 한신이 지휘하는 병사들이 수세에 몰린 것이다. 용저와 주란이 더욱 병사들을 독려했다.

"한신도 별것 없구나! 오늘이 너의 제삿날이 될 것이다!"

초군은 맹렬한 기세로 한신의 군사를 압박했다. 먼저 유수를 건너 진격했던 한신이 더는 버티지 못하고 퇴각 명령을 내렸다.

"후퇴하라! 강 건너로 돌아가 전열을 정비하자!"

한신의 명령을 들은 한나라 병사들이 일제히 뒷걸음질 치기 시작했다. 다행히 물이 깊지 않아 강을 건너는 데는 큰 어려움이 없었다. 그 모습을 본 용저와 주란이 고함을 내지르며 병사들을 이끌어 한신의 군사를 끝까지 추격했다. 비록 거세지는 않아도, 강물이 흐르는 데 전혀 주저하지 않았다.

그런데 이상하지 않은가. 건기도 아닌데 유수의 수위가 너무 낮았다. 그럼에도 용저와 주란을 그것을 생각할 겨를이 없었다. 그들은 머뭇거림 없이 추격하고 또 추격했다. 그러다가 초군이 강 한복판에 이르렀을 때, 한신이 우레와 같은 목소리로 명령을 내렸다.

"둑을 터뜨려라!"

그 한마디에 조참과 한나라 병사들은 유수 상류에 만들어 둔 둑을 한꺼번에 허물어뜨렸다. 순식간에 폭포수 같은 물줄기가 유수의 중하류로 밀려들었다. 이미 강을 건넌 한신의 군사는 피해가 없었지만, 강 한복판에 들어선 초군은 한바탕 아수라장이 따로 없었다.

"사람 살려! 사람 살려!"

그야말로 집단 수장(水葬)이었다. 수많은 초군이 강물에 잠겨 허우적대다 나뭇잎처럼 떠내려갔다. 여기저기서 비명이 끊이지 않는 그야말로 아비규환(阿鼻叫喚)이었다. 10만이 훌쩍 넘었던 대군 중에서 목숨을 건진 병사들의 수는 겨우 2~3만에 불과했다. 용저를 비롯한 장수들도 하나같이 죽음을 면치 못했다.

그때까지 고밀성에서 숨죽이고 있던 전광과 전횡은 다시 꽁무니를 내빼기 바빴다. 하지만 한신이 누구인가. 그는 임치성에서 놓쳤던 패왕(敗王)을 두 번 다시 살려두지 않았다. 한신은 유수에서 전투를 벌이기 전에 미리 별동대를 조직해 고밀성 근처에 매복시켜두었다. 그의 예상은 그대로 적중해 다시 달아나려는 전광과 전횡을 놓치지 않았다. 결국 제나라를 호령하던 패왕과 실세가 넓은 들판에서 함께 죽음을 맞고 말았다. 때마침 불어온 거센 모래바람이 시신들을 훑고 지나갔다.

용저와 주란의 패전 소식이 곧 초패왕에게 전해졌다. 그는 아연실색(啞然失色)해 어떻게 난국을 헤쳐 나갈지 좀처럼 갈피를 잡지 못했다. 그때 항백이 건의했다.

"아직도 팽성에 살고 있는 유태공을 납치해 한왕을 위협해 보면 어떨까 합니다."

"좀 더 자세히 말해보십시오."

항우가 항백의 꾀에 관심을 보였다.

"유태공을 겁박해 아들인 한왕에게 초나라를 적대시하지 말라는 편지를 쓰도록 하십시오. 그러면 한왕도 부자간의 정을 버리지 못해 아비의 청을 따를 것입니다."

항우가 듣기에 그럴듯한 이야기였다. 그런데 함께 자리하고 있던 종리매가 손사래를 쳤다.

"제 생각에는 소용없는 일입니다. 어릴 적부터 부모를 공양하기보다는 천하를 품을 야심만 가졌던 한왕이 그와 같은 아비의 당부에 귀 기울일 리 없습니다. 명색이 한나라 국왕인데 공과 사를 구별하겠지요. 오히려 아비를 구하겠다며 당장 군사를 일으킬 수도 있습니다."

항우가 듣기에 이번에도 그럴싸한 반론이었다. 그러자 항백이 다시 말문을 열었다.

"종리매 장군의 이야기도 일리가 있습니다. 그럼 한신 대장군을 이용해보면 어떨까요?"

"그건 또 무슨 말입니까?"

항우가 군사 항백의 입을 주목했다.

"지금 한신은 유방의 허락을 받아 제왕의 자리에 올랐습니다. 만약 두 왕이 힘을 합쳐 우리를 공격한다면 감당하기 어려운 것이 현실이지요. 하지만 다행히 한왕이 한신을 몹시 경계하고 있습니다. 그러니 폐하께서 그 틈을 노려 한신과 우호적인 관계를 맺으면 좋을 듯합니다. 세상에는 영원한 친구도, 영원한 적도 없는 법이니까요."

그런데 항백의 말을 듣는 초패왕의 표정이 영 탐탁지 않았다.

"한신은 내 밑에서 하찮은 지위에 있던 자입니다. 그가 나를 배신해 한나라의 대장군이 되고 이제는 제왕의 자리에 올랐지만 어찌 동등한 관계라고 할 수 있겠습니까? 그런 자와 친구가 되라니요?"

그러자 항백이 더없이 진지하게 대꾸했다.

"폐하, 현실을 직시하십시오. 일단 초와 한과 제가 천하의 균형을 유지해야 다시 기회를 잡으실 수 있습니다. 어떻게든 한신의 호감을 구해 세 나라가 저마다 불가근불가원(不可近不可遠)해야 합니다."

항우는 그제야 마지못해 고개를 끄덕였다. 그로부터 며칠 후, 초패왕은 항백의 책략에 따라 사신 무섭(武涉)을 제나라로 보냈다. 하지만 한신은 그를 반기지 않았다.

"초패왕이 나와 화친을 맺자 했다고? 나는 이미 한왕을 주군으로 섬기고 있거늘 어찌 그런 제안을 한단 말이냐? 더구나 초패왕은 나를 단 한 번도 인정한 적이 없다. 그럼에도 이제 와서 화해의 손을 내밀다니 그 저의를 의심하지 않을 수 없구나."

한신이 워낙 완강해 무섭은 순간 말문이 막혔다. 그때 곁에 있던 괴철이 진중하게 한신을 설득했다.

"초패왕의 제안에 무작정 귀를 닫지 마십시오. 그는 지금 대장군을 제왕으로, 그리고 천하를 지배하는 국왕 중 한 사람으로 받아들이고 있습니다. 그러니 과거의 일로 오늘의 일을 그르치는 우를 범하면 안 됩니다. 초패왕의 제안에 따라 천하를 삼등분하고 있다 보면 언젠가 제왕께도 더 큰 기회가 올 것입니다."

괴철이 언급한 것은 이른바 삼분지계(三分之計)였다. 그리고 '더 큰 기회'란 말하나 마나 황제가 될 수 있다는 의미였다. 한신은 그 이야기만으로 가슴이 터질 듯 부풀었다. 그러나 냉큼 초패왕의 제안을 수락하기는 망설여졌다.

"그래도…… 나는 이미 한왕을 주군으로 섬기고 있지 않은가."

한신의 목소리가 가늘게 떨렸다. 그때 괴철이 단호하게 말했다.

"제왕께서는 토사구팽(兎死狗烹)을 모르십니까? 지금은 한왕과 잘 지내고 있지만, 언제 무슨 일로 버려질지 알 수 없는 노릇입니다."

괴철은 세상의 인심이 얼마나 냉혹한지 말하고 있었다. 그런 일이야 지금껏 한신도 여러 번 경험한 적이 있었다. 도대체 누구를 한 치의 의심도 없이 믿을 수 있단 말인가. 그런데 그 순간 함께 자리하고 있던 육가(陸賈)가 괴철과 정반대되는 의견을 내놓았다. 육가는 웅변에 능한 외교가이자 사상가였다. 사람들은 그를 육 선생이라고 부르며 존중했다.

"초패왕은 화친을 맺어 친구로 삼을 만한 위인이 아닙니다. 제왕을 비롯해 얼마나 많은 호걸들이 그의 곁을 스스로 떠났습니까? 초패왕의 숱한 만행 탓에 민심도 이미 멀어진 지 오래입니다. 그런 자와 당장의 이익을 좇아 손잡으면 언젠가 천하의 기운이 외면하게 마련입니다. 그러니 제왕께서는 초패왕의 제안을 거절하셔야 마땅합니다."

육가의 말에 괴철은 불쾌한 낯빛을 감추지 못했다.

"육 선생은 밤낮 없이 시서(詩書)만 읽다 보니 현실 정치를 전혀 모르는구려. 나의 말이 초패왕의 수하로 들어가자는 것은 아니잖소? 서로의 이익을 위해 잠시 화친을 맺자는 것이 무슨 문제입니까?"

"그래도 사내대장부에게는 원칙이라는 것이 있습니다. 더구나 그것이 국왕의 일이라면 더욱더 원칙을 따라야 하지요. 어찌 주군을 의심하고 배신하라는 말을 그리 함부로 하는 겁니까?"

평소 조용한 성품을 가진 육가였지만 이번만큼은 물러서려고 하지 않았다. 한신이 두 사람의 의견을 곰곰이 따져보니 육가 쪽으로 좀 더 마음이 기울었다. 한신은 그 자리에서 화친을 거절하는 답신을 써 무섭 편에 초패왕에게 보냈다. 그 모습을 지켜보며 괴철은 불만 가득한 마음을 애써 감추었다.

'쳇! 누구 덕분에 제왕의 자리에 올랐는데, 내 말을 안 듣는 거야? 내가 사람을 잘 못 봤나? 대장군은 정녕 천하를 품을 야심이 없는 것인가?'

괴철은 더 이상 그 자리에 머물고 싶지 않아 얼른 밖으로 나갔다. 한신은 그 마음을 헤아리면서도 굳이 괴철을 부르지 않았다. 그렇게 한동안 괴철의 흔적을 찾을 수 없었다.

두 태양의 화친과 다시 시작된 싸움

초패왕 항우는 날이 갈수록 초조했다. 한왕의 위력이 여전히 막강한 데다 한신에게 제안했던 화친 전략이 수포로 돌아갔기 때문이다. 그러나 초패왕에게도 아직 30만 대군이 남아 있었다. 또한 항우는 팽성에 살고 있는 유태공과 여후를 데려와 인질로 삼는 책략도 폈다. 일전에 항백이 한 말을 듣고 다른 쓰임새를 생각한 것인데, 조금 치졸하기는 해도 효과가 있으리라 믿었다. 유방이 아버지의 편지 한 통으로 자신을 적대시하지 않을 리는 없지만, 그래도 아버지와 아내가 있으면 섣불리 공격을 하지는 못하리라 생각한 것이다.

그 시기 한왕 유방은 초나라와 일전을 벌일 결심을 했다. 한왕은 곧 군사를 통솔해 초패왕이 진을 치고 있는 광무산으로 진격했다. 두 진영 사이에 몇 날 며칠 긴장감이 맴돌았다. 그때 외황성에서 퇴각했던 팽월이 다시 군사를 모아 국지전을 펼치기 시작했다는 소식이 들려왔다. 그는 곧장 한왕 본진에 합류하는 대신 초나라 땅 이곳저곳에서 기습 공격을 펼쳐 드넓은 토지를 불태웠다. 그러다 보니 초패왕이 이끄는 병사들에게 군량미를 보급하는 일에 적지 않은 차질이 생겼다.

"팽월 이놈을 반드시 죽이고 말겠다!"

항우는 분노가 치밀어 두 손을 부들부들 떨었다. 하지만 군량미를 확보하는 문제가 더 시급했다. 항우가 유태공과 여후를 떠올렸다. 그는 즉시 유방에게 전하는 서찰을 써서 사신

편에 보냈다.

'팽월이 논과 밭을 불태우며 초나라백성들에게 행패를 부리고 있다. 하여 우리 병사들이 배를 곯고 있으니, 당장 곡식을 실어 보내지 않으면 네 아비와 아내의 숨통을 끊어놓을 것이다.'

유방은 항우의 편지를 읽고 한숨을 내쉬었다.

"정말 졸렬한 자로구나. 사내대장부가 어찌 늙은 아비와 아내를 인질로 삼아 협박하단 말이냐?"

하지만 무작정 항우의 말을 무시할 수는 없는 노릇이었다. 유방은 항우의 진영으로 곡식을 실은 수레를 보내면서 답신을 전했다. 거기에는 한왕으로서 초패왕에게 들려주는 비장한 목소리가 담겨 있었다.

'초패왕 그대는 회왕 아래에서 나와 한때 형제의 정을 나누었다. 그럼에도 나의 부친과 아내를 인질삼아 치졸한 짓을 벌이니 안타깝기 그지없구나. 그대는 일찍이 관중왕이 되려는 나를 훼방했고, 수많은 사람들을 잔혹하게 죽음으로 내몰았다. 사사로운 욕심을 앞세워 다른 이의 재물을 빼앗고 여인들을 탐했으며, 급기야 의제를 내쫓아 스스로 왕위에 오르기까지 했다. 어찌 그것이 호걸의 용맹이라 할 수 있겠느냐? 어찌 그것이 군자의 인덕이라 할 수 있겠느냐? 그러니 이제라도 잘못을 뉘우쳐 내 앞에 무릎을 꿇어라. 그러면 더 많은 곡식을 내주어 초나라 병사들이 배불리 먹게 할 것이다. 다시 한 번 말하건대, 속히 나에게 항복해 초나라 백성들이 안심하고 살아갈 수 있도록 하라. 그것이 그대가 따라야 할 국왕의 참된 도리다.'

유방의 서찰을 받은 항우는 순식간에 얼굴이 붉으락푸르락해졌다. 그는 곧장 부하들에게 한왕의 진영을 공격하라고 명령했다. 하지만 치밀한 책략 없는 공세가 성공할 리 없었다. 항우는 한나라 군사의 반격에 적지 않은 피해만 입은 채 광무산 아래에 있는 진영으로 퇴각하고 말았다. 그 모습을 목격한 진평이 쫓아가 끝장을 보려고 했으나 유방이 제지했다. 섣부른 공격보다는 한신과 힘을 합쳐 확실한 승리를 거두는 편이 낫다고 판단한 것이다.

"초패왕은 지금 이성을 잃었다. 하지만 쥐도 궁지에 몰리면 고양이를 무는 법. 한신에게 사람을 보내 적절한 책략을 궁리해봐야겠다."

이렇게 생각한 한왕은 장량과 진평을 한신에게 보냈다. 세 사람이 머리를 맞대고 앞으로의 일을 상의했다.

"전력이 조금 우위에 있다 하여 무조건 밀어붙이는 것은 옳지 않습니다. 일단 한왕 폐하께서 광무산을 떠나시는 것이 좋을 듯합니다. 유태공과 여후께서 인질로 붙잡혀 있어 마음껏 공격하기도 어렵지 않습니까?"

"거참, 대장군의 생각이 우리와 똑같습니다그려."

장량과 진평은 한신의 말을 듣고 반색했다. 역시 책략이 뛰어난 호걸들끼리는 통하는 바가 있었다. 한신이 말을 이었다.

"지금 초군에 군량미가 부족하다고는 하나, 우리 역시 식량이 넉넉지 않기는 마찬가지입니다. 그동안 너무 많이 출정한 탓에 병사들이 지쳐 있기도 하고요. 이 상태로 결전을 벌였다가는 승패가 어찌 될지 알 수 없습니다. 때때로 포악하기는 해도 초패왕이 얼마나 용맹한 장수인지 잘 알지 않습니까? 또한 곡식을 빼앗기 위해 죽기 살기로 덤벼드는 적을 상대하는 일도 결코 만만치 않을 것입니다."

"그럼 어떻게 해야 하겠습니까?"

"광무산을 떠나는 조건으로 화평책을 제안하십시오. 그러면 초패왕도 거절하지 못할 것입니다."

"역시 대장군은 우리의 속마음을 꿰뚫어보시는 듯하군요. 우리도 초나라와 화친을 맺는 것이 좋겠다고 생각하고 있었습니다."

장량과 진평이 밝은 얼굴로 미소를 띠었다.

"그리 생각하신다니 다행입니다. 다만, 그 화친은 영원한 것이 아니지요."

"그렇다마다요. 세상에 영원한 것이 어디 있겠습니까? 일시적인 화평책일 뿐이지요. 나중에 대장군이 돌아오시면 함께 힘을 합쳐 초나라를 정복해야 합니다."

장량의 말에 한신이 고개를 끄덕였다. 그리고 그가 말을 이었다.

"한데 세상사 얻는 것이 있으면 잃는 것도 있게 마련입니다. 초패왕과 화친을 논하려면 천하를 양분하자는 제안쯤은 해야 하지요. 그래야 항우가 우리를 의심하지 않을 것입니다."

이번에도 한신의 말에 장량과 진평이 흔쾌히 동의했다. 그들은 오랜만에 밤이 깊도록 술잔을 나누며 회포를 풀었다. 그럼에도 이튿날 아침 일찍, 장량과 진평이 한왕에게 돌아와 한신과 상의한 내용을 이야기했다. 그들은 유방에게 화친을 권하는 서찰을 써서 항우에게 보내라고 조언했다. 그렇게 한왕이 써 보낸 서찰의 내용은 대략 다음과 같았다.

'초패왕 그대에게 마지막 남은 형제의 정으로 화친을 제안한다. 홍구(鴻溝)를 경계로 서쪽은 한나라가, 동쪽은 초나라가 다스리도록 하자. 나의 화친 제안을 받아들인다면 광무산에서 군사를 퇴각시킬 것이다.'

한왕의 서찰을 받은 초패왕은 그 속내가 궁금해 한참 동안 고민을 거듭했다. 하지만 군량미도 바닥나 가는 마당에 배짱을 부릴 여유가 없었다. 항우는 화친 제안을 받아들인다는 답신을 써서 유태공이 가져가게 했다. 그것은 초패왕으로서 내

보인 일종의 유화책이었다. 또한 아직 자신의 진영에 여후가 있으니 문제될 것이 없다고 판단했다.

초나라와 한나라의 화친 서약은 두 국왕이 직접 만나 맺기로 했다. 장소는 홍구였다. 그곳은 운하인데, 양쪽으로 기름진 평야가 펼쳐져 있었다. 초패왕과 한왕은 저마다 화려한 수레를 타고 홍구로 향했다. 군사는 서로 백 명씩만 데려가기로 했으나 두 사람 모두 기싸움에서 지고 싶지 않았다. 오랜만에 얼굴을 마주한 항우와 유방이 한동안 서로의 눈을 노려보았다. 하지만 그날은 화친을 위해 모였기 때문에 더 이상 논란거리를 만들 필요가 없었다. 두 국왕은 화친 조약서에 나란히 서명했다. 그 모습을 지켜보는 양 진영의 병사들이 안도의 한숨을 내쉬었다. 모두 그것이 얼마 만에 찾아온 평화인지 선뜻 실감하지 못하는 표정이었다.

그날 항우는 유방에게 또 하나의 선물을 선사했다. 다름 아니라 여후를 돌려보낸 것이다. 하기야 여후를 계속 인질로 붙잡고 있으면서 화친을 운운할 수는 없는 노릇이었다. 한왕은 약속대로 광무산에 주둔하고 있던 군사를 퇴각시켰다. 그제야 초패왕도 군사를 이끌어 오랜만에 팽성으로 돌아갈 수 있었다.

그로부터 얼마의 세월이 흘렀을까?

옛말에 이르기를 세상에 두 개의 태양은 존재할 수 없다고 했다. 두 명의 호걸이 언제까지나 천하를 양분하는 것도 불가능한 이야기였다. 세상만사 결국 끝장을 봐야 할 일이 있게 마련이었다. 하루는 장량이 한왕을 알현해 진지하게 말문을 열었다.

"폐하, 이제 기지개를 펴실 때가 되었습니다."

"무슨 뜻인가, 자방?"

"초나라는 지금 국운이 기울고 있습니다. 올해 농사도 흉작이라 군량미 사정도 별로 나아지지 않은 형편이지요. 그러니 이번 기회에 다시 천하를 품기 위한 비상을 시작하십시오."

"하지만 우리는 초나라와 화친 조약을 맺지 않았나?"

한왕이 장량의 속마음을 헤아리지 못할 까닭이 없었다. 다만 화친 조약을 깨고 초나라를 공격하려면 명분이 필요했다. 그러자 장량이 더욱 단호하게 말을 이었다.

"천하에 두 황제가 존재할 수는 없습니다. 지난날 진시황이 그러했듯 이제 다시 대륙을 통일하는 호걸이 나타나야 합니다. 저는 그 주인공이 한왕 폐하임을 믿어 의심치 않습니다. 부디 작은 신의에 얽매어 큰일을 그르치지 마십시오. 지금 초패왕의 지배를 받는 땅의 백성들은 가난과 폭정에 신음하고 있습니다. 그들이 새로운 태양, 폐하를 간절히 기다리고 있습니다. 민심도 폐하의 것임을 기억하십시오."

장량의 주관이 워낙 강건해 한왕은 가만히 경청할 수밖에 없었다. 또한 한왕이 듣기에 마음이 설레는 말이기도 했다.

그런데 그와 같은 생각을 갖고 한왕을 찾아온 이가 단지 장량만이 아니었다. 진평과 수하 등은 물론이고 원칙을 중요시하는 육가까지 한나라의 봉기를 주장했다. 하기야 육가는 원래 초패왕과 화친을 맺으면 안 된다고 강력히 주장한 인물이었다. 한왕은 몇 날 며칠 숙고한 끝에 장량을 불러 이야기했다.

"자방의 의견을 따르겠네. 제나라 땅에 있는 한신을 불러오게."

"네, 폐하!"

장량은 한왕의 결심을 알고 무척 기뻤다. 그는 한왕이 한신을 찾는 이유도 단박에 알아차렸다. 장량이 한신을 만나러 떠나기 전, 한왕에게 한 가지 건의를 올렸다.

"폐하께서는 한신 대장군을 제왕으로 삼으셨습니다. 하지만 그것은 번지르르한 허울일 뿐 아직 정식으로 제나라 땅의 지배를 허락하지는 않으셨지요. 이번에 대장군을 만나 중요한 임무를 맡기시려거든 큰 선물부터 하사해 진정어린 충심을 얻으십시오. 제 생각에, 제왕에게는 초나라 영토인 회음까지 떼어주겠다고 약속하시는 것이 좋을 듯합니다. 한신 대장군의 고향이 그곳이니까 말입니다."

한왕은 장량의 건의에 선뜻 대답하지 못했다. 한신의 위상을 감안하면 그렇게 하는 것이 마땅하지만 왠지 마음 한쪽이 찜찜했기 때문이다. 그러자 장량이 이어 말했다.

"앞으로 천하를 지배하는 황제는 모든 영토를 혼자서 다스릴 수 없습니다. 각 지역의 국왕들에게 자율권을 주되, 그들을 효과적으로 통제하면 되지요. 국왕들이 황제에게 충성을 다짐한다면 아무런 문제가 없을 것입니다. 행여 반발하는 국왕이 있다면 대군을 동원해 혼쭐을 내주면 그만입니다."

장량은 뛰어난 책사일 뿐만 아니라 시대의 변화에도 민감한 위인이었다. 그는 언젠가 대륙을 통일하더라도, 과거 진나라와는 다른 방식으로 천하를 다스려야 한다고 생각했다. 장량이 말이 계속됐다.

"그리고 한신 대장군에게 영토를 하사하시는 김에 영포와 팽월 등도 제후로 인정해 땅과 관작(官爵)을 내리십시오. 한때 영포는 구강왕으로, 팽월은 양왕으로 위세를 떨치지 않았습니까? 그런 자들이 한왕 폐하의 수하에 들어와 여러 공을 세웠으니 속으로는 그에 걸맞은 보상을 바라고 있을 것입니다. 이제 폐하께서 천하를 품으실 날이 머지않았습니다. 모쪼록 장수들을 잘 다독여 반드시 대업을 이루셔야 합니다."

한왕이 듣고 보니 장량의 말이 전적으로 옳았다. 한신과 영포, 팽월을 자신의 명령에 따라 다시 움직이게 하려면 뭔가 그럴듯한 대가를 안겨주어야 했다. 더 이상 국왕의 권위만으로 그 장군들을 다그칠 수는 없는 노릇이었다. 더구나 그들은 모두 항우의 사람이었다가 한나라 국왕 유방에게 넘어온 인물들이 아닌가. 그들은 충성심이 강했지만, 자신의 재능을 인정받지 못하거나 부당한 처우에 끝까지 인내하는 성격도 아니었다.

"그 또한 자방의 말을 따르겠네. 한신을 제나라 땅 전부를 다스릴 수 있는 삼제왕(三齊王)에, 영포를 회남왕(淮南王)에, 팽월을 대량왕(大梁王)에 봉하도록 하지."

"잘 생각하셨습니다, 폐하!"

장량은 자신의 뜻이 관철되어 기분이 좋았다. 그는 곧장 제나라 땅으로 가서 한신을 만나 한왕의 칙서를 전했다. 한신은 이제 초나라만 정복한다면 제나라 영토는 물론이고 회음까지 자기가 지배할 수 있다는 생각에 가슴이 부풀었다. 한신은 그 무렵 성고성에 머물고 있던 한왕에게 한달음에 달려가 머리를 조아리며 예를 갖췄다.

"어서 오게."

한왕이 다정한 얼굴로 한신의 어깨를 감쌌다. 그리고 새로운 명을 내렸다.

"자네를 한나라 군사의 대원수로 삼겠네. 대군을 이끌고 가 초나라를 정벌하게!"

"감사합니다, 폐하! 분부를 거행하겠습니다."

대장군도 군사의 총지휘관이었지만, 대원수는 그보다 더 명예로운 관직이었다. 한신은 자신을 극진히 대우하는 한왕을 향해 충성을 맹세했다. 장량이 곁에서 흐뭇한 미소를 짓더니, 속히 전령들을 불러 영포와 팽월에게도 소집을 명하는 한왕의 칙서를 보냈다.

그렇게 이레 가까운 시간이 흐르자, 한신을 비롯한 한나라의 여러 장군들이 저마다 병사를 이끌고 성고성으로 모여들었다. 한왕의 직속 부대만 해도 20만에 이르는 대단한 규모였는데, 각 제후와 장군들의 군사까지 합류하자 실로 어마어마한 위용을 뽐냈다. 한신이 데려온 군사 15만을 비롯해 그 수가 무려 100만에 육박했다. 게다가 한왕은 관중처럼 비옥한 농토를 많이 갖고 있어 군량미 보급에도 걱정이 없었다.

"자, 드디어 모든 준비를 마쳤다. 이번에는 나도 함께할 것이니, 대원수 한신은 어서 초나라로 진격하라!"

마침내 한왕의 공격 명령이 하달됐다. 선봉에 선 한신이 백만 대군을 통솔해 초나라를 향해 힘껏 내달렸다. 병사들의 고함소리에 땅이 울리고 초목이 흔들렸다. 한왕까지 직접 함께하니 군사의 사기가 하늘을 찌를 듯 높았다. 그 기세라면 순식간에 초나라를 정벌할 것처럼 보였다.

하지만 한신은 침착했다. 그는 자만과 방심이 패배를 불러온다는 사실을 잘 알고 있었다. 한신은 구리산(九里山)에 이르자 병사들을 멈춰 세웠다. 그곳은 산세가 매우 험한 지형이었다.

"왜 그러십니까, 대원수?"

영포가 물었다.

"이곳에 병사들을 일부 매복시키시오."

"네?"

영포는 한신의 책략을 선뜻 헤아리지 못했다. 곁에 있던 팽월과 진평, 소하 같은 장수들도 그의 말뜻을 쉬 알아채지 못했다. 그러자 한신이 자세히 설명했다.

"나의 전략은 한마디로 십면매복(十面埋伏)이요. 사방에 매복해서 적을 포위한다는 의미지. 병사들이 구리산에 숨어 있으면, 내가 이끄는 본진이 초나라 군사를 유인해 이곳으로 올 거요. 그때 매복해 있던 우리 병사들이 일제히 뛰쳐나와 본진과 힘을 합치면 단숨에 승기를 잡을 수 있소. 초패왕은 아무것도 모르고 우리를 추격하다가 큰 낭패를 보게 될 것이오."

그제야 한나라 장군들이 고개를 끄덕였다. 한신의 책략을 전해들은 한왕도 기발한 전술이라며 무릎을 쳤다.

한신의 십면매복 책략은 철저했다. 그는 구리산 계곡을 기준으로 각 방위에 영포, 주발, 장이, 왕릉, 조참 등 10명의 장수를 매복시켰다. 그들이 이끄는 병사들의 수만 해도 각각 3만씩, 모두 30만 대군이었다.

그 후 한신은 한왕과 함께 본진을 통솔해 계속 진격했다. 한신은 한왕을 보호하고 본진의 편대를 짜는 책략에도 소홀함이 없었다. 그는 장량과 진평의 군사를 한왕의 좌우에 날개처럼 배치하고, 장수 공희(孔熙)와 진하(陳賀)에게 전방 경호 임무를 지시했다. 아울러 후방은 하후영이 책임지게 하는 등 효과적으로 군사를 나누었다.

한왕이 군사를 일으켜 초나라로 진군한 지 닷새가 지났다. 그 사이 일행은 초나라 영토가 멀리 바라다 보이는 곳에 이르렀다. 한신이 한왕에게 또 다른 책략을 이야기했다.

"폐하, 저는 이 근처 회해(會垓)에 진을 치고 있겠습니다. 곧 초패왕이 모습을 드러낼 테니 그와 맞서 싸우시다가 못 이기는 척 회해로 오십시오. 신이 그곳에 숨어 있다가 기습해 일격을 가하겠습니다."

"음, 이중 삼중으로 적을 함정에 빠뜨리자는 얘기로군. 대원수의 책략대로 하겠네."

한왕은 대원수 한신이 더없이 믿음직스러웠다.

그때, 한나라가 화친을 깨고 군사를 일으켰다는 소식이 초패왕에게 전해졌다. 항우가 버럭 소리를 내지르며 흥분했다.

"유방 이놈이 나를 기만했구나! 눈에는 눈, 이에는 이. 이번 기회에 한나라 놈들을 깡그리 죽여 없애주마!"

그 무렵 항우의 군사도 50만의 대군으로 불어나 있었다. 하지만 유방의 군사가 100만에 달했으니 일단 수적으로 열세를 면치 못했다. 게다가 흉작 탓에 군량미 보급도 넉넉한 편이 아니었다. 그럼에도 초패왕은 결전의 투지를 불살랐다.

초패왕이 군사를 지휘해 전장으로 말을 달린 지 얼마 지나지 않아 한왕의 군사가 눈에 보였다. 항우가 한나라 진영을 향해 벼락같이 고함을 내질렀다.

"유방, 이놈! 어서 나와 나의 창을 받아라!"

그 소리를 들은 유방이 호탕하게 웃으며 항우를 자극했다.

"일국의 국왕이라는 자의 처신이 가볍기 짝이 없구나. 너는 아직 용기와 만용을 구별하지 못하는 한심한 자로구나."

한왕이 비아냥거리자 항우의 얼굴이 시뻘겋게 달아올랐다. 한때는 깍듯이 예를 갖추던 유방이 마치 아랫사람 대하듯 자신을 나무라자 화가 치밀어 오른 것이다. 항우는 창을 치켜들고 타고 있던 명마 오추마(烏騅馬)에 박차를 가해 유방의 진영으로 내달렸다. 곁에 있던 초나라 장수들이 미처 말릴 새도 없이 벌어진 일이었다.

"유방, 이놈! 어디 있느냐? 그 잘난 낯짝 좀 보자꾸나!"

항우의 목소리가 쩌렁쩌렁 울려 퍼졌다. 그때 한나라 진영에서 두 장수가 항우를 향해 말을 달려 나왔다. 한왕의 전방 경호 임무를 맡은 공희와 진하였다. 곧 그들의 창과 항우의 창이 불꽃을 튀기며 부딪쳤다. 사실 공희와 진하는 창술에 관한 한 일가견이 있는 장수들이었다. 하지만 그들은 항우를 당해내지 못했다.

"가소로운 것들! 너희들의 잘난 국왕을 대신해 먼저 죽으려고 하는구나!"

항우는 한꺼번에 두 장수와 맞붙었는데도 어린아이를 상대하듯 여유가 넘쳤다. 결국 머지않아 항우의 창이 진하의 심장을 찔렀다.

"으악!"

진하가 외마디 비명과 함께 땅바닥에 나뒹굴었다. 곧이어 항우는 공희를 향해서도 날카롭게 창을 휘둘렀다. 이번에는 공희의 어깨에서 피가 솟구쳤다. 큰 부상을 입은 공희는 그대로 말머리를 돌려 자기 진영으로 달아났다. 그 모습을 본 항우가 칠흑같이 검은 흑마 오추마의 고삐를 잡아당기며 다시 고함을 내질렀다.

"비겁한 유방아, 부하들만 죽이지 말고 냉큼 나와서 나와 한번 싸워보자!"

그러나 이번에도 유방 대신 하후영이 달려 나왔다.

"어디 감히 한왕 폐하의 이름을 말하느냐? 너 같은 무뢰배는 내가 상대하마!"

하후영은 기골이 장대한 항우 앞에서 전혀 기가 죽지 않았다. 하지만 싸움은 호기로 하는 것이 아니었다. 하후영은 금세 항우의 힘과 무예를 당해내지 못했다. 하후영이 다시 말머리를 돌려 꽁무니를 내빼자 항우가 박차를 가해 뒤쫓았다. 그러자 초패왕을 혼자 둘 수 없었던 초나라 장군들도 일제히 한나라 진영을 향해 내달렸다.

"초나라 군사가 밀려온다. 죽음을 두려워하지 말고 싸워라!"

그제야 한왕도 전면에 나서 병사들을 독려했다. 그렇다고 초패왕과 일대일로 맞서는 무모한 일은 벌이지 않았다. 한동안 초나라와 한나라 양쪽 병사들이 치열한 접전을 벌였다. 항우의 창에 무수한 한군이 죽음을 맞았고, 한왕의 칼에 또 수많은 초군의 목이 베어졌다. 누가 보더라고 어느 한쪽의 우세를 이야기할 수 없는 박빙의 승부였다. 그런데 잠시 뒤, 한왕이 뜻밖의 명령을 내렸다.

"모두 퇴각하라!"

한왕의 명령에 따라 한나라 장수와 병사들이 어느 한 방향으로 내달리기 시작했다. 말하나 마나 그곳은 한신과 약속한 회해였다.

"적들이 달아난다. 빨리 뒤쫓아 가서 전부 작살을 내버려라!"

초패왕이 병사들을 채근했다. 그때 곁에 있던 종리매가 항우를 막아섰다.

"폐하, 뭔가 이상합니다. 저들이 왜 갑자기 퇴각을 하겠습니까?"

"그야 나의 기세에 눌렸기 때문이 아닌가."

초패왕은 한왕이 자기에게 겁을 집어먹어 도망가는 것이라고 생각했다. 단순하기 짝이 없는 항우는 종리매의 만류에도 불구하고 계속 한왕을 뒤쫓았다. 그리고 그들의 발걸음이 회해에 이르렀을 때, 드디어 한왕이 퇴각한 이유를 깨달을 수 있었다. 근처 수목 사이에 숨어 있던 한신의 병사들이 한꺼번에 쏟아져 나와 초군에 공격을 퍼부은 것이다.

"아니, 이놈들이 어디에 있었던 것이냐?"

항우가 어리둥절한 표정으로 당황했다. 종리매와 계포가 초패왕에게 달려드는 한나라 병사들의 목을 잇달아 베었다. 뒤이어 우자기와 주란도 초패왕을 호위하며 포위망을 뚫기 시작했다. 한신이 그 모습을 보고 느끼는 바가 있었다.

"역시 초패왕을 만만히 볼 수 없구나. 아직 초나라에는 훌륭한 장수들이 많이 있다. 그들의 충성심 또한 누구에게도 뒤지지 않는다."

그때 한왕도 한신과 비슷한 생각을 했다. 한신 대원수가 이리저리 말을 몰며 초군을 격퇴했으나 초패왕에게 다가가기는 쉽지 않았다. 초나라의 여러 장수들이 죽음을 각오하고 자신들의 주군을 보호했다. 그 덕분에 항우는 가까스로 회해를 빠져나올 수 있었다.

얼마 후, 초나라 진영으로 되돌아온 초패왕이 한숨을 내쉬었다.

"내가 유방의 계략에 속아 넘어갔구나……."

그때 또 다른 소식이 항우에게 전해졌다.

"폐하, 한신이 팽성으로 진격했다고 합니다. 그곳의 운명이 바람 앞의 촛불 같습니다."

"뭐라고? 한신이 나를 추격하는 대신 팽성으로 향했구나. 역시 명장은 명장이로다……."

초패왕에게 팽성은 마지막까지 자신의 권력을 지켜줄 요새였다. 그러므로 그곳이 한나라에게 넘어갔다는 것만큼 충격적이 소식도 없었다.

"팽성을 되찾지 못한다면 더는 천하를 꿈꿀 수 없다. 빨리 전열을 정비해 팽성부터 되찾아야 한다. 서둘러 병사들을 진격시켜라!"

회해에서 큰 피해를 입은 초나라 병사들은 몹시 지쳐 있었다. 군량미도 제때 보급되지 않아 배가 고픈 병사들도 적지 않았다. 그처럼 정신과 몸이 모두 피폐해진 상태이니 적과 맞서더라도 얼마나 힘을 낼지 알 수 없는 노릇이었다. 그렇다고 국왕의 명을 거역할 수도 없었다. 초나라 병사들은 겨우 몸을 일으켜 팽성 쪽으로 걸음을 옮겼다.

그런데 그들이 팽성에 가려면 구리산을 지나가야 했다. 그곳에는 한신의 십면매복 책략이 치밀하게 준비되어 있었다. 그 사실을 전혀 알 리 없는 초패왕은 별다른 경계심 없이 계곡으로 접어들었다. 구리산의 깊은 계곡으로 연신 서늘한 바람이 휘몰아쳤다.

"왠지 으스스하군."

계포가 종리매에게 말했다.

"나도 그런 기분일세. 뭔가 심상치 않은 일이 벌어질 것 같아."

종리매도 불안한 낯빛으로 맞장구를 쳤다.

초나라 맹장들의 예감은 틀리지 않았다. 초패왕 일행이 계곡 한가운데 들어섰을 때, 사방에서 벼락같은 고함소리가 터져 나왔다.

"모두 공격하라! 한 놈도 살려두지 마라!"

그와 동시에 사방에서 칼과 창을 든 한나라 병사들이 쏟아져 나왔다. 영포, 팽월, 주발, 장이, 왕릉, 조참, 오예, 장도, 진희(陳豨), 부관(傅寬) 같은 한나라 장군들이 병사들을 이끌었다. 계곡 사방에서 30만에 이르는 대군이 공격을 감행하니 초나라 군사는 꼼짝없이 독 안에 든 쥐 신세였다. 사방에서 살점이 찢겨 피가 튀고 머리통이 땅바닥에 나뒹굴었다.

"아, 여기서 죽는구나……."

그처럼 상황이 긴박하자 웬만한 초나라 장수들도 점점 싸울 의욕을 잃어갔다. 그때 초패왕 항우가 오추마의 고삐를 쥐락펴락하며 직접 병사들을 지휘했다.

"정신만 똑바로 차리면 살 수 있다! 모두 무기를 움켜쥐고 서로 등을 맞대 적과 싸워라! 이렇게 죽으나 저렇게 죽으나 매한가지이니, 이왕이면 투지를 불태워 적의 목을 하나라도 더 베어라!"

초패왕의 독려는 즉각 효과가 있었다. 한군의 기습에 속수무책(束手無策)으로 당하던 초나라 병사들이 젖 먹던 힘까지 다해 극렬히 저항했다. 종리매와 계포를 비롯한 여러 장수들도 정신이 번쩍 들어 이리저리 돌파구를 찾아 말을 달렸다. 방금 전까지 일방적이던 전세가 순식간에 비등해졌다. 무엇보다 눈에 띄는 것은 초패왕 항우의 활약이었다.

"이놈들, 전부 덤벼라!"

원체 덩치가 크고 힘이 장사인 항우 앞에 한나라 장군과 병사들의 목이 추풍낙엽처럼 날아갔다. 그야말로 일당백, 아니 일당천이라고 해도 과언이 아니었다. 한나라의 여러 장수가 사태를 수습하기 위해 항우에게 달려들어 용감히 맞섰으나 상대가 되지 못했다. 십면매복을 펼친 10명의 장군이 힘 모아 협공해도 항우는 끄떡없이 전장을 누볐다.

"와, 듣던 대로 용장이구나."

오예가 감탄했다.

"정말이지 힘과 무예만큼은 천하제일이다."

주발도 탄성을 금치 못했다. 그때 영포와 팽월이 한목소리로 항우를 추앙했다.

"인덕이 부족하기는 해도, 과연 신장(神將)이라 할 만하구나!"

신장은 불가(佛家)의 화엄경을 보호하는 화엄신장(華嚴神將)에서 비롯된 말이었다. 한마디로 전략과 전술에 능한 최고의 장수라는 뜻이었다.

초패왕 항우의 눈부신 활약에 결국 한나라 병사들은 퇴로를 열어줄 수밖에 없었다.

"오늘과 같은 초패왕의 놀라운 실력을 직접 보았다면, 한신 대원수께서도 우리를 이해하실 것이네."

"그럼, 그렇다마다……."

한나라의 장군들은 멀리 사라져가는 초패왕의 뒷모습을 바라보며 자신들의 결정을 합리화했다. 하기야 그들의 말이 결코 틀린 것도 아니었다.

그런데 초패왕 역시 더는 팽성으로 향할 여력이 없었다. 그만큼 한신이 펼친 십면매복 책략으로 입은 피해가 컸던 것이다. 초패왕은 처음 한왕과 맞닥뜨렸던 곳으로 돌아가 진지를 구축했다. 거기에서 전열을 정비해 재기를 도모할 생각이었다. 하지만 초패왕이 진영의 이곳저곳을 둘러보니 상황이 더여의치 않았다.

"군사가 겨우 1만도 남지 않았다는 것이냐?"

초패왕이 계포의 보고를 받고 심각하게 물었다.

"그렇습니다……. 군량미도 거의 바닥이 드러난 상태입니다."

계포가 차마 고개를 들지 못했다. 그때 항백이 조심스레 말문을 열었다.

"이곳에 머무는 것도 임시방편(臨時方便)일 뿐입니다. 언제 한군이 들이닥칠지 모르니 적의 사정권에서 멀리 벗어나는 것이 상책입니다. 비록 1만의 군사가 남았지만 모두들 폐하를 위해 목숨을 아끼지 않을 것입니다."

"나보고 어디로 가라는 것입니까?"

"강동(江東)으로 가셔야 합니다. 지금은 거기가 어느 곳보다 안전합니다."

항백의 말을 듣는 항우의 표정이 몹시 울적해 보였다.

"우후(虞后)는 어디 있습니까?"

초패왕은 여러 왕후들 중 자신이 가장 아끼는 우미인을 찾았다.

"우후께서도 지금 이곳에 계십니다. 일단 폐하께서 병사들과 강동으로 피신하시면, 제가 책임지고 우후와 함께 뒤를 따르겠습니다."

항백이 이렇게 말하자 초패왕도 마음을 놓는 눈치였다.

초패왕 항우는 문득 쓸쓸한 기분에 잠겨들었다. 어느덧 차가운 바람이 불어오는 늦가을의 정취 탓만은 아니었다. 천하의 초패왕이 적의 공격에 쫓겨 어디로든 달아나야 하는 현실이 가슴을 저리게 한 것이다. 그 상대가 한왕 유방이라 더욱 마음이 아팠다. 한때 자신의 수하에 있던 여러 장군들이 이제는 유방을 도와 자기를 쫓고 있었다. 항우는 어디서부터 잘못된 것일까 고민하며 깊은 상념에 잠겼다. 평소 항우답지 않은 모습이었다. 그만큼 초패왕이 처한 상황이 심각했다.

항우, 사면초가에 몰리다

초패왕 항우가 강동으로 향할 무렵, 한신은 다른 장군들을 비롯해 책사들과 함께 전략 회의를 열었다. 구리산에서 있었던 일을 보고받은 한신이 별다른 표정 변화 없이 차분하게 말했다.

"나는 일찍이 항우가 얼마나 대단한 위인인지 잘 알고 있었네. 다만 그의 성품이 과격해 민심을 얻지 못했으나 호걸 중의 호걸이라고 할 만하지. 그러니 그를 생포하거나 죽음에 이르게 할 때까지는 한시도 방심하면 안 되네."

"대원수의 말씀을 명심하겠습니다."

한신의 말에 장군들이 합창하듯 화답했다. 그 무렵 한나라 장군들은 대원수 한신을 진심으로 믿고 따랐다. 한신이 부하 장군들과 책사들을 휘둘러보며 물었다.

"지금 초패왕이 어디에 머물고 있나?"

"강동입니다."

장량이 말했다. 한신이 부드러운 눈빛으로 장량을 바라보았다.

"그러면 강동으로 진격해 총공격을 감행해야겠군요. 우리의 군사가 훨씬 많으니 강동에 있는 초패왕의 진영을 완전히 포위할 수 있을 것입니다."

한신은 평소 장량의 책략이 매우 뛰어난 것을 인정하고 있었다. 그래서 대원수의 신분을 내세우지 않고 정중히 말했다.

그런데 장량이 다른 의견을 내놓았다.

"적의 군사가 이제 1만에 불과하다고는 하나 충성심만큼은 대단합니다. 군량미도 부족하고 전투에 패해 궁지에 몰리다 보니 오히려 결집력이 더 강해졌지요. 그들은 군주를 위해 죽음을 두려워하지 않을 것입니다."

"그러면 어떻게 해야 좋겠습니까?"

"적을 오합지졸로 만들어야 합니다."

"방법이 있습니까?"

"무릇 사람은 마음먹기에 따라 강자가 되기도 하고 약자가 되기도 합니다. 그러니 그들의 심정을 나약하게 만들 수만 있다면 군사로서 아무 위력을 발휘할 수 없게 되지요."

한신이 별 말 없이 가만히 지켜보자 장량이 헛기침을 하며 말을 이었다.

"하비에 퉁소를 무척 잘 부는 예인(藝人)이 있습니다. 그를 강동에 데려가 매일 밤 산마루에서 퉁소를 연주하게 하면 초군의 심정이 한순간에 허물어질 것입니다. 그의 처량한 음악 소리를 듣고 고향에 남겨둔 식구들을 떠올리며 눈물짓지 않을 자는 한 사람도 없습니다. 그의 연주는 사람이 깊은 감상에 빠져 허우적대다 스스로 목숨까지 끊게 하는 위력이 있다고 할 정도입니다."

"그게 정말입니까?"

장량이 내놓은 뜻밖의 책략에 한신의 눈이 동그래졌다. 항상 칼과 창으로 상대를 굴복시켜온 장군들도 어안이 벙벙해 달리 말문을 열지 못했다.

"처량한 퉁소 소리로 초패왕의 군사가 오합지졸이 되면 손쉽게 적을 정벌할 수 있겠군요."

한신은 기꺼이 장량의 책략에 동의했다. 장량은 곧 하비로 사람을 보내 예인을 모셔 왔다. 더불어 가객(歌客)들도 수소문해, 쓸쓸한 퉁소 소리와 함께 애잔하기 짝이 없는 노래를 들려주어 초나라 병사들의 마음을 더 깊이 후벼 파놓을 준비를 했다. 그렇다고 장량의 책략에만 의존할 한신이 아니었다. 그는 대원수로서 군사적 책략을 병행했다.

"예인과 가객들이 초나라 병사들의 마음을 허물어뜨리면

필시 고향을 그리워하며 진영을 뛰쳐나오는 자들이 있을 것이다. 그에 대비해 주변에 군사를 매복시켜두었다가 항복하는 자들을 거두어라. 설령 저항하는 자가 있더라도 그런 마음으로는 용맹하지 못할 것이 틀림없으니 쉽게 제압할 수 있을 것이다."

장량은 그 말을 듣고 대원수의 철저함에 탄복했다. 그와 같은 훌륭한 장군의 지휘를 받는다면 어떤 전투에서도 승리할 수 있다고 생각했다.

며칠 후, 강동 땅에 다다른 예인과 한나라 군사가 일사천리로 작전에 돌입했다. 때는 만추(晚秋)였다. 서늘한 바람에 이리저리 낙엽이 흩어지는 풍경만 봐도 너나없이 소슬한 기분에 잠길 분위기였다. 칼과 창을 든 병사들이라고 다르지 않았다. 오히려 몇 번이나 생사의 고비를 넘나든 그들이기에 가슴속으로 오만가지 감정이 물밀듯 밀려들었다. 그중 가장 깊은 감정은 고향땅에 남겨두고 온 식구들에 대한 그리움이었다. 캄캄한 밤하늘 밑에서 보초를 서고 있다 보면 자기도 모르게 뜨거운 눈물이 흘러내렸다.

그때였다. 어디선가 갑자기 처량한 통소 소리가 들려왔다. 그것을 듣는 병사들의 마음이 메마른 낙엽처럼 부서져 내렸다. 혹시라도 적이 나타날까 날카롭게 곤두서 있던 경계심이 허물어지고, 그 마음자리에 오랫동안 부모와 처자식을 보지 못한 슬픔이 가득 들어찼다. 그날따라 달빛도 더없이 처연했다.

그 순간, 초나라 병사들의 마음을 더욱 뒤흔드는 구슬픈 노랫소리가 이어졌다. 장량이 섭외한 가객들의 노래였다. 급기야 초나라 병사들 사이에서는 소리 내어 울음을 터뜨리는 자들이 있었다. 그런 눈물은 전염성이 강해 너도 나도 꺼이꺼이 울며 젖은 얼굴을 문질렀다. 가객들이 부른 노래의 가사는 대략 다음과 같은 내용이었다.

'부모와 생이별, 처자식과 생이별/ 고향 떠난 지 벌써 몇 해인가/ 주린 배 움켜잡고 잠드는 밤, 식구들과 마주하는 밥상이 그립네/ 나 없이 집안 살림 누가 돌보나/ 나 없이 늙은 부모 누가 돌보나/ 나 없이 병든 자식 누가 돌보나/ 아아, 슬픈 가을밤이여/ 아아, 가슴 저미는 기러기 울음소리여……'

정말이지 이런 노랫소리를 듣고 가슴이 무너져 내리지 않을 사람은 아무도 없었다. 그 장소가 전장이라서 더욱 애절할 수밖에 없는 분위기였다. 그때 또 다른 노래가 이어졌다. 이번 노래의 가사는 은근히 병사들을 회유하는 내용이었다. '그대 지금 누굴 위해 싸우는가/ 초패왕은 병사의 목숨을 아끼지 않네/ 초패왕은 병사가 굶주려도 관심이 없네/ 그와 달리 한왕은 어떤가/ 한왕은 마음이 너그러운 성군이네/ 한왕은 항복하는 적을 기꺼이 안아주네/ 그대 이제 누굴 따르려는가/ 이

대로 죽을 것인가. 이곳을 떠나 살 것인가⋯⋯.'

그 노랫소리에 초나라 병사들이 골똘히 생각에 잠겼다. 고향 생각으로 뭉클하던 가슴이 어떻게든 살아남아야겠다는 다짐으로 변했다. 초나라 병사들이 서로의 얼굴을 바라보며 수군댔다.

"여보게, 가슴이 미어지지 않나? 고향에 있는 식구들이 보고 싶어 미치겠네."

"나도 마찬가지일세. 참으로 못 견디겠네."

급기야 탈영을 이야기하는 병사들까지 줄줄이 생겨났다.

"한왕에게 투항하면 정말 목숨을 살려줄까?"

"그럴 것이네. 한왕은 초패왕의 인품과 다르다고 하지 않나. 한왕이 정복한 성의 백성들이 너나없이 한왕을 칭송한다네."

"그렇다면 망설일 이유가 없지 않나? 당장 군영을 벗어나 한왕에게 투항하세!"

"그래, 가세. 함께 가자고!"

한번 일어난 불길은 순식간에 수많은 병사들의 마음을 뒤흔들었다. 그들은 누가 먼저라고 할 것도 없이 무기를 집어던진 채 우르르 탈영하기 시작했다. 그 광경을 지켜보던 장군들은 굳이 병사들을 가로막지 않았다. 너무나 갑작스럽게 벌어진 일이라 당황스러웠고, 자신들도 통소 소리와 노랫소리에 마음이 한없이 비창(悲愴)한 까닭이었다.

그때 진영 밖으로 달아나는 부하들을 멍하니 지켜보기만 하던 종리매가 계포에게 말했다.

"일단 초패왕 폐하께 이 일을 보고해야겠네."

그제야 가까스로 정신을 차린 계포가 고개를 끄덕였다. 두 장군은 서둘러 항우가 있는 군막으로 향했다.

"폐하, 큰일났습니다. 밖으로 나와 보십시오!"

종리매가 다급히 초패왕을 불렀다. 그러나 군막 안에서는 아무런 인기척이 들리지 않았다. 간만에 우후와 잠자리에 든 항우가 그녀를 품에 안고 깊이 잠들어 있었기 때문이다. 계포가 고개를 가로저으며 종리매에게 말했다.

"폐하께서 지금 이 사실을 안다고 달라질 것은 없소. 차라리 우리도 군영 밖으로 몸을 피했다가 훗날을 도모하는 것이 낫지 않을까 하오. 폐하의 성품에 모든 것을 버리고 달아나실 리 없으니, 우리라도 어서 한나라의 포위망을 뚫고 나가 목숨을 부지합시다. 그래야만 폐하가 한왕의 군사에 사로잡히시더라도 구출할 수 있지 않겠소?"

종리매가 듣기에도 그 말에 일리가 있었다. 한왕이 예인과 가객까지 동원해 병사들을 회유하는 책략을 펴는 것을 보니, 이미 한나라 군사도 강동의 진영을 포위하고 있는 것이 틀림없었다. 그러니 가만히 있다가 개죽음을 당하는 것보다, 굴욕스럽지만 일단 몸을 피해 훗날을 기약하는 편이 낫다고 판단했다. 종리매가 굳은 얼굴로 계포의 제안에 동의했다.

두 장군이 초패왕의 군막을 떠나 병사들에게 돌아와 보니 사태는 예상보다 훨씬 더 심각했다. 1만 명 남짓하던 병사의 수가 1천도 채 안 되게 남아 있지 뭔가. 게다가 장수들의 모습도 거의 보이지 않았다. 종리매와 계포 역시 속히 행장을 수습해 달아나는 병사들 속으로 숨어들었다. 마침 항백이 그들을 발견했으나 굳이 만류하지 않고 지켜보기만 했다.

"아, 초나라의 국운이 완전히 기울었구나……."

항백은 한탄하며 계속 혼잣말을 중얼거렸다.

"나도 결단을 내려야 할 때가 왔다. 죽음까지 무릅쓰면서 끝까지 초패왕에게 충성을 맹세할 수는 없지 않나? 자칫 나와 초패왕이 모두 죽음을 맞는다면 우리 항씨 가문의 제사는 누가 모신단 말인가?"

이렇게 생각한 항백은 스스로 한나라에 투항하기로 결심했다. 한때 호북에서 목숨이 위태로운 장량을 돌봐준 적이 있으니 한나라에 가도 벼슬자리 하나쯤은 얻을 수 있을 것이라고 믿었다. 그는 항씨 가문의 명맥을 유지해야 먼 훗날 초나라를 다시 재건할 수 있다고 판단했다. 그리하여 항백 역시 초패왕이 잠든 틈을 타 한신이 있는 곳으로 재빨리 말을 달렸다.

하지만 그 상황에도 모든 장군과 책사가 초패왕을 떠난 것은 아니었다. 비록 1천도 채 되지 않는 군사가 초나라 진영에 남았듯, 두 명의 장군도 자신들의 주군을 떠나지 않았다. 그들은 다름 아닌 환초와 주란이었다. 두 사람은 앞다퉈 달아나는 장군들과 군사 항백을 바라보며 연신 한숨을 내쉬었다.

"이 노릇을 어떡하면 좋은가……."

"한 번 주군은 영원한 주군이 아닌가? 우리라도 초패왕 폐하를 지켜드리세."

환초와 주란은 야박한 세상인심을 확인하며 절레절레 고개를 가로저었다. 병사들이야 그렇다 쳐도, 지난날 초패왕 앞에 머리를 조아리며 온갖 감언이설(甘言利說)을 늘어놓던 자들이 어떻게 하루아침에 주군을 배신할 수 있는지 도무지 이해할 수 없었다. 그들은 서둘러 남아 있는 병사들을 소집해 전력을 확인했다. 달빛 아래에 모인 초나라 군사는 1천에도 한참 못 미친 800여 명에 불과했다. 환초와 주란의 입에서 자신들도 모르게 탄식이 새어나왔다.

그 시각 초나라 진영을 벗어난 계포가 다시 종리매에게 말했다.

"막상 탈영하기는 했으나 갈 곳이 없구려. 우리도 한왕에게 투항합시다. 한신도, 진평도 한때는 모두 초패왕의 사람들이었잖소. 한왕은 우리도 기꺼이 받아들여 줄 거요."

"내 생각도 그러하오……."

그렇게 종리매와 계포는 제 발로 한나라 진영을 찾아가 투항 의사를 밝혔다. 뒤이어 항백도 그곳에 모습을 드러냈다. 그들의 예상대로 한신의 진영에서는 별다른 제지 없이 투항하는 초나라 장군과 책사를 전부 받아들였다. 병사들도 마찬가지였다. 한신과 장량은 고향으로 돌아가려는 초나라 병사들에게 길을 터주라고 명령했다. 또한 한군에 투항하는 병사들은 모두 받아들여 차별 없이 대하라고 명령했다. 오랫동안 군량미 부족에 시달렸던 그들에게 식량부터 넉넉히 내주며 안심시켰다.

　　그 무렵, 강동의 산마루에서는 여전히 예인이 연주하는 퉁소의 구슬픈 선율과 가객들의 쓸쓸한 노래가 울려 퍼졌다. 그들은 자리를 떠나기 직전에 한껏 소리 높여 연주하고 노래했다. 그때까지 남아 있던 초나라 병사들을 마지막까지 회유할 목적이었다. 그런데 음악 소리가 한층 더 커지자, 그제야 비로소 항우가 잠에서 깨어났다.

　　"아니, 이것은 초나라의 노래가 아니냐. 야심한 밤에 이 무슨 일이냐?"

　　그랬다. 당시 예인과 가객들이 들려준 것은 초나라의 음악이었다. 그러니 초나라 병사들이 더욱 감격해 마음이 흔들릴 수밖에 없었던 것이다. 초패왕은 사방에서 들려오는 초나라 음악에 놀라 사방을 두리번거렸다. 그야말로 사면초가(四面

楚歌)의 상황이었다.

"게 누구 없느냐? 대체 어찌 된 영문이냐?"

초패왕은 서둘러 군막을 나와 바깥을 살폈다. 넓은 진영에 병사들의 모습이 드문드문 보였다. 초패왕이 누구라도 들으라는 듯 큰 소리로 외쳤다.

"왜 지금 사방에서 초나라의 음악이 들리는 것이냐?"

그제야 환초와 주란이 급히 달려와 무릎을 꿇었다. 그들의 눈에서 눈물이 흘러내렸다.

"폐하, 한신과 장량의 책략에 당했습니다. 저희를 뺀 모든 장군과 수천의 병사들이 탈영해 한나라에 투항했습니다……."

"그것이 정말인가?"

초패왕이 깜짝 놀라며 얼굴이 일그러졌다.

"폐하, 이제 우리에게는 단 800여 명의 군사가 남았을 뿐입니다. 하지만 저희 둘이 그들과 함께 끝까지 초패왕 폐하를 지킬 것입니다. 그러니 부디 힘을 내십시오!"

항우는 환초와 주란의 충성심에 감격했다. 그러나 현실은 막막하기 짝이 없었다. 그 정도 군사로 전세를 역전시키기는 불가능에 가까웠다. 천하의 사내대장부 항우가 밤하늘을 올려다보며 자기 가슴을 주먹으로 몇 번이나 내리쳤다.

"하늘이시여, 왜 나를 버리십니까! 정녕 초의 국운을 허무히 무너뜨리시는 것입니까?"

피도 눈물도 없어 보이던 초패왕의 눈에서도 뜨거운 눈물이 흘러내렸다. 항우의 한탄은 통곡이나 다름없었다. 그 소란에 우후가 잠에서 깨어 항우에게 다가왔다.

"폐하, 왜 이러시는 것입니까?"

초패왕이 왕비에게 그간에 있었던 일을 설명했다. 그러자 우후도 곧 눈물바람이 일었다. 그녀는 금방이라도 땅바닥에 주저앉을 듯 휘청댔다. 주란이 다급히 초패왕에게 우후를 군막 안에 모시라고 권했다. 항우가 그 말을 들어 우미인을 부축해 군막으로 들어갔다.

"우후는 내 말을 잘 들으시오."

초패왕이 우후를 침대에 누인 뒤 다정히 얼굴을 매만지며 말했다. 그의 이야기가 이어졌다.

"우후는 아직 젊고 아름답소……. 나는 곧 이곳을 떠나 한왕의 군사와 맞서 싸울 작정이오. 그러니 내가 잘못되어 돌아오지 못하면 어디로든 가서 팔자를 고치시오."

그 말에 자리에 누워 있던 우후가 몸을 일으켜 세웠다.

"그것이 무슨 당치 않은 말씀입니까? 지금껏 수년 간 폐하를 모시면서 한시도 연모의 마음을 잃은 적이 없습니다. 한데 갑자기 이별을 말씀하시면서 제 팔자까지 운운하다니요. 폐하께서 삶을 더하시지 못할 운명이라면 저 또한 살아 있을 이유가 없습니다. 한나라 군사에게 능욕을 당하느니 차라리 죽는 것이 낫습니다."

우후의 말에 초패왕은 가슴이 뭉클했다. 그가 그녀를 끌어안아 등을 어루만졌다.

"사내대장부와 여인의 길이 어찌 같단 말인가? 우후는 계속 안위를 지켜⋯⋯."

그때였다. 우후가 초패왕의 품을 벗어나는가 싶더니 거의 동시에 저고리 안에서 단검을 꺼내들었다. 깜짝 놀란 초패왕이 왕비를 제지하려고 황급히 두 팔을 허둥거렸다.

"왜 그러느냐?"

하지만 우후의 몸짓이 더 빨랐다. 그녀가 단검으로 자신의 가슴을 깊이 찔렀다.

"으윽⋯⋯."

초패왕이 어떻게든 사태를 수습해보려고 했지만 돌이킬 수 없는 일이었다. 우후가 간신히 마지막 말을 쏟아냈다.

"폐하, 소첩이 죽어 없어져도 혼백만은 늘 함께할 것입니다. 저는 폐하와 함께하지 못하는 삶을 상상해본 적이 없습니다. 부디 옥체를 보존하십시오⋯⋯."

초패왕은 피에 젖은 우후를 와락 품에 안았다. 그의 뜨거운 눈물이 우후의 얼굴에 번졌다. 초패왕은 급기야 소리 내어 울음을 터뜨렸다. 일찍이 누구도 보지 못한 항우의 또 다른 모습이었다. 환초와 주란이 군막으로 뛰어 들어와 초패왕을 달랬다. 그들 역시 몹시 슬퍼하며 사태를 수습했다.

어느새 먼동이 트고 있었다. 가까스로 마음을 가라앉힌 초패왕이 두 장군에게 명령했다.

"상황이 이러하니 왕비의 장례를 소박하게 치르도록 하라. 하지만 정성만큼은 여느 성대한 장례식 못지않아야 한다. 그리고 그 일을 마치는 대로 출정식을 열어라. 남은 병사들을 데리고 가서 죽기 살기로 싸울 것이다."

초패왕의 눈빛이 어느 때보다 결연했다. 환초와 주란이 슬픔에 잠긴 주군에게 다시 한 번 충성을 맹세했다.

초패왕 항우의 마지막 자존심

머지않아 초패왕이 이끄는 800여 명의 군사가 진영 밖으로 진격했다. 항우는 군사를 앞뒤 두 개의 부대로 나눈 뒤 맨 앞에서 지휘했다.

"모두 나를 따르라!"

초패왕의 군사는 소규모였지만 기세가 꽤 높았다. 자발적으로 초패왕의 곁을 떠나지 않은 병사들인 만큼 충성심이 대단했다. 그들을 맨 처음 발견한 한나라 장군 관영이 앞을 가로막았으나 상대가 되지 못했다. 관영이 직접 항우와 일대일 대결을 벌였으나 그 결과는 불을 보듯 뻔했다. 겨우 3합(合)만에 관영은 말머리를 돌릴 수밖에 없었다.

관영의 패전 소식은 구리산에 진을 치고 있던 번쾌에게 빠르게 전해졌다. 마침 함께 있던 조참과 왕릉이 묘안을 내놓았다.

 "척후병의 보고를 듣자니, 초패왕이 군사를 두 개의 부대로 나누어 진격한다 하오. 무직정 전면에 나가 초패왕과 맞붙는 것은 승산이 없으니 후발 부대부터 공격해 섬멸하는 것이 좋겠소."

 그 말에 번쾌도 흔쾌히 동의했다. 그때 초군의 후발 부대는 환초와 주란이 이끌고 있었다. 그들은 선발 부대가 지원 요청을 하면 다른 방향에서 상대를 공격해 궁지에 빠뜨릴 전략을 짜놓은 상태였다. 그런데 방심한 탓이었을까, 그들은 갑자기 뒤에서 기습 공격을 펼친 한나라 군사에게 맥없이 당하고 말았다. 수백의 군사가 다시 수십으로 쪼그라들었다. 처참한 패배에 지휘 장수인 환초와 주란이 완전히 전의를 상실했다.

 "아, 초패왕 폐하를 뵐 면목이 없구나……. 이제 우리는 적에게 목이 달아나거나, 사로잡혀 능멸당할 일만 남았다……. 그럴 바에야 차라리 죽음으로써 충성을 다하자……."

 주란이 이렇게 말하며 칼끝을 자기 목에 겨누었다. 누가 말릴 새도 없이 붉은 핏줄기가 허공에 뿜어졌다. 그것을 목격한 환초도 망설임 없이 자기 목을 스스로 베어버렸다. 그들은 죽음으로써 초나라 장군의 자존심을 지켰다고 믿었다. 두 장군이 죽자 그나마 살아남았던 수십 명의 병사들은 뿔뿔이 흩어졌다. 그중 몇은 무기를 내팽개친 채 어디론가 간신히 달아났

지만, 대부분의 병사들은 한나라 군사에게 죽임을 당하고 말
았다.

이제 초패왕에게는 4백 명 안팎의 군사만 남았을 뿐이다.
하지만 첩첩이 에워싸고 있는 한나라 진영들을 잇달아 돌파
하다 보니 그 수가 어느새 1백여 명 남짓으로 줄어들었다. 그
때까지 초패왕은 후발 부대의 몰살 소식을 전해 듣지 못했다.
만약 그가 환초와 주란의 죽음을 알았다면 더욱 큰 좌절감에
몸부림칠 것이 틀림없었다.

계속 진격하던 초패왕 앞에 회수(淮水)라고도 하는 회하(淮
河)가 나타났다. 그것은 대륙에서 황하와 양쯔강 다음으로 큰
하천이었다.

"이 강을 어떻게 건너간담?"

초패왕이 고민하고 있을 때 강어귀에 커다란 배가 한 척 보
였다. 그 덕분에 초나라 군사는 무사히 회하를 건널 수 있었
다. 초패왕은 아직 하늘이 자기를 완전히 내버리지는 않았다
고 생각해 힘껏 오추마를 내달렸다. 그러다가 음릉(陰陵)에
다라라 다시 갈림길 앞에 서게 되었다.

"어디로 가야 하는지 헷갈리는구나."

만약 예전처럼 부하 장군과 책사들이 여럿 있었다면 자문
을 구하면 될 일이었다. 하지만 이제는 거의 모든 결정을 혼
자 내려야 했다.

그때 멀리서 북과 꽹과리 소리가 들려왔다. 곧이어 희미하게 말발굽 소리도 들렸다. 그것은 보나 마나 한왕의 군사가 몰려오는 기척이었다. 한왕의 군사는 초나라의 멸망을 직감하며 사기가 하늘을 찌를 듯 드높았다. 누구보다 배포 큰 항우도 긴장하지 않을 수 없었다. 그가 주변을 두리번거리다가 마침 밭을 갈고 있던 농부에게 물었다.

"어느 쪽으로 가야 험한 산길을 피할 수 있느냐?"

농부가 자신에게 질문하는 이를 쳐다보니 범상치 않은 사람이었다. 검은 말에 올라타 큰 칼을 들고 있는 그를 보니 말문이 턱 막히고 말았다. 그런 사정을 눈치 챈 항우가 농부를 안심시키려고 신분을 밝혔다.

"나는 초패왕이다. 너를 해치지 않을 것이니 어서 길을 알려 달라."

"……."

하지만 그것은 초패왕의 실수였다. 농부는 여전히 말문이 막힌 채 머릿속에 한 가지 생각을 떠올렸다.

'초패왕이라면 무지막지한 폭군이다. 저 자 때문에 얼마나 많은 백성들이 굶주리며 폭정에 시달렸는가. 또 죄 없는 숱한 병사들이 초패왕 때문에 살육을 당하지 않았나.'

그러면서 농부는 고개를 숙인 채 말없이 손을 들어 항우에게 한쪽 길을 가리켰다. 그런데 그것은 초패왕이 바라지 않는 험한 산길로 이어지는 방향이었다. 아니, 험한 산길에 다다르기 전에 넓은 늪지대를 건너야 하는 위험한 길이었다. 농부의 행동만 보아도 짐작할 수 있듯, 그만큼 민심이 초패왕을 싫어했던 것이다.

하지만 초패왕은 농부의 마음을 알 리 없었다. 그는 병사를 이끌고 아무 의심 없이 농부가 가리킨 길로 걸음을 옮겼다.

이미 어둑해진 길을 얼마나 걸었을까? 맨 앞에서 걸어가던 오추마가 그만 늪지대에 빠지고 말았다.

"히이이~잉!"

순신간에 오추마의 몸통이 어깨까지 늪에 잠겼다. 초패왕이 화들짝 놀라며 말고삐를 잡아당겼다. 그러면서 채찍을 들어 오추마의 엉덩이를 내리쳤다. 오추마도 어떻게든 그 위험에서 벗어나려고 안간힘을 썼다. 초패왕이 다급한 마음에 몇 번이나 채찍질을 거듭했을까? 오추마가 크게 몸부림치더니 있는 힘껏 발을 굴려 늪지대 건너편으로 간신히 빠져나갔다. 과연 천하제일의 명마로 부를 만했다. 평범한 말 같았으면 항우와 함께 죽음을 면치 못했을 것이 틀림없었다.

그런데 가까스로 늪지대를 벗어난 초패왕의 표정이 어두웠다. 그곳에서 또다시 몇 명의 병사를 잃은 데다 자신에게 등돌린 민심을 새삼 확인했기 때문이다. 초패왕은 더욱 힘이 빠져 터벅터벅 걸음을 옮겼다. 사지를 빠져나오려고 발버둥친 오추마도 주인만큼이나 기운이 없어 보였다. 그렇게 얼마쯤 앞으로 나아갔을까? 그 지역 수령인 양희(楊喜)가 한 무리의 병사를 이끌고 나타났다. 그 역시 한때 초패왕을 따랐지만, 지금은 한왕의 사람이었다. 초패왕이 반가움 반 걱정 반으로 양희와 마주했다.

"오랜만이구나. 옛 정을 생각해 나를 도와주겠느냐?"

초패왕은 일말의 기대감에 눈빛을 반짝였다. 양희가 도와주기만 하면 군사의 수를 늘리고 배고픔도 달랠 수 있었다. 하지만 언감생심이었다. 양희가 단호하게 소리쳤다.

"초패왕은 더 이상 국왕의 역할을 할 수 없소. 이미 군사를 거의 잃었고, 백성들의 원성을 듣는 불쌍하기 짝이 없는 신세요. 그러니 괜히 우리에게 맞서다가 죽음을 맞지 말고 투항하시오. 너그러운 한왕께서 특별히 목숨을 살려주실 거요. 어디 그뿐이오? 어쩌면 작은 영토를 내주어 제왕의 인을 하사하실 수도 있소."

"네 이놈, 뭐라 했느냐! 초나라의 국운이 기울었다고는 하나, 네가 어찌 감히 나를 조롱한단 말이냐?"

초패왕은 한때 자신의 수하에 있었던 양희의 말에 불같이 화를 냈다. 일개 고을 수령에게 항복하고 한왕에게 무릎 꿇어 제왕의 인을 받으라는 제안이 마지막 남은 자존심을 짓밟았기 때문이다. 초패왕은 득달같이 양희에게 달려들어 맹렬히 합을 겨루었다. 몹시 지쳤다고는 해도, 양희가 항우의 상대는 될 수 없었다. 초패왕이 힘껏 공격을 펼치자 양희는 겨우 5합만에 말고삐를 놓쳐 땅바닥에 나동그라지고 말았다. 그때 만약 영포, 팽월, 주발, 왕릉 네 장군이 병사들을 이끌고 나타나지 않았다면 양희는 꼼짝 없이 죽고 말았을 것이다.

"초패왕이 저기 있다! 목을 베어라!"

하지만 초패왕은 좀처럼 기가 죽지 않았다.

"다 덤벼라! 한꺼번에 상대해주마!"

초패왕이 벼락같이 소리를 내질렀다. 그 기세에 한나라 장군들이 잠시 멈칫했다. 그렇다고 초패왕이 마냥 무모한 사람은 아니었다. 그도 여러 장군들과 무턱대고 일전을 벌이는 것이 괜한 소모전이라는 사실을 잘 알고 있었다. 항우가 몇 번 칼을 휘두르는가 싶더니 오추마를 탄 채 산속으로 내달리기 시작했다. 몇몇 한나라 병사들이 공을 세우고 싶어 달려들었으나 금세 머리통이 날아가기 일쑤였다. 순식간에 십여 명의 한나라 병사가 죽음을 맞았다.

"추격을 멈춰라! 우리가 탄 말로는 오추마를 쫓을 수 없다."

영포가 한나라 병사들에게 명령했다.

그런데 초패왕을 따라 산속으로 피신한 초나라 군사는 27명의 기마병뿐이었다. 나머지 수십 명의 보병은 그 자리에서 저항하다가 모두 목숨을 잃었다.

"이제 초패왕은 군사를 거의 잃었다. 그럼에도 덜컥 덤벼들었다가는 누구도 살아남기 어렵다. 앞으로 우리는 치고 빠지기 전략을 펼칠 것이다. 그의 힘을 서서히 빼놓으면 제아무리 천하제일의 호걸이라 해도 언젠가는 쓰러질 수밖에 없다."

영포가 한군의 장수들에게 다시 말했다. 그때 대원수 한신이 양무(楊武)와 여승(呂勝), 여마동(呂馬童) 장군 등을 지원병으로 파견했다. 그렇지 않아도 절대적인 열세였던 초패왕에게 더는 반격할 가능성이 없어 보였다. 그야말로 중과부적이었다.

한편, 산속에 몸을 숨기고 있던 초패왕에게 기마병 선임 병사가 다가와 말했다.

"폐하, 날이 밝는 대로 강동에 있는 고향 땅으로 가시는 것이 어떻겠습니까?"

"나의 고향으로?"

"네, 그곳에서 다시 군사를 정비해 원수를 갚으십시오. 지난날 한왕도 폐하께 참패를 당했다가 다시 재기하지 않았습니까? 저희가 목숨을 다해 폐하를 고향 땅으로 모시겠습니다."

초패왕은 그 말을 듣고 가슴속에서 무언가 울컥 치밀어 오르는 것을 느꼈다. 자신에게 아직도 그와 같이 충성스런 부하들이 남아 있다는 사실이 감격스러웠다.

그런데 그곳에서 강동의 고향으로 가려면 오강(烏江)을 건너야 했다. 그 오강에 가려면 말하나 마나 항우가 다시 모습을 드러내기만 기다리고 있는 한나라 병사들의 포위를 뚫어야 했다. 초패왕은 고심 끝에 정공법을 펼치기로 했다. 그대로 언제까지나 산속에 갇혀 지낼 수는 없는 노릇이었다. 결국 초패왕은 27명의 기마병과 함께 산속에서 뛰쳐나왔다.

"이놈들, 다 덤벼라!"

초패왕이 맨 앞에서 부하들을 통솔했다. 그의 칼에 금방 수십 명의 하나라 병사들이 목숨을 잃었다. 초패왕 항우의 칼이 춤출 적마다 여기저기서 피가 솟구쳤다. 무수히 많은 전투에서 살아남은 27명의 기마병도 무예 솜씨가 매우 빼어났다. 그들 앞에 웬만한 한군은 적수가 되지 못했다. 더구나 그들에게는 주군을 지켜야 한다는 굳은 결심이 있었다.

초패왕 항우가 여전히 맨 앞에 서서 길을 열었다. 한나라 장군 이우(李祐)와 왕항(王恒) 등의 목이 잇달아 땅바닥에 나뒹굴었다. 양무와 여승 등은 항우와 싸우다가 부상을 입고 냉큼 달아나기 바빴다. 얼마 지나지 않아 1천여 명의 한나라 군사가 처참히 죽고 말았다. 그때 초패왕 쪽에서 입은 피해는 기마병 두 명의 전사가 전부였다. 이제 항우에게는 25명의 기마병이 남았다. 그들은 그렇게 포위망을 뚫고 내달려 오강의 북쪽 언덕바지에 다다랐다.

그때 오강 건너편에 있는 마을에서 정장(亭長)으로 일하는 한 사내가 다가왔다. 그것은 오래전에 유방도 한때 봉직했던 하급 관리 직이었다. 그는 일찍부터 항우를 흠모해온 사람이었다. 언젠가 초패왕의 수하에 들어가 큰일을 하고 싶었는데 좀처럼 기회가 없었다. 그러다가 초패왕이 몰락해 고향 땅으로 간다는 소문을 우연히 듣고 오강을 건널 배를 준비해두고 있었다. 정장이 초패왕 앞에 공손히 머리를 조아렸다.

"폐하, 지금 이곳에는 제가 마련한 단 한 척의 배가 있을 뿐입니다. 그러니 어서 배에 올라 강을 건너십시오. 한나라 병사들이 쫓아온다 한들 이 강을 건널 방법은 없습니다."

"너는 무엇을 바라기에 내게 호의를 베푸는 것이냐?"

"제가 감히 무엇을 바라다니요. 저는 다만 폐하께서 고향으로 돌아가 다시 재기하시기를 소망할 따름입니다."

그러자 초패왕이 크게 한숨을 내쉬었다. 정장의 충성이 고마우면서도 새삼 자신의 처지가 한탄스러웠기 때문이다. 항우가 그답지 않게 넋두리를 늘어놓았다.

"내가 네 덕분에 무사히 고향에 간들 어느 세월에 다시 군사를 키우겠느냐? 또한 고향 사람들이 나 같은 패왕을 반기기는 하겠느냐?"

초패왕의 얼굴빛이 너무나 어두웠다. 그것을 본 정장이 다시 말문을 열었다.

"폐하께서는 부디 생각을 달리 하십시오. 한왕도 재기했는데, 왜 폐하께서 그리 하시지 못하겠습니까? 천하에 아직도 폐하를 추앙하는 호걸들이 적지 않으니 어서 배에 올라 훗날을 기약하십시오."

초패왕이 그의 말을 듣고 보니, 얼마 전 산속에서 기마병 선임 병사가 했던 이야기와 똑같았다. 순간 항우의 머릿속에 지나간 일들이 주마등처럼 스쳐 지나갔다. 그렇지만 그의 생각이 달라지지는 않았다. 아니, 오히려 마지막 자존심만큼은 반드시 지키고 싶다는 마음이 굴뚝같았다. 초패왕이 마침내 중대한 결심을 한 듯 입을 뗐다.

"정장의 호의는 결코 잊지 않겠네. 하지만 나는 이렇게 초라한 꼴로 고향에 돌아갈 수는 없네. 부하들의 청을 들어 여기까지 오기는 했으나, 더 이상은 나의 자존심이 허락하지 않네. 차라리 이곳에서 한나라 군사와 맞서 싸우다가 장렬히 죽음을 맞는 편이 낫다고 생각하네. 그것이 한때 천하를 호령했던 나, 항우다운 선택일세. 고향 사람들도 오히려 나의 명예로운 최후에 박수를 보내줄 것이네. 그러니 자네들도 모두 나의 뜻을 헤아려주게."

초패왕의 의연한 모습에 25명의 기마병과 정장은 달리 아무 말도 하지 못했다. 다만 그들의 눈에서 흘러내리는 눈물로 충분히 그 심정을 짐작할 수 있었다. 초패왕이 짐짓 미소를 띠며 정장에게 또 말했다.

"너의 호의에 뭔가 꼭 보답하고 싶구나. 나의 오추마를 줄 테니 받아 주거라. 이 말은 하루에 천 리를 달리는 명마 중의 명마이다."

그것은 평소 초패왕에게서 보기 어려웠던 다정한 말투였다. 정장이 깜짝 놀라며 몇 번이나 손사래를 쳤지만 항우의 황소고집을 꺾지 못했다. 초패왕은 정장에게 명마를 주어 고마움을 표하고, 전장에서 수없이 생사를 오간 오추마를 이제는 편히 살게 하고 싶었다. 결국 정장은 오추마의 고삐를 쥔 채 홀로 오강을 건너는 배에 올랐다.

"폐하, 부디 무탈하시기 바랍니다……."

정장이 큰절로써 초패왕과 작별했다. 곧 그가 노 젓는 배가 오강 한가운데로 나아갔다. 초패왕의 고향 쪽으로 바람이 불어 물결이 흔들렸다.

그런데 이게 어찌 된 일인가! 멀찍이 가고 있던 배 위에서 믿을 수 없는 사태가 벌어졌다. 초패왕이 서 있는 언덕바지를 계속 바라보던 오추마가 제 발로 강물에 뛰어드는 것이 아닌가. 본래 말은 태생적으로 수영을 할 수 있으나, 오추마는 물에 잠기는 몸을 움직이려 하지 않았다. "히이이~ 잉!" 하고 짧게 슬픈 울음소리를 내뱉더니 그대로 심연으로 빨려 들어갔다. 먼발치에서 그 광경을 지켜본 초패왕이 크게 탄식했다.

"아아, 내가 짐승이라 하여 마음을 살피지 않았구나! 나 때문에 천하제일의 명마가 스스로 목숨을 끊었구나!"

초패왕은 한낱 짐승의 정리(情理)를 바라보며 단장(斷腸)의 슬픔을 느꼈다. 그는 하늘을 올려다보며 오추마의 극락 행을 바라고 또 바랐다.

어느덧 정장의 배가 오강 건너편으로 사라졌다. 바람이 좀 더 거세져 초패왕의 수염이 어지럽게 흩날렸다. 그때 별로 멀지 않은 곳에서 말발굽 소리가 요란하게 들렸다. 초패왕이 어금니를 앙다물며 25명의 기마병들에게 엄중히 명을 내렸다.

"결전의 시간이 다가왔다. 죽음으로 명예를 지키자!"

그러자 기마병들이 칼과 창을 움켜쥔 채 말에서 내려 이중으로 진을 짰다. 그들에게 더 이상 말[馬]은 필요 없었다. 어디로 달아날 생각은 물론, 작전상 후퇴도 그들의 선택지에는 존재하지 않았다. 바로 오강이 보이는 그 땅에서 삶과 죽음의 운명을 판가름할 작정이었다.

잠시 후, 초패왕 앞에 모습을 드러낸 한군 장수는 여마동이었다. 항우가 오래전에 인연이 있었던 그를 보고 짐짓 너스레를 떨었다.

"너는 나의 어릴 적 친구가 아니냐? 옛정을 생각해 너에게 나의 목을 줄 테니 어서 공격해라. 유방이 내 목에 걸어놓은 천만금의 상금을 빨리 와서 네가 가져가란 말이다!"

초패왕의 엄청난 기세에 여마동은 순간 몸이 움츠러들었

다. 하지만 이내 정신을 차려 자신의 병사들에게 총공격을 명령했다. 항우의 말은 농담이 아니라 사실이었다. 실제로 한왕은 초패왕을 사로잡거나 죽이는 자에게 천금의 상금과 만호후(萬戶侯)의 벼슬자리를 주겠다고 공언했다. 만호후가 무엇인가? 그것은 일만 호의 백성이 사는 영토를 가진 제후를 의미했다. 여마동이 오래전에 항우의 벗이었다고는 하나 망설일 이유가 없었다. 수만에 달하는 여마동의 병사들이 한꺼번에 초패왕을 향해 달려들었다.

"와아! 초패왕을 죽여라!"

여마동의 병사들이 내지르는 고함소리가 천지를 울렸다. 하지만 초패왕 항우는 결코 물러서지 않았다. 25명의 기마병들도 마찬가지였다. 항우의 칼날에 여지없이 수십, 수백의 목이 잇달아 잘려나갔다. 그럼에도 한나라 병사들이 끊임없이 밀려들었다. 인해전술(人海戰術)이었다. 25명의 기마병들도 하나둘 죽음을 맞았다. 아무리 천하의 항우라고 해도 더는 감당하기 힘들었다.

그때 초패왕 항우가 무엇을 작심한 듯 갑자기 칼질을 멈추고 두 눈을 부라렸다. 그 기세에 눌려 아무도 선뜻 가까이 다가서지 못했다. 항우가 자신의 칼을 높이 치켜들더니 우레와 같이 소리쳤다.

"여마동, 너에게 약속한 대로 선물을 주겠다. 다만 너의 칼에 죽기는 창피하니, 내가 직접 나의 목을 베어주마!"

항우는 그 말을 마치는 것과 동시에 스스로 자신의 목에 깊이 칼날을 그었다. 그의 머리가 금방 시뻘건 피를 뿜으며 땅바닥에 나뒹굴었다. 그 광경을 지켜보는 이들이 한동안 벌어진 입을 다물지 못했다. 때는 기원전 202년 12월, 항우의 나이 31세였다. 천하를 밝히던 큰 별이 그처럼 허무한 자결로 막을 내린 것이다. 여마동이 항우의 잘린 머리를 챙기자, 곧이어 다른 한나라 장수들이 그곳에 도착했다. 그들은 저마다 항우의 시신을 잘라 전리품으로 챙긴 다음 한왕이 있는 곳으로 회군했다.

한왕, 마침내 천하를 품다

초패왕의 죽음은 초나라의 멸망을 의미했다. 항우가 유방에게 끝내 패배한 까닭은 무엇이었을까? 만약 항우가 초패왕의 지위에 오른 후 팽성을 도읍으로 하지 않고 관중의 지배를 강화했다면 어떤 결말을 맞이했을까? 그리고 자신의 포악한 기질을 다스려 민심을 얻고 휘하의 장군들을 좀 더 따뜻하게 품었더라면 더 많은 호걸들이 그를 따르지 않았을까? 역사에 만약은 없다지만, 항우 역시 유방 못지않게 천하의 주인이 될 기회가 분명 있었다.

그럼에도 항우는 자신이 가진 재능과 행운을 제대로 살리지 못했다. 오직 힘으로써 상대를 굴복시키려 했기에 그들로부터 진심을 사지 못했다. 또한 자만심이 앞을 가려 자기반성의 기회를 갖지 못한 점도 항우의 몰락에 중요한 이유가 되었다. 항우가 우후와 오추마의 마음을 얻었듯 제후와 장군, 병사와 백성들의 마음을 얻었더라면 상황은 크게 달라졌을 것이다. 무엇보다 그토록 훌륭한 장군들이 항우를 떠나 유방에게 스스로 자신을 의탁하지는 않았을 것이기 때문이다. 결국 항우의 몰락은 그 자신이 초래한 셈이었다.

항우와 달리 유방은 사람의 마음을 얻을 줄 알았다. 그 비결은 인덕, 그러니까 한마디로 너그러움이었다. 그것은 재능에 앞서 지도자가 반드시 지녀야 할 성공의 조건이었다. 그의 너그러움은 천하의 인재들을 불러 모았고, 적재적소(適材適所)의 용인술은 저마다의 재능을 한껏 발휘하게 했다. 장군은 장군대로 책사는 책사대로 자신의 능력을 마음껏 뽐낼 터전을 유방이 만들어주었던 것이다. 그리고 또 하나, 유방은 끈기와 결단력이 있었다. 그는 항우에게 패배하고도 의욕적으로 재기를 도모했으며, 최후의 승리를 위해 지금 자기가 가진 것으로 포기할 줄 아는 슬기로움도 갖고 있었다. 그러니 어찌 항우가 유방과 대적해 승전할 수 있었겠는가? 따지고 보면 유방은 너끈히 천하를 품을 만했고, 항우는 천하를 품기에 뭔가 부족한 인물이었다. 그것이 곧 한나라의 비상과 초나라의 멸망을 불러 왔다.

항우의 죽음을 보고받은 유방은 진심으로 그를 애도했다. 비록 자신의 대업을 가로막으려고 했던 초패왕이지만 천하에 둘째가라면 서러운 호걸인 것을 인정했기 때문이다. 한왕 유방은 엄숙한 얼굴로 장량들에게 말했다.

"자방, 초패왕이었던 항우의 시신을 수습해 묘를 쓰도록 하게. 또한 오강 근처에 항우의 사당을 세우고, 1년에 네 차례씩 제를 올려 넋을 달래주게."

장량은 한왕의 명을 듣고 적잖이 놀랐다. 그것은 승장이 패장에게 베풀 수 있는 아량을 한참 뛰어넘는 너그러움이었기 때문이다. 그러다가 만약에 항우를 추모하는 이들이 점점 늘어나 모반을 꿈꾸기라도 하면 어떡한단 말인가. 장량은 한왕의 배포에 감탄했다. 그야말로 천하를 품을 만한 인물이라고 새삼 느낀 것이다.

한왕은 자신에게 충성을 다한 아랫사람들에게도 적절한 논공행상을 했다. 회남왕 영포, 대량왕 팽월, 연왕 장도를 그대로 두면서 엄청난 재물을 하사했고 오예를 장사왕(長沙王), 장이를 임강왕(臨江王), 여마동을 중수후(中水侯), 항백을 사양후(射陽侯) 등으로 임명했다. 장량에게 내려진 작위는 갱힐후(羹頡侯)였다. 또한 소하 등도 열후(列侯)에 봉했으며, 유씨 가문 중 명망 있는 몇몇 이들을 왕작(王爵)에 올렸다.

그렇다면 대원수로 맹활약한 한신은 어떻게 되었을까? 한왕은 한신을 항우가 사라진 초나라의 새 국왕으로 임명했다. 그 대신, 여전히 남몰래 한신을 경계하던 한왕은 일전에 내렸던 삼제왕의 인을 거두었다. 그러는 편이 한신의 기세를 누그러뜨리는 데 도움이 된다고 판단했기 때문이다.

그러던 어느 날, 장량이 한왕을 찾아와 오랜만에 근심어린 얼굴로 말문을 열었다.

"지금 천하의 제후와 인재들이 잇달아 폐하의 수하에 들기를 자청하고 있습니다. 그런데 단 한 곳, 노(魯)만은 아직도 충성 맹세를 하지 않았습니다. 그들을 어떻게 해야 할는지요?"

당시 노나라는 항우가 다스리던 초나라의 일부 영토에 자리했다. 그러다 보니 항우에 대한 충심이 아직 남아 있었던 것이다. 장량의 말에 한왕이 침착함을 잃지 않고 말했다.

"노나라는 공맹(孔孟)을 배출한 인(仁)과 예(禮)의 나라가 아닌가? 그들에게 사신을 보내, 의제 살해 등 지난날 항우가 저질렀던 무도한 행위들을 설명해주게. 여러모로 백성들을 탄압한 것도 빼놓지 말게나. 그러면 노나라 사람들도 우리의 대의를 인정할 걸세."

"네, 그리하겠습니다. 아울러 폐하께서 항우의 묘와 사당을 짓고 제를 올리게 하신 것도 덧붙여 이야기하겠습니다."

장량은 이내 노나라 제후에게 전하는 서찰을 써서 사신 편에 보냈다. 노나라라고 어찌 천하의 대세를 모르겠는가. 항우에 대한 충심과 현실 사이에서 갈팡질팡하던 노나라 왕실은 그 서찰을 받고 한왕의 수하에 들기로 마음을 굳혔다. 익히 소문을 들어 알고는 있었으나, 한왕의 너그러움에 감복한 영향이 컸다. 왜 안 그렇겠는가? 그 무렵 한왕의 기세라면 당장 노나라로 쳐들어와 무력을 행사하면 될 일이었다. 그럼에도 한왕은 말로써 노나라를 설득해 불필요한 출혈을 방지했다.

마지막으로 노나라까지 한왕에게 항복했다는 것은 무엇을 의미하는가?

그것은 다름 아닌 유방이 비로소 황제가 되었다는 뜻이다. 그는 대륙 역사상 최초의 평민 출신 황제로, 기존의 지배 계급이었던 제후나 귀족과 아무런 연관 없이 농민에서 황제라는 최고의 자리까지 오른 입지전적인 인물이었다. 진나라 말의 대혼란에서 세력을 일으켜, 초한대전에서 숙적 항우를 제압하고 마침내 천하를 차지한 것이다.

황제가 된 유방은 사람들에게 태조 고황제(高皇帝)라고 불렸으며, 고조(高祖)라고 일컬어지기도 했다. 고황제는 군현제와 봉건제를 효과적으로 뒤섞은 군국제를 실시해 백성들을 다스려 나갔다. 또한 유학자 육가의 영향을 받아 도교(道敎) 사상을 중요시했다.

고황제는 종종 신하들을 위한 연회를 베풀었다. 오랜 세월 치열한 전쟁에 시달린 장군과 책사들을 위로할 목적이었다. 어느 날 연회에서, 고황제가 신하들에게 물었다.

"경들은 내가 어떻게 초패왕 항우와 벌인 경쟁에서 이겨 황제가 되었다고 생각하나?"

"폐하께서는 항상 인자하고 아랫사람을 덕으로 대하십니다. 휘하의 장수를 부려 적의 땅을 점령하면, 그것을 천하의 사람들과 함께 나누려고 하셨지요. 그러나 항우는 재능 있는 사람들을 시기했고, 능력 있는 부하들은 의심했으며, 싸움에서 승리했을 때도 그 공을 결코 다른 사람들에게 돌리지 않았습니다. 하여 폐하께서는 천하를 얻으셨고, 그와 달리 항우는 천하를 잃었다고 생각합니다."

왕릉이 이야기했다. 그의 말에 다른 신하들도 고개를 끄덕였다. 그러자 고황제가 슬쩍 미소 지으며 자신의 생각을 밝혔다.

"경들은 하나만 알고 둘은 모르는구나. 무릇 군영에서 계책을 마련해 천리 밖 싸움을 승리로 이끄는 재주는 짐이 장량을 따를 수 없다. 또한 항상 후방에서 군량미를 넉넉히 준비해 그 공급이 끊어지지 않게 하는 능력은 짐이 소하보다 못하다. 어디 그뿐인가? 백만 대군을 통솔해 싸우면 항상 이기고, 적의 성을 공격하면 반드시 함락시키는 용맹과 지략은 짐이 절대로 한신을 따를 수 없다. 하지만 나는……."

고황제가 잠시 말을 멈추었다. 그는 신하들을 다시 한 번 휘둘러보고 나서 이어 말했다.

"나는 그처럼 천하의 호걸 중 호걸인 그 세 사람을 능히 부릴 줄 아는 재능을 가졌다. 단지 세 사람 말고도 얼마나 많은 최고의 인재들이 나를 믿고 의지해 충성을 다했나? 나는 그들의 마음을 샀을 뿐이다. 그것이 나의 재능이요, 천하를 품을 수 있었던 가장 중요한 원인이다. 항우를 보라. 그는 그나마 곁에 있었던 범증 한 사람도 제대로 쓰지 못해 결국 죽임을 당하게 된 것이다."

고황제의 이야기에 신하들은 한동안 아무 말도 하지 못했다. 조금 시간이 흐르자, 그제야 모든 신하들이 머리 숙여 한목소리로 황제를 찬양했다.

"황제 폐하의 말씀이 지당하십니다. 앞으로 천대 만대 광영(光榮)이 있으실 것입니다!"

신하들의 경하(敬賀)에 고황제가 흐뭇한 표정을 감추지 못했다.

고황제는 도읍을 정할 때도 항우의 실패를 반면교사(反面敎師)로 삼았다. 한때는 낙양(洛陽)을 통일 한나라의 도읍으로 할까 고심했으나, 결국 관중이 있는 함양으로 결정했다. 그곳만큼 땅이 비옥한 천혜의 요새가 없다고 판단했기 때문이다.

그런데 세상의 평온은 오래가지 못했다. 통일 한나라의 기세가 여전한데도 곳곳에서 오랑캐들의 침략이 일어나기 시작했다. 그중 하나가 북방의 흉노(匈奴)였다. 그들은 묵돌(冒頓)의 지휘 아래 세력을 키우고 있었다.

"한왕(韓王) 희신(姬信)을 보내 오랑캐를 토벌하라."

희신의 본명은 대원수였던 한신과 똑같은 한신(韓信)이었다. 그는 한(韓)의 왕이자 한(漢)의 장수였다. 사람들은 그를 한신과 구별하기 위해 희신이라고 불렀다.

그런데 전황(戰況)은 고황제의 뜻대로 풀려가지 않았다. 희신이 금방 묵돌에게 항복해버리더니 흉노의 편이 되어 한나라를 공격했다. 이에 격분한 고황제가 희신을 격파하기 위해 몸소 군사를 이끌어 출전했다.

"배신자를 살려둘 수는 없지. 내가 직접 한신의 목을 벨 것이다!"

그 무렵 누가 감히 고황제에게 맞설 수 있었겠는가. 고황제의 출병 소식을 들은 희신은 겁을 집어먹고 한달음에 흉노의 땅으로 달아났다. 하지만 북방의 흉노는 결코 만만치 않은 상대였다. 그들은 희신의 도주와 상관없이 고황제에게 맹렬히 저항했다. 그러자 크게 당황한 고황제가 직접 묵돌과 맞섰는데, 그만 유인책에 빠져 대패를 당하고 말았다. 그 후 고황제는 오히려 흉노에 금은보화를 보내며 화평책을 펼 수밖에 없었다. 그렇게 한나라 황제는 간신히 북방의 정세를 안정시켰다.

그 후에는 한나라 내부에서 모반이 일어나기도 했다. 조나라의 진희(陳豨)가 반란을 일으킨 것이다. 이번에도 고황제가 직접 출전하기로 결심했다.

"폐하께서는 다른 신하들이 얼마나 못 미더우면 자꾸만 몸소 출병하시는 것입니까? 부디 반란 진압을 저희에게 맡겨주십시오."

신하 중 한 사람인 주설(周緤)이 만류했지만 고황제는 듣지 않았다. 주설이 자기를 생각해주는 마음이 꽤나 기특해 상을 내리고는 자기 고집대로 직접 군사를 이끌었다.

일찍이 고황제는 진희를 신임해 조와 대(代)의 변경에 있는 군사를 지휘하도록 했다. 그런데 조나라와 대나라의 일부 군사력을 손에 쥔 그가 반란을 일으키고 말았다. 진희는 평소 야심이 큰 인물이기도 했지만, 눈치가 빨라 황제가 얼마나 한신을 경계하는지 잘 알고 있었다. 급기야 황제가 한신에게 제나라가 아닌 초나라 땅을 하사하자 마음을 달리 먹은 것이다. 자신을 향한 신임도 그와 다르지 않을 것이라고 지레 짐작한 탓이었다.

고황제는 그런 진희를 용서할 마음이 전혀 없었다. 황제는 동쪽에서부터 차근차근 진희를 공격했고, 곧 조나라 수도인 한단(邯鄲)을 점령하여 반란 세력을 짓밟았다. 황제는 우선 진희의 심복인 후창(侯敞), 장춘(張春), 승마치(承馬絺) 등을 참수했다. 그러고는 주발 장군에게 재빨리 달아난 진희를 쫓아가 죽이게 해 반란의 종지부를 찍었다.

"누구든 나의 뒤통수를 치려는 자는 살려두지 않을 것이다!"

이렇게 소리치는 고황제의 눈매가 날카롭게 번뜩였다.

그런데 고황제의 그런 모습을 곁에서 지켜보며 실망스런 표정을 짓는 사람이 있었다. 다름 아닌 장량이었다. 그는 황제의 최근 행보에 걱정스런 생각이 들었다. 툭하면 직접 군사를 출병하는 것이 탐탁지 않았고, 과거에 보였던 너그러움도 많이 사라졌다고 느낀 것이다. 한마디로 한왕 유방은 최고의 주군이었으나, 고황제 유방은 기대에 못 미친다고 생각했다. 게다가 여후마저 황후가 된 후 나랏일에 간섭하기 일쑤였다.

결국 장량은 고황제를 떠나기로 결심했다. 그 이야기를 들은 황제가 장량을 극구 말렸다.

"자방은 왜 짐을 떠나려 하는가? 계속 내 곁에 머물러주게. 부탁하네."

하지만 고황제의 말에도 장량은 마음을 바꾸지 않았다. 황제가 몇 번이나 만류했지만 그는 끝내 고집을 꺾지 않았다. 절이 싫어 한사코 중이 떠나겠는데 어찌 하겠는가. 고황제가 마침내 장량의 결심을 받아들였다.

"자네가 정 떠나겠다면 어쩔 수 없지. 짐이 거처를 마련해

줄 테니 그곳에 머물게."

고황제는 그동안 장량이 세운 공을 생각해 안락한 집과 땅을 내주었다. 그러면 머지않아 장량이 돌아올 수 있다고 생각한 것이다.

하지만 장량은 그마저 사양했다. 장량은 오래전에 호북에서 만났던 정체불명의 노인을 떠올렸다. 그때 노인이 했던 "자네는 13년 뒤 제수 북쪽 곡성산에서 나를 다시 만나게 될 걸세. 그곳에 태연히 누워 있는 황석이 나라고 생각하면 된다네."라는 말을 한시도 잊지 않았다. 장량이 서둘러 그곳에 가 보니, 과연 노인이 말한 대로 누런 돌이 있었다. 그는 곧장 돌 앞에 무릎을 꿇고 나서 큰절을 올렸다.

"스승님, 제가 왔습니다."

순간 장량의 눈가가 촉촉해졌다. 그도 그럴 것이, 장량은 그때 노인이 건네준 『태공병법』 덕에 유방의 책사로서 큰 활약을 펼칠 수 있었다. 그동안 세상에 나가 겪은 일들이 장량의 머릿속으로 빠르게 스쳐 지나갔다.

그 무렵 고황제는 장량의 빈자리를 느끼며 쓸쓸한 기분에 빠져들었다. 그러다가 문득 진희의 반란을 새삼 떠올렸다.

"누가 또 내게 모반을 도모할지 알 수 없구나……. 황제의 자리는 너무 무거워 한순간도 마음을 놓을 수 없어……."

고황제는 혼잣말을 중얼대며 허탈해했다. 순간 그의 머릿속에 초왕이 된 한신이 떠올랐다. 그리고 언젠가 종리매가 그와 함께하고 있다는 말을 들은 것이 생각났다. 알다시피 종리매는 근거리에서 항우를 보좌했던 용장이다. 그런 그가 한신과 힘을 합치고 있다는 생각에 황제의 가슴에 불안감이 치솟았다.

"계포는 이곳에서 내게 충성을 다하고 있지만, 멀리 있는 종리매는 믿을 수 없지. 그는 항우의 심복들 중에서도 가장 무예가 뛰어나지 않았던가? 그가 한신에게 몸을 의탁하고 있다면 훗날 어떤 일을 모색할지 알 수 없어. 더구나 두 사람은 모두 한때 항우를 따랐기에 흉금을 터놓기도 한결 쉬울 거야. 들리는 말로는, 이미 둘의 친분이 두텁다고 하지 않나……."

이렇게 혼잣말을 하는 고황제의 낯빛이 점점 더 어두워졌다.

그로부터 며칠 후, 고황제가 진평을 불러 의논했다. 아니, 의논에 앞서 진평의 평소 생각을 은근히 떠보았다.

"경은 초왕 한신을 어찌 생각하나?"

진평은 재빨리 고황제의 속마음을 헤아렸다. 그는 금세 질문의 의미를 알아차렸다.

"한신은 천하제일의 무인입니다. 황제 폐하께서 천하를 품기까지 누구보다 큰 공을 세웠지요. 하지만 그토록 훌륭한 대장군이 넓은 영토와 민심까지 얻게 됐으니 언제 칼을 거꾸로

겨눈다 해도 이상하지 않을 것입니다. 더구나 그에게는 지금 종리매가 함께하지 않습니까? 그 또한 한신에게는 큰 힘이 될 것이 틀림없습니다."

진평의 대답은 황제의 가려운 곳을 속속들이 긁어준 셈이었다. 그제야 고황제가 나지막이 대책을 물었다.

"자네 생각에, 한신과 종리매를 어찌 하면 좋겠는가?"

"우선 종리매를 없애십시오."

"어떻게?"

"한신이 직접 종리매를 죽이게 하시면 됩니다."

"자세히 이야기해보게."

고황제가 마른침을 삼키며 진평의 말에 귀를 기울였다.

"탁월한 유세객인 수하를 한신에게 보내 종리매가 역심(逆心)을 품고 있다고 전하십시오. 그러면 분명 한신은 종리매를 두둔할 것입니다. 하지만 종리매와 동고동락(同苦同樂)했던 계포 장군이 가져다준 정보라고 하면 무작정 무시하지는 못할 것이 틀림없습니다. 그때 수하가 자칫 초왕까지 황제 폐하의 의심을 살게 될지 모른다는 말을 흘리면 한신도 종리매를 살려두지는 못할 것입니다. 종리매와 맺은 신의도 중요하나, 자기가 지금까지 이룬 공명을 모두 물거품으로 만들 수는 없으니까요."

고황제는 진평의 계략을 듣고 크게 기뻐했다. 황제는 말을 따르기로 하고, 수하를 급히 초왕 한신에게 보냈다. 그런데 종리매에 대한 한신의 마음이 예상보다 더 굳건했다. 수하의 이야기를 들은 한신이 종리매와 단둘이 마주앉았다.

"끔찍하게도, 황제께서 내게 그대의 목을 베어 보내라 하십니다. 그대가 역심을 품었다는 것이 죄목입니다."

한신의 말을 들은 종리매는 살 길을 찾아 재빨리 머리를 굴렸다. 그가 어처구니없다는 표정을 지으며 한신을 설득했다.

"제가 죽고 나면, 그 다음은 초왕 차례입니다. 그러니 부디 황제의 꾀에 넘어가지 마십시오. 제가 초왕과 힘을 합치면 아무리 황제라고 해도 쉽게 볼 수 없을 것입니다."

"음……."

한신은 한동안 고민했다. 그러나 아무리 생각해도 종리매의 목을 벨 수는 없는 노릇이었다. 한신은 수하를 통해 종리매의 역심이 오해에서 비롯된 것이라는 말을 전했다. 수하로부터 그것을 보고받은 고황제의 얼굴이 일그러졌다. 황제가 곧 신하들을 불러 모았다.

"초왕 한신이 짐의 명을 거역했다. 이 자를 어찌하면 좋겠느냐?"

고황제가 짐짓 시치미를 떼며 소리쳤다. 원체 사람의 마음이란 것이 남 잘되는 꼴을 두고 보지 못하지 않는가. 그렇지 않아도 승승장구하는 한신에게 질투심을 품고 있던 신하들이 하나둘 들고 일어났다.

"황제의 명을 거역한 자에게는 죽음만이 따를 뿐입니다."

"감히 역심을 가진 자나, 또 그를 옹호하는 자나 모두 모반의 죄인들입니다. 한 놈도 살려두지 말고 처형해 나라의 기강을 바로 세우십시오."

그때 진평이 다시 꾀를 냈다.

"황제 폐하, 사흘 후에 초나라로 순행을 간다고 한신에게 칙서를 내리십시오. 그러면 그도 더는 종리매를 살려두지 못할 것입니다. 황제의 명을 거역하면 어떤 벌이 따를지 그가 모를 리 없습니다. 만약 한신이 그때도 폐하의 명을 받들지 않으면 반란의 죄를 물어 참수하시면 그만입니다."

그리하여 고황제의 칙서를 받아든 한신은 큰 고민에 빠졌다. 또다시 황제의 명을 거역할 수도, 그렇다고 자기 손으로 종리매를 죽일 수도 없는 노릇이었다. 한신이 어찌 할 줄 몰라 허둥대자 종리매가 찾아와 이야기했다.

"초왕은 나와 힘을 합쳐 황제에게 맞설 생각이 전혀 없구려. 이대로 있으면 나는 분명 죽은 목숨이니, 차라리 자결해 억울함을 입증하겠소."

종리매는 그 말을 내뱉는 것과 동시에 칼을 들어 자기의 목을 찔렀다. 한신이 순간 그를 말리려고 했으나 마음뿐이었다. 얼마 뒤, 고황제의 순행 행렬이 초나라 왕실에 다다랐다. 한신이 종리매의 머리를 들고 나가 황제를 영접했다.

"황제 폐하, 어서 오십시오."

한신은 여느 때와 다름없이 고황제에게 깍듯이 예를 갖췄다. 그런데 종리매의 잘린 머리를 흘낏 쳐다본 황제가 심드렁한 표정을 지었다.

"지난번에 나의 명을 거역하더니, 무척 다급했나 보구나. 뒤늦게 반역자의 목을 베었다 하여 짐의 노여움이 가실 줄 알았더냐? 초왕, 너 또한 역심을 품었던 것이 분명하다!"

한신은 너무나 억울해 순간 말문이 막혔다. 고황제가 천하를 품게 하기 위해 그토록 많은 고생을 했는데, 이제 와서 그와 같은 대우를 받을 줄은 미처 상상도 하지 못했다. 황제의 명을 받은 병사들이 달려들어 한신의 몸을 포박했다.

"폐하, 저에게 대체 왜 이러십니까……."

한신이 간신히 입을 열어 서운함을 드러냈다. 벌겋게 달아오른 그의 뺨에 뜨거운 눈물이 흘러내렸다. 그러자 고황제가 억지소리를 더했다.

"너는 내가 삼제왕의 인을 거두고 초왕에 봉했을 때부터 모반을 도모했을 것이 틀림없다. 아니, 그 전부터 언젠가 짐을 없애고 천하를 품을 야심을 가졌을 것이다. 그러니 내가 너를 벌하지 않고 어찌 천하를 다스린다고 하겠느냐?"

그곳에 있는 사람들이 보기에, 고황제가 당장이라도 한신의 목을 벨 것 같았다. 하지만 황제도 한신에게만큼은 선뜻 칼을 휘두르지 못했다. 그만큼 한신이 여태껏 자신에게 보여 준 충성심과 공이 컸기 때문이다.

고황제는 죄인을 호송하는 수레에 한신을 태워 함양으로 이송하게 했다. 한신의 목에는 무거운 나무로 만든 형틀이 채 워져 있었다. 그는 포박당한 채 덜컹이는 수레에 앉아 괴철을 떠올렸다. 그가 "초패왕의 제안에 따라 천하를 삼등분하고 있 다 보면 언젠가 제왕께도 더 큰 기회가 올 것입니다."라고 했 던 이야기가 생각났다. 하지만 이제 와서 다 무슨 소용이란 말인가. 한신의 입에서 "이것이 바로 토사구팽이구나." 하는 소리가 처절하게 새어나왔다.

그나마 다행히 고황제는 함양에서도 한신을 죽이라는 명을 내리지 않았다. 대신 회음후(淮陰侯)로 강등해 초왕으로 누리 던 영화를 모두 빼앗았다. 그에게는 이전처럼 많은 군사가 주 어지지 않았고, 드넓은 영토를 지배하던 권세도 박탈당했다. 어찌 보면 회음후는 허울뿐인 벼슬자리였다.

그러던 어느 날, 고황제가 한신을 찾아 물었다.

"회음후는 짐이 얼마나 되는 군사를 거느릴 그릇이라고 보 는가?"

"폐하는 그저 10만을 거느릴 수 있을 뿐입니다."

한신이 아무런 표정 없이 차분히 말했다.

"그렇다면 자네는 어떤가?"

"신은 많으면 많을수록 좋습니다."

그러자 고황제가 거듭 물었다.

"자네의 그릇이 나보다 큰데, 어째서 나의 수하를 벗어나지 못했나?"

"황제 폐하께서는 대군을 지휘할 수 없지만, 장수를 거느리는 재능을 가지셨습니다. 그것이 바로 제가 폐하의 수하에서 벗어나지 못한 까닭입니다. 그와 같은 폐하의 재능은 하늘이 내려주신 것이지, 절대 사람의 힘으로 취할 수 있는 것이 아닙니다."

한신의 담담한 말에 고황제는 저절로 고개가 끄덕여졌다. 그러면서 마음속으로는 한신이 역시 대단한 인물인 것을 실감했다.

하지만 한신에게는 그런 평화마저 오래 지속되지 못했다. 평소 자기에게 바른말을 잘해 한신을 고깝게 여기던 황후가 얼토당토않은 모함을 한 탓이었다. 황후는 얼마 전 진희가 벌였던 모반에 한신이 깊이 연루되었다고 확신했다. 진희는 같은 길을 가는 장수로서 한신에게 이런저런 가르침을 받아온 관계일 뿐이었다. 그런데 그 일을 빌미삼아 황후가 치명적인 트집을 잡은 것이다. 황후는 이전부터 고황제가 한신을 죽이지 않은 것에도 불만을 가진 상태였다. 그래서 이번에는 직접 한신을 죽여 없애기로 마음먹었다.

황후가 황궁 안 장락궁(長樂宮) 종실(鍾室)에 무인들을 매복시켜놓고 한신을 찾았다.

"회음후와 차를 한 잔 나누고 싶습니다. 나의 처소로 오시지요."

한신은 근래 들어 건강이 좋지 않은데다 황후의 초대가 영 꺼림칙했지만 무시할 수 없었다. 그는 홀로 장락궁에 들어갔다가 숨어 있던 무인들의 칼에 목숨을 잃고 말았다. 한신이 누구인가? 그는 한때 백만 대군을 통솔하며 초패왕 항우마저 떨게 만들었던 위인이 아닌가. 그런 대장군 한신이 여인에게 속아 허무하게 숨을 거둔 것이다. 황후는 그에 그치지 않고 한신의 삼족(三族)을 멸했다.

한신이 죽고 나서도, 고황제의 토사구팽은 계속되었다. 이번에 제물로 오른 인물은 팽월이었다. 팽월에게 반감을 가진 한 신하가 역심을 품었다고 모함하자, 황제는 또다시 사실관계도 제대로 살피지 않은 채 그를 죽음에 이르게 했다. 고황후는 그 모든 일이 황권을 강화하는 과정이라고 여겼다.

한신에 이어 팽월까지 죽자 다른 공신들도 불안감에 떨 수밖에 없었다. 황위에 오른 뒤 어마어마한 권력에 갇혀 모든 이를 적으로 돌리는 황제의 판단력을 믿을 수 없었기 때문이다. 거기에 더해 황후의 횡포 역시 말 그대로 안하무인이었다.

그 무렵, 영포도 크나큰 두려움에 떨던 공신들 중 한 사람이었다. 그는 한신과 팽월의 운명을 보고 겁을 집어먹어 은밀히 군사를 모아 다른 땅의 정보 수집에 힘썼다. 그러던 중 그의 가신인 분혁(賁赫)이 영포가 모반을 도모한다고 황실에 거짓 고발을 했다. 그 사실을 알게 된 영포는 한신과 팽월이 겪었던 일을 자신도 피할 수 없을 것이라고 생각해 아예 실제로 군사를 일으키는 결단을 내렸다.

"지금 한나라에는 한신도 없고 팽월도 없다. 황제도 어느덧 나이가 들어 몸을 사리고 있으니, 누가 감히 나를 막을 것이냐?"

영포는 의기양양했다. 그의 큰소리가 이어졌다.

"한낱 농사꾼이 황제가 되어 실정(失政)을 거듭하더니, 이제는 그의 계집까지 함부로 설치는구나. 내가 그들을 황실에서 쫓아내고 새로운 대의를 실현할 것이니, 모두 나를 따르라!"

영포의 군사는 20만에 이르렀다. 그는 동진하여 형나라를 쳐서 형왕 유고(劉賈)를 죽였고, 초나라로 진격해 새로운 초왕 유교(劉交)마저 도망가게 만들었다. 모두 고황제가 왕작에 올린 유씨 가문 사람들이었다. 그러자 위기를 느낀 황제가 군사를 이끌어 전장에 나섰다. 사실 고황제는 영포의 말마따나 나이가 들고 이런저런 질병에 시달려 태자 유영(劉盈)에게 군사의 지휘를 맡기고 싶었지만 여의치 않아 직접 출정했던 것이다.

고황제는 회추(會甄)에서 영포의 군사와 맞닥뜨렸다. 황제가 용성(庸城)에 성벽을 쌓고 영포의 군사를 바라보니 그 진형(陣形)이 지난날 항우의 군사와 엇비슷해 보였다. 결코 상대를 만만치 않게 여겼다는 뜻이다. 그때 영포는 "내가 황제가 될 것이다!"라고 외치며 병사들을 독려했다. 상대를 강하게 생각하며 철저히 준비하는 쪽과 지나친 자신감으로 마음의 결기가 흐트러진 쪽의 승부는 어떻게 판가름 날 것인가?

머지않아 고황제와 영포의 군사가 치열하게 맞붙어 싸웠다. 황제는 장군들의 만류에도 불구하고 제일 선봉에 서서 군사를 이끌었다. 오랜만에 보는 그 옛날 유방의 모습과 흡사했다. 뜻밖에 고황제가 맨 앞에서 분전하자 영포가 순식간에 움츠러들었다. 그와 반대로 황제가 최전선에서 직접 싸우자 한나라 관군의 사기는 하늘을 찌를 듯 높았다. 결국 영포는 참패해 회하를 건넜고, 그 후에도 여러 번 저항하기는 했으나 끝내 100여 명의 병사들만 거느린 채 강남으로 달아나는 신세가 되고 말았다. 하지만 그마저 얼마 지나지 않아 오예의 조카 오성(吳城)의 추격을 받은 끝에, 영포가 죽임을 당하게 되었다. 또 한 명의 호걸이 세상을 떠난 것이다.

그런데 고황제에게도 반란군 진압의 기쁨만 있었던 것은

아니다. 어디선가 날아온 유시(流矢)에 맞아 황제가 꽤 심각한 부상을 입고 말았다. 그는 서둘러 함양으로 돌아가는 길에 고향인 패현을 지나가게 되었다. 이런저런 질병에다 화살까지 맞은 그의 몸은 만신창이나 다름없었다. 그에 비례해 마음은 한없이 쓸쓸했다.

"아, 내가 이번에 이곳을 지나면 언제 또다시 고향 땅을 밟을 수 있을까……?"

어느덧 세월이 흘러 유방이 고황제가 된 지도 7년째였다. 황제는 신하들에게 명령해 패현 백성들에게 곡식과 술을 가져다주도록 했다. 그것이 오래전 고향을 떠나 황위에 오른 자의 소박한 시혜(施惠)였다. 고황제가 고향에 베푼 것은 그것만이 아니었다. 그가 고향 땅의 원로들을 불러 다음과 같이 말했다.

"객지를 떠돌아다니는 나그네는 고향 생각이 나면 늘 슬픈 법일세. 내 비록 관중에 도읍하고 있지만 만 년 뒤에도, 나의 혼백이라도 여전히 패현을 그리워할 것이네. 이곳 백성들에게 대대로 납세와 부역을 면제할 것이니, 오래도록 나를 기억해주기 바라네."

패현 사람들은 그 말을 듣고 기뻐하며 황제를 칭송했다. 황제는 고향을 떠나고 싶지 않았지만, 그곳에 계속 머물 수는 없는 노릇이었다. 그는 자신이 결정해야 할 일이 산더미처럼 쌓여 있는 함양의 황궁으로 걸음을 재촉했다.

하지만 황궁으로 돌아온 고황제의 몸은 갈수록 쇠약해졌다. 신하들이 여러 명의를 불러 황제의 육신을 살피게 했으나 달리 치료할 방법이 없었다. 정확한 원인과 이유를 알 수 없는 질병들이 고황제를 끊임없이 괴롭혔고, 화살에 맞은 상처도 자꾸만 덧나 고름이 끓었다. 그러자 고황제 유방은 자신의 천명이 다한 것을 직감했다.

"더는 의관(醫官)을 들이지 마라. 천명을 거스르고 싶지 않구나……."

육신의 고통에도 불구하고 고황제는 의연했다. 실로 천하 제일의 호걸이라고 할 만했다. 하지만 아무리 의연한 호걸이라 해도 한 번 태어난 이상 언젠가 세상을 떠나야 하는 법. 병석에 누워 시름시름 앓던 고황제의 영혼이 마침내 육신을 버리는 순간이 찾아왔다. 기원전 195년 6월 1일, 전한(前漢)의 초대 황제 유방이 끝내 죽음을 맞은 것이다. 그는 진시황에 이어 중국 대륙을 두 번째로 통일한 위대한 인물이었다. 구름 한 점 없이 맑았던 하늘에서 갑자기 폭우가 쏟아졌다.